KB141300

버지니아 울프

보통의 독자

버지니아 울프 지음 · 박인용 옮김

함께읽는책

옮긴이 **박인용**

서울대 국문학과를 졸업하고, 시각문화사 편집장 업무를 시작으로 건축 잡지 〈꾸밈〉 및 도서출판 마당의 전집물, 과학 잡지 〈Newton〉 등의 편집장을 역임했다. 《평양의 이방인》, 《미솔로지카》, 《비발디의 처녀들》, 《이상한 나라의 언어 씨 이야기》, 《에코 에고이스트》 등을 우리말로 옮겼다.

버지니아 울프
보통의 독자

초판 1쇄 발행 2011년 4월 11일
초판 2쇄 발행 2011년 10월 10일

지은이 버지니아 울프
옮긴이 박인용
펴낸이 양소연

기획편집 함소연 진숙현 **디자인** 하주연 이지선 김윤희
마케팅 이광택 **관리** 유승호 김성은 **웹서비스** 이지은 양지현 양채연

펴낸곳 함께읽는책 **등록번호** 제25100-2001-000043호 **등록일자** 2001년 11월 14일

주소 서울시 금천구 가산동 60-3 대륭포스트타워 5차 1104호
대표전화 02-2103-2480 **팩스** 02-2624-4240 **홈페이지** www.cobook.co.kr
ISBN 978-89-90369-89-5 (04840)
          978-89-90369-88-8 (set)

- 잘못된 책은 구입하신 서점에서 교환해 드립니다.
- 이 책에 실린 모든 내용, 디자인, 편집 구성의 저작권은 함께읽는책에 있습니다.
- 허락 없이 복제하거나, 다른 매체로 옮겨 실을 수 없습니다.

함께읽는책은 도서출판 **나눔의집**의 임프린트입니다.

Virginia Woolf
The Common
Reader

좀 더 진솔하게, 그러나 여전히 예리한

1882년 런던의 켄싱턴에서 출생한 버지니아 울프Virginia Woolf는 서구 현대 문학의 틀을 마련한 대표적 모더니스트 소설가로 알려져 있지만 사실은 다양한 이슈에 대하여 여러 장르의 글을 썼다. 현대 소설의 특징적 문학 기법인 의식의 흐름 기법을 구사한 대표적인 장편소설 《등대로To the Lighthouse》, 《댈러웨이 부인Mrs. Dalloway》, 《파도The Waves》와 같은 실험성이 짙은 소설을 비롯하여 페미니스트 지침서와도 같은 에세이집 《자기만의 방A Room of One's Own》, 서평, 전기, 그리고 《어느 작가의 일기A Writer's Diary》와 같은 일기에 이르기까지 글의 폭이 무척 광범위하다.

울프는 일생 동안 소설 창작에 병행하여 에세이를 썼는데 무척 다작이어서, 1904년과 1922년 사이에 500편이 넘는 수필, 서평, 논문 등을 〈타임스 리터러리 서플먼트Times Literary Supplement〉, 〈다이얼Dial〉, 〈크라이테리언Criterion〉, 〈북맨Bookman〉과 같은 당대 주요 문학 저널에 꾸준히 발표했다.

《보통의 독자The Common Reader》는 두 권으로 구성되어 있는 수필집으로 1권은 《보통의 독자: 첫 번째 시리즈The Common Reader : First Series》로 1925년에, 2권은 《두 번째 보통의 독자The Second Common Reader》라는 제목으로 1932년에 출간되었다. 《보통의 독자》에서는 제인 오스틴Jane Austen, 조지 엘리엇George Eliot, 초서Chaucer, 디포Defoe, 콘래드Conrad, 몽테뉴Montaigne, 애디슨Addison처럼 널리 알려진 문인들뿐만 아니라 에벌린Evelyn과 같이 덜 알려진 작가들도 포함시켰다. 주제는 문학평론 말고도 여러 이슈들을 폭넓게 다루었으며 시대 또한 엘리자베스 1세부터 현대에 이르기까지 길게 걸쳐 있다.

이 책은 수필집인 만큼 특별한 문학 기법을 구사하기보다는 자유롭게 머리에 스치는 단상들을 적어나가듯 쓰고 있다. 하지만 어느 주제에 대해서든 통찰력이 번득이는데, 여기 수록된 '현대 소설The Modern Fiction'과 같은 에세이는 현대 문학에 대한 울프의 견해를 밝힌 것으로 전통 문학에 대한 과감한 도전으로 평가되며 현대 문학을 논할 때 지침서처럼 많이 인용되고 있다. 이것이 '보통의 독자'라는 다소 겸허한 제목을 지녔지만 《보통의 독자》를 결코 가볍게 볼 수 없는 이유이기도 하다. 소설과는 다른 방식으로 좀 더 진솔하게 그러나 여전히 예리하며 지적인 정확성을 잃지 않고 진지하게 탐구하는 작가

정신을 보여 주는 수필집이라고 하겠다.

《보통의 독자》에서 울프가 전제로 한 독자는 특별한 문학 훈련을 받지 않은 일반 독자이다. 그런 만큼 격식을 차리지 않고 열린 자세로 친근하게 대화를 나누듯 썼다. 자연히 스타일은 정감 넘치고, 과시적이지 않으며, 탈권위적인 어조이다. 애디슨과 같은 수필 분야의 개척자가 도입한 커피하우스나 찻집에서 이루어지는 문화적 분위기를 상상한다면 수필은 원래 학계의 전문적 독자보다는 일반 독자를 대상으로 삼는 것이 자연스러워 보인다. 울프 또한 자신의 수필에서 이러한 서민성을 보전하려고 했기 때문에 난해하다고 알려져 있는 울프의 소설과는 달리 《보통의 독자》에서는 예외적으로 명료하고 선명한 글을 볼 수 있다.

《보통의 독자》는 1924년 울프가 《댈러웨이 부인》을 집필하면서 동시에 쓰였다. 일기에서 그녀는 "점심 전에는 소설, 오후에는 에세이"를 쓰곤 했다고 적고 있다. 창작이 요구하는 강력한 정신적 긴장감을 오래 유지하기가 힘들었을 것이고 머리를 식히고 싶을 때 수필을 쓰지 않았을까 생각된다. 또한 소설을 써 나갈 때 끊임없이 머리에 떠오르는 여러 생각과 이론들을 따로 메모해 두었다가 오후에 쓰는 에세이에 이것들을 옮겼으며 오전에 느꼈던 긴장감도 이완시켰을 것이다.

결코 평범한 일반인은 아니었던 울프가 구태여 '평범한' 보통 사람의 입장을 택한 것은 어떤 면에서 지극히 역설적이다. 당시 울프만큼 작가 수업 과정에서 혜택을 누렸으며 일생 최고의 문화권에서 생활

할 수 있었던 사람은 결코 많지 않았기 때문이다. 그럼에도 불구하고 20세기 초 영국 사회에서 울프는 사회적 소외감으로부터 자유로울 수 없었다. 그녀는 여성의 입장에서 성의 불균형적인 역할을 강하게 의식했으며 페미니스트 에세이집인 《자기만의 방》에서 사회의 불공평한 젠더 의식에 대한 분노를 볼 수 있듯이 케임브리지대학의 여성 입학 거부로 인해 집에서 독학을 해야 했고 매일 접하는 남성 주도적인 일상을 체험하면서 유능하지만 학계에서 소외된 일반 독자와 적극적으로 대화하고자 했을 법하다.

울프는 영국이 세계를 제패하던 19세기 말 영국의 한 지적인 가정에서 출생하였다. 아버지 레슬리 스티븐Leslie Stephen은 케임브리지대학 출신으로, 졸업 후 케임브리지대학에서 목사직을 수행하면서 강의를 했으나 몇 년이 지나자 무신론자가 되었고 이후 교회를 떠나 저널리즘 관련 일에 종사했다. 그는 《18세기 영국 사상사History of English Thought in the Eighteenth Century》를 위시하여 괄목할 만한 여러 저서들을 냈던 당시 최고의 지성인이었고 그의 집은 영국 지성의 중심이었다. 울프는 자신이 원하던 대학에서 공부할 수는 없었지만 아버지의 서재에서 마음껏 독서할 수 있었고 수준 높은 문화를 누릴 수 있었다.

아버지가 세상을 떠난 뒤 독립하여 이사를 했으나 지적인 환경은 그대로 유지되었다. 블룸즈버리Bloomsbury에 위치한 그녀의 집에 오빠 토비는 그의 케임브리지 친구들을 소개했고, '한밤중의 모임Midnight Society'을 통해 전기 작가인 리턴 스트레이치Lytton Strachey, 미술 평론가인 클라이브 벨Clive Bell, 훗날 남편이 된 사회주의 사상가였던 레너드 울프Leonard Woolf 등과 교류했다. 여기에 소설가 포스터Forster, 경제학자인 케인스John Maynard Keynes가 합류하여 문학, 평론, 미술, 경제학 등 서로 다른 분야의 구성원들이 시대적 변화에 따른 예술과 사상에 대하여 진지하게 토론을 벌이곤 했다. 이들은 블룸즈버리 그룹으로 알려졌는데 울프는 이 그룹을 통하여 아버지가 지녔던 지적인 수준을 그대로 유지하되 훨씬 자유로운 지적 풍토를 향유했다. 울프가 그동안 남성 작가들이 견지했던 전통적 소설 기법에서 벗어나 '의식의 흐름'이라는 현대적 문학 기법을 통하여 문학 개혁을 이루어낼 수 있었던 것도, 남성과 여성이라는 젠더에 대한 이분법적 의식을 뛰어넘어 인간의 보편적인 정신적 해방을 구가할 수 있었던 것도 개혁적이며 자유로운 성향을 지녔던 분위기에서 가능했을 것이다.

울프에게 블룸즈버리 그룹이라는 지적 공동체는 정신적 활력소였을 뿐 아니라 정신적 치유자 역할을 하기도 했다. 어린 시절부터 너무도 예민한 감성을 지녔던 울프가 13세에 맞은 어머니의 죽음은 그녀에게 큰 정신적 상흔을 남겼고 이후 그녀는 정신 이상을 보였다. 1904년 아버지가 사망했을 때 두 번째 정신 이상 증세를 보였고, 자살을 시도하기도 했다. 이후 평생을 정신 질환을 앓게 되는데 때때로 찾아오는 절망감과 우울증 증세는 그녀로서는 견디기 힘든 큰 고통이었다. 울프의 장편소설 《댈러웨이 부인》의 여주인공 클라리사는 런던에 살고 있으며 국회의원 남편을 둔 사회적으로 부족함이 없는 인물이지만 간헐적으로 몰려오는 소외감과 자살 충동을 느낀다. 하지만 지인들과의 활기찬 모임을 가지며 이들과의 교류 속에서 이러한 충동을 무사히 넘긴다. 블룸즈버리 그룹에서 느꼈던 따뜻하고 기분 좋은 느낌이 울프에게 치료제로 작용했을 것이라고 생각되는 부분이다.

그러나 온화한 사회적 교류만으로 정신 질환을 완전히 극복하기에는 역부족이었다. 그녀는 자신의 불안정한 정서를 늘 옆에서 안정시켜 줄 누군가가 필요했는데, 그가 바로 오빠 토비의 케임브리지대학 친구였던 레너드 울프였다. 실론에서 정부 관료로 7년 동안 봉직했던 레너드는 영국에 돌아오자 울프와 결혼했는데 그녀가 꼭 필요로 하던 지적인 명민함, 인내심, 정서적 안정성, 확고함 등의 품성이 이상적으로 배합된 인물이었다. 그는 평생 울프 곁에서 그녀를 보호하고 돌보았다. 그의 지속적인 위안이 없었더라면 그녀는 훨씬 더 이전에 삶을 포기했을지도 모른다. 이들 결혼에 아이는 없었다. 서로에게 훌륭한 파트너였던 두 사람은 조판이나 제본 일과 같은 손으로 하는 작업이 울프의 정신적 건강에 도움이 될 것이라고 기대하며 1917년에 호가스 출판사Hogarth Press를 세웠다. 사업이 번창하자 이러한 일들은 다른 사람이 할 수밖에 없었지만 그들의 작품을 출판하기에는 매우 편리했다.

울프는 성인이 된 이후 거의 평생을 정신 질환에 시달렸음에도 불구하고 평소 주중에는 매일 10시간에서 12시간씩 글을 썼다. 1904년 〈가디언Guardian〉지에 첫 서평을 발표한 이후 9편의 장편소설과 단편소설 한 권, 이외에도 에세이집과 서평집 5권, 전기 2권(《플러시Flush》,

《로저 프라이Roger Fry》), 자유론을 주장한 에세이집 2권(《자기만의 방》, 《3기니Three Guineas》), 27년에 걸쳐 쓴 일기로 사후 남편이 편집했던 《어느 작가의 일기》 등을 썼다.

1941년 초봄 울프는 정신 질환이 심해지며 환청에 시달렸다. 이번에는 회복이 불가능할 것임을 느꼈다. 그리고 마지막 장편소설인 《막간Between the Acts》을 완성하고 한 달 뒤인 3월 어느 날 오전 11시경, 서식스Sussex의 로드멜Rodmell에 있던 집 근처의 우즈강River Ouse 강둑으로 산책을 나가 돌아오지 않았고, 주검으로 발견되었다. 주머니에 돌멩이를 가득 넣은 채 강에 투신했던 것이다. 그녀가 마지막으로 남편에게 남긴 유서에는 이렇게 적혀 있었다.

다시 미칠 거라는 느낌이 확실해요. 다시는 그 끔찍한 시련을 이겨 내지 못할 거라는 생각이 들어요. 그리고 이번에는 회복도 안 될 거예요. 환청이 들리기 시작해서 집중할 수가 없어요. 그래서 나는 지금 최선이라고 생각되는 길을 택하려고 해요. 당신은 나에게 바랄 수 있는 가장 큰 행복을 주셨어요. 당신은 모든 면에서 최고였어요. 이 무서운 병이 닥칠 때까지, 어느 누구도 우리만큼 행복할 수는 없었을 거예요 (……) 내 모든 행복은 당신이 있어 가능했다는 말을 하고 싶어요.

(《어느 작가의 일기》, 박희진 역, 이후)

예술가의 삶은 평범한 의미의 행복과는 거리가 멀다. 작가로 성장하고 활동하기에 누구라도 부러워할 이상적 여건을 지녔음에도 불구하고 치열하게 창작에 몰두했던 울프의 삶은 많이 고달팠다.

　문학에 대한 울프의 생각을 비교적 쉽게 이해하는 데《보통의 독자》가 도움이 될 것으로 기대한다.

숭실대학교 영어영문학과 교수 전은경

Virginia Woolf
The Common
Reader

÷ **일러두기**

_ 이 책은 1925년도에 출간된《The Common Reader, First Series》를 원본으로 하여 번역하 였다.

_ 이 책은 독자의 가독성을 위해 원서의 차례를 재배열하였다.

_ 본문 중의 (……)는 발췌를 위해 중략한 표시이다.

_ 책 제목은《 》, 신문, 잡지, 책이 아닌 장·단편 소설, 논문, 예술 작품은〈 〉으로, 신문이 나 잡지 책 등에 수록된 글은 ' '로 묶었다.

_ 외래어 표기는 국립국어원 외래어 표기법을 따랐다.

_ 이 책의 주석은 대부분 옮긴이가 붙인 것이며 버지니아 울프가 붙인 원래의 주석은 원주 로 표시하였다.

보통의 독자

The Common Reader

The Common Reader

그는 보잘것없는 교육을 받았으며, 타고난 재능도 별로 없다. 그리고 지식을 넓히거나 다른 사람의 견해를 바로잡기 위해서라기보다 자신의 즐거움을 위해 책을 읽는다.

서재라고 하기에는 너무 빈약하지만 그래도 책으로 가득 차 있어 혼자 독서할 수 있는 그런 방에서 씌어졌을 법한, 토머스 그레이Thomas Gray[1]의 생애에 관한 존슨Samuel Johnson 박사[2]의 글에는 다음과 같은 문장이 있다. "(……) 나는 보통의 독자와 의견을 같이하고 싶다. 왜냐하면 문학적인 편견에 물들지 않은 독자들의 상식에 의해 훌륭하게 다듬어진 미묘한 표현과 학식의 독단주의가 시적인 명예를 누릴 수 있는지의 여부가 마침내 결정되기 때문이다." 독자들의 상식은 그들의 우수성을 규정하고, 그들의 목표에 위임을 부여하며, 또한 엄청난

---

1 1716~1771, 영국의 시인.
2 1709~1784, 영국의 시인이자 평론가.

시간을 들여 추구하지만, 그럼에도 불구하고 위대한 인물의 승인이라는 아주 중요한 일에는 전혀 영향을 끼치지 못한다.

존슨 박사가 암시하듯 보통의 독자는 비평가나 학자와는 다른 사람이다. 그는 보잘것없는 교육을 받았으며, 타고난 재능도 별로 없다. 그리고 지식을 넓히거나 다른 사람의 견해를 바로잡기 위해서라기보다 자신의 즐거움을 위해 책을 읽는다. 무엇보다도 보통의 독자는 마주치는 온갖 잡동사니로부터 한 인간의 초상, 한 시대의 개관, 글쓰기 기법의 이론 등 어떤 전반적인 것을 창조하려는 본능에 스스로 이끌린다. 읽어 가는 가운데 그에게 감동, 웃음, 주장을 허용할 실질적인 대상으로 여겨짐으로써 일시적인 만족감을 자아낼 만한 것을 잔뜩 늘어놓는 일도 결코 멈추지 않는다. 서두르거나 부정확하거나 피상적이며, 한때는 시 한 구절, 한때는 낡은 가구 하나를 집어 들더라도 그것이 자신의 목적에 부합하는 한 그것을 어디에서 발견하든 그 성질이 무엇이든 개의치 않는다. 비평가로서 그의 결점은 너무 분명하기 때문에 굳이 지적할 것도 없다. 하지만 존슨 박사도 주장했다시피 만약 보통의 독자에게 시적인 명예의 최종적인 배포에 대해 어떤 발언권이 있다면, 어쩌면 몇 가지 생각이나 의견을 적어 놓는 것도 가치가 있을지 모른다. 그들 자체로서는 미미하지만, 아주 강력한 결과를 만들어 내는 데 기여할 수도 있기 때문이다.

제인 오스틴
Jane Austen

Jane Austen

흠잡을 대 없는 인간적인 가치 의식을 더 많이 활용한 소설가는 없었다. 그녀가 영문학에서 가장 큰 기쁨을 주는 친절, 진실, 성실 등으로부터의 일탈을 제시하는 것은 바로 잘못이 없는 마음, 확실한 좋은 취향, 엄격에 가까운 윤리 등을 배경으로 한다.

만약 미스 커샌드라 오스틴Miss Cassandra Austen이 그 자신의 뜻대로 해 버렸다면 우리에게는 제인 오스틴[1]의 소설 이외에는 그녀의 소유물이 전혀 남아 있지 않았을지도 모른다. 그녀는 언니에게만 거침없이 글을 썼으며, 언니에게만 자신의 희망, 그리고 만약 소문이 사실이라면 그녀의 인생에서 겪은 커다란 실망 하나를 털어놓았다. 하지만 미스 커샌드라 오스틴이 늙어가면서 동생의 명성이 점점 높아지자, 그녀는 낯선 사람들이 사생활을 캐고 학자들이 온갖 추측을 할 때가 올지

---

[1] 1775 — 1817, 영국의 소설가. 학교 교육은 거의 받지 않았지만 15세부터 단편을 쓰기 시작했다. 섬세한 시선과 재치 있는 문체로 18세기 후반 영국 중상류층의 결혼 문제를 사실적으로 묘사했다는 평을 받고 있다.

도 모른다고 생각하고 그들의 호기심을 만족시킬 만한 편지는 상당한 비용을 감수하고서 모조리 불태워 버리고, 너무 사소한 문제여서 관심을 끌지 못하리라 판단되는 것만 남겨 놓았다.

따라서 제인 오스틴에 대한 우리의 지식은 약간의 소문, 몇 장의 편지, 그리고 그녀가 남긴 책에서 유래한다. 소문의 경우 그 시대를 지나 살아남은 소문은 결코 비열하지 않으며, 약간만 재조정하면 우리의 목적에 아주 훌륭하게 부합된다. 예컨대 제인은 "전혀 예쁘지 않고 열두 살 소녀답지 않게 매우 새침데기였다. (……) 제인은 변덕스럽고 가식적"이라고 사촌동생인 필라델피아 오스틴^{Philadelphia Austen}은 말한다. 그리고 오스틴 자매를 소녀 시절부터 알았으며, "그녀의 기억 속에는 항상 제인이 가장 예쁘고 어리석으며 가식적이고 부지런히 신랑감을 물색했던 경박한 아가씨였다"고 떠올리는 밋퍼드 부인^{Mrs. Mitford}[2]이 있다. 또 그 다음에는 이름이 알려지지 않은 미스 밋퍼드의 친구가 있다. 그녀는 제인에 대해 "지금 그녀를 방문했다. 그녀는 가장 곧고 까다로우며 과묵한 '독신'의 모습으로 자세가 굳어졌으며, 나중에 《오만과 편견^{Pride and Prejudice}》으로 그 곧은 몸속에 어떤 진귀한 보석이 감추어져 있는지 보여 주기 전까지만 하더라도 사교계에서 부지깽이나 난로 앞의 철망 이상으로 간주되지 않았다. (……) 그러나 이제 상황은 아주 다르다"고 말한 뒤, "그녀는 여전히 부지깽이지만 모두가 두려워하는 부지깽이다. (……) 재치 있는 사람, 성격

---

2 영국의 극작가이자 시인 및 수필가인 메리 러셀 밋퍼드(1787~1855)의 어머니.

을 잘 묘사하는 사람이 입을 열지 않으면 정말 끔찍하다!"고 덧붙인다. 물론 그 반대편에는 오스틴 가족이 있으며, 그들 자신에 대한 찬사를 거의 하지 않는 종족이지만 그래도 오빠들은 "그녀를 좋아했고 자랑스러워했다. 그들은 그녀의 재능, 그녀의 미덕, 남의 마음을 끄는 그녀의 태도 때문에 애착을 느꼈으며, 나중에 각자 자신의 딸이나 조카딸에서 — 완벽하게 똑같은 것을 보게 되리라고는 결코 기대하지 않았지만 — 누이동생 제인과 닮은 점을 찾으려고 했다." 매력적이지만 곧고, 집에서는 사랑을 받지만 낯선 사람들에게는 두려움의 대상이고, 말은 매섭지만 가슴은 포근한 이들 대립적인 요소는 결코 양립할 수 없는 것은 아니며, 우리가 소설에 눈길을 돌릴 때 그곳에서도 그 작가의 똑같은 복잡성과 대면하게 될 것이다.

우선 필라델피아가 열두 살의 어린이답지 않다고 생각한 변덕스럽고 가식적인 새침데기 어린 소녀는 곧 놀랄 만하며 어린이답지 않은 단편 〈사랑과 우정Love and Friendship〉을 썼다. 그것은 놀랍게도 열다섯 살 때 쓴 작품이었다. 분명히 교실에서 함께 공부하는 친구들의 재미를 위해 쓰여진 것이었다. 같은 공책에 있는 다른 소설들 가운데 하나는 장난스럽게 엄숙한 흉내를 내면서 오빠에게 헌정되었고, 또 다른 하나는 이야기의 새로운 시작 부분마다 언니가 그린 수채화로 예쁘게 장식되었다. 이들은 가족 전유물인 농담, 급소를 찌르는 풍자이다. 왜냐하면 오스틴 가족의 모든 어린이들은 우아한 모습의 숙녀들이 "소파 위에서 한숨을 쉬고 기절하는" 모습을 다 같이 흉내 냈기 때문이다.

그들 남매는 그들 모두가 혐오하는 것에 대해 쓴 이야기를 제인이 큰 소리로 읽어 주었을 때 틀림없이 웃음을 터뜨렸을 것이다. "나는 오거스터스Augustus를 잃은 슬픔 때문에 순교자로 죽는다. 치명적인 기절 때문에 내 목숨을 잃은 것이다. 친애하는 로라Laura, 기절을 조심해. (……) 원한다면 자주 미친 듯이 달려도 좋지만 제발 기절은 하지 마. (……)" 그리고 그녀는 로라와 소피아Sophia, 필랜더Philander와 구스터버스Gustavus, 이틀에 한 번씩 에든버러Edinburgh와 스털링Stirling[3] 사이로 마차를 몰고 가는 신사들, 책상 서랍에 보관해 둔 값진 물품의 도난, 굶어 죽는 어머니들과 맥베스의 연기를 한 아들들의 놀라운 모험 등을 이야기하기 위해 지어낼 수 있는 한 최대한 빠르게, 그리고 적지 못할 만큼 빠른 속도로 나아갔다. 그 이야기가 교실을 폭소로 가득 차게 했으리라는 데는 의심의 여지가 없다.

하지만 열다섯 살의 이 소녀가 거실의 한쪽 모퉁이에 앉아 오빠와 언니들의 웃음을 자아내기 위해, 가내 소비용으로만 글을 썼던 것이 아니라는 점은 아주 명백하다. 그녀는 특별히 누구도 염두에 두지 않고 모두를 위해, 우리 시대를 위해, 그녀 자신의 시대를 위해 글을 썼다. 달리 말해 제인 오스틴은 그처럼 어린 나이에도 글을 쓰고 있었다. 우리는 그것을 문장들의 리듬과 훌륭한 맵시, 엄격성을 통해 파악한다. "그녀는 그저 성격이 좋고 예의 바르며 자상한 젊은 여성일 뿐이었다. 그렇기 때문에 우리는 그녀를 미워하기 어려웠다. 단지 경

---

3 스코틀랜드의 중앙부에 자리 잡은 도시.

멸의 대상이었다." 이런 문장은 크리스마스 휴가가 지나도 기억에 남기 마련이다. 활기 있고 쉬우며 재미로 가득 차 있고 터무니없을 정도로 자유로운 것이 바로 〈사랑과 우정〉이다. 하지만 그 공책이 다른 작품들과 통합되지 않으며 일관성 있게 다른 작품과 뚜렷한 차이를 보이는 것은 과연 무엇일까? 바로 웃음소리이다. 그 열다섯 살의 소녀가 그녀의 자리에서 세상에 대해 웃음을 터뜨리고 있는 것이다.

열다섯 살의 소녀들은 항상 웃고 있다. 비니 씨^{Mr. Binney}가 음식에 설탕 대신 소금을 칠 때도 웃는다. 그리고 나이 많은 톰킨스 부인^{Mrs. Tomkins}이 고양이를 깔고 앉으려고 할 때도 우스워 어쩔 줄 모른다. 하지만 바로 그 다음 순간에는 울고 있다. 그들에게는 인간성 속에 영원히 웃을 수 있는 어떤 것, 영원히 우리의 풍자를 자극시키는 남녀에게 있는 어떤 성질을 파악할 거처가 아직 정해져 있지 않다. 그들은 냉대하는 레이디 그레빌^{Lady Greville}과 냉대 받는 불쌍한 마리아^{Maria}가 모든 무도회장에서 계속 마주치게 될 인물들임을 알지 못한다. 하지만 제인 오스틴은 태어날 때부터 알고 있었다. 요람을 찾아온 요정들 가운데 하나가 그녀를 데리고 그녀가 태어난 세상으로 여행을 떠났음이 틀림없다. 돌아와 다시 요람에 누웠을 때 그녀는 세상의 모습을 다 알고 있었을 뿐 아니라 그녀의 왕국까지도 이미 골라 놓은 상태였다. 그리고 그 영토를 통치하게 된다면 다른 어떤 것도 탐내지 않으리라고 약속했다. 따라서 열다섯 살 때 그녀는 다른 사람들에 대한 환상을 거의 갖지 않았으며, 자신에 대한 환상은 전혀 없었다. 그녀가 쓰는 것은 모두 복사판이 아니라 세상과의 관계이다. 그녀는 인간미가 없고 불가해한 존재이다. 작가 제인 오스틴의 책 가운데 가장 주목되는 스케치를 통해 레이디 그레빌의 대화 내용을 적었을 때, 성직자의 딸 제인 오스틴이 과거에 받았던 냉대에 대한 분노의 흔적은 어디에도 보이지 않는다. 그녀의 시선은 똑바로 그 표시를 향해 가며 우리는 인간성이라는 지도에서 그 표시가 어디에 있는지 정확히 알 수 있다. 우리가 이를 알 수 있는 까닭은 제인 오스틴이 그 표시를 그녀의 콤팩트 속에 넣어 두기 때문이다. 그녀는 결코 자신의 영역 밖으로 나간 적이 없었다. 심지어 열다섯 살이라는 감수성이 예민한 나이에 결코 자신을 탓하며 수치심을 느끼거나 충동적인 연민으로 빈정대지 않으며 안개처럼 자욱한 망상 가운데 윤곽을 흐리지도 않는다. 충동이나 망상은 거기서 끝난다고, 그녀가 지팡이로 가리키면서 말하는 것 같다. 그리고 그 경계선은 완벽할 정도로 뚜렷하다. 하지만 그녀는 반대편에 달과 산, 성채 등이 존재함을 부인하지 않는다. 심지어 그녀에게는 좋아하는 사람의 이야기까지 하나 있다. 바로 스코틀랜드 여왕[4]을 향한 것이다. 그녀는 진심으로 여왕을 존경했다. 그녀는 여왕을 "세상에서 첫째가는 인물의 하나, 당시 유일한 친구는 노퍽 공작Duke of Norfolk[5]이었고 지금 유일한 친구는 휘터커 씨Mr. Whitaker, 레프로이 부인Mrs. Lefroy, 나이트 부인Mrs. Knight과 나밖에 없는 매혹적인 공주"라고 불렀다. 이것으로 그녀의 정열은 깔끔하게 경계

---

4 1542~1587. 태어난 뒤 즉위하여 파란만장한 일생을 보낸 메리 여왕Mary, Queen of the Scots.
5 1536~1572. 제4대 노퍽 공작 토머스 하워드Thomas Howard.

선이 그어지고 웃음으로 마무리된다. 그리 오래되지 않은 나중에 젊은 브론테 자매들[6]이 북쪽에 있는 그들의 목사관에서 웰링턴 공작 Duke of Wellington[7]에 대해 어떻게 적었는지 기억하면 재미있다.

새침데기 소녀는 성장했다. 그리고 밋퍼드 부인이 기억하기로 "가장 예쁘고 어리석으며 가식적인, 부지런히 신랑감을 물색했던 경박한 아가씨"는 《오만과 편견》이라는 소설의 저자가 되었다. 삐걱거리는 문 뒤에서 몰래 쓴 그 소설은 여러 해 동안 출판되지 못한 채 놓여 있었다. 얼마 뒤 그녀는 새로운 소설 《왓슨 일가The Watsons》[8]를 쓰기 시작했지만, 무슨 이유에서인지 만족을 느끼지 못하고 미완성으로 남겨 놓았다. 위대한 작가의 이류 작품은 그의 걸작에 대한 최상의 비평을 제공해 주기 때문에 읽을 만한 가치가 있다. 여기서 그녀의 어려움은 훨씬 명백하며, 그녀가 그것을 극복하기 위해 선택한 방법은 제대로 감추어지지 않았다. 우선 제1장들에서 나타나는 딱딱하고 노골적인 설명은 그녀가 맨 처음에 사실들을 직설적으로 펼친 뒤 돌아가고 또 돌아가면서 등장인물들의 특징과 분위기를 부여하는 작가 가운데 한 사람이었음을 입증한다. 그것이 어떤 은폐, 삽입, 교묘한 장치 등에 의해 어떻게 이루어졌는지에 대해서는 말할 수 없다. 하지만 기적이 일어났을 것이다. 14년에 걸친 지루한 가족사는 그 절묘하

---

6 샬럿 브론테, 에밀리 브론테, 앤 브론테.
7 1769~1852, 영국의 군인이자 정치가인 제1대 웰링턴 공작 아서 웰즐리Arthur Wellesley.
8 제인 오스틴의 미완성 소설.

고 별다른 어려움 없는 도입부를 통해 다른 이야기로 바뀌었을 것이다. 그리고 우리는 그녀가 펜을 움직여 어떤 힘든 예비 작업을 해 나가야 했는지 결코 짐작하지 못할 것이다. 여기서 제인 오스틴은 요술쟁이가 아님을 알게 된다. 다른 작가들과 마찬가지로 그녀도 특유의 천재성이 결실을 맺을 수 있게 해 줄 분위기를 조성해야 했다. 더듬기도 하고 우리를 계속 기다리게 만들기도 한다. 갑자기 그 일이 끝나고 이제 그녀가 좋아하는 방식으로 만사가 이루어질 수 있게 된다. 에드워즈Edwards 일가는 무도회장에 가고 있다. 톰린슨Tomlinson 일가의 마차가 지나간다. 그녀는 우리에게 찰스Charles가 "장갑을 받아들고 그것을 끼라는 말을 듣고 있다"고 말할 수 있다. 톰 머스그레이브Tom Musgrave는 굴이 잔뜩 든 통을 가지고 한쪽 모퉁이로 가서 무시당하는 것으로 유명하다. 그녀의 천재성이 자유자재로 발휘된다. 우리의 감각은 빨라지고 우리는 그녀만이 전할 수 있는 묘한 힘에 사로잡힌다. 하지만 그 모든 것은 무엇으로 이루어져 있을까? 시골 소도시의 무도회, 집회실에서 만나 손을 잡는 몇몇 부부, 약간의 식사와 음주, 파국, 그리고 어느 젊은 아가씨에게 무시당하다가 다른 아가씨에게서 친절한 대접을 받는 소년 등으로 이어진다. 비극이나 영웅적인 행위는 전혀 없다. 하지만 무슨 영문인지 그 작은 장면이 모든 균형에서 빠져나와 표면적인 엄숙함으로 이동하고 있다. 만약 에마Emma가 무도회장에서 그처럼 행동한다면, 우리는 불가피하게 다가올 인생의 중대한 위기 때 그녀가 진실된 감각에 따라 얼마나 사려 깊고 얼마나 다정한 모습을 나타내는지 보게 된다. 따라서 제인 오스틴은 표면상

드러나는 것보다 훨씬 깊은 감정의 대가이다. 우리를 자극하여 거기에 없는 것을 내놓게 한다. 그녀는 분명 사소한 것을 제공하지만 그것은 독자의 마음속에서 확장되며, 겉으로 보기에 사소한 인생의 여러 장면을 가장 지속적인 형태로 부여하는 그 무엇으로 이루어져 있다. 항상 강조되는 것은 인물이다. 우리가 궁금해하는 것은 3시 5분 전, 바로 메리Mary가 쟁반과 칼 상자를 가지고 올 그 시간에 오스번 경Lord Osborne과 톰 머스그레이브가 방문하면 에마가 어떻게 행동할까 하는 것이다. 그것은 매우 얄궂은 상황이다. 그 젊은 남자들은 그녀보다 훨씬 더 세련된 것에 익숙해져 있다. 에마는 교양 없고 속된 보잘것없는 여자임을 드러낼지도 모른다. 뒤틀린 채 오고가는 대화가 우리의 긴장감을 고조시킨다. 우리의 관심은 절반쯤 현재의 순간에, 절반쯤 미래에 걸쳐 있다. 그리고 에마가 우리의 커다란 기대를 충족시키는 행동을 할 때 우리는 마치 아주 중요한 일을 목격하기라도 한 것처럼 감동을 느낀다. 정말이지 이 미완성의 저급한 이야기 가운데도 제인 오스틴의 위대성을 나타내는 모든 요소가 있다. 바로 문학의 영속성이다. 표면적인 활기, 인생과의 유사성은 잊어버리더라도 더욱 깊은 즐거움을 마련하기 위해 인간의 가치에 대한 훌륭한 구별이 남아 있다. 이것까지도 마음에서 제거해 버린다면, 우리는 훨씬 추상적인 예술을 매우 만족스럽게 즐길 수 있다. 즉 무도회장 장면에서는 각 부분들의 감정과 조화가 너무 다양하여 이야기를 이리저리 움직여 나가는 연결 고리로서가 아니라 그 자체로서 시를 즐기듯 즐길 수 있을 정도이다.

하지만 소문에 의하면 제인 오스틴은 곧고 까다로우며 과묵하다 ―
"모든 사람이 두려워하는 부지깽이"라고 한다. 이것에 대한 흔적도
있다. 그녀는 매우 비정할 수 있었다. 그녀는 문학에서 일관적으로
풍자를 하는 사람 가운데 한 명이다. 《왓슨 일가》의 딱딱한 서두 부분
은 그녀가 다작의 천재가 아님을 입증하고 있다. 그녀는 에밀리 브론
테Emily Jane Brontë [9]처럼 문을 열기만 하면 그녀를 느낄 수 있도록 하지
는 못했다. 겸손한 자세로 흥겹게 잔가지와 짚을 모아 둥지를 만들고
서로 제자리에 놓아 예쁘게 꾸몄다. 잔가지와 짚은 약간 건조하고 먼
지도 쌓여 있었다. 거기에는 큰 집과 작은 집이 있었으며 티파티, 디
너파티, 때로는 소풍도 있었다. 인생은 가치 있는 관계와 적정한 수
입에 따라 한정되었다. 흙탕길 곁에서는 발이 짖기도 했고, 젊은 아
가씨들은 쉽게 피로해지기도 했다. 자그마한 원칙, 자그마한 결과,
그리고 시골에 살고 있는 상류층 가정에서 공통적으로 향유된 교육
이 그것을 지탱했다. 부도덕, 모험, 정열 등은 외부의 일이었다. 그러
나 그녀는 이 모든 단조로움이나 이 모든 사소함을 피하지 않았고,
간과하지 않았다. 그리고 인내심을 갖고 간단명료하게 "그들은 뉴베
리Newbury [10]에 이를 때까지 한 번도 멈추지 않았으며, 그곳에서는 화
려하지도 간소하지도 않은 훌륭한 식사가 그날의 즐거움과 피로를

---

[9] 1818~1848. 영국의 소설가. 《제인 에어》의 작가 샬럿 브론테와 자매지간으로 에밀리는 시인
으로서도 인정받았다. 황량한 들판과 버려진 집을 배경으로 한 그녀의 대표작 《폭풍의 언덕》은
출간 당시 비윤리적인 작품이라는 평가를 받았지만 20세기 들어 새롭게 주목받았다.
[10] 잉글랜드 남중부 버크셔Berkshire 지방 서쪽의 소도시.

마무리했다"고 우리에게 이야기한다. 그녀는 입으로만 관습을 존중하는 것이 아니다. 받아들일 뿐 아니라 그들을 믿고 있다. 에드먼드 버트럼Edmund Bertram과 같은 성직자 또는 선원, 특히 선원을 묘사할 때는 그 직업의 성스러움 때문인지 그녀의 주된 도구, 희극적인 천재성을 마음대로 구사하지 못하고, 장식적인 찬사나 형식적인 묘사에 그치는 경향이 있다. 그러나 그들은 예외이다. 대부분의 경우 그녀의 태도는 앞서 "재치 있는 사람, 성격을 잘 묘사하는 사람이 입을 열지 않으면 정말 끔찍하다!"고 익명의 아가씨가 토로한 말을 상기시킨다. 그녀는 개혁을 하거나 절멸시키기를 원하지 않으며 침묵을 지키는데 그것이 정말 끔찍한 것이다. 그녀는 바보, 좀도둑, 속물, 콜린스 씨Mr. Collins, 월터 엘리엇 경Sir Walter Elliot, 베닛 부인Mrs. Bennet 등을 한 사람씩 창조해 나간다. 그리고 그들에게 채찍 같은 구절을 휘두르며, 그 채찍질은 그들의 실루엣을 영원히 손상시킨다. 하지만 그들은 남아 있다. 그들을 위한 변명도 발견되지 않으며 아무런 동정도 표하지 않는다. 그래서 줄리아Julia와 마리아 버트럼Maria Bertram에게는 아무것도 남아 있지 않고, 레이디 버트럼은 영원히 "앉은 채 소리를 질러 퍼그Pug를 부르면서 화단에 가지 못하게 막고 있다." 하느님의 정의는 골고루 나누어진다. 거위를 보살피는 사람에게 호감을 나타내는 것으로 시작한 그랜트 박사Dr. Grant는 "뇌졸중과 죽음, 일주일에 세 번의 거창한 만찬을 갖는 것"으로 끝난다. 때때로 그녀가 만들어 낸 인물들은 단지 제인 오스틴에게 그들의 목을 자르는 최상의 기쁨을 주기 위해서 태어난 것처럼 보이기도 한다. 그녀는 만족을 느끼면서 이

느 누구의 머리카락 하나라도 건드리거나, 자신에게 그처럼 대단한 기쁨을 주는 이 세상의 벽돌 하나, 풀잎 하나라도 옮기려 하지 않을 것이다.

정말이지 우리 역시 그렇다. 왜냐하면 허영심이나 도덕적 분노의 열기로 양심, 좁은 마음, 어리석음 등으로 가득 찬 세상을 개선시키려는 충동을 느낄지라도 그것은 우리의 능력을 넘어서는 일이기 때문이다. 사람들이 그렇다는 것을 열다섯 살의 소녀는 알고 있었고, 원숙해진 여인은 그것을 입증한다. 지금 바로 이 순간, 레이디 버트럼은 퍼그가 화단에 들어가지 못하게 하려고 애쓰며, 잠시 후 미스 패니Miss Fanny를 돕게끔 채프먼Chapman을 보낸다. 그 식별력이 아주 완벽하고 풍자가 정당하기 때문에, 그것이 일관되게 거듭됨에도 불구하고 우리가 느끼지 못할 정도이다. 생각에 잠긴 우리를 일깨우는, 마음이 좁아 보이는 기색이나 양심의 기미는 전혀 없다. 기쁨이 묘하게 우리의 즐거움과 뒤섞인다. 아름다움이 이 바보들을 밝게 비추어 준다.

그 모호성은 정말이지 서로 전혀 다른 여러 부분들로 이루어지는 경우가 적지 않으며, 그들을 한데 결합시키는 데는 특유의 천재성이 필요하다. 제인 오스틴의 위트에는 동반자 격으로 완벽한 그녀의 취향이 수반된다. 그녀가 말하는 바보는 바보, 그녀가 말하는 속물은 속물이다. 왜냐하면 그녀가 염두에 두고 있으며 심지어 우리를 웃기는 동안에도 분명하게 우리에게 전달하고 있는 온전한 정신과 감각의 표본이 그들과 어긋나기 때문이다. 제인 오스틴보다 흠잡을 데 없는 인간적인 가치 의식을 더 많이 활용한 소설가는 없었다. 그녀가 제시하는 영문학에서 가장 큰 기쁨을 주는 친절, 진실, 성실 등으로부터의 일탈은 바로 잘못이 없는 마음, 확실한 좋은 취향, 엄격에 가까운 윤리 등을 배경으로 한다. 그녀는 온전히 이 방법으로 선악을 혼합시킨 메리 크로퍼드Mary Crawford를 묘사한다. 그녀는 메리가 마음껏 성직자들을 반대하거나 준남작의 작위와 연간 1만 파운드의 수입을 지지하게 내버려 두지만, 이따금씩 아주 조용히 그렇지만 완벽한 어조로 자신의 목소리를 낸다. 그러면 메리 크로퍼드의 수다는 여전히 재미있기는 할망정 당장에 김이 빠지고 만다. 그러한 대조로부터 아름다움, 심지어 장엄함이 나오며, 그것은 그녀의 위트만큼 주목을 끌 뿐 아니라 뗄 수 없는 그 일부이기도 하다. 《왓슨 일가》는 이 힘의 맛보기를 제공한다. 그녀는 보통의 친절한 행동이 왜 그녀가 묘사하는 것처럼 의미로 가득 차게 되는지 보여줌으로써 우리를 의아하게 만든다. 그녀의 걸작들에서는 바로 그 재능이 완벽한 수준에 이른다. 여기에도 어긋나는 일이란 전혀 없다. 노샘프턴셔Northamptonshire [11]의 정오, 어느 활기 없는 젊은 사내가 식사를 앞두고 옷을 갈아입기 위해 계단을 올라가다가 지나가는 하녀들 가운데 다소 허약해 보이는 젊은 여인과 이야기를 하고 있다. 하지만 그들의 이야기는 사소하고 진부한 것으로부터 갑자기 의미로 가득 차고 그들의 생애에서 가장 기억에 남는 순간 중 하나가 된다. 그것은 저절로 가득 차고 빛이 나

11 잉글랜드 중동부 지역의 카운티.

며 번쩍거리는가 하면 우리 앞에 깊숙이 매달린 채 흔들리다 잠시 멈추기도 한다. 그러자 하녀가 지나가고 인생의 모든 행복이 응축되었던 이 순간이 가만히 물러가면서 다시 보통의 일상으로 돌아온다.

그들의 심오한 의미에 대한 이 성찰을 감안하면, 제인 오스틴이 파티, 소풍, 시골의 춤 등 일상생활의 사소한 일들을 쓰기로 한 것보다 더 자연스러운 것이 있을까? 조지 4세의 섭정[12]과 클라크 씨James Stanier Clarke[13]로부터 나온 "글 쓰는 방법을 바꾸어 보라는 제안"도 그녀의 마음을 흔들지 못했으며, 어떤 로맨스나 어떤 모험, 어떤 정치나 모략도 그녀가 본 만큼 시골 저택의 계단에 생기를 부여할 수 없었다. 정말이지 조지 4세의 섭정과 그의 도서관장은 아주 힘든 장애물을 무너뜨리려고 애썼던 셈이다. 그들은 매수할 수 없는 양심을 매수하고, 결코 오류가 없는 분별력을 혼란시키려고 했다. 열다섯 살 때 자신의 문장을 매우 훌륭하게 다듬었던 소녀는 그 후로도 문장을 계속 연마했으며, 결코 조지 4세의 섭정이나 그의 도서관장을 위해서가 아니라 전 세계를 대상으로 글을 썼다. 그녀는 자신의 힘이 무엇이며, 사람들의 기대 수준이 높은 작가로서 무엇을 소재로 삼아야 할지 정확히 알고 있었다. 그러나 그녀의 영역 밖에 놓여 있는 인상들, 아무리 노력을 하거나 기교를 부리더라도 그녀 자신의 자원으로 제대로 감

---

12 조지 4세(1762~1830)가 국왕으로 즉위하기 전, 정신 질환을 앓은 부왕 조지 3세(1738~1820)를 대신해 정무를 처리한 1811년부터 1820년까지를 가리킴.

13 1766~1834, 조지 4세가 섭정하기 전부터 거처로 삼았던 런던 소재 칼턴 하우스Carlton House 의 도서관장.

싸거나 덮어 버릴 수 없는 감정들도 있었다. 예컨대 그녀는 어느 소녀가 깃발이나 예배에 대해 열띤 이야기를 하게 할 수 없었다. 그리고 진심으로 낭만적인 순간에 몰입하는 것도 불가능했다. 그녀에게는 정열의 장면을 피할 수 있는 온갖 장치들이 갖추어져 있었다. 자연과 그 아름다움에 대해서는 그녀 자신의 특별한 방식으로 접근했다. 그녀는 아름다운 밤을 묘사하면서도 한 번도 달을 언급하지 않는다. 하지만 "구름 한 점 없는 밝은 밤과 숲의 어두운 색깔 사이의 대조"에 관한 몇 구절을 읽으면, 그 밤은 즉각 그녀가 그렇다고 말하는 대로 "엄숙하고 차분하며 사랑스럽다."

그녀의 균형 잡힌 재능은 완벽할 정도이다. 완성된 소설들에는 실패작이 전혀 없으며, 여러 장들 사이에서 현저하게 수준이 뒤떨어지는 장도 거의 없다. 하지만 그녀는 마흔둘의 나이로 세상을 떠났다. 자신의 힘이 절정에 이르렀을 때 죽은 것이다. 작가의 최종적인 활동기에 가장 관심을 기울이게 만드는 어떤 변화도 보이지 않은 상태였다. 만약 그녀가 살아 있었다면, 활달하고 억제할 수 없으며 커다란 활기를 불어넣는 데 재능이 있었던 만큼 더 많은 작품을 썼으리라는 점은 의심의 여지가 없으며, 이전과는 다른 방법으로 쓰지는 않았을까 하고 생각해 보고 싶기도 하다. 경계선은 표시되어 있고, 달, 산, 성채 등은 다른 쪽에 놓여 있다. 하지만 때로는 그녀도 잠시 동안이나마 건너가 보고 싶은 마음을 느끼지 않았을까? 자신의 밝고 명랑한 태도로 자그마한 만년의 여행을 생각하기 시작한 것은 아닐까?

그녀의 마지막 완성작 《설득 Persuasion》을 통해 그 작품 신상에서 그녀가 살았더라면 썼을 작품들을 생각해 보자. 《설득》에는 묘한 아름다움과 묘한 지루함이 있다. 그 지루함은 대개 서로 다른 시기 사이의 과도기를 가리키는 경우에 나타난다. 작가는 약간 따분해하고 있다. 그녀는 자신이 만든 세상의 진행 방식에 아주 친숙해졌다. 그래서 더 이상 새로운 시각으로 주목하지 않는다. 그녀의 코미디에는 신랄함이 있으며, 그것은 월터 경Sir Walter 같은 사람의 허영이나 엘리엇 양Miss Elliot 같은 사람의 속물근성에 대해 재미를 느끼지 못하고 있음을 암시한다. 풍자는 거칠고 코미디는 생경하다. 그녀는 이제 더 이상 일상생활의 재미를 신선하게 받아들이지 못한다. 그녀의 정신도 대상에 몰두하고 있지 않다. 하지만 우리는 제인 오스틴이 이전에 이것을 단순히 해낸 정도가 아니라 훌륭하게 해냈다고 느끼면서, 반면에 그녀가 이제껏 시도한 적이 없었던 무엇인가를 하고자 애쓰고 있음 또한 느끼게 된다. 《설득》에는 새로운 요소, 아마도 휴얼 박사William Whewell[14]를 흥분시키고, 그것이 "그녀의 작품 가운데 가장 아름답"고 주장하게 만든 성질이 있다. 그녀는 자신이 생각했던 것보다 세상은 훨씬 크고 훨씬 신비스러우며 훨씬 낭만적임을 발견하기 시작했다. 우리는 그녀가 앤Anne에 대해 다음과 같이 말할 때 그녀 자신에 대해서도 진실하다고 느낀다. "그녀는 젊었을 때 신중하도록 강요되었고, 나이가 들면서 로맨스를 알게 되었다. 자연스럽지 못한 시작의 자연스러운 후속편이었다." 그녀는 자연의 아름다움과 우수에 대

---

14 1794~1866, 영국의 과학자이자 철학자 및 신학자.

해, 그리고 봄에 대해 생각하는 버릇이 있었음에도 불구하고 가을에 대해 자주 생각한다. 그리고 "시골에서 보낸 가을철 몇 달 동안의 달콤하고 애잔했던 경험의 영향"에 대해 이야기한다. "황갈색 잎과 시든 울타리"를 주목하기도 한다. 또 그녀는 "우리는 고생했던 곳에 대해서는 애정을 덜 기울이게 된다"고 말한다. 하지만 우리가 변화를 감지하는 것은 자연에 대한 새로운 감수성뿐만이 아니다. 인생에 대한 그녀의 태도 자체가 바뀌어져 있다. 그녀는 그 책의 훨씬 큰 부분에서, 그녀 자신도 불행하지만 다른 사람들의 행복과 불행에 대해 특별한 동정심을 지니고 있으며 끝까지 그것에 대해 침묵으로 언급할 것을 강요받는 여인의 눈으로 인생을 바라보고 있다. 따라서 그 관찰은 보통 때보다 사실적인 측면은 덜하고 감각적인 측면이 강하다. 음악회 장면이나 여성의 절개에 관한 유명한 이야기에는 표출된 정서가 있으며, 그것은 제인 오스틴이 좋아했던 전기적 사실뿐 아니라 그녀가 더 이상 말하기를 두려워하지 않는 미학적 사실까지도 입증한다. 진지한 종류의 경험을 소설에서 다루기 위해 그녀는 매우 깊이 가라앉아야 하며 시간의 흐름에 의해 철저하게 소독이 이루어져야 한다. 하지만 1817년이 된 이제 그녀는 준비가 되었다. 외부적으로도, 그녀의 상황에도 변화가 뚜렷해졌다. 그녀의 명성은 아주 서서히 높아졌다. "사생활이 그처럼 철저하게 가려진 다른 주목할 만한 작가를 과연 거론할 수 있을지 의심스럽다"고 오스틴리 Edward Austen-Leigh[15]

15 1798 1874, 1869년에 제인 오스틴의 전기를 펴낸 조카.

씨는 적었다. 그녀가 몇 해만이라도 더 살았더라면 모든 것은 달라졌을 것이다. 런던에 머물면서 외식을 하고 밖에서 점심도 먹고 유명 인사들을 만나며 새로운 친구들을 사귀고 새로운 책을 읽고 새로운 곳을 여행하는가 하면, 수많은 관찰 결과를 가지고 고요한 시골 별장으로 가서 한가할 때 파티를 벌이기도 했을 것이다.

그럼 제인 오스틴이 쓰지 않은 여섯 편의 소설에 이 모든 것이 어떤 영향을 미쳤을까? 그녀는 범죄나 정열, 모험 등에 대해서는 쓰지 않았을 것이다. 또한 출판사의 끈질긴 요구에 쫓기거나 친구들의 감언이설에 현혹되어 아무렇게나 불성실한 작품을 쓰지도 않았을 것이다. 그러나 훨씬 더 많은 것을 알게 되었을 것이다. 그녀의 안전 의식은 산산조각이 났을 것이다. 그녀의 코미디도 약해졌을 것이다. 등장인물에 대한 지식을 전할 때 대화보다는 회상을 더 신뢰했을 것이다(이 점은 이미 《설득》에서 볼 수 있다). 크로프트 제독Admiral Croft 같은 사람이나 머스그로브 부인Mrs. Musgrove 같은 사람을 알기 위해 필요한 모든 것을 몇 분 동안의 잡담을 통해 멋지게 요약해 주고, 분석과 심리학의 여러 장을 아무 계획 없이 속기로 채워 나갔던 그 방법은 그녀가 새로 파악했던 복잡한 인간성을 담기에는 너무 조잡해졌을 것이다. 그녀는 사람들이 하는 말뿐 아니라 말하지 않은 것까지ㅡ그들이 어떤 사람인지 나아가 인생이 무엇인지까지ㅡ도 전하는, 명확하고 차분하지만 훨씬 깊이가 있고 훨씬 암시적인 방법을 찾아냈을 것이다. 등장인물들로부터 좀 더 거리를 두고 선 채, 그들을 개인이 아니라 집단으로 보는 시선이 늘어났을 것이다. 끊임없이 작용하는 풍자는 줄어든 반면 훨씬 설득력이 있고 훨씬 가혹해졌을 것이다. 그리고 그녀는 헨리 제임스Henry James[16] 나 프루스트Marcel Prous[17]의 선구자가 되었을 것이다. 그렇지만 이제 그만하자. 이런 생각들은 헛되다. 여성 가운데 가장 완벽한 예술가, 불멸의 작품을 남긴 작가는 "자신의 성공에 대해 자신감을 느끼기 시작할 바로 그 즈음에" 세상을 떠났다.

16 1843~1916, 미국의 소설가. 그의 소설 《어떤 부인의 초상》은 영어로 쓴 가장 뛰어난 소설 중 하나로 평가받는다.
17 1871~1922, 프랑스의 소설가. 대표작으로 《잃어버린 시간을 찾아서》가 있다.

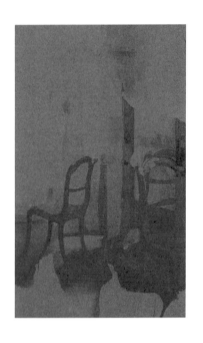

《제인 에어》와 《폭풍의 언덕》
Jane Eyre & Wuthering Heights

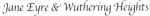

Jane Eyre & Wuthering Heights

"다른 것이 사라지더라도 그가 남아 있다면, 나는 여
전히 존재할 것이다. 그리고 다른 모든 것이 남아 있
고 그가 사라져 버린다면, 우주는 낯선 존재가 될 것
이며 나는 그것의 일부처럼 여겨지지 않을 것이다.
(……) 내게는 내세도 지옥도 깨뜨리지 못한 휴식이
보인다. 그리고 끝도 없고 그림자도 없는 내세 그들
이 찾아 들어간 영원 의 다짐이 느껴진다. 바로 삶이
끝없이 계속되고 사랑이 공감을 이루며 기쁨이 충만
해지는 곳이다."

_《폭풍의 언덕》 중에서

샬럿 브론테Charlotte Bronte [1]가 태어난 지 100년이 지났지만, 수많은 전
설, 헌신, 문학의 중심인물이 되어 있는 그녀가 살았던 기간은 그 가
운데 39년밖에 되지 않는다. 그녀가 보통 사람들만큼 살았을 경우 그
전설들이 어떻게 달라졌을지 생각하니 이상한 기분이 든다. 어쩌면
동시대의 다른 몇몇 유명인처럼 런던 등지에서 친숙하게 만날 수 있
는 인물, 수많은 사진이나 일화의 대상, 우리에게서 멀어져 있지만
중년에 접어든 사람들의 기억 속에 남아 있으면서 이미 널리 확립된
명성으로 광채를 띠는, 수많은 소설과 어쩌면 몇 가지 회상록의 작가

[1] 1816—1855, 영국의 소설가. 그녀의 대표작인 《제인 에어》는 당시 인습이나 도덕에 대한 반항
으로 주목을 받았고 20세기에 와서 다시 높은 평가를 받게 되었다.

가 되었을지도 모른다. 부유하고 풍족한 삶을 누렸을 수도 있다. 하지만 그렇지 않았다. 우리는 그녀를 현대에 향유할 수 있는 것을 누리지 못했던 사람으로 상상해 보아야 한다. 우리의 마음을 1850년대로, 황량한 요크셔Yorkshire [2]의 황무지에 자리 잡은 외딴 목사관으로 되돌려 생각해 보아야 한다. 그녀는 영원히 그 목사관과 그들 황무지에서 불행하고 외롭게, 가난 속에서도 의기양양하게 살아가고 있다.

이들 상황은 그녀가 만들어 낸 인물들에게 영향을 미치면서 작품 속에 그 자취를 남겨 놓았을지도 모른다. 소설가는 사라지기 쉬운 재료들을 가지고 작품을 만들게 되어 있으며, 그 작업은 거기에 사실성을 부여하면서 시작되어 쓰레기를 쏟아 붓는 것으로 끝난다고 여겨진다. 우리는 그녀의 상상 세계가 고풍스럽고 빅토리아 시대 중엽의 분위기를 지니며 그 황무지의 목사관—지금은 호기심을 가진 사람만이 찾아가고 독실한 신자들에 의해 보존될 뿐인 장소—처럼 시대에 뒤쳐져 있으리라는 의심을 감추지 못한 채 다시 《제인 에어》를 펼친다. 그리고 두 페이지 만에 우리의 모든 의심은 깨끗하게 지워져 버린다.

오른편으로는 여러 겹의 진홍색 직물이 내 눈에 들어오고, 왼편으로는 따뜻한 11월의 낮으로부터 나를 보호할 뿐 격리시키지 않는 깨끗한 유리 창문이 있었다. 나는 책장을 넘기면서 틈틈이 겨울날의 오후 모습을 관찰

했다. 끊임없이 거칠게 쏟아져 내리는 비에 뒤이어 슬퍼할 만큼 오랫동안 폭풍이 계속된 다음, 멀리 떨어진 곳에서는 희뿌연 안개와 구름이 보이고, 가까이에는 물기를 머금은 잔디와 폭풍을 이겨낸 관목이 있었다.

황무지 그 자체보다 더 사라지기 쉬운 것이 없고 '슬퍼할 만큼 오랫동안 계속되는 폭풍'보다 유행에 지배되기 쉬운 것도 없다. 이 유쾌한 기분이 짧게 끝나는 것도 아니다. 그것은 책 전체를 통해 계속되면서 우리에게 생각할 시간도 주지 않고 책에서 눈을 떼게 하지도 않는다. 우리를 얼마나 몰입하게 하는지, 누군가 방 안에서 움직이면 그 움직임이 마치 요크셔에서 일어나고 있는 것처럼 보일 정도이다. 작가는 우리 손을 붙들고 그녀의 길로 데리고 가서 자기가 보는 것을 우리에게도 보게 함으로써 잠시라도 우리를 내버려 두거나 자기를 잊어버리게 만들지 않는다. 결국 우리는 샬럿 브론테의 천재성, 격정, 분개 사이로 젖어든다. 주목할 만한 얼굴, 튼튼한 몸매와 뼈마디가 굵은 모습 등도 우리 앞으로 지나가지만, 우리가 그들을 보는 것은 그녀의 눈을 통해서이다. 일단 그녀가 사라지면 우리는 아무리 찾아도 그들을 발견하지 못한다. 로체스터^{Rochester}[3]를 생각해 보라. 곧바로 제인 에어를 생각하지 않을 수 없다. 황무지를 생각하려고 하면 다시 거기에 제인 에어가 있다. 그 거실', 심지어 '화려한 화환이 놓여 있는 것처럼 보인 흰색 카펫'이나 '루비처럼 붉고' '눈과 불의 모습을 전체적으로 혼합해 보여 준' 보헤미아 유리와 '파로스^{Paros 5}의 흰색 대리석으로 만든 벽난로'에 대해 생각해 보라. 그 모든 것이 제인 에어를 빼면 무슨 소용이겠는가?

제인 에어의 문제는 멀리 떠나지 않는다는 점이다. 언제나 가정교사이며 언제나 사랑에 빠져 있는 것은 자기도 아니고 타인도 아닌 사람들로 가득 차 있는 세상에서는 심각한 한계이다. 제인 오스틴이나 톨스토이^{Lev Nikolaevich Tolstoi 6} 같은 작가들이 만들어 낸 인물들은 이와 비교할 때 백만 가지의 모습을 지니고 있다. 그들은 다른 많은 사람들—그들은 또 그들대로 다른 사람들을 반영해 주는 역할을 한다—에게 영향을 미치면서 복잡하게 살아간다. 그들은 그들의 작가가 지켜보는지 여부와 상관없이 이리저리 움직이며, 그들이 살고 있는 세계는 그들이 그렇게 만들어 놓은, 이제 우리가 찾아갈 수 있는 독립된 세계처럼 보인다. 토머스 하디^{Thomas Hardy 7}는 그의 등장인물들에게

---

4 샬럿과 에밀리는 아주 똑같은 색감을 지니고 있었다. "(……) 우리는 다홍색 카펫이 깔려 있고 다홍색 의자와 탁자, 금테를 두른 순백의 천장, 그 한가운데 은으로 만든 사슬에 유리 방울 같은 것이 주렁주렁 매달려 있으며 작고 부드러운 양초들이 희미하게 빛나는 화려한 곳을 바라보았다. 아! 그곳은 아름다웠다."(《폭풍의 언덕》 중에서) "하지만 그것은 단지 아주 아름다운 거실과 그 안쪽의 규방일 뿐이었다. 두 방에는 모두 화려한 화환이 놓여 있는 것처럼 보이는 흰색 카펫이 깔려 있었고, 포도와 포도덩굴 잎 모양으로 만들어진 눈처럼 하얀 몰딩이 붙어 있었다. 그 몰딩 아래쪽에서는 다홍색 안락의자와 오토만이 그와 대조를 이루었다. 한편 파로스의 흰색 대리석으로 만든 벽난로의 장식은 루비처럼 붉은색을 띠고 번쩍거리는 보헤미아 유리였으며, 창문들 사이에는 커다란 거울들이 부착되어 눈과 불의 모습을 전체적으로 혼합해 반복적으로 보여 주었다."(《제인 에어》 중에서) __ 원주

5 에게 해에 있는 그리스의 섬.

6 1828~1910. 러시아의 소설가이자 사상가. 대표작으로 《전쟁과 평화》, 《안나 카레니나》 등이 있다.

결여된 개성이나 편협된 시야의 측면에서 샬럿 브론테와 비슷하다. 하지만 다른 점도 아주 많다. 우리는《비운의 주드 Jude the Obscure》를 읽으면서 단숨에 끝까지 읽으려고 덤비지 않는다. 등장인물들 주위로 그들 자신도 의식하지 못하는 많은 의문을 제시해 나가고 많은 생각에 잠기면서 본문으로부터 멀어진다. 비록 그들이 소박한 농부일지라도 우리는 운명과 매우 중요한 질문을 가지고 그들과 대면하게 되므로 마치 하디의 소설에서 가장 중요한 인물은 바로 이름 없는 사람들인 것처럼 여겨지는 경우가 적지 않다. 이러한 힘, 이러한 사색적인 호기심에 대한 흔적이 샬럿 브론테에게는 전혀 없다. 그녀는 인간 생활의 문제점을 해결하려고 시도하지 않으며, 심지어 그 같은 문제들이 존재한다는 사실조차 의식하지 않는다. 그녀의 모든 힘은 — 억제되기 때문에 더욱 엄청나지만 — '나는 사랑한다', '나는 미워한다', '나는 괴롭다' 등의 주장에 바쳐진다.

왜냐하면 자기중심적이고 스스로 한계를 정하는 작가들에게는 훨씬 보편적이고 마음이 넓은 사람들이 지닐 수 없는 힘이 있기 때문이다. 그들이 간직하는 인상은 그들의 좁은 벽 사이에 가득 채워지고 뚜렷하게 표시된다. 그들 자신의 인상에 의해 표시되지 않은 것은 그들의 마음에서 중요한 문제가 되지 않는다. 그들은 다른 작가들로부터 배우는 것이 거의 없으며, 다른 작가들이 채용하는 것을 자신의 것으로 동화시키지 못한다. 하디와 샬럿 브론테 모두 딱딱하고 단정한 언론 매체를 통해 그들의 문체를 다듬은 것처럼 보인다. 그들의 산문이 다루는 내용은 어색하고 완고하다. 하지만 두 사람은 매우 고집스러운 성실성과 노력으로 생각이 말을 압도할 때까지 생각함으로써 자기의 마음을 그대로 본뜨는 산문을 만들어 냈으며, 게다가 그것은 그 자체의 아름다움과 힘, 속도를 지니고 있다. 적어도 샬럿 브론테는 많은 책을 읽었지만 그것에 빚지지는 않았다. 그녀는 직업적인 작가의 매끄러운 표현을 배운 적이 없으며, 자신이 고른 언어를 주무르는 능력을 습득하지도 않았다. "남녀를 불문하고 강하고 신중하며 세련된 사람들과의 교류에서 나는 결코 마음이 편하지 않았다"고 그녀는 지방 신문의 논설위원이 쓰는 듯한 글투로 적는다. 하지만 격정이 솟고 속도가 빨라지면서 그녀 자신의 또렷한 목소리로 이어 말한다. "그것은 내가 겉으로 드러나는 관습적인 겸양을 통과하고 자신감의 문턱을 넘어서서 그들의 심장 밑바닥에 이르기 전까지의 일이었다." 바로 그곳이 그녀가 차지한 자리이다. 그녀의 페이지를 밝게 비추는 것은 심장의 불꽃에서 나오는 붉은색의 깜박이는 빛이다. 달리 말해 우리가 그녀의 작품을 읽는 것은 등장인물의 훌륭한 견해 때문도 아니고(그녀의 등장인물들은 활발하고 단순하다), 희극이기 때문도 아니며(그녀의 작품은 엄격하고 미숙하다), 인생에 대한 철학적 견해 때문도 아닌(그녀의 견해는 시골 목사의 딸이 지니고 있을 법한 견해이다), 바로 그녀의 시 때문이다. 아마도 그녀와 마찬가지로 압도적인 개성을 지닌, 우리가 일상적으로 말하는 그들의 문을 열기만 하면 그들에 대해 느낄 수 있는 작가들 모두가 그럴 것이다. 그들에게는 수용된 사물의 질서와 끊임없이 싸우는 어떤 길들여지지 않는 사나움이 있다. 그들은 인내심을 갖고 관찰하기보다 즉각적으로 창조하고자 하는 욕구를 불러일으킨다. 반그늘이나 다른 소소한 방해를 거부하는 이 열정은 보통 사람들의 일상생활 곁에서 제대로 표현되지 못하는 그들의 열정과 동맹을 맺는다. 그것이 바로 그들을 시인으로 만들거나, 아니면 산문을 쓰려고 할 때 어떤 금지에 대해 참지 못하게 만든다. 그래서 에밀리와 샬럿 두 사람은 항상 자연의 도움을 갈구하고 있다. 두 사람은 말과 행동이 전할 수 있는 것보다 더욱 강력한, 인간성 속에 잠들어 있는 광범위한 정열에 대한 어떤 상징의 필요성을 느낀다. 그것은 샬럿이 그녀의 아주 섬세한 소설 《비예트Villette》를 마무리하면서 폭풍을 묘사하는 데서도 엿보인다. "하늘은 온통 깜깜하다. 바닷말이 서쪽에서 밀려오며, 구름들은 이상한 모양으로 거듭 바뀐다." 그러니까 그녀는 달리 표현할 수 없었던 정신 상태를 묘사하기 위해 자연을 끌어들인 것이다. 하지만 두 자매는 도러시 워즈워스Dorothy Wordsworth[8]가 했던 것만큼 정확하게 자연을 관찰하지 않았으며, 테니슨Alfred Tennyson[9]이 그랬던 만큼 꼼꼼하게 그려 내지 않았다. 두 자매는 그들 자신이나 작중인물들이 느끼는 것과 아주 비슷한 대지의 모습을 포착했다. 그래서 그들이 묘사하는 폭풍, 그들이 묘사하는 황무지, 그들이 묘사하는 여름철의 아름다운 공간은 따분한 페이지를

8 1771~1855. 영국의 여류 시인으로, 낭만파 시인 윌리엄 워즈워스의 친동생.
9 1809~1892. 영국의 시인.

꾸미거나 작가의 관찰력을 과시하기 위해 채용된 장식물이 아니다. 그들은 감정을 운반해 가면서 책의 의미를 밝혀 준다.

책의 의미는 ─ 일어나고 있는 일이나 말하고 있는 것과 동떨어진 곳에 있는 경우가 아주 많고, 다른 사물들 그 자체가 작가와 맺고 있는 관계 속에 존재하기 때문에 ─ 당연한 노릇이지만 포착하기 어렵다. 특히 이것은 브론테 자매와 같이 작가가 시적이며, 그가 의미하는 것이 사용하는 언어와 불가분의 관계이고, 그 자체가 어느 특정한 관찰이라기보다 하나의 기분일 때 더욱 그렇다. 《폭풍의 언덕》은 《제인 에어》보다 더욱 이해하기 어려운 책이다. 에밀리가 샬럿보다 더 훌륭한 시인이기 때문이다. 샬럿은 글을 쓸 때 웅변, 광채, 정열을 가지고 '나는 사랑한다', '나는 미워한다', '나는 괴롭다' 등으로 말했다. 그녀의 경험은 격렬하기는 하지만 우리 자신과 같은 수준에 있다. 하지만 《폭풍의 언덕》에는 '나'가 없다. 가정교사가 없다. 고용주도 없다. 사랑이 있지만, 그 사랑은 남녀의 사랑이 아니다. 에밀리는 훨씬 종합적인 개념에서 영감을 얻었던 것이다. 그녀에게 창조의 욕구를 불러일으킨 충동은 그녀 자신의 괴로움이나 그녀 자신의 상처가 아니었다. 세상의 거대한 무질서를 내다보고 그것을 책 속에서 통합시킬 힘을 자신에게서 느꼈다. 그 대단한 야심은 그 소설 ─ 작중인물들의 입을 통해 무엇인가를 말하려는, 반쯤 방해를 받지만 훌륭한 확신에서 나온 투쟁을 통해 느낄 수 있다. 그것은 '나는 사랑한다', '나는 미워한다', '나는 괴롭다' 등이 아니라 '우리 모든 인간 족속'이나 '너희 영원한 힘(……)'이다. 그 문장은 마무리되지 않은 채 남아 있다. 그렇게 된 것은 이상한 일이 아니다. 오히려 그녀가 우리에게 그녀 자신이 그렇게 말할 것임을 느끼게 할 수 있다는 사실이 놀랍다. 그것은 매끄럽게 구사되지 않는 캐서린 언쇼Catherine Earnshaw의 입을 통해 터져 나온다. "다른 것이 사라지더라도 그가 남아 있다면, 나는 여전히 존재할 것이다. 그리고 다른 모든 것이 남아 있고 그가 사라져 버린다면, 우주는 낯선 존재가 될 것이며 나는 그것의 일부처럼 여겨지지 않을 것이다." 그 말은 죽은 사람을 앞에 두고 다시 터져 나온다. "내게는 대지도 지옥도 깨뜨리지 못할 휴식이 보인다. 그리고 끝도 없고 그림자도 없는 내세 ─ 그들이 찾아 들어간 영원 ─ 의 다짐이 느껴진다. 바로 삶이 끝없이 계속되고 사랑이 공감을 이루며 기쁨이 충만해지는 곳이다." 그 책이 다른 소설들보다 대단한 수준으로 올라서는 것은 바로 인간성의 불가사의함을 강조하면서 그것을 위대한 것으로 승화시키려 하는 힘을 제시하고 있기 때문이다. 하지만 에밀리 브론테가 몇 구절의 서정시를 쓰고 탄성을 지르며 몇 가지 신조를 표명하는 것으로는 충분하지 않았다. 그녀는 시를 통해 이것을 분명히 했으며, 어쩌면 그녀의 시가 소설보다 더 오래갈지도 모른다. 하지만 그녀는 시인이자 또한 소설가였다. 그래서 더욱 힘들고 사람들이 달가워하지도 않는 임무를 수행하지 않으면 안 되었다. 다른 존재들과 대면하고, 외부적인 사물의 메커니즘과 씨름하며, 농장과 주택을 인식할 수 있는 형태로 세우고, 그녀 자신과 독립적으로 존재하는 남녀의 말을 전해야 하는 것이다. 그래서 우리는 고함을 지르거나 열광적인 표현에 의해서가 아니라, 소녀가 나뭇가지에서 봄을 흔들며 혼자 옛 노래를 흥얼거리는 소리를 듣거나, 양들이 황무지의 풀을 뜯는 모습을 바라보거나, 부드러운 바람이 풀 위를 스쳐 지나가는 소리에 귀를 기울이면서 그들 감정의 꼭대기에 이른다. 부조리하고 사실 같지 않은 일로 점철된 그 농장 생활은 우리 앞에 놓여 있다. 우리에게는 실제의 농장과 《폭풍의 언덕》, 실제의 남자와 히스클리프 Heathcliff를 비교할 수 있는 모든 기회가 있다. 그리고 자신이 직접 본 사람과 닮은 점이 거의 없는 남녀들 속에 어떻게 진실이나 성찰, 또는 더욱 섬세한 감정의 색조가 있을 수 있는지 묻기도 한다. 하지만 그렇게 묻는 동안에도 우리는 히스클리프에게서 천재성을 지닌 누이동생이 보았을지도 모르는 그 오빠를 본다. 우리는 그럴 리가 없다고 말하지만, 문학에서 다루어지는 소년 가운데 그보다 더 생생한 존재는 없다. 그래서 이제 두 명의 캐서린을 생각해 보자. 다른 여자들은 그들처럼 행동하거나 느낄 수 없었다고 우리는 말한다. 하지만 그들도 영국 소설에서 가장 사랑스러운 여인들이다. 에밀리 브론테는 마치 우리가 인간에 대해 알고 있는 것들을 갈가리 찢어 버리고, 이들 알아차릴 수 없는 슬라이드에 현실을 초월하는 격정적인 인생을 채워 넣는 것 같다. 그렇다면 그녀의 힘이야말로 가장 보기 드문 것이 아닐 수 없다. 그녀는 사실에 대한 의존에서 인생을 해방시키고, 몇 가지 작은 동작만으로 얼굴의 영혼을 가리키며, 황무지를 언급함으로써 바람이 불고 천둥이 치게 만들 수 있었던 것이다.

디포
Daniel Defoe

Daniel Defoe

그의 호기심을 불러일으킨 것은 바로 고된 생활에 의해 길러진 그들의 자연스러운 성실성이었다. 그들에게는 아무런 핑계도 없었으며, 그들의 동기를 가려 줄 다정한 보금자리가 있는 것도 아니었다. 가난이 그들의 현장 감독이었다. 디포는 그들의 실패에 대해 주제넘은 소리라고 판단되면 더 이상 말하지 않았다. 하지만 그들의 용기와 기지와 끈기에는 기쁨을 느꼈다.

100년씩의 역사를 기록하는 자를 엄습하는, 사라져 가는 망령을 평가하고 다가오는 붕괴를 예견해야 한다는 두려움이 《로빈슨 크루소 Robinson Crusoe》에게는 아예 없을 뿐 아니라 그 생각을 하는 것조차 우스꽝스럽다. 《로빈슨 크루소》는 1919년 4월 25일에 200주년이 되는데, 그 200주년 효과는 사람들이 지금 그것을 읽고 앞으로도 계속 읽을 것인가 하는 식상한 질문보다는, 《로빈슨 크루소》가 그처럼 짧은 기간에 영원불멸의 존재가 되었다는 놀라운 사실에 있다. 그 책은 한 인간의 노력이라기보다 한 종족이 익명으로 내놓은 산물과 비슷하며, 그것의 200주년 기념은 스톤헨지를 100주년마다 기념하는 일을 떠올리게 한다. 이것은 아마 우리가 어릴 때 《로빈슨 크루소》를 큰 소리로 읽었기 때문이며, 따라서 디포[1]와 그의 이야기에 대한 마음가

짐은 그리스 인들이 호메로스$^{Homer^2}$에 대해 갖고 있는 것과 매우 흡사하다. 우리는 디포라는 사람이 있었다는 사실을 쉽게 떠올리지 못하는데, 만약《로빈슨 크루소》가 손에 펜을 든 사람의 작품이라는 말을 들었다면 혼란을 느끼며 불쾌해 하거나 아무 의미가 없다고 느낄 것이다. 어린 시절의 인상은 오래 지속되고 깊이 파고든다. 지금도 여전히 대니얼 디포라는 이름은《로빈슨 크루소》의 표지에 출현할 권리가 없는 것 같다. 그래서 만약 우리가 그 책의 200주년을 기념한다면 스톤헨지와 마찬가지로 그것이 아직도 존재하고 있다는 약간은 불필요한 암시를 하고 있는 셈이다.

그 책의 커다란 명성은 그 작가에게 어느 정도 부당한 결과를 가져왔다. 그 책은 그에게 일종의 익명의 영광을 부여한 반면, 우리가 어린 시절에 큰 소리로 읽지 않은 다른 작품도 디포가 썼다는 사실을 희미하게 만들어 버렸기 때문이다. 그래서 1870년〈크리스천 월드 Christian World〉의 편집인이 '영국의 소년소녀들'에게 디포 무덤의 비석이 번개로 인해 갈라졌으니 새로 세우자고 호소했고, 그 대리석에는《로빈슨 크루소》의 작가를 기념한다는 글이 새겨졌다.《몰 플랜더스 Moll Flanders》에 대해서는 아무 언급도 없었다. 그 책, 그리고《록새나 Roxana》,《선장 싱글턴 Captain Singleton》,《잭 대령 Colonel Jack》 등에서 다루어

---

1 1660~1731, 영국의 저널리스트이자 소설가. 그의 대표작《로빈슨 크루소》는 영국 최초의 근대적 소설로 평가받고 있다. 이외에도 디포는《몰 플랜더스》,《록새나》등의 작품을 남겼다.
2 기원전 800?~750, 고대 그리스의 시인

진 문제들을 고려한다면 우리는 그 누락에 분개 할망정 놀랄 것까지는 없다. 그리고 "그들 작품이 거실 탁자용은 아니다"라고 말한, 디포의 전기[3]를 쓴 라이트Thomas Wright 씨의 견해에 동의를 표할지도 모른다. 그러나 그 유용한 가구를 취향의 최종적인 결정자로 만드는 데 동의하지 않는다면, 우리는 그 작품들의 인위적인 조잡성 또는 《로빈슨 크루소》의 보편적인 명성 때문에 그들이 간직하는 가치보다 훨씬 덜 유명해졌다는 사실을 유감스럽게 생각해야 한다. 기념비라는 이름에 걸맞은 비석에는 적어도 《몰 플랜더스》와 《록새나》의 제목이 디포의 이름만큼 깊이 새겨져야 한다. 그들은 논의의 여지없이 위대한 소수의 영국 소설에 해당한다. 그들 가운데 더욱 유명해진 작품의 200주년을 맞이하여 우리는 그의 위대성과 아주 공통점이 많은 그 작품들의 위대성이 어디에서 일관적으로 유지되는지 찾아낼 생각을 하게 될지도 모른다.

디포는 소설가가 되었을 때 이미 나이가 지긋했으며, 먼저 작가로 활동하던 리처드슨Samuel Richardson[4]과 필딩Henry Fielding[5]보다 나이가 많았고, 소설을 구성하고 그것이 그 자체의 길로 나아가도록 한, 정말이지 최초의 인물 가운데 하나였다. 하지만 그에게 선례가 된 것들을 논하는 일은 불필요하다. 그는 소설 작법에 대한 확실한 개념을 가지

---

[3] 《대니얼 디포의 생애The Life of Daniel Defoe》
[4] 1689–1761, 영국의 소설가
[5] 1707–1754, 영국의 소설가

고 소설을 썼고, 이를 실천에 옮긴 최초의 인물 가운데 하나였다. 소설은 참된 줄거리를 이야기하고 명쾌한 도덕을 가르침으로써 그 존재를 정당화하지 않으면 안 되었다. "줄거리를 지어내는 것은 분명히 아주 부끄러운 범죄이다. 그것은 가슴속에 커다란 구멍을 만드는 일종의 거짓 말하기이며, 그러는 가운데 거짓말하는 버릇이 생긴다"고 그는 썼다. 따라서 그는 각 작품의 서문이나 본문에서 자신이 지어낸 것이 아니라 사실에 의존했다는 점, 그리고 자신의 의도는 사악한 자들을 개과천선시키고 순진한 자들에게 주의를 주려는 고도의 도덕적 욕구였다는 점을 힘껏 주장한다. 다행히 이것들은 그의 타고난 기질이나 재능과 부합되는 원칙이었다. 갖가지 사실은 60년에 걸친 다양한 경험을 통해 그에게 주입되었고 소설 속에서 다루어졌다. "나는 얼마 전 내 생애의 여러 장면을 다음과 같이 요약한 바 있다"고 그는 썼다.

누구도 온갖 경험을 더 많이 할 수 없으며,

그리고 나는 열세 번이나 빈부의 교차를 겪었다.

그는 18개월 동안 뉴게이트Newgate⁶에서 지내면서 도둑, 해적, 노상강도, 화폐 위조범 등과 이야기를 나눈 뒤 몰 플랜더스⁷의 이야기를

---

6 런던의 지역으로 1902년까지 감옥이 있었음.
7 디포가 쓴 동명 소설의 여주인공.

썼다. 하지만 삶이나 사고를 사실로써 제시하는 것과, 그들을 탐색한 뒤 그들의 기억을 잊지 않고 유지하는 것은 별개이다. 그것은 단지 디포가 가난의 어려움을 알고 있었으며 그 희생자들과 이야기를 나누었다는 사실뿐 아니라, 상황에 따라 드러나고 스스로 바뀌어야 하는, 아무런 보호를 받지 못하는 삶이 그의 상상력을 자극해 작품의 소재가 되었다는 뜻이다. 그의 위대한 소설들의 첫 페이지마다 남녀 주인공은 아무런 도움을 받지 못하는 비참한 상태에 처해 있다. 그들의 존립은 지속적인 투쟁이며 그들의 생존은 행운이나 그 자신의 고군분투의 결과임에 틀림없다. 몰 플랜더스는 어머니가 죄수였으므로 뉴게이트에서 태어났고, 선장 싱글턴[8]은 어릴 때 끌려가 집시에게 팔렸으며, 잭 대령[9]은 "향사의 신분으로 태어났으나 소매치기 솜씨를 익혔고", 록새나[10]는 그보다는 나은 환경에서 출발하지만 15세 때 결혼한 뒤 남편이 파산하자 다섯 자녀와 함께 "이루 형언할 수 없는 최악의 상황"에 처하게 된다.

따라서 이들 소년소녀에게는 각각 스스로 헤쳐 나가야 할 세상이 있다. 거기에서 만들어지는 상황은 완전히 디포에게 달려 있다. 그들 가운데 가장 주목되는 몰 플랜더스는 태어난 뒤부터 또는 그 후 반년이 지나면서부터 "악마 가운데 가장 나쁜 가난"에 의해 고통을 겪고,

---

8 디포가 쓴 동명 소설의 주인공.
9 디포가 쓴 동명 소설의 주인공.
10 디포가 쓴 동명 소설의 주인공.

바느질을 할 수 있게 되자마자 이리저리 끌려 다니면서 돈벌이를 하게 되고, 포근한 가정의 분위기를 마련해 주지 못하는 조물주에게 아무 요구도 하지 않지만 낯선 사람들과 낯선 관습들에 대해 알고 있는 지식 때문에 조물주에게 끌린다. 자신의 생존권을 입증해야 하는 부담이 처음부터 그녀에게 부과되어 있다. 그녀는 온전히 자신의 재치와 판단에 의존해야 하며, 비상사태가 일어날 때마다 자신이 정립해 놓은 상식적인 윤리 의식으로 대응하지 않으면 안 되었다. 이야기가 빠르게 전개되는 것은 부분적으로 아주 어릴 때 법이 허용하는 범위를 넘어선 이후 그녀가 버림받은 자의 자유를 지니게 되었기 때문이다. 한 가지 불가능한 일은 그녀가 쾌적하고 안전한 상태로 정착하는 것이다. 하지만 작가 특유의 천재성이 발휘되면서 모험 소설의 명백한 위험은 처음부터 배제된다. 작가는 우리에게 몰 플랜더스가 자신의 의지에 따라 살아가는 여성이며, 모험을 계속하기 위한 소재가 아님을 이해시킨다. 이것을 증명하기 위해 우선 그녀는 — 록새나 역시 그렇지만 — 불행한 결과가 수반되기는 하지만 열정적으로 사랑에 빠진다. 그녀가 스스로 분발하여 누군가와 결혼하고 안정된 삶을 누리려고 한다는 것은 그녀의 열정을 경멸하는 것이 아니라 그녀의 태생을 탓하려는 것이다. 그리고 디포의 모든 여인들처럼 그녀도 강한 이해심을 지녔다. 그녀는 필요할 때면 거리낌 없이 거짓말을 하기 때문에 그녀가 진실을 말할 때면 거기에는 부인할 수 없는 무엇인가가 있다. 그녀에게는 사적인 호감을 세련되게 다듬는 데 낭비할 시간이 없다. 눈물 한 방울을 흘리고 한 순간의 절망이 허용된 뒤 "이야기는 이어진다." 그녀에게는 폭풍을 헤쳐 나가기 좋아하는 의욕이 있다. 버지니아Virginia[11]에서 결혼한 남자가 자신의 친오빠임을 알게 된 그녀는 격렬한 혐오감을 느끼고 그에게서 떠난다. 하지만 브리스틀Bristol[12]에 도착하자마자, "나는 기분 전환 삼아 배스Bath[13]로 갔다. 아직 늙는 것과는 거리가 먼 데다 언제나 흥겨운 내 유머는 꾸준히 그 상태를 유지했기 때문이다." 그녀는 정이 있으며, 어느 누구도 그녀를 경솔하다고 탓할 수 없다. 삶이 그녀를 기쁘게 하며, 살아 숨쉬는 여주인공은 우리를 모두 끌어들인다. 게다가 그녀의 야심에는 약간의 상상력이 가미되어 그것을 고상한 정열의 범주 속에 집어넣는다. 빈틈없고 필요한 일에만 반응할 만큼 현실적이지만, 로맨스와 그녀 자신이 남자를 신사로 만들어 줄 것이라는 믿음에 욕심을 품고 있다. "그가 지니고 있는 것은 정말이지 참된 씩씩한 기상이었고, 내게는 더욱 서글픈 일이었다. 악당에 의해서가 아니라 명예로운 사내에 의해 타락하는 것조차 마음이 놓인다." 노상강도를 유인해 돈벌이를 하려고 했을 때 그녀가 한 말이다. 그녀가 마지막 동반자와 함께 농장에 이르렀을 때 일하는 것을 거부하고 사냥을 하겠다고 나선 그를 자랑스러워하는 모습, 그리고 "그가 실제로 그런 것처럼 아주 멋진 신사로 보이게 하기 위해" 그에게 가발과 은제 손잡이 칼을 구입해 주면서

---

11 당시의 영국 식민지로 지금의 미국 버지니아 주를 가리킴.
12 잉글랜드 남서부의 항구 도시.
13 유명한 영국의 온천 휴양지.

기쁨을 느끼는 모습도 그 같은 기질과 관련이 있다. 더운 날씨를 좋아하는 그녀의 취향, 아들이 걸어간 땅 위에 입을 맞추는 그녀의 열정, "기분이 최상일 때 거만하고 잔인하며 무자비하고, 기분이 가라앉을 때 비참하며 우울해지는 아주 졸렬한 정신 상태"만 아니라면 온갖 종류의 잘못을 저지르는 것도 관대하게 받아들이는 그녀의 태도 등도 그대로 유지된다. 그 밖의 세상에 대해서는 선의만 지니고 있을 뿐이다.

경험 많은 이 죄인의 온갖 자질과 매력이 끝이 없으므로, 우리는 보로George Borrow [14]가 말한 런던 브리지의 사과 장수 여인이 그녀를 "축복받은 마리아"라고 부르고 그녀의 책을 소중하게 매대의 사과 위에 올려놓았으며, 그리고 보로가 그 책을 집어 들고 한쪽 끝에서 눈이 아플 때까지 읽었던 까닭을 충분히 이해할 수 있다. 하지만 우리는 몰 플랜더스의 창조자가 비난받아 왔던 것처럼 심리학의 성격에 대한 개념은 전혀 없이 단지 사실을 그대로 옮겨 적는 기록자나 언론인이 아니라는 증거로서만 작중 인물의 성격을 살펴보고 있다. 그가 만든 작중 인물들이 마치 작가의 의도와 다르거나 작가의 의도에 완전히 부합되지는 않는 것처럼 그들 나름대로의 형태와 성질을 취하는 것은 사실이다. 그는 미묘하거나 비감이 어리는 부분에서 결코 머뭇거리거나 강조하지 않으며, 마치 자신도 모르는 사이에 거기에 이르기라도 한 것처럼 냉정하게 계속 밀고 나간다. 왕자가 아들의

---

14 1803∼1881, 영국의 작가이자 언어학자.

요람 곁에 앉아 있고 록새나가 "그는 아들이 잠들어 있을 때 바라보기를 좋아했다"고 생각하는 장면처럼 상상력이 발휘되는 부분은 작가보다 우리에게 훨씬 더 많은 의미가 있는 것 같다. 뉴게이트에 있었던 도둑처럼 우리가 잠자는 동안에 말하지 않기 위해서는 두 번째 인물과 중요한 문제를 이야기할 필요가 있다는, 호기심을 자아낼 정도로 현대적인 학술 논문이 나온 뒤 작가는 이야기의 전개에서 탈선한 점에 대해 사과한다. 그는 자신이 만든 작중 인물들을 너무 마음속 깊이 간직하는 바람에 방법도 제대로 모르면서 그들을 살아가게 하고, 모든 무의식적인 예술가들과 마찬가지로 자신의 세대가 표면화시킬 수 있는 것보다 훨씬 많은 황금을 자신의 작품 속에 남겨 놓는다.

그러므로 그의 작중 인물들에 대한 우리의 해석이 그를 당황시켰을지도 모른다. 우리는 그 자신의 눈에도 띄지 않게 꼼꼼하게 가장한 의미조차 힘들이지 않고 찾아낸다. 그래서 몰 플랜더스를 비난하기보다 숭배하게 되는 것이다. 그리고 디포가 그녀의 죄에 대해 정밀하게 결정해 놓았다는 사실이나, 버림받은 사람들의 삶을 생각하면서 여러 가지 심각한 문제를 제기하고 비록 그가 언명하지는 않았지만 그의 신앙 고백과는 상당히 일치되지 않는 대답을 암시했다는 사실도 믿지 못한다. '여성의 교육'에 관한 그의 글로 미루어, 우리는 그가 시대에 훨씬 앞서 여성의 능력(그것을 매우 높이 평가했다)과 그들에 가해지는 불의(매우 심각하다고 평가했다)에 대해 깊이 생각했음을 알고 있다.

　　나는 가끔 우리나라가 개화된 기독교 국가이면서도 여자들에게 배움의 기회를 주지 않고 있으며 이것이야말로 세상에서 가장 야만스러운 관습 가운데 하나라고 생각한 적이 있다. 우리는 날마다 여자들이 어리석고 버릇이 없다고 비난하지만, 만약 그들이 우리와 똑같은 교육의 기회를 누린다면 우리보다 덜하리라고 확신한다.

　　여성의 권리를 옹호하는 자들이 몰 플랜더스나 록새나를 그들의 수호성인으로 삼으려는 경우는 거의 없겠지만, 디포가 그들의 입을 통해 그 문제에 관한 매우 근대적인 원칙을 말하게 하려고 의도했을 뿐 아니라, 그들을 매우 힘든 상황에 처하게 함으로써 우리의 동정심을 이끌어내려고 했음은 분명한 일이다. 몰 플랜더스는 용기와 "대지를 딛고 일어설 수 있는" 힘이야말로 여자들에게 필요한 것이라고 말하며, 그 결과로 생기는 이점을 즉각 보여 준다. 똑같은 직업을 가진 록새나는 더욱 미묘하게 혼인의 노예 상태에 반대하는 주장을 펼친다. 그녀는 상인이 이야기한 "세상에서 새로운 일을 시작"했는데, "그것은 일반적으로 이루어지는 것에 반대되는 주장을 하는 방법이었다." 그러나 디포는 과감한 설교를 한 죄가 인정되는 마지막 작가이다. 록새나가 꾸준히 우리의 주의를 끄는 것은 자신이 좋은 의미에서 여자들의 본보기가 됨을 의식하지 못하며, 따라서 그녀가 주장하는 것의 일부가 "처음에는 정말이지 내 생각 속에 전혀 없었던 하나의 긴장 상태"임을 거침없이 인정하기 때문이다. 그리고 자신의 약점을 알고 그것을 통해 자신의 동기에 대해 정직하게 의문을 품음으써, 아주 많은 소설들에 등장하는 순교자나 선구자가 각자의 교리에 움츠러들 때도 신선하고 인간적인 모습을 간직한다.

그러나 우리를 경탄하게 만든 디포의 주장이, 그가 메러디스[George Meredith][15]의 일부 견해를 예견했거나, (엉뚱한 이야기지만) 입센[Henrik Ibsen][16]의 희곡으로 바꾸어질 만한 장면을 썼다고도 볼 수 있다는 사실에 머물러 있는 것은 아니다. 여성의 지위에 대한 그의 사상이 무엇이든 그것은 그의 주된 관심에서 유래하는 부수적인 결과일 뿐이며, 그의 주된 관심은 일시적이고 사소한 것이 아니라 사물의 중요하고 지속적인 면을 다루는 것이다. 그의 글은 가끔 지루하다. 그는 과학적인 여행자의 실제적인 정밀성을 모방했다. 그러나 진실의 따분함을 완화시키기 위해 진실을 구실로 삼지 않는 것을 과연 그의 펜이 추적하거나 그의 두뇌가 생각해 낼 수 있을지 의문이다. 그는 채소의 성질에 관한 것 모두, 인간성에 관한 것 대부분을 그대로 내버려 둔다. 우리는 그것을 모두 인정할 수 있다. 하지만 이는 위대하다고 하는 여러 작가들에서 볼 수 있는 중대한 결점이라는 사실도 인정해야 한다. 그렇지만 그것이 남아 있는 독특한 장점을 감소시키지 않는다. 처음에는 다루려는 범위를 한정하고 야심을 억제했던 그는 이윽고 자신의 목표라고 밝힌 진실보다 훨씬 찾아보기 힘들고 훨씬 지속적인 성찰을 거둔다. 몰 플랜더스와 그녀의 친구들이 나서게 된 것은

---

15 1828–1909, 영국의 소설가이자 시인.
16 1828–1906, 노르웨이의 극작가.

그들이 '별난' 때문도 아니었고, 그도 동의했다시피 대중에게 도움이 될지도 모를 나쁜 생활의 본보기이기 때문도 아니었다. 그의 호기심을 불러일으킨 것은 바로 고된 생활에 의해 길러진, 그들의 자연스러운 성실성이었다. 그들에게는 아무런 핑계도 없었으며, 그들의 동기를 가려 줄 다정한 보금자리도 없었다. 가난이 그들의 현장 감독이었다. 디포는 그들의 실패에 대해 주제넘은 소리라고 판단되면 더 이상 말하지 않았다. 하지만 그들의 용기와 기지와 끈기에는 기쁨을 느꼈다. 그들의 사회가 훌륭한 담화, 재미있는 이야기, 서로에 대한 신뢰, 가정에서 생기는 것과 같은 윤리 의식 등으로 가득 차 있음을 발견했다. 그들의 행운에도 그 자신의 생활에서 놀라움을 가지고 찬양하고 즐거워하며 바라보던 무한한 다양성이 있었다. 다른 무엇보다도 이들 남녀는 태초로부터 이들을 움직여 왔으며 지금까지도 그 활기를 꿋꿋이 유지하는 정열과 욕망에 대해 자유롭게 드러내 놓고 이야기했다. 드러내는 모든 것에는 어떤 위엄이 있다. 심지어 그들의 이야기에서 아주 커다란 역할을 하는 금전 문제조차 안락과 위엄을 위해서가 아니라 명예, 정직, 인생 그 자체를 위해 존재할 때 더러워지지 않고 비극이 된다. 여러분은 디포가 평범하다는 말에 반대할지 모르지만 그가 작은 사물들에 몰두해 있다는 말에는 반대하지 않을 것이다.

정말이지 그는 아주 매력적인 것은 아니지만 매우 지속적인 인간성에 대한 지식을 바탕으로 작품을 쓰는 위대하면서도 평범한 작가 군에 속한다. 헝거퍼드 다리Hungerford Bridge[17]에서 바라보는 런던의 모

습─회색을 띠고 진지하며 거대하기도 하고 사람의 왕래와 업무 활
동으로 가득 차 있으며 만일 배의 돛대와 시내의 탑이나 둥근 지붕이
없다면 무미건조했을 모습─이 그를 상기시킨다. 거리의 모퉁이에
서 손에 제비꽃을 들고 서 있는 누더기 차림의 소녀들, 건물의 아치
아래에서 인내심을 갖고 성냥이나 구두끈을 진열하고 있는 세파에
찌든 노파들도 그의 책에서 튀어나온 등장인물 같다. 그는 크래브
George Crabbe[18]나 기싱George Gissing[19]과 같은 유파이며, 단지 그 추종자나
제자에 그치는 것이 아니라 그 창립자이자 거장이다.

17 템스 강을 가로지르는 런던의 다리 가운데 하나.
18 1754-1832, 영국의 시인.
19 1857-1903, 영국의 소설가이자 수필가.

몽테뉴

Michel Eyquem de Montaigne

Michel Eyquem de Montaigne

다른 사람들과 소통하려는 이 커다란 욕구는 왜 생기는가? 이 세상의 아름다움은 충분한가? 아니면 수수께끼에 대한 어떤 설명이 어딘가에 있을까? 이런 의문에 대해 어떤 대답이 있을 수 있는가? 없다. 오로지 "나는 무엇을 아는가?"라는 또 하나의 물음이 있을 뿐이다.

언젠가 몽테뉴[1]는 바르르뒤크Bar-le-Duc[2]에서 시칠리아의 왕이었던 르네René가 직접 그린 자화상을 보고 물었다. "이전에 그가 크레용으로 그랬던 것처럼 펜으로 자신의 모습을 그리는 것이 왜 정당한 일이 아닐까?" 퉁명스러운 어떤 사람은 그것이 정당한 일이며 그보다 쉬운 일은 없으리라고 대답할지 모른다. 자신을 피하려 드는 사람들도 있겠지만, 우리 자신의 모습은 대부분 아주 친숙하다. 시작해 보자. 그렇지만 일을 시작하면 펜이 우리 손가락에서 떨어진다. 그 일이 심오

---

1 1533~1592. 프랑스의 사상가로 르네상스를 대표하는 철학자이자 문학자이다. 자신의 체험과 독서를 근거로 단순하게 자연에 몸을 맡기는 인생을 추구했다. 프랑스 문학은 물론 유럽 각국의 문학에 큰 영향을 끼쳤다. 저서로 《수상록Les Essais》이 있다.
2 프랑스 동북부 로렌Lorraine 주 뫼즈Meuse 현의 현청 소재지.

하며 신비롭고 압도적인 난제이기 때문이다.

결국 문학 전체에 걸쳐 얼마나 많은 사람이 펜으로 자신을 묘사하는 데 성공했을까? 아마도 고작 몽테뉴, 피프스^{Samuel Pepys 3}, 루소^{Jean Jacques Rouseau 4} 정도일 것이다. 《어느 의사의 종교^{Religio Medici}》[5]는 그것을 통해 재빨리 움직이는 별들과 어느 기이하고 소란스러운 영혼을 보게 되는 어두컴컴하게 채색된 유리이다. 밝고 광택 있는 어느 거울은 그 유명한 전기 속에서 다른 사람들의 어깨 너머로 보이는 보즈웰^{James Boswell 6}의 얼굴을 내비친다. 그러나 지금 말하고 있다시피 자신에 대해 이야기하고 자신의 변덕을 뒤쫓으며 영혼의 혼란, 다양성, 불완전성 가운데서도 그것의 전체적인 지도, 무게, 색채, 단면을 제시하는 기술은 오직 단 한 사람, 바로 몽테뉴에게만 속하는 것이었다. 몇 세기가 지나는 동안 그 그림 앞에는 항상 사람들이 모여 그 깊이를 응시하거나 거기에 비치는 자신들의 얼굴을 바라본다. 그림을 오래 쳐다보면 볼수록 더 많은 것을 보게 되지만 자신들이 바라본 것이 무엇인지 결코 말하지 못한다. 거듭 새로운 판이 나오는 것으로 미루어 그 책에 대한 호응은 지속되고 있다. 이번에 영국의 너바 소사이어티^{Navarre Society} 출판사에서는 코튼^{Charles Cotton 7}이 번역한 것을 다섯 권의

---

3 1633~1703, 영국의 정치가.

4 1712~1778, 프랑스의 작가이자 사상가.

5 영국의 의사이자 저술가인 토머스 브라운Sir Thomas Browne(1605~1682)의 저서로 종교와 과학 사이에서 신앙인으로서 신념을 드러낸 종교적 수상록이다.

6 1740~1795, 영국의 전기 작가이자 법률가.

7 1630~1687, 영국의 시인이자 작가.

전집으로 재인쇄 중이고[8], 프랑스에서는 루이 코나르^{Louis Conard} 출판사에서 아르맹고 박사^{Arthur Armaingaud[9]}가 평생 동안 연구해 온 다양한 읽을거리를 집대성한 몽테뉴 전집이 간행되고 있다.[10]

자신에 대해 진실을 말하는 것, 가까이에서 자신에 대해 발견하기란 쉬운 일이 아니다.

우리는 이 길을 거쳐 온 두세 사람의 고대인에 대하여 듣고 있다(몽테뉴의 말이다). 그 후 아무도 이 길을 걷지 않았다. 그 길은 영혼의 움직임처럼 어슬렁거리거나 불확실한 걸음으로 걷거나, 내부의 미묘한 구부러짐이 지니는 암흑 같은 깊이를 파악하거나, 작고 재빠른 수많은 움직임을 골라잡기에는 겉보기보다 훨씬 더 울퉁불퉁한 길이다. 그것은 새롭고 특별한 임무이며, 흔하고 가장 권장되는 세상의 여러 활동에서 우리를 물러나게 한다.

맨 먼저 표현의 어려움이 있다. 우리는 모두 생각이라는 이상하면서도 재미있는 과정에 몰두하지만, 그러나 무엇을 생각하는지 말해야 하는 때에 이르면 심지어 맞은편에 있는 사람에게조차 전할 수 있는 것이란 얼마나 미미한가! 그 유령은 정신을 통해 창밖으로 나가

8　1923년에 간행되었다.
9　20세기의 몽테뉴 연구가 아르튀르 아르맹고를 말한다.
10　1924년에 간행되었다.

버리기 때문에 미처 그 꼬리에 소금을 뿌릴 틈도 없다. 또는 천천히 가라앉으면서 깊은 암흑으로 되돌아온다. 떠돌아다니는 빛에 의해 잠시 밝아진 암흑이다. 표정, 목소리, 악센트가 우리의 말을 보완해 주고, 연설의 특징을 통해 말의 약점을 호의적으로 바꾼다. 하지만 펜은 딱딱한 도구이다. 말할 수 있는 것이 아주 적으며, 그 자체의 온갖 버릇이나 격식이 있다. 또한 독재적이기도 하다. 보통 사람들을 예언자로 만드는가 하면, 인간의 변설에 내재되는 자연스러운 더듬거림을 장중하고 위풍당당한 펜의 행진으로 바꾸어 버리기도 한다. 몽테뉴가 그처럼 많은 망자들 사이에서 놀라울 정도로 생생하게 두드러지는 것도 바로 이 때문이다. 우리는 잠시도 그의 책이 바로 그 자신임을 의심할 수 없다. 그는 가르치기를 거부하고 설교하기도 거부했으며, 끊임없이 다른 사람들과 같을 뿐이라는 말을 되풀이했다. 그의 모든 노력은 그 자신에 대해 쓰고 소통하고 진실을 말하는 것이었고, 그것은 바로 '겉보기보다 훨씬 울퉁불퉁한 길'이다.

왜냐하면 자신과의 소통이 지니는 어려움 너머에는 자신으로 존재하는 최상의 어려움이 있기 때문이다. 이 영혼, 또는 우리 내면의 생명은 결코 우리 외부에 있는 생명과 일치하지 않는다. 만약 우리가 용기를 내어 영혼에게 무엇을 생각하느냐고 물으면, 영혼은 항상 다른 사람들이 말하는 것과 반대로 말한다. 예컨대 다른 사람들은 나이 많고 병약한 신사들이 집에 머물면서 부부의 다정한 모습을 보여줌으로써 우리들을 교화시켜야 한다고 오래전에 결론을 내렸다. 그 반면에 몽테뉴의 영혼은, 사람이 여행을 해야 하는 시기는 노년이며 사랑을 바탕으로 하지 않은 결혼은 인생이 종말에 이르면 해체해 버리는 것이 더 나은 형식적인 유대관계가 되게 마련이라고 말한다. 정치의 경우 정치가들은 항상 제국의 위대성을 찬양하고 미개인을 개화시켜야 하는 도덕적 책임을 강조한다. 하지만 몽테뉴는 멕시코의 에스파냐 인을 보라고 격노하면서 외쳤다. "수많은 도시들이 파괴되고 수많은 부족들이 절멸되었으며 (……) 세상에서 가장 풍요롭고 가장 아름다운 지역이 진주와 후추를 실어내기 위해 뒤집어졌다!" 그리고 농부들이 찾아와 상처 때문에 죽어 가고 있는 사람을 발견했지만 자기들의 죄로 몰릴까 봐 내버려두고 왔다고 말하자 몽테뉴는 탄식했다.

내가 이들에게 무슨 말을 할 수 있었겠는가? 인간성이라는 측면이 이들을 괴롭혔음은 분명하다. (……) 법률만큼 아주 결점이 많고 그 결점이 아주 총체적이며 아주 범상한 것은 없다.

여기서 그 영혼은 가만있지 못한 채 몽테뉴의 근거 없는 커다란 걱정들, 관습, 의례 등 훨씬 명백한 형식들에 대해 맹렬히 공격하고 있다. 주 건물과 떨어져 있지만 건물 전체를 한눈에 볼 수 있는 탑 내부의 방에 있는 불길에 대해 생각하는 영혼을 지켜보라. 그 영혼은 세상에서 가장 기이한 존재이며, 영웅적인 것과는 거리가 멀고, 바람개비처럼 변덕스러우며, "부끄러움을 타거나 오만하고, 순결하거나 호색적이며, 재잘거리거나 침묵을 지키며, 힘들거나 섬세하며, 정교하거나 묵직하며, 우울하거나 유쾌하며, 거짓말을 하거나 진실을 말하며, 유식하거나 무식하며, 자유롭고 탐욕스러우며 방탕하다." 요컨대 복잡하고 무한하며 공개적으로 그 임무를 수행하는 데 대체적으로 부합하지 못하므로, 사람은 평생을 살면서도 그것을 찾아내지 못한다. 그것을 좇는 즐거움은 우리의 세속적인 기대에 가할지도 모르는 손상을 보상해 준다. 자신을 파악하고 있는 사람은 따라서 독립적이며 따분하지 않다. 인생이 너무 짧을 뿐, 심오하면서도 적절한 행복에 젖어든다. 다른 사람들이 의례의 노예가 된 채 일종의 꿈속에서 인생이 지나게 하는 데 반해, 그는 홀로 살아간다. 한 번 순응하여 다른 사람들이 하는 대로 그것을 따라 하면, 무기력 상태가 영혼의 모든 말초 신경과 능력을 모조리 훔쳐 가 버린다. 영혼은 외부적으로 허세가 되고 내부적으로 공허해진다. 따분하고 냉담하며 무관심하게 되는 것이다.

그럼 만약 이 훌륭한 대가에게 살아가는 기술에 대해 그의 비결을 묻는다면, 우리의 탑 내부에 있는 방으로 물러가서 책을 읽고, 굴뚝을 통해 다투어 빠져 나가려는 환상들을 뒤쫓으며, 세상을 다스리는 일은 다른 사람들에게 맡기라고 권할 것이다. 은퇴와 명상, 바로 이것이 그가 내리는 처방의 주된 요소임에 틀림없다. 하지만 그렇지 않다. 몽테뉴는 결코 명료하지 않다. 두꺼운 눈꺼풀과 꿈꾸는 듯 우스꽝스러운 표정을 지닌 채 반쯤 미소 지으며 반쯤 우울한 그 섬세한 사람으로부터 간단명료한 대답을 얻기란 불가능하다. 사실인즉 책을 읽고 식물과 꽃을 벗 삼아 지내는 시골 생활은 아주 따분한 경우가 적지 않다. 그는 자신의 완두가 다른 사람들의 완두보다 훨씬 낫다는 사실을 결코 알 수 없었다. 파리는 그가 이 세상에서 가장 사랑한 곳이었다. "흠이나 결점까지도"라고 그는 썼다. 독서의 경우 그는 어느 책이든 한 번에 한 시간 이상 읽을 수 있는 경우가 드물었고, 기억력이 얼마나 나빴던지 이 방에서 저 방으로 걸어가는 동안 자신이 무슨 생각을 하는지 잊어버릴 정도였다. 책으로 학습하는 것은 자랑할 만한 일이 아니다. 학문의 성취는 어땠을까? 그는 항상 똑똑한 사람들과 어울렸으며 그의 아버지는 그들에 대해 존경심을 가지고 있었다. 그러나 그는 똑똑한 사람들이 멋진 순간, 열광적인 것, 미래상 등을 지니고 있지만 이들 또한 어리석음에서 벗어나지 못함을 주목했다. 자신을 관찰해 보라. 한 순간 의기양양해 있다가도 곧 유리잔이 깨지면 신경이 곤두서게 된다. 극단적인 것은 모두 위험하다. 진흙탕에서도 길의 중간, 많은 바퀴 자국이 나 있는 곳이 가장 좋은 곳이다. 글을 쓸 때는 흔히 사용되는 단어를 고르고 엉뚱한 생각이나 웅변은 피한다. 하지만 시가 감미로운 것은 사실이다. 가장 훌륭한 산문은 시로 가득 차 있다.

그것은 민주적인 단순성을 목표로 하는 것처럼 보인다. 우리는 채색된 벽과 넓은 책장이 있는, 탑 속에 있는 방에서의 생활을 즐길지도 모르지만, 그 아래의 정원에는 오늘 아침에 아버지를 매장한 사내가 흙을 파고 있다. 그리고 실제로 생활하면서 실제의 언어를 말하는 것은 바로 그 사람이다. 그 속에 분명히 진리의 요소가 있다. 사물에 대한 이야기는 식탁의 아래쪽에서 훨씬 훌륭하게 이루어지는 법이다. 어쩌면 학식이 있는 사람들 사이에서보다 무식한 사람들 사이에서 중요한 것이 더 우수한지도 모른다. 하지만 또 하층 사회란 얼마나 비열한가! "무식, 부정, 변덕스러움의 어머니. 현자의 인생을 바보들의 판단에 의존해야 한다니, 그것이 과연 타당한가?" 그들의 마음은 약하고 부드러우며 저항력이 없다. 그들에게는 무엇을 알아야 도움이 되는지 이야기해 주어야 한다. 그들은 사실을 있는 그대로 대면하지 않는다. 진리는 오직 "좋은 가문에서 태어난 영혼"만이 알 수 있다. 그럼 누가 훌륭하게 태어난 영혼이며, 몽테뉴가 우리를 좀 더 명료하게 개화시키려 한다면 우리는 누구를 본받아야 하는가?

그러나 아니다. "나는 가르치지 않고 이야기할 뿐이다." 결국 그가 아무것도 말할 수 없는데 어떻게 다른 사람들의 영혼에 대해, 나날이 자신에게 점점 더 어두워지는데 어떻게 자신의 영혼에 대해, "아주 단순하고 견실하게 혼란 없이 한 마디로" 설명할 수 있겠는가? 그래도 하나의 성질이나 원칙은 있을 것이다. 우리는 규칙을 무시해서는 안 된다. 예컨대 에티엔 드 라 보에티Etienne de la Boétie[11]처럼 우리가 닮고자 하는 영혼은 항상 가장 유순한 사람들이다. "필요에 따라 단 하나의 길에 묶여 있는 것은 존재하는 것이지 사는 것은 아니다." 법률은 인간적인 여러 충동의 다양성과 혼란을 제대로 다루는 것이 아예 불가능한 관습일 뿐이며, 습관이나 풍습은 자신들의 영혼에게 자유로운 유희를 감히 허용하지 못하는 소심한 성격의 소유자들을 지탱

---

11 1530~1563. 프랑스의 법률가이자 철학자로서 몽테뉴의 절친한 친구.

해 주기 위한 편리한 방편이다. 우리는 사생활이 있고 끝까지 그것을 자신의 소유물 가운데 가장 고귀한 것으로 여기지만 또 동시에 그만큼 많이 의심하는 것도 없다. 우리는 반대하고 점잔 빼며 꾸짖기 시작하다 죽는다. 우리는 다른 사람들을 위해 살아가며 자신을 위해 살고 있지 않다. 우리는 공직에서 자신을 희생하는 사람들을 존경하고 그들에게 명예를 부여하며 불가피한 타협을 해야 하는 그들을 가련하게 생각해야 하지만, 우리 자신을 위해서는 명성, 명예, 그리고 다른 사람들에 대한 의무 때문에 하게 될 모든 직무에서 달아나기로 하자. 우리의 변덕스러운 커다란 냄비 위에 매혹적인 우리의 혼란, 뒤범벅이 된 우리의 충동, 끊임없는 우리의 기적 등을 약한 불로 뭉근히 끓이기로 하자. 그 영혼이 순간마다 경이를 자아내기 때문이다. 운동과 변화는 우리 존재의 본질이요, 강직은 죽음, 순응도 죽음이다. 우리 머릿속으로 들어오는 것을 말하고 반복하며 자가당착도 하고 형편없는 헛소리를 내뱉으며 세상이 무엇을 하거나 뭐라고 생각하거나 말하거나 개의치 않으면서 가장 기이한 환상을 뒤쫓기로 하자. 왜냐하면 인생 — 그리고 물론이지만 질서 — 을 제외하고는 아무 것도 중요하지 않기 때문이다.

그렇다면 우리 존재의 본질인 이 자유가 통제되어야 한다. 하지만 사적인 의견이나 공적인 법률의 모든 규제가 조롱의 대상이 되어 왔으므로, 우리에게 도움이 되려면 우리가 어떤 힘을 일으켜야 할지 알기 어렵다. 그리고 몽테뉴는 인간 본성의 불행, 허약함, 허영 등에 대한 경멸을 끊임없이 쏟아낸다. 그럼 어쩌면 종교에게 우리를 이끌도록 하는 편이 좋지 않을까? '어쩌면'은 그가 좋아하는 표현의 하나이다. '어쩌면'과 '내 생각으로는', 그리고 인간의 무지에 대한 성급한 단정이라고 할 만한 그 모든 단어들이 그렇다. 그런 단어들은 거침없이 말하면 아주 몰지각한 것이 될 의견의 소리를 죽이는 데 도움이 된다. 왜냐하면 우리는 모든 것을 말하지 않기 때문이다. 현재로서는 암시만 하는 편이 바람직한 일일 수도 있다. 우리가 글을 쓰는 것은 이해할 수 있는 극소수의 사람을 위해서이다. 물론 모든 수단을 강구하여 하느님의 가르침을 추구하는데, 사적인 생활을 영위하는 사람들에게는 또 다른 감시자, 내부의 보이지 않는 검열자, "마음속의 모범"이 있다. 그는 진실을 알고 있는 사람이므로 그의 비난은 어느 누구의 비난보다 두렵고, 그의 승인보다 더 달콤한 것은 없다. 그는 우리가 복종해야 하는 심판자이며, 훌륭하게 태어난 영혼의 은총인 그 질서를 얻을 수 있게 도와줄 검열자이다. 왜냐하면 "자신의 사생활에서까지 질서를 지키는 것은 훌륭한 인생이기" 때문이다. 그러나 그는 자신의 빛에 의해 행동할 것이며, 내적인 균형을 잡으며 불확실하고 언제나 바뀌는 평정을 얻을 것이다. 내적인 균형이 지배하는 동안에도 탐구하고 실험하는 영혼의 자유를 방해하지 않는다. 다른 안내자가 없거나 전례가 없다면 공적인 생활보다 사적인 생활을 훌륭히 보내기가 훨씬 어렵다. 어쩌면 고대인 가운데 호메로스, 알렉산드로스 대왕, 에파미논다스Epaminondas[12], 근대인 가운데 에티엔 드 라 보에티

---

12 기원전 410?~362. 고대 그리스 테베의 장군이자 정치가.

같은 두세 사람의 사례가 도움이 될 수도 있겠지만, 그것은 각자가 따로 익혀야 하는 기법이다. 그것이 효과를 발휘하는 소재는 다양하고 복합적이며 무한히 신비롭다. 바로 인간의 본성이기 때문이다. 우리는 인간의 본성을 가까이해야 한다. "(……) 살아 있는 사람들 속에서 살아야만 한다." 그리고 주위 사람들과 우리를 끊어 놓는 기행이나 세련을 멀리해야 한다. 이웃 사람들과 운동이나 건물, 말다툼 등에 대해 허물없이 잡담을 나누고, 목수나 원예가의 이야기를 정말로 즐기는 사람들은 축복받은 것이다. 소통은 우리의 주된 활동이다. 사교와 우애는 주된 기쁨이다. 그리고 독서는 지식을 획득하거나 생계를 유지하려는 것이 아니라 우리 시대와 지역을 벗어나 소통의 범위를 확대하려는 것이다. 세상에는 그 같은 경이가 있다. 바로 발견되지 않은 평화로운 땅, 가슴에 개의 머리와 눈이 달린 사람들, 그리고 우리보다 훨씬 나은 법률과 풍습을 지닌 사람들이다. 우리는 이 세상에서 잠자고 있는지도 모른다. 지금 우리에게 없는 감각을 가지고 있는 존재들에게는 명백히 드러나는 다른 무엇이 있을지도 모른다.

그렇다면 온갖 모순과 조건에도 불구하고 분명한 무엇이 있다. 이들 글은 영혼과 소통하려는 시도이다. 적어도 이 점에서 그는 명백하다. 그가 원하는 것은 명성이 아니다. 앞으로도 여러 해에 걸쳐 그의 말을 인용하리라는 것이 아니다. 시장에 동상을 세우는 것도 아니다. 원하는 것이라고는 오직 자신의 영혼과 소통하려는 것뿐이다. 소통은 건강이며, 소통은 진심이고, 소통은 행복이다. 함께 나누는 것, 용감하게 아래로 내려가 병든, 숨겨진 생각들에게 빛을 가져다주는 것, 아무것도 감추지 않는 것, 아무것도 위장하지 않는 것은 우리의 임무이다. 그렇게 말할 정도로 우리가 무지하다면, 우리 친구들에게 그점을 알게 할 정도로 그들을 사랑한다면 말이다.

"(……) 왜냐하면, 내가 아주 확실한 경험을 통해 알고 있는 일이지만, 우리가 친구들을 잃었을 때 가장 다정한 위안이 되는 것은 그들에게 잊지 않고 할 말을 다했고 그들과 완전히 마음이 통했다는 생각이 드는 것입니다."

여행할 때 침묵과 의심으로 자신을 감싸는, "알지 못하는 공기에 감염될까 봐 자신을 방어하는" 사람이 있다. 그들은 식사를 할 때 집에서 먹던 것과 똑같은 음식을 먹어야 한다. 그들이 살던 마을과 비슷하지 않은 모든 광경과 풍습은 나쁘다. 그들은 오로지 돌아가기 위해 여행할 뿐이다. 그것은 여행을 시작하기에 아주 잘못된 방법이다. 밤을 어디에서 보낼 것인지 언제 돌아올 것인지 정하지 말고 출발해야 한다. 여행이 전부이다. 무엇보다 가장 필요한, 하지만 운이 좋아야 하는 어려운 일이지만, 우리는 출발하기 전에 우리와 비슷한 사람, 우리와 같이 떠나려고 하며 우리가 머리에 떠오르는 대로 무엇이나 말할 수 있는 사람을 찾으려고 노력해야 한다. 쾌락은 나누지 않으면 제대로 즐길 수 없기 때문이다. 감기에 걸리거나 두통이 생길 위험도 있지만, 즐거움을 위해서는 약간의 질병에 대한 위험은 항상 감수할 만하다. "쾌락은 중요한 소득 중 하나이다." 게다가 만약 우리가 무엇이든 원하는 대로 할 수 있다면 항상 우리에게 좋은 일만을 하게 될 것이다. 의사들과 현인들은 반대 의견일지 모르지만, 그들의 암울한 철학은 무시하기로 하자. 보통의 남녀인 우리로서는 자연이 우리에게 부여한 감각을 모조리 사용함으로써 그 선물에 고마워하고, 가능한 다양한 모습을 가지며 이쪽저쪽을 번갈아 따뜻하게 하고, 해가 지기 전에 젊음과의 입맞춤, 그리고 카톨루스 Gaius Valerius Catullus[13]를 노래하는 아름다운 목소리의 메아리를 만끽해 보자. 모든 계절, 비 오는 날이나 맑은 날, 적포도주나 백포도주, 다른 사람들과 함께든 홀로든 모두 좋아할 수 있다. 심지어 인생의 즐거움을 단축시키는 통탄할 잠마저도 꿈으로 가득 찰 수 있다. 그리고 가장 흔한 행동─산책, 담화, 자신의 과수원에서 홀로 시간을 보내는 것─도 마음의 연상에 의해 강화되거나 불이 밝혀질 수 있다. 아름다움은 모든 곳에 있으며, 아름다움은 선과 매우 가깝다. 그러므로 건강과 위생의 이름으로 여행의 끝에 대해서는 깊이 생각하지 말기로 하자. 우리가 배추를 심거나 말을 타고 있을 때 죽음이 찾아오도록 하거나, 어떤 오두막으로 들어가 낯선 사람들이 우리의 눈을 감겨 주도록 하자. 하인들의 울음소리나 손길이 우리를 건지지 못하게 할 것이기 때문이다. 무엇보다 좋은 것은, 아무런 반대도 비탄도 하지 않는 소녀들이나 좋은 친구들과 우리가 함께 있을 때 죽음이 찾아오게 하자. 그리고 "노름

13 기원전 84? - 54?. 고대 로마의 시인.

과 잔치를 하고, 농담과 범상하고 속된 이야기들을 늘어놓으며, 음악과 연애시까지 읊조리고 있는" 우리를 발견하게 하자. 하지만 죽음 이야기는 이제 그만하자. 중요한 것은 삶이다.

이들 글이 전속력으로 그들의 결말이 아니라 마무리 부분에 이르면서 점점 분명히 드러나는 것은 삶이다. 죽음이 가까워지면서 우리의 자아, 우리의 영혼, 존재의 모든 사실―우리가 여름과 겨울에 실크스타킹을 신는 것, 와인에 물을 타는 것, 저녁식사 뒤 머리를 자르는 것, 마실 때 사용할 잔을 정해 두어야 하는 것, 안경을 쓰지 않는 것, 큰 소리로 말하는 것, 손에 작은 나뭇가지를 들고 다니는 것, 혀를 깨무는 것, 두 발을 가만히 두지 못하는 것, 귀를 긁게 되는 것, 먹기 알맞게 된 고기를 좋아하는 것, 냅킨으로 이를 닦는 것(다행히 치아에 좋다!), 침대 쪽에 커튼이 있어야 하는 것, 그리고 호기심을 자아내는 일이지만 처음에는 무를 좋아했다가 싫어하더니 이제 다시 좋아하게 되는 것 등―을 점점 더 흡수해 가는 것이 삶이다.

어떤 사실도 사소하다고 무시해 버릴 수 없으며, 사실들 자체에 대한 관심 이외에도 우리에게는 상상력의 힘으로 사실을 바꿀 수 있는 이상한 권능이 있다. 영혼이 어떻게 항상 그 자체의 빛과 그림자를 던지고 있는지, 어떻게 본질적인 것을 속이 빈 것으로, 연약한 것을 본질적인 것으로 만드는지, 어떻게 드넓은 대낮을 꿈으로 가득 채우는지, 어떻게 현실에서와 마찬가지로 환영에 의해서도 흥분되는지, 어떻게 죽음의 순간에도 사소한 것을 즐길 수 있는지 관찰해 보라. 그리고 영혼의 이중성, 복잡성도 관찰하라. 영혼은 친구를 잃은 소식을 듣고 측은해 하지만, 다른 사람들의 비애에 대해 씁쓸해 하면서도 심술궂은 달콤한 쾌감을 느낀다. 영혼은 믿음이 있으면서도 그와 동시에 믿지 않는다. 영혼이 특히 젊은 시절에 감정의 영향을 받기 쉬운 경향이 있음을 관찰하라. 부자는 어릴 때 아버지가 돈을 모자라게 주었기 때문에 도둑질을 한다. 그가 세우는 이 벽은 그 자신을 위한 것이 아니라 그의 아버지가 그 벽을 세우는 것을 좋아했기 때문이다. 요컨대 영혼은 그 모든 행동에 영향을 미치는 신경이나 동정심 등으로 꾸며져 있다. 하지만 1580년에도, 운명이 그 어느 것보다 가장 수수께끼이며 개인의 자아가 가장 커다란 괴물이자 세계의 기적이라는 점을 제외하면, 그것이 어떻게 작용하는지 또는 그것이 무엇인지에 대해 분명한 지식을 가진 사람이 없다(우리는 그처럼 비겁하며, 매끄럽게 넘어가는 전통적인 방식을 애호한다). "나는 나 자신에 몰두하고 자신을 알수록 더욱 자신의 흉측함에 놀라게 되며 더욱 나를 이해하지 못하게 된다." 끊임없이 관찰하라. 그러면 잉크와 종이가 존재하는 한 몽테뉴는 "줄곧 노력도 기울이지 않고" 글을 쓸 것이다.

　하지만 만약 그의 매혹적인 직업으로부터 고개를 돌리게 할 수 있다면, 살아가는 법에 통달한 이 위대한 거장에게 우리가 묻고 싶은 마지막 의문이 하나 남아 있다. 이들 짧고 파손되거나, 길고 학식이 높거나, 논리적이거나 모순되는 언급 속에서 시간이 갈수록 거의 투명에 가까울 정도로 얇아지는 베일을 통해 우리는 해를 거듭하면서 나날이 요동치는 영혼의 맥박이나 리듬을 듣는다. 여기에 모험적인 인생에 성공한 사람, 국가에 공헌한 뒤 은퇴한 사람, 지주이자 남편이자 아버지였던 사람, 국왕들을 즐겁게 하고 여인들을 사랑했으며 오래된 책을 펼쳐 놓고 여러 시간 동안 홀로 명상에 잠겼던 사람이 있다. 그는 아주 미묘한 것들을 끊임없이 실험하고 관찰함으로써 인간의 영혼을 이루는 온갖 불안정한 것들을 기적적으로 조정하는 일에 마침내 성공했다. 그의 모든 손가락으로 세상의 아름다움을 움켜쥔 것이다. 행복까지도 성취했다. 그는 만약 다시 살더라도 똑같은 삶을 반복할 것이라고 말했다. 하지만 우리의 두 눈 아래 살아가는 어느 영혼의 매혹적인 광경을 관심 있게 지켜보는 동안 과연 쾌락이 그 모든 것의 목적이냐는 물음이 저절로 나온다. 영혼의 본성에 대한 이 압도적인 관심은 어디에서 오는 것일까? 다른 사람들과 소통하려는 이 커다란 욕구는 왜 생기는가? 이 세상의 아름다움은 충분한가? 아니면 수수께끼에 대한 어떤 설명이 어딘가에 있을까? 이런 의문에 대해 어떤 대답이 있을 수 있는가? 없다. 오로지 "나는 무엇을 아는가?"라는 또 하나의 물음이 있을 뿐이다.

뉴캐슬 공작 부인
The Duchess of Newcastle

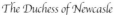 *The Duchess of Newcasle*

그것은 여전히 우리 여류 조상들이 양육된 증거로 인용된다. 하지만 마거릿에게는 야성적인 측면—아름다운 의상, 화려함, 명성 등에 대한 애정—이 있었다. 그것은 자연의 질서정연한 배열을 끊임없이 뒤흔드는 것이었다.

"내가 원하는 것은 오로지 명성"이라고 뉴캐슬 공작 부인이 된 마거릿 캐번디시^{Margaret Cavendish}[1]는 썼다. 그리고 그녀가 살아 있는 동안 그 소원이 이루어졌다. 화려한 옷차림, 괴이한 습관, 정숙한 처신, 거친 언변 등을 통해 위대한 사람들의 조롱과 학자들의 찬사를 받는 데 성공했던 것이다. 하지만 그 요란한 마지막 메아리도 이제는 모두 사라져 버렸다. 그녀는 단지 램^{Charles Lamb}[2]이 그녀의 무덤 위에 흩뿌려 놓은 몇몇 훌륭한 구절을 통해 살아 있을 뿐이며, 그녀의 시, 그녀의 희

---

1 1624~1673, 영국의 귀족이자 자연철학자. 여성이 쓴 최초의 유토피아 소설로 평가받는 《불타는 세계the Blazing World》(1666)의 저자이다. 이 책은 절대 권력을 가진 여제에 의해서 통치되는 세상을 그리고 있다.
2 1775~1834, 영국의 수필가.

곡, 그녀의 사상, 그녀의 웅변, 그녀의 토론 등 그녀의 실생활이 고
이 간직되어 있다고 강조했던 모든 인쇄물은 어두컴컴한 공공 도서
관에서 썩고 있거나 아주 조금씩 전해지고 있다. 심지어 램의 말에
현혹되어 호기심을 느낀 학생조차 그녀의 웅장한 무덤에 움츠리며
다가가 들여다보고 주위를 두리번거리다가 서둘러 문을 닫고 나오
게 마련이다.

하지만 그렇게 서둘러 훑어보기만 해도 기억할 만한 인물에 대한
대체적인 내용이 파악될 것이다. 1624년에 태어난(그렇게 추정된다)
마거릿은 토머스 루커스Thomas Lucas의 막내딸로 태어나 갓난아이일 때
아버지를 여의고, 주목할 만한 성격과 "세월의 파괴를 초월하는" 위
엄과 아름다움을 지닌 귀부인이었던 어머니 밑에서 자랐다. "어머니
는 임대차, 토지의 처분 및 저택 유지, 하인 관리 등과 같은 일에 매
우 능숙했다." 그렇게 획득한 부를 마거릿의 어머니는 결혼 지참금이
아니라, "가난과 궁핍으로 우리를 기를 경우 우리의 나쁜 기질이 발
현될지도 모른다는 의견에 따라" 기쁨을 느낄 수 있는 쾌락에 관대하
게 소비했다. 그녀의 여덟 자녀는 매를 맞지 않고 이치를 따져 옳고
그름을 판단하도록 했으며, 아름답고 화려한 옷차림을 했고, 하인들
과의 대화는 허용되지 않았다. 그들이 하인이기 때문이 아니라 "대부
분의 경우 천하게 태어날 뿐 아니라 엉망으로 양육되기" 때문이었다.
딸들에게는 "이점 때문이라기보다 오히려 관습에 따라" 일반적인 여
러 기예를 가르쳤다. 여자에게는 현악기 연주나 노래 또는 "여러 가
지 언어를 재잘거리는 것"보다 성격, 행복, 정직이 훨씬 가치가 있다

는 것이 그들 어머니의 생각이었기 때문이다.

마거릿은 이미 어떤 취향을 만족시키는 그 같은 탐닉의 이점을 누리는 데 열중했다. 그녀는 이미 바느질보다 독서를, 독서보다 옷차림과 "패션의 발명"을 좋아했으며 그리고 무엇보다 글쓰기를 좋아했다. 맹렬한 생각이 손가락의 움직임보다 항상 빨랐기 때문에 글자가 멋대로 뻗어 있는, 아무 제목이 없는 종이 표지의 책 16권은 그녀가 어머니의 너그러움을 십분 활용했음을 보여 준다. 그들이 가정생활에서 향유한 행복은 또한 다른 결과를 야기하기도 했다. 그들은 헌신적인 가족이었다. 균형 잡힌 몸매, 고운 살결, 갈색 머리카락, 충치가 없는 이, "음악적인 목소리", 꾸밈없는 말투를 지닌 그들 남매는 각각 결혼한 뒤에도 계속 "함께 무리를 지었다"고 마거릿은 적었다. 낯선 사람들이 있으면 그들은 잠잠했다. 하지만 그들끼리만 있을 때는 스프링가든스Spring Gardens[3]나 하이드 공원Hyde Park[4]을 산책하든 음악을 연주하든 선상에서 무엇인가를 먹든 가볍게 입을 열었으며, "그들이 좋다고 생각하는 대로 판단하고 비난하며 찬동하고 칭찬하면서 매우 즐거워했다."

행복한 가정생활은 마거릿의 성격에도 영향을 미쳤다. 어릴 때 그녀는 많은 시간을 혼자 산책하면서 생각에 잠겼고, "그녀의 감각이 제기하는 모든 것에 대해 따졌다." 어떤 행동에도 기쁨을 느끼지 못

[3] 런던의 거리 이름
[4] 런던 시내의 대공원

했다. 장난감도 반갑지 않았으며, 외국어도 배우지 못했고, 다른 사람들처럼 옷을 입지도 못했다. 그녀의 커다란 기쁨은 다른 사람이 흉내 내지 못할, 자신만을 위한 옷을 만드는 일이었다. 그녀는 "나는 심지어 습관적으로 사용하는 용품이 하나밖에 없다는 사실에도 기쁨을 느꼈다"고 말한다.

아주 세상을 등지는 것이기도 하고 아주 자유롭기도 한 그 같은 훈련을 통해 혼자 외롭게 사는 것을 좋아하게 된 학식이 많은 노처녀, 또는 책을 쓰거나 고전을 번역하는 작가가 배양될 수도 있었을 것이다. 그것은 여전히 우리 여류 조상들이 양육된 증거로 인용된다. 하지만 마거릿에게는 야성적인 측면―아름다운 의상, 화려함, 명성 등에 대한 애정―이 있었다. 그것은 자연의 질서정연한 배열을 끊임없이 뒤흔드는 것이었다. 청교도 혁명[5]이 발발한 뒤 왕비의 시녀가 많이 줄었다는 소식을 들은 그녀는 시녀가 되고 싶다는 "커다란 욕망"을 품었다. 그녀가 집을 떠난 적이 한번도 없으며 그들의 시야에서 벗어난 적도 드물기 때문에 궁정에서 올바른 처신을 하지 못할 것이라고 생각한 다른 가족들의 옳은 판단에도 불구하고 그녀의 어머니는 그녀를 떠나보냈다. "정말 그랬다. 어머니와 오빠, 언니들의 모습이 보이지 않자 숫기가 없어져 (……) 나는 감히 고개를 들어 올려다보지도 못하고 말을 하지도 못했을 뿐 아니라 다른 사람들과 어울리

---

5 1640년 영국에서 청교도가 중심이 되어 일으킨 최초의 시민혁명이다. 전투가 벌어진 뒤 1649년 국왕 찰스 1세를 처형하고 1660년까지 공화정이 계속되었다.

지 못해 바보 취급을 당했다"고 마거릿은 고백했다. 궁정 사람들은 그녀를 조롱했고, 그녀는 명백한 방법으로 응수했다. 사람들은 비판적이었다. 남자들은 똑똑한 여자를 미워했으며, 여자들은 같은 여자가 지닌 지능을 의심했다. 다른 어떤 여자는 산책하면서 문제의 성격이나 달팽이에게 이빨이 있는지에 대해서도 생각하는지 묻기도 했다. 사람들의 조롱에 화가 난 마거릿은 어머니에게 집으로 돌아가게 해 달라고 요청했다. 당시 상황으로 볼 때 현명한 요구였지만 그 요청은 받아들여지지 않았고 그녀는 2년 동안(1643~1645) 머무르다 마침내 왕비와 함께 파리로 건너가 왕가에 경의를 표하기 위해 방문한 망명객들 사이에서 뉴캐슬 후작[6]을 만나게 되었다. 불굴의 용기를 지녔지만 능력이 거의 없었던 탓에 국왕의 군대를 참담한 패배로 이끌었던 그 기품 있는 귀족이, 수줍고 말이 없으며 옷차림이 기이한 시녀와 사랑에 빠지자 모든 사람들이 놀랐다. 마거릿에 의하면 그것은 "색정적인 사랑이 아니라 순수하고 명예로운 사랑"이었다. 얌전 빼는 것과 괴짜 기질로 명성을 얻은 그녀는 결코 훌륭한 배우자가 아니었다. 그렇다면 그 훌륭한 귀족이 그녀에게 청혼한 것은 무엇 때문이었을까? 구경꾼들은 조소, 험담, 비방을 퍼부었다. 그녀는 "다른 사람들이 우리가 불행해지리라 예견하지 않을까 저는 두렵습니다. 하지만 우리는 그렇게 생각하지 않고, 우리가 간직한 애정의 매듭을 풀

---

6 초대 뉴캐슬 공작 윌리엄 캐번디시William Cavendish(1592~1676)는 1664년 공작에 봉해지기 전까지 초대 뉴캐슬 후작이었다.

어헤치는 그런 고통은 없으리라 생각합니다"라고 후작에게 편지를 썼다. 그리고 "생제르맹Saint Germains[7]은 비방이 많은 곳이며, 저도 당신에게 그것을 너무 자주 보낸다고 생각합니다"라고도 썼다. "제게 적이 있음을 염두에 두시기 바랍니다"라고 경고하기도 했다. 시와 음악, 희곡 쓰기를 사랑하고 철학에 관심을 기울이며 "어떤 일의 원인을 알고 있는 사람은 아무도 없고 결코 알 수도 없을 것"이라고 믿으며 낭만적이고 관대한 기질을 지녔던 공작이, 직접 시를 쓰고 똑같은 사고방식을 지닌 철학자이며 그에게 동료 예술가로서의 경탄뿐만 아니라 그의 유별난 아량으로 보호 받고 도움을 얻은 예민한 존재로서의 고마움을 아낌없이 표현하는 여인에게 끌린 것은 당연한 일이었다. "그는 많은 사람들이 비난한, 부끄러움을 느끼는 것에 대해 이해해 주었다. (……) 그리고 비록 나는 결혼을 두려워하고 가능한 대로 남자들의 곁에 있는 것을 피했지만, 내게는 (……) 그를 거부할 힘이 없었다"고 그녀는 적었다. 그녀는 여러 해에 걸친 망명 시절을 그와 함께 지냈다. 그리고 이해까지는 아니더라도 그에게 공감하며 그가 완벽하게 훈련시킨 말들의 동작과 재주에 대해 이야기하기 시작했다. 그 말들을 어찌나 완벽하게 훈련시켰던지 에스파냐 사람들이 그 말들의 온갖 재주를 목격하면서 성호를 긋고 "기적이야!" 하고 외칠 정도였다. 말들은 그가 마구간에 나타나면 기뻐한 나머지 "발을 세게 구르는 행동"까지 했다고 그녀는 생각했다. 그녀는 호국경 시대[8]에는

---

7 파리의 지역 이름.

그의 정치 신조를 영국에 알렸고, 이윽고 왕정복고[9]에 의해 영국으로 돌아갈 수 있게 되자 시골 깊숙이 들어가 그와 함께 칩거하면서 희곡과 시, 철학적인 내용을 끼적이고 서로 상대방의 글에 대해 환호하는가 하면 기회가 되는 대로 자연의 경이에 대해 이야기를 나누는 등 완벽하게 만족스러운 생활을 즐겼다. 그들은 당대 사람들에게 조롱받았으며, 호레이스 월폴Horace Walpole[10]도 그들을 비웃었다. 하지만 그들이 완벽한 행복을 누렸다는 데는 의심의 여지가 없다.

왜냐하면 이제 마거릿은 아무런 방해도 받지 않고 글을 쓸 수 있었기 때문이다. 그녀는 자신과 하인들 사이의 격식을 새롭게 마련할 수 있었다. 그리고 점점 더 빠른 속도로 손가락을 움직였기 때문에 가독성은 점점 떨어졌다. 그녀의 희곡이 런던에서 상연되고 철학에 관한 글이 학자들에게 조심스럽게 읽히는 기적까지도 일어났다. 그 책들은 지금 기묘한 활기를 가득 띤 채 대영 박물관의 서가에 차례로 꽂혀 있다. 그녀는 자신의 주장에 질서와 일관성을 부여하고 논리적으로 전개해야 한다는 사실을 알지 못한다. 두려움 때문에 방해를 받는 경우도 없다. 그녀에게는 어린아이 같은 무책임한 태도와 공작 부인다운 거만함이 있다. 아주 기이한 생각이 떠오르는가 하면 아무렇지 않은 듯 그들로부터 느긋하게 물러나기도 한다. 우리는 여러 가지 생

---

8 영국에서 올리버 크롬웰Oliver Cromwell(1599 - 1658)과 그의 아들이 영국 최고 행정관인 호국경으로 집권했던 1653년부터 1659년까지의 시기.
9 1660년 영국의 찰스 2세(1630 - 1685)가 망명지에서 귀국하여 왕정을 재개한 것.
10 1717 - 1797, 영국의 소설가.

각들이 부글부글 끓어오르는 가운데 그녀가 옆방에서 펜을 들고 앉아 있는 남편에게 빨리 오라고 부르는 소리 — "여보, 저 임신했어요!" — 를 듣는 듯한 착각이 든다. 그리고 지각이 있거나 없거나 별의별 생각들이 펼쳐진다. 여성의 교육에 대한 생각 — "여자들은 박쥐나 올빼미처럼 살며, 짐승처럼 아이를 낳고, 벌레처럼 죽는다. (……) 가장 훌륭하게 자란 여자는 정신이 깨어 있는 여자이다." — 그리고 그날 오후 혼자 산책하면서 떠오른 생각 — 왜 "돼지에게 낭충이 있는지", 왜 "기뻐하는 개가 꼬리를 흔드는지", 별들이 무엇으로 만들어져 있는지, 하녀가 가져온 이 번데기는 무엇인지 — 등이다. 그리고 그녀는 방의 한쪽 모퉁이를 따뜻하게 해 둔다. 그녀는 끊임없이 주제를 바꾸면서, "고치는 것보다 만드는 것이 훨씬 더 재미있기 때문에" 결코 멈추어 수정하지 않으며, 그녀의 머리를 가득 채우는 온갖 문제 — 전쟁에 대하여, 기숙 학교에 대하여, 벌목에 대하여, 문법과 도덕에 대하여, 괴물과 영국인에 대하여, 소량의 아편이 미치광이에게 좋은지, 음악가들이 미치는 이유는 무엇인지 — 를 큰 소리로 계속 독백한다. 하늘을 쳐다보면서 달의 성질과 별들이 불타오르는 젤리인지에 대해 야심차게 사색하는가 하면, 아래를 내려다보면서는 물고기가 바닷물이 짠 것을 아는지 궁금해 하고, 우리의 머리가 요정들로 가득 차 있어 "하느님에게 우리가 소중하다"는 의견도 피력하며, 우리의 세계 이외에도 다른 세계가 있는지 생각해 보고, 다음에 오는 배가 새로운 세상의 말을 가지고 올지 모른다는 생각을 내놓기도 한다. 요컨대 "우리는 깜깜한 어둠 속에 있다." 한편 생각은 얼마나 커다란 기쁨인가!

웰벡Welbeck[11]의 웅장한 은거지로부터 많은 책들이 출현함에 따라 으레 나타나는 비판자들이 으레 그렇듯 반대를 표시했고, 그녀의 다양한 기분에 따라 각 책의 서문을 통해 답변을 듣거나 욕을 먹거나 논쟁에 끌려들었다. 특히 그들은 그녀의 책은 그녀가 쓴 것이 아니라고 했다. 그녀가 학자들의 용어를 사용했으며 "그녀의 영역 밖에 있는 여러 가지 문제에 대해 썼기" 때문이었다. 그녀는 남편에게 달려가 도움을 청했으며, 공작은 그녀가 "그녀의 오빠나 자기를 제외하고는 결코 어떤 학자와도 대화를 나눈 적이 없었다"고 밝혔다. 게다가 공작의 학식도 독특한 것이었다. "나는 훌륭한 시기에 훌륭한 세계에서 살았으며, 학습을 통해 내게 들어온 것보다 감각에 의해 내게 들어온 것에 대해 더 많이 생각해 왔다. 왜냐하면 나는 코에 의해, 권위에 의해, 그리고 옛날의 저자들에 의해 이끌리는 것을 좋아하지 않기 때문이다. 독단적인 주장은 내 경우에 해당되지 않을 것이다." 그럼 그녀는 펜을 잡고 세상에 대해 끈덕지고 무분별한 어린아이처럼 자신의 무식이야말로 상상할 수 있는 가장 훌륭한 자질이라고 주장하기 시작한다. 그녀는 데카르트Rene Des Cartes[12]와 홉스Thomas Hobbes[13]를 보기만 했을 뿐 그들에게 질문을 한 적은 없었다. 사실 그녀는 홉스 씨

---

[11] 잉글랜드의 동부 노팅엄셔에 있는 촌락.
[12] 1596 1650. 프랑스의 철학자이자 수학자 및 물리학자.
[13] 1588 1679. 영국의 철학자.

를 만찬에 초대했지만 그는 방문하지 않았다. 그녀는 가끔 자신에게 하는 말에도 귀를 기울이지 않았다. 그리고 해외에 5년이나 살았지만 프랑스 어를 전혀 몰랐다. 스탠리^{Thomas Stanley 14} 씨의 책을 통해 옛 철학자들에 대해 읽었을 뿐이었다. 데카르트의 책을 읽기는 했지만 그리스도의 수난에 관한 부분의 절반에 그쳤다. 홉스의 경우에는 단지 "《시민론^{De Cive}》이라는 작은 책" 뿐이었다. 그 모든 것은 그녀의 타고난 위트를 무한히 높여 준다. 너무 풍부하여 외부의 도움이 고통을 주고, 너무 정직하여 다른 사람들의 도움을 받아들이지 않으려 하는 위트이다. 그녀가 다른 모든 사람을 추방할 철학 체계를 수립하자고 제안한 것은 완전한 무지, 경작되지 않은 들판 같은 그녀의 의식에서 나온 것이었다. 그 결과가 전적으로 행복했던 것도 아니었다. 그런 거창한 계획의 압력으로, 그녀의 자연스러운 재능, 매브 여왕^{Queen Mab 15}과 요정의 나라에 대해 쓴 맨 처음의 책에서 그녀를 이끌어 나갔던 신선하고 미묘한 환상이 박살 나 버렸다.

여왕이 살고 있는 궁전의 구조물은

모두 달팽이의 등 껍데기로 만들어졌고

누군가 처음으로 들어갈 때는

---

14 1625~1678, 영국의 작가이자 번역자. 고대 그리스 철학에 관한 《철학사^{History of Philosophy}》 3권(1655~1662)을 집필했다.

15 영국과 아일랜드 민화 속에 등장하는 인간의 꿈을 지배한다는 요정.

얇게 만들어진 무지개의 발이 놀랍도록 화려하다
호박으로 만들어진 방들은 깨끗하며
불길이 가까이 있으면 달콤한 냄새가 난다
대합조개처럼 생긴 침대는 온통 조각이 되어 있고
주위에는 나비의 날개가 매달려 있다
침대 시트는 비둘기 눈의 표면으로 만들어졌고
제비꽃의 봉오리 위에 베개가 놓여 있다.

그러니까 그녀는 젊을 때 글을 쓸 수 있었다. 하지만 그녀가 만들어 낸 요정들은 살아남더라도 하마가 되어 버렸다. 다음과 같은 그녀의 기도가 너무 관대하게 받아들여진 것이다.

내게 자유롭고 웅장한 문체를 다오
거칠기는 하더라도 억제되지 않은 듯 보이는 것.

그녀는 복잡한 표현, 왜곡, 기발한 비유 등도 구사할 수 있게 되었다. 다음은 가장 짧은 것에 속하지만 가장 훌륭한 것은 아니다.

사람의 머리는 도시에 비유할 수 있을지 모른다
입이 가득 차면 장날이 시작되고
입이 비면 장이 끝난다
붉이 흐르는 도시의 하수구는

두 개의 배수구를 가진 콧구멍과 코.

그녀는 정력적으로 끊임없이 어울리지 않은 비유를 계속해, 바다는 풀밭, 선원은 목동, 돛대는 메이데이의 기둥이 되었다. 파리들은 여름날의 새, 나무는 원로원 의원, 집은 배이며, 그리고 그녀가 공작을 제외하고는 속세의 그 무엇보다 사랑한 요정들조차 무딘 원자와 날카로운 원자로 변화하면서 그녀가 즐겁게 우주를 정비해 나가는 여러 가지 야릇한 작업에 참여한다. 정말이지 "내가 좋아하는 레이디 상파레유Lady Sanspareille[16]에게는 은은하게 퍼지는 묘한 위트가 있었다." 더욱 나쁜 일이었지만, 그녀는 극적인 힘을 가진 원자 없이 희곡을 쓰는 일로 방향을 돌렸다. 그것은 단순한 과정이었다. 그녀의 내부에서 구르거나 넘어지던 통제되지 않는 생각들에 골든 리치스 경Sir Golden Riches, 몰 민브레드Moll Meanbred, 퍼피 도그맨 경Sir Puppy Dogman 등등의 이름이 붙여졌고, 현명하고 지식이 많은 어느 부인의 곁에서 영혼의 각 부분에 대해, 또는 덕이 재산보다 더 나은지에 대해 지루한 논쟁을 벌였으며, 그 부인은 그들의 질문에 대답하는가 하면 이전에 들은 적이 있는 듯한 어조로 상당히 길게 그들의 오류를 바로잡기도 했다.

하지만 때때로 공작 부인이 외출하는 경우도 있었다. 그녀는 자신

---

16 마거릿 캐번디시가 쓴 희곡 〈젊음의 영광과 죽음의 연회Youth's Glory and Death's Banquet〉 (1662)의 등장인물.

의 신분에 걸맞게 수많은 보석과 화려한 장신구로 단장한 뒤 가까이에 있는 귀족이나 부호의 저택을 방문했다. 그녀의 펜은 즉각 이 소풍에 관한 보고서를 썼다. 레이디 C. R.이 "사람들이 모여 있는 곳에서 남편을 때렸다"거나, F. O. 경이 "그의 집안과 재산을 전혀 아무렇지 않게 생각한 나머지 그의 찬모와 결혼했다는 말을 듣고 나는 안타까움을 느꼈다"거나, "P. I. 양은 축성을 받은 영혼, 영적인 자매가 되었으며, 머리카락을 둥글게 말면서 떠났고, 검은색 헝겊 조각이 아주 끔찍해졌는가 하면, 레이스 달린 신발과 덧신을 자랑 삼아 내보였고, 기도할 때 어떤 자세가 가장 좋은지 내게 물었다" 등등이었다. 그녀의 답변은 아마 받아들일 수 없었을 것이다. "나는 다시는 그곳에 함부로 가지 않겠다"며 그 같은 "험담 만들기"에 대해 언급한다. 그녀는 환영 받는 손님이나 환대하는 주인은 아니었다고 추측해 볼 수 있다. 그녀에게는 "제 자랑" 하는 버릇이 있었으며, 그것은 손님들이 깜짝 놀라 떠날 정도였지만, 그들이 떠나도 그녀는 전혀 섭섭해 하지 않았다. 정말이지 그녀에게는 웰벡이야말로 가장 좋은 곳이었으며, 그녀의 동반자야말로 호흡이 가장 잘 맞는 사람이었다. 붙임성 있는 공작은 들락날락하면서 희곡을 쓰거나 사색에 잠겨 있었으며 언제나 질문에 대답하고 험담에 반박할 준비가 되어 있었다. 비록 행실은 정숙했을지라도 나중에 에저턴 브리지스 경Sir Egerton Brydges[17]을 당황하게 만든 언어를 사용하게 된 것은 아마도 이러한 고적한 상태 때문이었

---

17 1762-1837, 영국의 서지학자이자 편집자로 마거릿 캐번디시의 자서전과 시집을 편집했다.

을 것이다. 그녀가 "궁정에서 육성된 고위층 여성에게서 흘러나오는 매우 거친 표현과 이미지"를 사용했다고 그는 불평했다. 그는 이 여성이 오래전에 궁정 출입을 그만두었다는 사실, 그녀가 주로 요정들과 어울려 지냈다는 사실, 그녀의 친구들은 대부분 죽었다는 사실을 잊었던 것이다. 그러므로 그녀의 언어가 거친 것은 당연하다. 하지만 비록 그녀의 철학이 하찮은 것이고 그녀의 희곡이 읽을 수 없는 것이며 그녀의 시구가 따분하다 하더라도, 그녀의 모든 글은 독창적인 불길에 감싸여 있다. 우리는 페이지마다 굽이쳐 흐르면서 반짝거리는, 변덕스럽고 사랑스러운 그녀의 개성이 자아내는 매력을 뒤쫓지 않을 수 없다. 그녀에게는 바보 같고 경솔한 면과 더불어 고상하고 돈키호테적이며 활기찬 면이 있다. 그녀의 단순성은 아주 공공연하고, 그녀의 지성은 아주 활동적이며, 요정과 동물에 대한 그녀의 동정심은 아주 참되고 부드럽다. 그녀는 꼬마 요정의 변덕스러움, 어떤 비인간적 존재의 무책임성, 그것의 비정함, 그것의 매력 등을 지니고 있다. 그리고 궁정에 있는 동안 그녀는 수줍은 소녀로서 자신을 괴롭히는 사람들을 감히 정면으로 쳐다보지 못했고 그녀를 비방하고 조롱했던 그들 끔찍한 비판자들은 계속하여 그녀를 놀렸지만, 그 비판자 가운데 우주의 문제를 다루는 위트를 지니거나 사냥꾼에 쫓기는 토끼의 고통에 신경을 쓰거나 또는 그녀처럼 "셰익스피어의 바보들 가운데" 어느 하나와 이야기하는 것을 동경한 사람은 거의 없었다. 여하튼 이제 조롱은 그들의 편에만 있는 것이 아니다.

하지만 그들은 조롱했다. 그 미치광이 공작 부인이 웰벡에서 왕궁

을 방문하러 오고 있다는 소문이 퍼지자 사람들은 그녀를 구경하기
위해 거리로 몰려들었으며, 피프스^{Samuel Pepys}[18] 씨도 호기심을 느껴
그녀가 지나가는 것을 보기 위해 두 번이나 하이드 공원에서 기다렸
다. 그러나 그녀의 마차 주위에 모여 든 군중의 힘이 너무 컸다. 그는
벨벳 모자를 쓰고 머리카락을 늘어뜨려 귀를 덮었으며, 온통 벨벳으
로 차려 입은 하인들이 옹위하는 은제 마차를 탄 그녀를 흘낏 쳐다볼
수 있었을 뿐이었다. 그가 흰 커튼 사이로 "매우 매력적인 여인"의 얼
굴을 잠시 동안 쳐다보는 사이에, 그녀는 자신을 곁눈질이라도 하기
위해 달려드는 런던 사람들의 무리를 헤치면서 앞으로 나아갔다. 웰
벡의 그림 속에서는 우수에 잠긴 커다란 눈을 지닌 그 낭만적인 여인
이 불멸의 명성을 확신하는 평온한 표정으로 길고 뾰족한 손가락 끝
으로 탁자를 쓰다듬으며 서 있다.

---

[18] 1633～1703, 일기의 창시자

두서없고 숨김없는 에벌린
Rambling Round Evelyn

Rambling Round Evelyn

그는 예술가가 아니었다. 마음속에 머무는 이구들도 없고 기억 속에 저절로 구축되는 문단들도 없다. 하지만 당시의 이야기를 상황에 맞추어 계속해 나가며, 결코 다시 언급되지 않을 사람들을 불러들이고, 결코 일어나지 않을 위기를 조성하는가 하면, 토머스 브라운 경을 소개하면서 그에게 결코 말할 기회를 주지 않는 그 기술 방법에도 나름대로의 매력이 있다.

지금부터 300년 동안 여러분의 생일에 축하를 받고 싶다면 가장 좋은 방법은 의심의 여지없이 일기를 쓰는 것이다. 다만 여러분에게 자신의 천재성을 사적인 책 속에 가두어 두는 용기와, 무덤 속에 들어가서야 얻게 될 명성을 고소해 하는 유머가 있는지 먼저 확인해 두어야 한다. 왜냐하면 일기를 쓰는 사람의 바람직한 태도는 자신만을 위해 쓰거나, 아니면 모든 비밀을 안전하게 들을 수 있고 모든 동기를 올바로 평가할 수 있는 아주 먼 후대를 위해 쓰는 것이기 때문이다. 그런 대상에 대해서는 가식이나 절제가 필요 없다. 그들이 요구하는 것은 성실성, 세부적인 내용, 방대한 분량이다. 펜을 움직이는 솜씨는 저절로 생기며, 뛰어난 재기는 필요하지 않다. 천재성은 방해가 되기도 한다. 그리고 하는 일에 대해 잘 알고 있으면서 그것을 단호하게 처리한다면, 후대의 사람들은 여러분을 유명한 사건들로 보도하거나 우리나라의 으뜸가는 여인들과 동침한 위인들처럼 여길 것이다.

우리가 이야기하는 것은 존 에벌린[1]John Evelyn의 탄생 300주년을 기억하고 있는 이유가 된 일기이다. 그것은 때로는 회상록처럼 구성되고, 때로는 달력처럼 메모가 적혀 있지만, 그가 일기를 사용하여 가슴속의 비밀을 털어놓는 경우는 없었다. 그는 일기에 적을 내용 모두를 저녁때 자식들 앞에서 담담하게 큰 소리로 읽었을지도 모른다. 그럼에도 불구하고 — 어느 선량한 사람의 대수롭지 않은 글로 간주해야 할 것을 우리가 왜 읽으려 하는지 궁금하다면, 먼저 일기는 항상 일기, 즉 우리가 요양할 때, 말을 타고 있을 때, 죽음에 사로잡혀 있을 때 읽는 책이라는 것, 둘째로 수많은 찬사를 받아 온 이 독서가 대부분 단지 꿈을 꾸거나 빈둥거리는 것, 책을 들고 의자에 편안하게 드러눕는 것, 달리아에 앉은 나비를 지켜보는 것, 어느 비평가도 다루려고 하지 않았으며 오직 모럴리스트[2]moralist만이 좋은 말을 할 수 있는 아무 이득 없는 일에 지나지 않음을 인정해야 한다. 왜냐하면 모럴리스트는 그것이 하나의 순진무구한 활동이라고 인정할 것이며, 비록 사소한 것들에서 비롯되는 행복이라도 그것이야 말로 철학이나

---

1 1620~1706, 특히 일기로 유명한 영국의 작가.
2 16세기부터 18세기에 프랑스에서 인간성과 인간이 살아가는 법을 탐구하고 이를 수필 등 단편적인 글로 표현한 문필가를 이르는 말. 몽테뉴, 파스칼 등이 여기에 속한다.

설교보다 사람들이 종교를 바꾸거나 왕을 시해하려는 행동을 막는
데 더 많은 기여를 하리라고 덧붙일 것이기 때문이다.

정말이지 에벌린의 책을 얼마 읽지 않더라도 행복에 대한 현대의
우리 견해와 에벌린의 차이가 어디에 있는지 알게 될 것이다. 무지,
분명히 그 밑바닥에 무지가 있다. 그의 무지는 우리의 박학다식함과
비교된다. 에벌린의 외국 여행에 관한 이야기를 우리는 먼저 그의 소
박한 정신, 둘째 그의 활동에 대해 부러워하면서 읽지 않을 수 없다.
우리와 그가 다른점에 대해 간단한 예를 들자면, 정원사가 손수레를
끌고 곁을 지나가는 동안 달리아에 앉은 그 나비는 꼼짝도 하지 않을
것이지만, 만약 갈퀴의 그림자가 그 날개를 스치면 나비는 깜짝 놀라
날아오를 것이다. 그러면 우리는 나비가 앞을 보지만 소리는 듣지 못
한다고 생각할지 모르며, 이 점에서 우리는 에벌린과 상당히 비슷하
다고 할 수 있다. 하지만 에벌린이 했을 법한 것처럼, 집에서 칼을 가
지고 나와 그 칼로 레드애드미럴[5]의 머리를 가르는 짓은 20세기를 사
는 멀쩡한 사람이라면 상상도 할 수 없는 일이다. 우리 역시 에벌린
처럼 아는 것이 많지 않을지 모르지만, 거기에서 어떤 발견을 할 만
한 것이 없음을 충분히 알고 있다. 우리는 칼을 찾는 대신에 백과사
전을 찾으며, 에벌린이 평생 동안 알게 된 것보다 더 많은 것을 불과
2분 만에 알 수 있을 뿐만 아니라, 지식의 총량이 너무 엄청나기 때문
에 소소한 지식 하나를 소유하는 것이 거의 쓸모 없기도 하다. 무지

---

5 나비의 일종.

하지만 그 자신의 손으로 자신의 개인적인 지식뿐 아니라 인류의 지식까지 진보시킬지 모른다는 자신감으로 에벌린은 모든 예술과 학문에 뛰어들었고, 10년 동안 유럽 대륙을 돌아다녔으며, 식을 줄 모르는 흥미를 간직한 채 털이 많은 여자들과 이성적인 개들을 살폈고, 그것을 통해 추론을 이끌어내고 심사숙고를 했지만, 그것은 이제 동네 우물가에서 할머니들의 이야기에 귀를 기울이면 들을 수 있을 것들이다. 이번 가을에는 달이 여느 때보다 훨씬 크기 때문에 버섯이 전혀 자라지 않을 것이며, 목수의 아내가 쌍둥이를 낳을 것이라고 사람들이 말한다. 그러면 왕립 협회의 회원이자 가장 높은 문화의 지성을 겸비한 신사 에벌린은 모든 혜성과 온갖 조짐을 조심스럽게 살펴보았으며, 고래 한 마리가 템스 강으로 올라오자 그것을 불길한 징조라고 생각했다. 1658년에도 고래가 보였다. "그해에 크롬웰이 죽었다." 요즘과 달리 자연은 마치 격렬하고 기이한 모습을 과시함으로써 자신을 숭배하는 17세기의 사람들을 자극시키기로 작정한 것 같다. 폭풍우, 홍수, 한발이 있었는가 하면, 템스 강이 꽁꽁 얼어붙었고, 하늘에서는 혜성이 타올랐다. 만약 고양이가 에벌린의 침대에서 새끼를 낳았다면 그 새끼 고양이는 다리가 여덟 개, 귀는 여섯 개, 몸통은 두개에 꼬리가 두 개일 수밖에 없었을 것이다.

하지만 행복으로 돌아가자. 때로 조상들과 우리 사이에 설명할 수 없는 차이가 있다면 그것은 바로 우리가 행복을 다른 원천에서 끌어내기 때문인 것처럼 보인다. 우리는 똑같은 사물에 다른 값을 매긴다. 이것에 대해 그들의 무지와 우리의 지식 탓이라 할지도 모르겠다. 하지만 무지가 신경과 애착을 바꾼다고 생각하겠는가? 우리가 엘리자베스 시대 사람들에게 익숙해진 채 살아가는 것이 견딜 수 없는 고행이었다고 믿는 것일까? 셰익스피어의 버릇 때문에 방을 나가거나 엘리자베스 여왕의 만찬 초대를 거부하는 일이 필요하다고 생각해야 했을까? 아마 그럴 것이다. 왜냐하면 에벌린은 매우 세련되고 진지한 사람이었으며, 그럼에도 불구하고 우리가 사자들이 물어뜯는 광경을 보기 위해 몰려드는 동안 고문실로 들어갔기 때문이다.

  (……) 그들은 먼저 튼튼한 끈이나 작은 밧줄로 그의 손목을 묶고, 그 줄의 한쪽 끝을 바닥에서 약 4피트 되는 높이에 고정된 철제 고리에 묶은 뒤, 그 자리에서 그의 키보다 5피트 정도 더 떨어진 곳에 있는 바닥에 고정된 다른 밧줄로 그의 두 발을 묶었다. 따라서 비스듬히 눕혀진 상태로 공중에 떠 있는 상태였다. 그의 두 발을 묶은 밧줄 아래에는 목마를 밀어 넣었기 때문에 밧줄이 힘껏 그의 몸을 끌어당기면서 아주 팽팽해지는 바람에 그 사내의 관절을 잘라낼 듯하자, 벌거벗은 몸에 속바지 하나만 걸친 그 사내는 (……)

그 이야기는 계속된다. 에벌린은 그 광경을 끝까지 지켜본 뒤, "그 광경이 아주 거북스러웠기 때문에 나는 다른 광경을 보기 위해 남아 있을 수가 없었다"고 언급했다. 마치 우리가, 사자들이 아주 큰 소리로 으르렁거리며 날고기를 먹는 모습이 아주 불쾌하기 때문에 이제 펭귄을 찾아간 것이라고 말하는 것과 같다. 그의 거북스러움을 인정하더라도, 고통에 대한 그의 견해와 우리의 견해 사이에는 우리가 똑같은 눈으로 사실을 바라보고 똑같은 동기로 여자와 결혼하며 똑같은 기준으로 행동을 판단하는지 의문을 품게 하기에 충분한 불일치가 있다. 근육이 찢어지고 뼈가 갈라질 때 가만히 앉아 있고, 그 목마의 높이가 점점 올라가거나 사형 집행인이 나팔을 가져오고 물 두 양동이를 사형수의 목에 쏟을 때 움츠러들지 않으며, 그 사내가 부인하는 강도 혐의 때문에 이 가혹한 처벌을 받는 것 등 이 모두는 우리가 아직도 화이트채플Whitechapel[4]의 하층민을 정신적으로 격리시키고 있는 여러 울타리 가운데 하나 안으로 에벌린을 밀어 넣는 것 같다. 우리가 어쩐지 잘못해 왔다는 생각만이 명백할 뿐이다. 만약 고통을 겪는 일에 대한 우리의 민감성과 정의에 대한 우리의 애호가, 바로 우리의 인간적인 본능이 모두 그들처럼 대단히 발전되었다는 증거라고 주장할 수 있었다면, 우리는 세상이 개선되고 그와 더불어 우리도 그러리라 말할 수 있었을 것이다. 하지만 일기를 좀 더 읽어 보자.

"모든 것은 완전히 반도들의 수중에 들어갔다"고 적혔듯이 여러 가지 일이 불행하게 귀결된 것처럼 보인 1652년, 에벌린은 뎁트퍼드Deptford[5]에서 왕당파에 열렬하게 동조하는 향사로서 지내기 위해 동맥과 정맥을 그린 표와 그가 호기심을 갖는 베네치아 산 유리 그릇 등 여러 가지 물건을 가지고 아내와 함께 영국으로 돌아왔다. 교회에 나

---

4 런던 중심부에 위치하는 지역.
5 런던 남동부의 템스 강 남안 지역.

가거나 시내로 외출하고, 거래를 트거나 정원에 식물을 심는 등 그는 우리와 비슷하게 시간을 보냈다. "세이스코트Sayes Court[6]에 과일나무들을 심었다. 초승달에 서풍." 하지만 그 증거가 작고 무의미한 여러 어구들 사이에 흩어져 있기 때문에 하나의 인용구로 나타내기 어려운 차이가 하나 있다. 그 어구들이 종합적으로 가리키는 것은 그가 두 눈을 사용했다는 사실이다. 가시적인 세계가 항상 그의 곁에 있었다. 그 가시적인 세계는 우리들로부터 아주 멀리 물러나 있는 바람에, 건물이나 정원, 동상이나 조각 등에 관한 이야기를 듣는 것이 마치 사물의 모습이 실내에서뿐 아니라 실외에서도 사람을 공격하고 벽에 걸려 있는 몇몇 작은 화폭에 한정되지 않는 것처럼 낯설게 여겨진다. 우리에게 수천 가지의 변명이 있음에는 의심의 여지가 없다. 하지만 지금까지 우리는 그에 대한 변명거리를 찾아내고 있었다. 줄리오 로마노Julio Romano[7], 폴리도레Polydore[8], 구이도Guido Reni[9], 라파엘로Raffaello Sanzio[10], 틴토레토Tintoretto[11] 등이 본 그림, 훌륭하게 세워진 주택, 좋은 경관, 우아하게 설계된 정원 등이 있는 곳마다 에벌린은 마차를 멈추고 구경했으며, 일기장을 꺼내 자신의 감상을 기록했다. 8월 27일 에벌린은 렌Christopher Wren[12] 박사 등과 함께 세인트 폴 성당에서 "그 고색

6 뎁트퍼드에 있는 저택. 한때 에벌린이 조성한 정원으로 널리 알려져 있었다.
7 1499?~1546, 이탈리아의 화가이자 건축가.
8 1470?~1555, 이탈리아의 역사가.
9 1575~1642, 이탈리아의 화가.
10 1483~1520, 이탈리아의 화가.
11 1518~1594, 이탈리아의 화가.

창연한 교회의 전반적인 쇠락 상태"를 지켜보았으며, 렌 박사와 더불어 다른 사람들과는 다른 견해를 가졌고, "둥근 지붕과 아직까지 영국에 알려져 있지 않지만 놀랄 만한 우아함을 지닌 교회 건축의 형식"으로 그것을 새로 지으려는 생각을 품었으며, 렌 박사도 그 생각에 공감했다. 6일 뒤에 일어난 런던 대화재가 그들의 계획을 바꾸어 놓았다. 그리고 혼자 걷다가 우연히 "우리 교구에서 들판에 있는 어느 가난하고 한적한 초가"의 창문을 통해 안을 들여다보고는 그린링 기번스Grinling Gibbons[13]가 십자가에 조각을 하는 모습을 발견하고 경탄한 나머지 그 젊은이를 조각 작품과 함께 왕궁으로 데리고 간 것도 역시 에벌린이었다.

정말이지 벌레들의 괴로움에 신경을 쓰고 하녀들의 보수에 민감한 것도 매우 훌륭하지만, 눈을 감은 채 아름다운 주택이 즐비한 거리를 하나씩 떠올릴 수 있다면 그 또한 얼마나 즐거울까? 꽃은 붉고, 사과는 석양에 빨갛게 물들어 있다. 그림은 특히 크게 화를 낸 어느 할아버지를 묘사하고 그 후예들로 이루어진 가족을 위엄 있게 나타냄으로써 매력을 지닌다. 하지만 이들은 흩어져 있는 단편 ─ 이루 말할 수 없을 정도로 단조로워진 세상에 남겨진 아름다움의 자그마한 유물 ─ 이다. 잔인하다는 우리의 공격에 대해 에벌린은 베이스워터 Bayswater[14]와 클래펌Clapham[15] 주변을 가리키는 것으로 대답할지 모른

---

12 1632~1723. 영국의 건축가.
13 1648~1721. 영국의 조각가.

다. 그리고 만약 그가 지금은 특징이나 확신을 지니는 것이 전혀 없다거나 죽음을 상기하기 위해 침대 곁에 관을 열어 놓고 잠자는 잉글랜드 농부는 더 이상 없다고 공격한다면, 우리는 즉각 제대로 대꾸하지 못할 것이다. 우리가 시골을 좋아하는 것은 사실이다. 에벌린은 결코 하늘을 쳐다보지 않았다.

그러나 돌아가 보자. 왕정복고가 이루어진 뒤 에벌린은 전문가들이 즐비한 우리 시대에서도 충분히 주목할 만한 다양한 성과를 거두었다. 그는 공직에 나갔고 왕립 협회의 간부였으며 희곡과 시를 썼는가 하면 영국에서 수목과 정원에 관한 최초의 권위자이기도 했다. 또한 런던 재건 계획을 제출했고, 굴뚝 연기의 문제와 그 규제 방안을 연구했으며(세인트 제임스 공원St. James's Park[16]에 라임나무를 심은 것은 그의 생각에서 나온 것이라 한다), 영국·네덜란드 전쟁의 역사를 집필하도록 위촉되기도 했다. 요컨대 여러 가지 측면에서 그는 자신이 기대했던《왕녀the Princess》[17]의 동반자를 훨씬 능가한 사람이었다.

살진 황소와 염소의 주인,

키다란 수박을 재배하고 소나무를 식목하는 자,

30개 정도 자선 단체의 후원자.

---

14 런던 중심부의 서쪽 지역.
15 런던 중심부의 남쪽 지역.
16 런던 시내의 대공원.
17 영국의 시인 앨프레드 테니슨Alfred Tennyson(1809~1892)이 1847년에 발표한 시집의 제목.

구아노와 곡물에 관한 팸플릿 작성자,

어느 누구보다 유능한 회의 진행자.

에벌린이 바로 그 모두에 해당하는 사람이었으며, 테니슨이 언급하지 않는 또 하나의 특징도 월터 경과 공유했다. 우리는 에벌린이 약간 따분하고 약간 비판적이며 약간 자상하고 자신의 장점에 대해 지나치게 자신하며 다른 사람들의 장점에 대해 약간 둔감한 사람이었으리라고 의심하지 않을 수 없다. 아니면 우리의 공감을 사는 자질 또는 결여된 자질은 무엇일까? 어쩌면 부분적으로는 어떤 일관성의 결여 때문일 것이다(그처럼 명성이 높은 사람을 함부로 위선자라 하기는 어렵다). 아무리 그 시대의 악덕을 비난했더라도 그는 결코 그 중심에서 멀어진 적이 없었다. 궁정의 "호사스러운 낭비와 비속함", 넬리 부인Mrs. Nelly [18]이 그녀의 정원을 내려다보거나 그 아래의 산책길에서 국왕 찰스[19]와 "매우 친숙한 담화"를 나누는 광경은 그에게 커다란 혐오감을 야기했지만, 궁정에서 물러나 그에게 소중한 곳임은 물론 잉글랜드의 대표적인 명소 가운데 하나였던 "보잘것없지만 한적한 내 별장"으로 돌아갈 결심은 하지 않았다. 그리고 비록 딸 메리를 사랑했지만, 그녀가 죽은 뒤 비탄에 젖은 가운데서도 그녀의 장례식에 참석한 빈 육두마차의 수를 헤아렸다. 또한 그의 여자 친구들은 어찌나

---

18 여배우 출신으로 찰스 2세의 정부였던 넬 그윈Nell Gwyn(1650~1687).
19 1660년 왕정복고 뒤 즉위한 영국 국왕 찰스 2세(1630~1685).

높은 수준의 도덕과 아름다움을 겸비했는지, 그들에게 위트까지 있었노라고는 차마 말할 수 없을 지경이다. 그가 진지하고 감동적인 전기를 통해 찬미했던 가련한 고돌핀 부인^{Mrs. Godolphin}은 "장례식에 참석하는 것을 좋아했으며", 습관적으로 "가장 건조하고 가장 기름이 적은 소량의 고기"를 골랐다. 그것은 천사의 습관일지 모르지만 에벌린과의 우정을 매혹적으로 보이게 하지는 않는다. 하지만 에벌린에 대한 우리의 반감을 요약하는 사람은 피프스이다. 그는 아침에 오랜 시간 기분 전환을 하는 에벌린에 대해 다음과 같이 말했다. "매우 훌륭한 사람이니만큼 어느 정도의 자부심은 허용되어야겠지만, 그에게는 자신이 다른 사람들보다 훨씬 나은 사람이라는 그 같은 자부심이 있다고 해도 좋을 것이다." 그 말은 정곡을 찔렀다. "매우 훌륭한 사람이지만" 조금 자만하다는 말이다.

우리에게 불가피하고 불필요하며 어쩌면 친절하지 못한 다른 생각까지 하게끔 만드는 것도 피프스이다. 에벌린은 천재가 아니었다. 그의 글은 투명하기보다 오히려 불투명하다. 우리는 그의 글을 통해 어떤 깊이나, 정신 혹은 마음의 아주 은밀한 움직임도 볼 수 없다. 그는 우리에게 국왕 시해를 반대하게 만들지도, 이유 없이 고돌핀 부인을 사랑하게 만들지도 못한다. 하지만 그는 일기를 아주 훌륭하게 쓴다. 심지어 우리가 꾸벅꾸벅 조는 동안에도 과거의 그 신사분이 3세기에 걸쳐 소통의 수단을 마련함으로써, 우리는 어느 특별한 것 때문에 긴장하거나 꿈꾸기 위해 멈추거나 웃음을 터뜨리기 위해 멈추거나 단지 쳐다보기 위해 멈추는 일 없이도 늘 모든 것을 알아차릴 수 있게 되었다. 예컨대 그의 정원만 하더라도 그 자신이 그것을 헐뜯는 일은 얼마나 유쾌하고, 다른 사람들의 정원에 대한 비판은 얼마나 신랄한가. 그럼 우리는 세이스코트의 암탉이 잉글랜드에서 가장 좋은 달걀을 낳았다고 확신할지도 모른다. 그리고 차르Tsar[20]가 울타리 사이로 외바퀴 손수레를 끌고 나타났을 때는 얼마나 당황스러웠을까? 우리는 에벌린 부인이 얼마나 먼지를 털고 닦았는지, 에벌린 자신이 얼마나 투덜거렸는지, 그가 얼마나 꼼꼼하고 능률적이며 신뢰할 만한 사람이었는지, 얼마나 기꺼이 조언을 해 주고 얼마나 기꺼이 자신의 작품을 소리 내어 읽어 주었는지, 그리고 그가 어린 신동이었던 리처드에게 애정을 느끼고 그의 죽음에 비통해 하면서도 감정이 넘쳐흐르지 않았는지(민감한 표정을 지닌 남자는 결코 그렇지 않기 때문이다), 그리고 어떻게 "저녁 기도 후 아들놈은 형들 — 모두들 내 사랑하는 자식들 — 이 잠들어 있는 곳 가까이에 매장되었다"고 기록했는지 등을 짐작해 볼 수 있다. 그는 예술가가 아니었다. 마음속에 머무는 어구들도 없고 기억 속에 저절로 구축되는 문단들도 없다. 하지만 당시의 이야기를 상황에 맞추어 계속해 나가며, 결코 다시 언급되지 않을 사람들을 불러들이고, 결코 일어나지 않을 위기를 조성하는가 하면, 토머스 브라운 경Sir Thomas Browne[21]을 소개하면서 그에게 결코 말할 기회를 주지 않는 그 기술 방법에도 나름대로의 매력이 있다. 그의 일기

---

20 러시아 황제 표트르 대제(1672~1725)로서 1698년 한때 세이스코트에 머물렀다고 한다.
21 1605~1682, 영국의 의사이자 저술가.

를 통해 선량한 사람, 나쁜 사람, 유명 인사, 실재하지 않는 존재 등이 방 안으로 들어왔다가 다시 나간다. 더 많은 수의 사람을 우리는 거의 알아차리지 못하며, 그들이 나가고 문이 닫히면 그들은 사라져 버린다. 하지만 때로는 사라지는 옷자락 끝이, 잠자코 앉아 조명을 받고 있는 사람의 전신보다 더 많은 것을 암시하는 경우도 있다. 어쩌면 우리가 그들이 알아채지 못하는 사이에 포착하는 것인지도 모른다. 그들은 300년이 넘는 시간 동안 대문을 뛰어넘거나 아가일 후작Marquis of Argyle[22]처럼 새장 속의 염주비둘기가 올빼미라고 생각하는 모습을 다른 사람에게 보이게 되리라고는 생각하지 않는다. 우리의 눈은 이 사람에서 저 사람으로 떠돌아다닌다. 우리의 호감도 이리저리 방황한다. 예컨대 화를 잘 내고 염소를 죽인 개를 가지고 있으며 그 염소의 주인에게 총을 쏘려 하고 그의 말이 절벽 아래로 떨어지자 총을 쏘려고 했던 레이 대위Captain Wray, 잘라딘 씨M. Saladine, 잘라딘 씨의 딸, 그녀와 정을 통하기 위해 제네바에 머물고 있는 레이 대위, 그리고 나이가 들어 슬픔을 잊은 채 위턴Wotton에 있는 그의 정원을 거닐며 그의 면목을 세워 주는 손자를 기특해 하는가 하면 입술에서는 라틴 어의 인용구가 흘러나오고 그가 심은 나무들이 무성하게 자라며 날아다니던 나비들이 그가 심은 달리아 위에 앉는 모습을 바라보기도 하는 에벌린 그 자신의 모습 등이다.

---

[22] 1607~1661, 스코틀랜드의 귀족 출신 정치가.

애디슨
Joseph Addison

Joseph Addison

애디슨은 매일같이 수필을 쓰면서 그것을 쓰는 방법을 본능적으로 정확하게 알고 있었다. 고상한 내용이든 저속한 내용이든, 서사가 심오하든 서정적이든 정열적이든, 산문─보통의 지성을 지닌 사람들이 그들의 생각을 세상과 소통할 수 있게 해 주는 매체─이 지금의 산문처럼 된 것이 애디슨 덕분임에는 의심의 여지가 없다.

1843년 7월 매콜리 경[Thomas Babington Macaulay][1]은 조지프 애디슨[2]이 "영어와 더불어 살아남을" 글을 통해 영문학을 풍요롭게 했다는 견해를 밝혔다. 하지만 매콜리 경의 견해는 단순한 견해가 아니었다. 76년이 지난 지금도 그 말은 국민들 가운데서 고른 대표의 입에서 나오는 말 같다. 그 말에는 권위, 반향, 책임감이 감돌고 있으며, 우리에게는 잡지를 통해 작고한 문인에 대해 글을 쓴 언론인이 아니라 대제국을 대표해 보고문을 발표하는 총리대신을 상기시킨다. 애디슨에 관한 그

---

1 1800─1859. 영국의 역사가이자 정치가. 영국 글래스고대학 총장을 지냈고 말년에 남작 작위를 받았으므로 흔히 매콜리 경이라 불렀다.
2 1672─1719. 영국 수필가이자 시인이며 정치가. 유명한 문학 단체 키트캣 클럽 회원으로 활동하기도 했다. 어린 시절부터 친구인 R. 스틸과 함께 《태틀러》, 《스펙테이터》 등의 잡지를 발간했다.

글은 정말이지 유명한 글 가운데서도 가장 박력 있는 것 중 하나이
다. 화려하면서도 동시에 매우 견실한 그 어구는 하나의 기념비를 세
우는 것 같다. 네모로 만들어지고 화려하게 장식된 그 기념비는 웨스
트민스터 사원의 석재와 더불어 언제까지나 애디슨에게 보금자리를
마련해 주는 역할을 한다. 하지만 (무엇인가를 세 번 이상 읽었을 때 하
는 말이지만) 우리가 바로 그 글을 거듭 읽고 찬탄할지라도 이상하게
도 그 말이 사실로 믿어지는 경우는 없다. 그것은 매콜리의 글을 좋
아해서 읽는 독자에게도 흔한 일이다. 그들 글의 풍부한 표현, 힘, 다
양성, 모든 판단의 결과에 기쁨을 느끼고 적재적소에서 빛을 발한다
고 생각하는데도, 그들 강력한 주장과 부인할 수 없는 확신이 어느
인간처럼 하찮은 것으로 이어지는 경우는 거의 없다. 애디슨의 경우
도 그렇다. "만약 우리가 애디슨의 가장 훌륭한 인물 묘사보다 더 생
동감 있는 것을 찾으려 한다면 셰익스피어나 세르반테스$^{Miguel\ de}$
$^{Cervantes\ 3}$에게 가야 한다"고 매콜리는 썼다. "만약 애디슨이 어떤 폭넓
은 계획에 관한 소설을 썼다면 우리가 가지고 있는 어느 것보다 훌륭
했으리라는 데는 조금도 의심이 없다." 그리고 그의 수필은 "위대한
시인의 반열에 올려놓기에 충분"하며, 그리고 그 기념비를 완성하기
위해 우리는 볼테르$^{Voltaire\ 4}$로 하여금 "익살꾼의 왕자"라고 공표하게
끔 하고, 스위프트$^{Jonathan\ Swift\ 5}$와 더불어 몸을 낮추게 함으로써 해학가

---

3 1547~1616, 에스파냐의 소설가이자 극작가이며 시인.
4 1694~1778, 프랑스의 작가이자 계몽사상가.

로서 애디슨이 그들 두 사람보다 더 높은 자리에 오르게 한다.

별도로 살펴보면 그런 야단스러운 장식은 아주 기괴하게 보이지만 그 자리에 있음으로써, 장식의 일부로서 그 기념비를 완성시킨다 (이렇게 말하는 것이 디자인의 설득력이다). 그 안에 애디슨이 있거나 다른 사람이 있거나 그것은 매우 훌륭한 무덤인 것이다. 하지만 이제 애디슨의 몸이 야간에 웨스트민스터 사원의 바닥에 누인 지 두 세기가 지났으니, 우리에게는 비록 비어 있더라도 지난 76년 동안 공식적인 방법으로 경배해 왔던 그 가공의 비석에 가해진 야단스러운 장식 가운데 첫째를 ─ 우리 자신에게 아무 장점이 없는 것을 통해 ─ 시험해 볼 자격이 조금은 있다. 애디슨의 글은 영어와 함께 살아남을 것이다. 매순간 우리 모국어가 완벽한 침착성과 정숙성을 지닌 언어들보다 훨씬 활기 있다는 증거가 나타나므로, 우리는 애디슨의 활기에 주의를 기울이기만 하면 된다. 활기 있다는 말은 〈태틀러Tatler〉[6]와 〈스펙테이터Spectator〉[7]의 현재 상황에 적용할 만한 형용사가 아니다. 대략적으로 한 해 동안 얼마나 많은 사람들이 공공 도서관에서 애디슨의 작품을 빌리느냐를 통해 그의 작품이 얼마나 활기 있는지 시험해 볼 수 있다. 그러나 9년 동안 해마다 두 사람이 〈스펙테이터〉의 제1권[8]을 대출했다는 조사 결과는 힘을 주는 정보가 아니다. 제2권은 제1권보

5　1667─1745, 영국의 소설가이며 성직자이자 정치 평론가. 대표작으로 《걸리버 여행기》가 있다.
6　영국의 언론인이며 정치가인 리처드 스틸Richard Steele(1672─1729)이 1709년 창간한 영국의 잡지. 애디슨이 많은 글을 기고했다.
7　1711년에 조지프 애디슨과 리처드 스틸이 함께 창간한 일간지.

다 요청이 더욱 적다. 그 조사는 즐겁지 않다. 여백에 남긴 언급이나 연필 자국으로 미루어 이들 희소한 헌신자들은 오로지 유명한 구절들만 찾으며, 우리가 감히 찬탄하기 어렵다고 생각하는 구절에 표시를 하는 버릇이 있었던 것 같다. 아니, 애디슨이 살아 있다면 그곳은 공공 도서관이 아닐 것이다. 그가 아직도 희미하게나마 규칙적인 호흡을 하고 있는 곳은 호젓하며 라일락나무 그늘이 지고 많은 고서들 때문에 갈색을 띠는 개인의 서재들이다. 만약 어떤 남자나 여자가 6월의 태양이 하늘에서 사라지기 전에 애디슨의 글을 읽으면서 위안으로 삼고자 한다면 그곳은 그 같은 쾌적한 은둔처이다.

　하지만 영국 전역에 걸쳐, 연도나 계절을 불문하고, 이따금 애디슨을 읽고 있는 사람이 있다고 확신할 수 있다. 왜냐하면 애디슨은 읽을 만한 가치가 매우 크기 때문이다. 애디슨 자신의 글보다 애디슨에 관한 포프Alexander Pope[9]의 글, 애디슨에 관한 매콜리의 글, 애디슨에 관한 새커리William Thackeray[10]의 글, 애디슨에 관한 존슨의 글을 읽어야겠다는 유혹은 오히려 이겨낼 수 있다. 왜냐하면 여러분이 만약 〈태틀러〉와 〈스펙테이터〉를 살펴보고 〈카토Cato〉[11]를 힐끗 쳐다보며 6권으로 이루어진 전집의 나머지를 뒤적거린다면, 애디슨은 포프가 말하는 애디슨이나 다른 누군가가 설명하는 애디슨이 아니라 1919년

8　창간 후 일단 555호까지 간행되었으며, 나중에 이를 모두 7권으로 나누어 합본했다.
9　1688~1744, 영국의 시인이자 비평가.
10　1811~1863, 영국의 소설가.
11　애디슨이 1713년 발표한 비극.

현재와 같이 격렬하고 산만한 우리 의식에 아직도 그 자신의 명쾌한 모습을 부각시킬 수 있는 별개의 독립된 개인임을 발견할 것이기 때문이다. 색조가 적은 것들의 운명은 항상 조금 불확실하게 마련이다. 그들은 쉽게 흐려지거나 비틀어진다. 우리에게 줄 것이 거의 없는 2급 작가와 접촉하기 위해 필요한, 소중히 간직하고 인간성을 부여하는 과정은 쓸모없어 보이는 경우가 아주 많다. 그들 위에 흙이 덮여 그들의 특징은 지워진다. 그리고 어쩌면 우리가 마지막에 깨끗하게 닦아 내는 것은 가장 훌륭한 시기의 꼭대기가 아니라 낡은 항아리의 이 빠진 자국인지 모른다. 더 시시한 작가들의 주된 어려움은 그 뿐만이 아니다. 바로 우리의 수준이 바뀌어 버리는 것이다. 그들이 좋아하는 사물이 우리가 좋아하는 사물이 아니며, 그들 글의 매력은 신뢰보다 취향에 훨씬 더 의존하는 만큼, 양식만 바뀌어도 아주 쉽게 우리와의 관계가 끊어져 버리곤 한다. 그것이 바로 우리와 애디슨 사이에서 가장 문제가 되는 장벽의 하나이다. 그는 어떤 자질들에 대해 커다란 중요성을 부여했다. 그리고 우리가 흔히 남녀의 '훌륭함'이라고 말하는 것에 대해서도 매우 분명한 견해를 지니고 있었다. 그는, 남자는 무신론자가 되어서는 안 되며 여자는 큰 페티코트를 입어서는 안 된다고 즐겨 말했다. 이 말은 우리에게 혐오감보다는 차이의 감정을 유발한다. 우리는 의무와 비슷한 자세로 이들 가르침의 대상이 되었던 독자들을 생각해 보기 위해 상상력을 발휘해 본다. 〈태틀러〉는 1709년, 〈스펙테이터〉는 1, 2년 뒤에 발행되었다. 바로 그때 영국의 상태는 어땠을까? 왜 애디슨은 예의 바르고 마음을 밝게 하는 신앙의 필요성을 강조하기 위해 안달을 했을까? 왜 그처럼 지속적으로 그리고 대체적으로 자상하게 여자들의 약점과 그 개선을 강조했을까? 왜 정당 정치의 나쁜 점들에 대해 그토록 깊은 인상을 받았을까? 어떤 역사가라도 설명하겠지만, 역사가의 설명을 끌어들여야 한다는 것은 항상 불행이다. 작가라면 우리에게 직접적으로 확실한 것을 제시해야 한다. 설명은 와인에 쏟아 붓는 많은 물이다. 사실이 그런 것처럼 우리는 그들 조언이 스커트에 버팀테를 두른 여자들과 가발을 쓴 남자들을 대상으로 한다고 느낄 뿐이다. 설교하는 사람과 그 가르침을 배우고 그것에 따르는 청중 말이다. 우리는 단지 미소를 짓고 놀라거나 어쩌면 그 의상에 대해 찬탄할지도 모른다.

그리고 그것은 글을 읽는 방법이 아니다. 죽은 사람들은 이들 비난을 들을 만했으며, 이 윤리 의식에 찬탄했고, 우리는 형식적이라고 여기는 웅변을 우아하다고, 그리고 우리에게는 아주 천박한 철학을 심오하다고 판단했으리라 생각하는 것, 그리고 골동품의 가치가 있을 만한 물건에 수집가로서의 기쁨을 느끼는 것은 마치 문학을, 부인할 수 없는 시대의 것이지만 그 미심쩍은 아름다움을 간직한 채 장식장의 유리문 뒤에 서 있는 부서진 항아리처럼 간주하는 것과 같다. 〈카토〉가 아직도 읽을 만한 매력을 지니는 것은 이 같은 성격 때문이다. 시팍스Syphax[12]는 탄성을 지른다.

---

12 ?~기원전 202?, 고대 리비아 마사이실리 부족의 왕으로 포에니 전쟁 때 카르타고에 편들어 싸우다 로마군에게 포로가 되었다.

그래서 우리 누미디아의 광야가 펼쳐지는 곳에서

갑자기 맹렬한 폭풍이 몰아치더니

공중에 소용돌이를 만들고

모래를 뒤흔들며 들판을 모조리 쓸어간다.

어쩔 줄 모르는 여행자는 깜짝 놀라

주위의 건조한 사막이 들고 일어나는 것을 보고

모래의 소용돌이에 휩싸여 죽음에 이른다.

우리는 관객이 가득 들어찬 극장에서의 흥분 상태, 숙녀들의 머리 위에서 강조하듯 흔들리는 깃털 장식, 몸을 앞으로 기울이고 지팡이를 툭툭 치는 신사들, 모든 사람이 곁에 앉은 사람을 향해 아주 훌륭하다고 탄성을 지르거나 "브라보!" 하고 외치는 모습을 상상해 보지 않을 수 없다. 하지만 우리는 어떻게 흥분할 수 있을까? 허드[Richard Hurd][15] 주교와 그의 메모 ― "훌륭하게 관찰됨", "감정이나 표현 모두 놀랍도록 정확함", "셰익스피어를 우상화하는 현재의 유머가 끝나면" 〈카토〉가 "솔직하고 분별력 있는 모든 비평가들로부터 엄청난 칭송을 받을 것"이라는 그의 확신 등 ― 도 또한 그렇다. 이것은 모두 아주 재미있거니와 우리 조상의 정신에 깃들어 있던, 이제는 퇴색된 번지르르한 장식과 우리 자신의 정신에 깃들인 뻔뻔스러운 화려함

---

15 1720―1808, 영국의 성직자. 후일 주교로서 애디슨의 작품들을 6권으로 편찬한 것이 1811년에 간행되었다.

모두에 대해 즐거운 환상을 불러일으킨다. 하지만 그것은 다른 종류의 소통은 차치하고 동등한 자들끼리의 소통 — 우리를 작가와 동시대인으로 만듦으로써 그의 목표가 바로 우리의 목표라고 설득하는 것 — 이 아니다. 때때로 〈카토〉에서 진부하지 않은 몇 행을 찾아낼지 모르지만, 대부분의 경우 존슨 박사가 "의문의 여지 없이 애디슨의 천재성이 빚어낸 가장 고상한 작품"이라고 생각했던 그 비극 작품은 골동품 수집가의 문학이 되어 버렸다.

어쩌면 대부분의 독자들은 수필에 대해서도 그들의 정신에 겸손이 필요하지 않을까 하는 등 약간의 의심을 가지고 다가갈 것이다. 품어야 할 의문은 비록 애디슨이 고귀한 태생, 도덕성, 취향 등의 어떤 기준에 애착을 느끼고 있었음에도 불구하고, 본보기가 될 만한 성격과 매혹적인 세련미를 지닌 사람 가운데 하나가 되지 못했다는 — 틀림없이 날씨보다 더 흥분되는 일에 대해 이야기해 본 적이 없는 사람이라는 — 사실이다. 우리에게는 〈스펙테이터〉와 〈태틀러〉가 완벽한 영어를 통해 올해의 맑은 날수와 전해의 비가 내린 날수를 비교하는 대화에 지나지 않는다는 약간의 의심이 있다. 그와 같은 완벽한 영어에 어울리지 못하는 어려움은 초기에 간행된 〈태틀러〉에 그가 소개한 작은 우화에도 보인다. 그것은 "무신론자나 자유사상가가 되기에는 충분하지만 철학자나 지각이 있는 사람이 되기에는 부족한 약간의 피상적인 지식에다 절제된 이해심과 대단한 활기를 지닌 젊은 신사"에 관한 것이다. 그 젊은 신사는 시골에 살고 있는 부친을 방문하며, "시골 사람들의 편협한 사고를 확대시키려고 집사를 대화에 끌어들이고 큰누나를 놀라게 하는 등 상당한 성공을 거두었다. 그러던 어느 날 개에 대해 이야기하면서 '트레이가 우리 가족과 마찬가지로 죽지 않으리라는 데 의문을 품지 않는다'고 말하면서, 들뜬 나머지 자신도 '개처럼 죽기 바란다'고 부친에게 털어놓았다. 그 말을 듣자 깜짝 놀란 노인이 외쳤다. '그렇다면 얘야, 개처럼 살아야지.' 그리고 지팡이를 집어 들고 마구 두들겨 팼다. 이것이 아주 좋은 효과를 발휘하여 그는 그날부터 정신을 차리고 좋은 책을 읽었으며, 지금은 미들템플 Middle Temple [14]의 고위 간부가 되어 있다"는 이야기다. 그 이야기에는 애디슨의 성격이 많이 드러난다. "어둡고 거북한 전망"에 대한 그의 혐오, "사적인 사람들뿐 아니라 모든 공공 단체들의 후원, 행복, 영광이 될 원칙들"에 대한 그의 존중, 집사에 대한 그의 배려, 좋은 책을 읽어 미들템플의 고위 간부가 되는 것이 매우 활기 찬 젊은 신사에게 어울리는 결말이라는 그의 확신 등이다. 애디슨 씨는 백작 부인[15]과 결혼했으며, "원로원에 법안을 보냈고", 젊은 위릭 경 Lord Warwick [16]을 불러 우리의 동정심이 냉정한 신사가 아니라 어리석거나 어쩌면 술에 취한 — 침대에 누운 채 자기만족의 마지막 발작을 일으키지 않는 — 젊은 귀족에게 기울어질 만큼 나쁜 시절에 어떻게 하면 기독교도가 죽을 수 있는지에 관한 유명한 언급을 했다.

---

14 영국의 4개 사법 인주원 가운데 하나이다.
15 제6대 위릭 백작 에드워드 리치 Edward Rich(1673~1701)의 미망인 샬럿 Charlotte.
16 제7대 위릭 백작 에드워드 리치(1698~1721).

그들에게 포프의 위트가 부식되었거나 빅토리아 왕조 중엽의 최루
경향이 누적되었기 때문이라면, 그들 껍데기를 벗겨 내고 이 시대의
우리에게 남겨진 것을 살펴보자. 우선 2세기가 지난 뒤에도 여전히
읽을 수 있다는 비열하지 않은 미덕이 남아 있다. 애디슨은 정당하게
그 같은 주장을 할 수 있다. 그런 다음 매끄럽고 절묘한 산문의 흐름
속에 매끄러운 표면을 바람직하고 다양한 모습으로 바꾸는 자그마한
역류, 작은 폭포가 미끄러져 들어온다. 우리는 수필가에게서 보이는
변덕, 환상, 특이성을 주목하기 시작한다. 그것은 단정하고 흠 없는
모럴리스트의 표정을 비추면서, 그가 아무리 입을 굳게 다물더라도
그의 눈이 매우 밝고 그다지 천박하지 않음을 우리에게 확신시킨다.
그는 손가락 끝에 민감하다. 작은 토시, 은제 가터, 가두리 장식이 달
린 장갑 등은 그의 주의를 끈다. 그는 비정하지 않으며 비난보다 기
쁨으로 가득 찬, 날카롭고 재빠른 시선으로 관찰한다. 확실히 그 시
대는 어리석은 짓이 풍부했다. 커피숍을 가득 채운 정치가들은 왕과
황제에 관해 이야기하면서 그들 자신의 사소한 문제들은 엉망이 되
도록 내버려 두었다. 군중들은 매일 밤 이탈리아의 오페라가 공연되
면 가사는 하나도 모르면서 박수를 쳤다. 평론가들은 단결에 대해 논
했다. 남자들은 한 움큼의 튤립을 위해 1000파운드를 내놓았다. 여자
들 — 애디슨은 그들을 '예쁜 성the fair sex'이라 부르기를 좋아했다 —
의 어리석음은 셀 수 없을 지경이었다. 애디슨은 그것을 세기 위해
최선을 다했다. 얼마나 다정하고 꼼꼼했던지 스위프트의 심기를 거
스를 정도였다. 하지만 그는 다음과 같은 구절에서 보다시피 그 일에

자연스러운 흥미를 갖고 아주 매력적으로 그것을 처리했다.

나는 여자를 아름답고 낭만적인 동물이라 생각한다. 그들은 모피나 깃털, 진주나 다이아몬드, 광석이나 비단으로 장식되기도 한다. 스라소니는 그녀의 발밑에 자신의 가죽을 던져 그녀의 목도리를 만들게 하며, 공작, 앵무새, 백조는 그녀의 토시를 만드는 재료가 된다. 바다를 수색하여 조개를 찾고, 바위를 수색하여 보석을 찾는다. 자연의 모든 부분이 그들 가운데 가장 완성된 피조물을 꾸미는 데 각자의 역할을 맡는 것이다. 나는 그들이 이 모든 것에 몰두해도 무방하지만, 내가 이야기해 왔던 페티코트는 허용할 수도 없고 허용하지도 않으리라.

이 모든 문제에서 애디슨은 지각과 취향과 문명의 편에 섰다. 애디슨은 아주 모호한 경우가 많지만 없어서는 안 될 그 소수의 동호인들—모든 시대마다 미술과 문학과 음악의 중요성을 되살리면서 지켜보고 식별하며 비난하고 기뻐하는 사람들—가운데 두드러진 인물일 뿐 아니라 이상하게도 우리와 동시대적인 성격을 지닌 인물이었다. 그래서 원고를 들고 그에게 가져가는 것이 커다란 기쁨이었을 것이며 그의 의견을 듣는 것이 커다란 명예일 뿐 아니라 커다란 각성의 기회이기도 했을 것이라고 우리는 상상한다. 그리고 포프가 있음에도 불구하고 그의 비평이야말로 새로움에 정신이 열려 있고 관대하면서도 궁극적으로는 그 기준에 단호했던 최상급의 비평이었다고 생각하는 것이다. 활력의 증거가 되는 과감성은 그가 〈채비 체이스Chevy

Chase〉[17]를 옹호한 것에서 찾아볼 수 있다. 그에게는 "바로 훌륭한 글의 정신이자 영혼"이라고 자신이 했던 말에 대한 명쾌한 개념이 있었으므로, 야만스러운 내용이 담긴 옛날의 발라드에서 그것을 추적하거나 "그 성스러운 작품"이라고 했던 《실낙원Paradise Lost》[18]에서 그것을 재발견했다. 게다가 죽은 사람들의 정적이고 고정된 아름다움에 대한 감식가이기만 했던 것이 아니라 현재에 대해서도 인식했으며, 당시의 '고딕 취향'에 대한 엄격한 비판자였고, 언어의 권리와 명예를 보호하는 데 앞장서는 한편, 모든 것에서 단순성과 고요를 애호했다. 그리고 윌스Will's나 버턴스Button's 같은 술집에서 밤늦도록 다소 과음하면서 차츰 과묵함을 깨고 이야기를 하기 시작했다. 이어 "모든 사람의 주의를 그에게 고정시켰다." "애디슨의 대화에는 다른 누구와의 대화에서 발견하는 것보다 훨씬 큰 매력이 있다"고 포프는 말했다. 우리는 그 말을 믿을 수 있다. 그가 쓴 가장 훌륭한 수필에는 이해하기 쉬우면서도 훌륭하게 변조된 대화의 가락—웃음을 터뜨리기 직전의 미소, 경박성이나 추상으로부터 가볍게 바꿘 생각, 아주 자연스럽게 솟아나는 경쾌하고 새로우며 다양한 아이디어 등—이 간직되어 있기 때문이다. 그는 머릿속에 떠오르는 대로 이야기하는 듯하며 결코 목청을 높이는 법이 없다. 하지만 그는 다른 사람이 그에 대해 할 수 있는 것보다 훨씬 훌륭하게 류트의 특징을 통해 자신을 묘사

---

17 퍼시 가와 더글러스 가의 오터번 전투를 소재로 한 15세기 영국의 발라드.
18 영국의 시인 존 밀턴이 1667년에 발표한 대서사시.

한 바 있다.

류트는 드럼과 정반대의 특징을 지녔으며, 혼자서는 아주 가느다란 소리를 내고 아주 작은 음악회에서 사용된다. 그 음색은 매우 아름답지만 매우 낮아 쉽게 다른 악기들 틈에 파묻히며, 특별한 주의를 기울이지 않으면 몇몇 악기들 사이에서 잃어버리기 쉽다. 류트는 악기 5개 이상이 섞이면 거의 들리지 않지만, 드럼은 500개 이상이 어울리는 곳에서도 소리를 드러낼 수 있다. 따라서 류트 연주자는 섬세한 천재성, 흔치 않은 깊은 생각, 대단한 붙임성을 지닌 사람이며, 주로 그처럼 즐겁고 부드러운 멜로디에 대한 최적의 심판자, 훌륭한 취향을 가진 사람들로부터 칭송을 받는다.

애디슨은 류트 연주자였다. 정말이지 매콜리 경의 칭송보다 더 적절한 것은 있을 수 없다. 애디슨의 수필이 훌륭하다고 해서 그를 위대한 시인이라 부르거나, 어떤 폭넓은 계획에 관한 소설을 썼다면 "우리가 가지고 있는 어느 것보다 훌륭했으리라"고 예언하는 것은 그를 드럼이나 트럼펫과 혼동하는 것이며, 그의 장점을 과찬하는 데 그치는 것이 아니라 그를 간과하는 것이다. 존슨 박사는 훌륭하게 그리고 그의 태도와 마찬가지로 단호하게 애디슨의 시적 천재성에 대하여 다음과 같이 요약했다.

그의 운문이 먼저 고려되어야 한다. 그의 운문에는 가끔 감상에 광택을 주는 적절한 어구들이나 어구에 생기를 불어넣는 감정의 활기가 보이지 않는다는 점을 밝히지 않을 수 없다. 그리고 열정, 격렬함, 황홀 등도 거의 보이지 않는다. 무시무시한 장엄성도 아주 드물고, 우아함의 광채도 그리 자주 보이지 않는다. 그는 올바로 생각하기는 하지만 희미하게 생각한다.

표면상 로저 드 카벌리 경Sir Roger de Coverley [19]에 관한 글들이 소설에 가장 가깝다. 하지만 그들의 장점은 무엇인가를 막연히 나타내거나 시작하거나 예상케 하지 않는다는 점이다. 그들은 스스로 완벽하고 완전한 상태로 존재한다. 그들을 마치 위대한 무엇인가의 씨앗이 내재된 어떤 실험의 시작으로 읽는다면 그들 고유의 특징을 놓치는 셈이다. 그들은 조용한 구경꾼에 의해 외부에서 이루어진 연구 논문이다. 그들을 함께 읽으면 시골 대지주와 특징적인 지위에 있는 그 주변 인물들 — 막대를 들고 있는 사람, 사냥개와 함께 있는 사람 등 — 의 초상화가 모습을 드러내지만, 각 인물은 다른 사람과 격리되어 있어 줄거리에 손상을 끼치지도, 자기 자신에게 위해를 가하지도 않는다. 각 장이 앞장으로부터 이야기를 받아 뒷장에 이어 주는 소설에서는 그 같은 격리가 용납될 수 없다. 빠르기, 복잡함, 줄거리 등이 잘릴 것이기 때문이다. 이들 특별한 성질이 빠져 있지만, 그러나 애디슨의 방법에도 커다란 이점이 있다. 이들 수필이 각각 아주 훌륭하게

---

19 〈스펙테이터〉에 등장한 가공인물.

마무리되는 것이다. 등장인물들은 극히 깔끔하고 명쾌한 필치로 묘사된다. 불가피하게 범위가 아주 좁은 — 길이가 3, 4페이지밖에 되지 않은 글의 — 경우에는 아주 심오하거나 복잡 미묘한 것을 표현할 여지가 없다. 다음은 〈스펙테이터〉에서 골라낸 것으로, 애디슨이 짧은 글에서 위트가 있으면서 인물 묘사를 진행해 나가는 훌륭한 본보기이다.

솜브리우스Sombrius[20]는 이들 슬픔의 아들 가운데 하나이다. 그는 슬픔과 비탄에 잠겨 있는 것을 자신의 의무라고 생각한다. 그리고 갑작스럽게 웃음을 터뜨리는 것을 세례의 서약을 깨뜨리는 것으로 간주한다. 순진한 농담이 신성 모독처럼 그를 놀라게 한다. 그에게 명예로운 칭호를 얻게 된 사람의 이야기를 하면 그는 두 손을 들면서 올려다본다. 공개 의식을 이야기하면 그는 고개를 젓는다. 화려한 마차를 보여 주면 성호를 긋는다. 인생의 자그마한 장식들은 모두 허식과 허영이다. 환희는 억제되지 않고, 위트는 비속하다. 그는 젊었을 때는 활기가 있다고, 어릴 때는 장난이 많다고 비난받았다. 그는 세례나 결혼 축하연에도 장례식인 것처럼 참석하고, 즐거운 이야기의 끝에도 한숨을 쉬며, 주위 사람들이 즐거워할 때는 점점 신앙심이 깊어진다. 그러니까 솜브리우스는 신앙심이 깊은 사람이며, 기독교가 박해를 받은 시대에 살았더라면 매우 적절하게 처신했을 것이다.

---

20 침울하다는 뜻의 영어 sombre를 의인화한 라틴어.

　소설은 그 모델로부터 전개되는 것이 아니다. 이런 글에서는 어떤 전개도 불가능하기 때문이다. 하지만 그 같은 인물 묘사는 그 나름대로 완벽하다. 그리고 〈스펙테이터〉와 〈태틀러〉에 똑같은 양식으로 여러 가지 환상과 기담을 가미한 그 작은 걸작들이 흩어져 있음을 발견할 때, 그런 범위의 편협함에 의심이 생기는 것은 불가피하다. 수필의 형식은 그 자체로 특별한 완벽함을 인정한다. 그리고 어느 하나가 완벽할 경우 그 완벽성의 정확한 규모는 하찮아진다. 우리는 대체로 자신이 템스 강과 빗방울 중 무엇을 더 좋아하는지 마음을 정하지 못한다. 우리가 애디슨의 수필에 대해 나쁘게 말할 수 있는 모든 것—대부분의 경우 지루하고 피상적이며 우화는 빛이 바래고 신앙심은 형식적이며 윤리 의식이 진부하다는 것—을 말한 뒤에도 여전히 애디슨의 수필이 완벽한 수필이라는 사실은 남아 있다. 어느 예술이든 최정상에 이르면 모든 것이 그 예술가를 도우려 드는 것처럼 느껴지는 순간이 있으며, 그가 거둔 성과는 후년에 이르면 반쯤 무의식적인 것처럼 보이면서 저절로 적절한 표현이 된다. 그래서 애디슨은 매일같이 수필을 썼고 그것을 쓰는 방법을 본능적으로 정확하게 알고 있었다. 고상한 내용이든 저속한 내용이든, 서사가 심오하든 서정적이든 정열적이든, 산문—보통의 지성을 지닌 사람들이 그들의 생각을 세상과 소통할 수 있게 해 주는 매체—이 지금의 산문처럼 된 것이 애디슨 덕분임에는 의심의 여지가 없다. 애디슨은 수많은 자손들로부터 존경 받는 조상이다. 손에 잡히는 대로 주간지를 펴들면, '여름의 기쁨'이나 '다가오는 시대'에 관한 글이 그의 영향력을 보여 준다. 하지만 그것은 또한 우리 시대의 유일한 수필가인 맥스 비어봄 Sir Henly Maximilian Beerbohm[21] 씨의 이름이 붙어 있지 않다면, 우리가 수필을 쓰는 방법을 잊어 버렸다는 사실을 보여 줄 것이다. 우리의 견해와 우리의 장점, 우리의 정열과 뜻깊은 생각 등, 그 속에 하늘과 밝고 자그마한 인간 생활의 수많은 미래상을 담은 그 맵시 있는 은방울은 이제 서둘러 짐을 챙기느라 툭 튀어나온 커다란 꾸러미에 지나지 않는다. 그럼에도 불구하고 수필가는 어쩌면 그 점을 알지 못한 채 애디슨처럼 쓰기 위해 노력을 기울일 것이다.

애디슨은 온건하고 이성적인 방법으로 그가 쓴 글의 운명에 대해 생각하면서 즐겼다. 그에게는 그들의 성격과 가치에 대한 올바른 생각이 있었다. "나는 온갖 조롱하는 방법을 새로 지적해 왔다"고 썼다. 하지만 그가 공격한 수많은 대상이 "불합리한 유행, 우스꽝스러운 관습, 옳지 못한 연설 방식" 등 덧없는 어리석음이었으므로, 그의 수필이 "무게는 존중되더라도 유행은 사라진 여러 낡은 접시처럼" 될 때가 어쩌면 100년 이내에 찾아올지 모른다고 생각했다. 200년이 지났다. 이제 그 접시는 매끄럽게 닳고 무늬가 거의 지워졌지만, 밑바탕의 금속은 순은 그대로이다.

21 1872~1956, 영국의 수필가.

조지 엘리엇
George Eliot

George Eliot

> 그녀의 실패 그것을 실패라고 한다면 에 대해 말하
> 려면 그가 37세가 되기 전까지는 결코 소설을 쓴 적
> 이 없으며, 37세가 되었을 즈음에는 자신을 억울함과
> 고통의 혼합물이라 생각하게 된 사정을 생각해야 했
> 다. (······) 여주인공들이 그녀가 말하고자 하는 것을
> 말할 때 그녀의 자의식은 드러난다. 그녀는 가능한 모
> 든 방법으로 그들에게 가면을 씌웠다. 그리고 덤으로
> 아름다움과 재산까지 주었다.

조지 엘리엇[1]을 주의 깊게 읽으면 우리가 그녀에 대해 얼마나 아는
것이 없는지 깨닫게 된다. 또한 온전히 우리의 성찰 덕분이라고는 할
수 없지만, 심지어 자신보다 더욱 현혹된 사람들 위로 허깨비를 들고
흔들어 댄 후기 빅토리아 시대의 현혹된 여인을, 절반은 의식적으로
또 절반은 악의를 지닌 채 받아들이게 된, 쉽게 믿어 버리는 우리의
성격도 깨닫게 된다. 대관절 어느 순간에 어떤 계기로 그녀의 마법이
풀어졌는지는 주장하기 어렵다. 그것이 그녀의 《생애[래]》[2]가 출간되

---

[1] 1819~1880. 영국 소설가. 탁월한 심리묘사와 도덕과 예술에 대한 관심으로 20세기 작가의
선구적 역할을 수행했다고 평가된다. 대표작으로 《애덤 비드》, 《플로스 강의 물방앗간》 등이
있다.

었기 때문이라고 생각하는 사람들도 있다. 아마도 조지 메러디스는 단 위에 올라와 있는 '경박한 자그마한 홍행사'와 '여러 가지 경험이 많은 여인'에 관한 언급을 함으로써, 그다지 정확하게 겨냥할 수는 없지만 쏘는 재미가 있는 수천 발의 화살에 화살촉을 붙이고 독을 발랐을 것이다. 그녀는 젊은이들이 비웃는 대상의 하나, 그와 똑같은 우상 숭배의 죄가 있으며 똑같은 경멸로 무시해 버릴 수 있는 일군의 진지한 사람들에 대한 편리한 상징이 되었다. 액턴 경Lord Acton[3]은 그녀가 단테Dante Alighieri[4]보다 더 위대하다고 했으며, 허버트 스펜서Herbert Spencer[5]는 런던 도서관에서 소설을 모두 금지하려고 했을 때 그녀의 소설은 마치 소설이 아닌 듯 예외로 취급했다. 그녀는 여성의 자랑이자 훌륭한 본보기였다. 게다가 그녀의 사적인 기록도 공적인 기록보다 더 유혹적이지 않았다. 수도원에서 보낸 어느 날 오후를 묘사해 달라는 요청을 받으면, 그 이야기꾼은 항상 그들 진지한 일요일 오후에 대한 기억이 자신의 유머 감각을 자극시켰노라고 털어놓았다. 그는 나지막한 의자에 앉아 있는 근엄한 숙녀 때문에 놀랄 때가 많았고 지적인 이야기를 하려고 안달했다. 물론 그 대화가 매우 진지했음은 그 위대한 소설가의 섬세하고 깨끗한 손으로 기록된 메모가 증언한

---

2 남편 J. W. 크로스Cross가 1884년 간행한 《편지와 일기를 통해 살펴본 조지 엘리엇의 생애 George Eliot's Life As Related in her Letters and Journals》를 가리킴.

3 1834~1902, 영국의 역사가이자 정치가였던 제1대 액턴 남작1st Baron Acton 존 댈버그액턴 John Dalberg-Acton .

4 1265~1321, 문예 부흥의 선구자가 된 이탈리아의 시인.

5 1820~1903, 영국의 철학자.

바와 같다. 그것은 어느 월요일 아침이었다. 그녀는 다른 사람을 이 야기하려다가 별 생각 없이 마리보Pierre Carlet de Marivaux[6]를 언급했지만, 자신의 말을 듣는 사람이 이미 수정을 해 주었다고 밝혔다. 하지만 일요일 오후에 조지 엘리엇에게 마리보에 대해 이야기한 것은 낭만 적인 기억이 아니었다. 그것은 세월이 흐르면서 희미해졌다. 그림처 럼 되지 않았던 것이다.

정말이지 우리는 조지 엘리엇을 기억하는 사람들의 마음에 진지하 고 짜증스러우며 말과 같은 힘이 느껴지는 길쭉하고 무거운 얼굴을 울적하게 각인시켜 놓는 바람에 그것이 그녀가 쓴 책의 페이지에서 그들을 처다볼 것이라는 확신에서 벗어날 수 없다. 훗날 고스Edmund Gosse[7] 씨는 그녀가 2인승 사륜마차를 타고 런던 시내를 달려간 모습 을 다음과 같이 묘사했다.

크고 떡 벌어진 몸집의 그 예언자는 꿈꾸는 듯 움직이지 않았으며, 옆 에서 볼 때 약간 엄숙한 듯한 그 커다란 몸에는 항상 파리에서 최신 유행 하는 모자가 씌어져 있었는데, 당시 유행은 커다란 타조 깃털이 있는 것 이었다.

레이디 리치Anne Isabella Thackeray Ritchie[8]도 같은 솜씨로 더욱 친근감 있

---

6 1688~1763, 프랑스의 극작가이자 소설가.
7 1849~1928, 영국의 문학사가이자 비평가.
8 1837~1919, 영국의 여류 소설가이자 수필가.

는 실내의 초상화를 남겨 놓았다.

그녀는 아름다운 검은색 공단 가운 차림으로 불 곁에 앉아 있었다. 그녀의 옆에 있는 탁자 위에는 녹색 갓이 씌어진 램프, 독일어 서적들과 팸플릿, 상아로 만든 종이 재단용 커터가 놓여 있는 것이 눈에 띄었다. 침착한 작은 눈과 감미로운 목소리를 지닌 그녀는 매우 조용하고 당당한 모습이었다. 그 모습을 바라보노라니 그녀가 친구, 정확히 말해 개인적인 친구가 아니라 선량하고 인정 많은 충동을 지닌 사람이라는 느낌이 들었다.

그녀가 했던 말도 스크랩으로 남아 있다. "우리의 영향력도 존중해야 돼요. 우리는 경험을 통해 다른 사람들이 우리의 생애에 얼마나 많은 영향을 미치는지 알고 있지요. 그러니 우리도 역시 다른 사람들에게 똑같은 효과를 발휘할 것이 틀림없음을 명심하지 않으면 안 돼요" 하고 그녀는 말했다. 소중하게 간직하면서 기억해 두려고 애쓴 사람이라면 30년이 지난 뒤 그 장면을 떠올리고 그 말을 반복하다가 갑자기 처음으로 웃음을 터뜨리는 모습을 상상할 수 있다.

이들 모든 기록을 보면, 그 기록자는 심지어 바로 앞에 있을 때조차도 그녀와 거리를 두었고 냉정을 유지했으며, 말년에 이르러서는 눈부실 정도로 생생하거나 당혹스럽거나 아름다운 인물이라는 생각을 하지 못한 채 그 소설들을 읽지 않았다는 느낌이 든다. 아주 많은 성격이 드러나는 소설에서 매력이 없다는 것은 커다란 결점이다. 그리고 그녀의 비판자들 — 물론 대부분 남성들이었다 — 은 아마도 절반은 의식적으로 그녀가 여자들에게 매우 바람직하다고 여겨지는 성질을 결여하고 있는 데 반감을 가졌다. 조지 엘리엇은 매력적이지 않았으며, 여성스럽지 않았다. 그리고 수많은 예술가들이 가진 매혹적인 어린이의 순진성을 자아내는 괴벽스러움이나 성질의 기복이 전혀 없었다. 레이디 리치에게 그랬다시피 그녀는 많은 사람들에게 "정확한 뜻으로서의 개인적인 친구가 아니라 선량하고 인정 많은 충동을 지닌 사람"이었으리라 느껴진다. 하지만 이들 초상화를 더욱 자세히 살펴본다면, 우리는 그들이 모두 검은색 공단을 차려입고 2인승 사륜마차를 타고 있는 나이 많은 유명 여성, 온갖 투쟁을 이겨내고 그로부터 다른 사람들에게 도움이 되고자 하는 심오한 열망을 품지만 젊은 시절에 그녀를 알았던 소수의 사람들을 제외하고는 결코 친밀감을 나눌 생각은 없었던 여인의 초상화임을 발견하게 될 것이다. 우리는 그녀의 젊은 시절에 대해 아는 것이 거의 없다. 하지만 문화, 철학, 명성, 영향력 등이 모두 매우 미천한 바탕 위에 구축되었음을 알고 있다. 그녀는 목수의 손녀였다.

　그녀 생애에 관한 제1권은 기이하게도 우울한 기록이다. 우리는 그것을 통해 그녀가 작은 지역 사회(그녀의 아버지는 출세하여 상당한 중산층이 되었지만 그럼 같은 것과는 다소 거리가 있었다)의 참을 수 없는 권태와 싸우고 신음하면서 성장한 뒤, 런던에서 발간되는 매우 지적인 잡지의 편집 기자와 허버트 스펜서의 존경 받는 동반자가 되었음을 알게 된다. 크로스 *John Walter Cross* 씨가 시킨 대로 그녀가 인생의 이야기를 시끄러운 독백으로 11쪽 이내로 무대는 고통스럽다. 이었을

때 "아주 일찍부터 가난한 이웃을 위해 의류 클럽을 운영하는 데 두
각을 나타낼 것으로 예상되었던" 엘리엇은 교회의 역사에 관한 표를
제작해 성당을 복원하는 기금을 모금하기도 했으나, 나중에 신앙을
버리자 아버지는 그녀와 한 집에 살기를 거부했다. 이어 슈트라우스
David Friedrich Strauss[10]를 번역하는 고역이 기다리고 있었다. 그 자체가 고
통스럽고 '영혼을 마비시키는' 일이었으며 집안을 꾸리고 죽어가는
아버지를 보살피는 보통의 여성적인 임무와는 거리가 멀었다. 또한
지식인이 되면 그토록 의존하던 오빠의 애정을 잃게 되리라는 확신
때문에 더욱 힘들었다. 그녀는 "나는 올빼미처럼 돌아다녔고 그 때문
에 오빠의 비난을 받았다"고 말했다. 그녀가 그리스도 상을 앞에 놓
고 슈트라우스를 번역하기 위해 애쓰는 모습을 본 어느 친구는 다음
과 같이 적었다. "불쌍한 것, 병색이 도는 창백한 얼굴과 끔찍한 두통
에 시달리면서 아버지까지 걱정해야 하는 그녀에게 때때로 동정을
느낀다." 비록 그녀가 역경을 이겨낸 무대들이 더 수월해지지는 않더
라도 적어도 더 아름답게 만들어지지 않을까 하는 강력한 욕망이 없
으면 그 이야기를 읽을 수 없지만, 그녀가 문화계에 진출한 데는 우
리의 동정을 넘어서는 끈질긴 결의가 있다. 그녀의 발전은 매우 느리
고 매우 서투른 것이었지만, 그 배경에는 깊고 고결한 야심에서 우러
나오는 막기 힘든 추진력이 있었다. 결국 그녀 앞길의 모든 장애물이

---

9 조지 엘리엇보다 20년 연하인 그녀의 두 번째 남편 존 월터 크로스. 미국의 은행가였다.
10 1808~1874, 독일의 신학자.

치워졌다. 그녀는 모든 사람을 알고 있었으며, 모든 것에 대해 읽었다. 그녀의 놀라운 지적 활력이 마침내 승리를 쟁취한 것이다. 젊은 시절은 끝났지만, 그 시절은 고통으로 가득 차 있었다. 그러자 서른다섯 그녀의 힘이 절정에 이르렀을 때, 그리고 자유를 마음껏 누리게 되었을 때, 그녀는 자신에게 그처럼 심오한 순간이었고 심지어 우리에게도 아직 중요한 결정을 내렸으며, 조지 헨리 루이스George Henry Lewes[11]와 단둘이 바이마르Weimar[12]로 건너갔다.

두 사람의 결합 직후에 뒤따라 나온 책들은 그녀에게 행복과 함께 찾아온 커다란 자유를 증언하고 있다. 그 책들은 그 자체로서 우리에게 풍족한 향연을 베풀어 준다. 하지만 그녀의 문예 활동의 문턱에서 우리는 그녀의 마음을 그녀 자신과 현재로부터 벗어나 과거로, 시골 마을로, 고요하고 아름답고 단순한 어린 시절의 추억 속으로 되돌아가게 했던 영향을 그녀 생애의 몇몇 상황들에서 발견할지도 모른다. 우리는 처음 나온 그녀의 책이 어떻게 해서 《미들마치Middlemarch》가 아니라 《목사 생활의 정경Scenes of Clerical Life》이 되었는지 이해하고 있다. 루이스와의 결합은 그녀를 애정으로 감싸 주었지만, 상황이나 관습의 측면에서 볼 때 그녀를 고립시키기도 했다. 그녀는, "초대를 원하지 않은 사람에게는 내가 결코 만나러 오라고 초대하지 않음을 이해

---

11 1817~1878, 영국의 철학자이자 문예 비평가. 당시 루이스는 결혼한 상태였으며 부인과 자식이 있었다.
12 독일 중부 튀링겐 주의 도시.

해 주기 바란다"고 1857년에 적었다. 그 후 "세상이라는 것과 절연" 되어 있었다고 말했지만 후회하지는 않았다. 처음에는 상황에 의해, 나중에는 불가피하게도 그녀의 명성 때문에 사람들 사이에서 두드러져, 사람들의 눈길을 끌지 않으면서 돌아다닐 수 있는 힘을 상실했다. 소설가에게 그 상실은 심각한 것이었다. 그렇지만《목사 생활의 정경》의 빛과 햇살을 누리고, 크고 원숙해진 정신이 사치스러운 자유의 느낌과 함께 그녀의 '아주 먼 과거'에 퍼져나가는 것을 느끼면서 상실을 이야기하는 것은 부적절하게 느껴진다. 그러한 정신에게는 모든 것이 이득이다. 모든 경험은 인식과 반영의 여러 층을 거쳐 여과되어 풍부해지고 영양이 된다. 우리가 그녀의 삶에 대해 거의 알지 못한 채 소설에 대한 그녀의 자세를 다루면서 말할 수 있는 것은, 보통 일찍 배우지 못하는 어떤 교훈들 ― 아마도 그 가운데 가장 크게 그녀에게 각인된 것은 관용이라는 우울한 미덕이었으리라 ― 을 가슴 속에 깊이 간직했다는 것이다. 그녀의 동정심은 일상적인 것과 함께 있고, 범상한 기쁨과 슬픔을 느끼는 소박한 사람들 사이에 깃들인 채 아주 행복하게 작용한다. 그녀에게는 자신의 개성이라는 감정과 연관되면서 넌더리나지 않고 억제되지도 않은 채 세상이라는 배경 속에 그 형태를 또렷하게 남기는 그 낭만적인 격정이 없다. 제인 에어의 뜨거운 이기심에 견주어, 위스키를 마시면서 꿈꾸는 나이 많은 성직자의 사랑과 슬픔은 무엇이었던가? 처음 나온 책 ―《목사 생활의 정경》,《아담 비드Adam Bede》,《플로스 강의 물방앗간The Mill on the Floss》― 의 아름다움은 매우 훌륭하다. 포이저Poyser 일가, 도드슨Dodson

일가, 길필^{Gilfil} 일가, 바턴^{Barton} 일가, 그리고 그 밖의 여러 사람의 장점을 그들의 주위 환경이나 식솔들로 추정하기란 불가능하다. 그들이 생생하게 살아 있고 우리가 그들 사이를 돌아다니면서 때로는 따분해 하기도 하고 때로는 동정을 느끼기도 하지만, 항상 그들이 말하고 행동하는 것에 전혀 의문을 품지 않고 받아들이기 때문이다(우리는 그것을 매우 독창적인 사람들에게만 허용한다). 그녀가 옛날 영국 농촌의 모든 구조가 되살아날 때까지 하나의 인물이나 계속되는 여러 장면들 속에 매우 자연스럽게 주입시키는 기억과 유머의 홍수는 자연의 과정과 공통점이 많기 때문에 거기에 비판할 만한 무엇이 있으리라는 생각이 거의 들지 않는다. 우리는 그냥 받아들인다. 그리고 훌륭한, 창조적인 작가들이 우리를 위해 마련해 주는 달콤한 온기와 정신의 발산을 느낀다. 우리가 여러 해 동안 떠나 있다가 그들 책으로 돌아오면, 그들은 심지어 우리의 예상과 어긋날 만큼 똑같은 양의 에너지와 열기를 쏟아 붓기 때문에, 우리는 그 무엇보다도 태양이 과수원의 붉은색 벽에 내리쬐는 햇볕 속에서처럼 포근하게 감싸인 채 게으름을 피우고 싶어진다. 만약 잉글랜드 중부 지방 농부들과 그 아내들의 유머에 굴복하는 것에 대해 아무 생각 없이 포기해 버린다면, 그것 역시 상황에 합당한 것이다. 우리는 그처럼 크고 매우 인간적이라고 느끼는 것을 분석하고 싶은 경우가 거의 없다. 그리고 셰퍼턴^{Shepperton}[15]과 헤이슬로프^{Hayslope}[16]의 세계가 시간적으로 얼마나 먼 과거이며 농부나 농장 노동자들의 마음이 조지 엘리엇 독자들 대부분의 마음과 얼마나 떨어져 있는지를 생각할 때, 우리가 집에서 대장

간으로, 별장의 응접실에서 교구 목사의 정원으로 손쉽게 재미있게 돌아다니는 것은 조지 엘리엇이 겸양이나 호기심에서가 아니라 동정의 측면에서 우리로 하여금 그들의 생활을 공유하게 하기 때문이라 할 수 있다. 그녀는 풍자가가 아니다. 그녀의 마음이 움직이는 속도는 너무 느리고 방해가 되기 때문에 희극으로 표현되지 못한다. 하지만 그녀는 인간성의 주된 요소들을 포착하여 관대하고 건전한 이해심을 가지고 한데 모아 놓는다. 그리하여 다시 읽으면 발견하게 되다시피, 그녀는 자신이 만들어 놓은 인물들을 신선하고 자유롭게 유지할 뿐 아니라 의외로 그들로 하여금 우리의 웃음과 눈물을 자아내게까지 한다. 바로 유명한 포이저 부인Mrs Poyser[15]이다. 그녀의 특징을 죽음과 결부시키는 것은 쉬운 일이었으며, 그리고 어쩌면 조지 엘리엇이 같은 장소에서 약간, 아니 너무 자주 그녀의 웃음을 터뜨리게 하는지도 모른다. 하지만 책을 닫고 난 뒤 기억이—실제의 생활에서 때때로 그런 것처럼—당시에는 그보다 더 두드러진 어떤 특징 때문에 보지 못했던 세부적이거나 미묘한 내용을 되살려낸다. 우리는 그녀의 건강이 좋지 못했음을 떠올린다. 아무 말도 하지 않는 경우도 있었다. 그녀는 인내심 그 자체로서 병든 아이를 보살폈다. 토티Totty[16]를 맹목적으로 사랑했던 것이다. 이처럼 우리는 조지 엘리엇의 여러

---

13 영국 잉글랜드 동남부의 도시.
14 《아담 비드》에 나오는 가공의 마을.
15 《아담 비드》의 등장인물.
16 《아담 비드》의 등장인물.

작중인물들에 대해 생각해 보면서, 심지어 전혀 중요하지 않은 인물들 가운데서도 그녀가 불러내려고 하지 않는 그들 성질들이 숨어 있음을 발견한다.

그러나 이 관대함과 동정 사이에, 심지어 초기의 책에서도 더욱 큰 중요성을 지니는 순간이 있다. 그녀의 유머는 범위가 넓어 바보, 참담한 일, 어머니와 자녀, 개들과 무성하게 자라는 들판, 현명하거나 술에 취해 있는 농부들, 말 중개상, 여관 주인, 부목사, 목수 등까지 포괄할 수 있었다. 그들 위로 어떤 로맨스 하나가 찾아온다. 조지 엘리엇이 허용한 유일한 로맨스―과거의 로맨스이다. 그 책들은 놀라울 정도로 잘 읽히고, 거드름이나 위선의 흔적은 전혀 없다. 하지만 그녀의 초기 작품 여러 권을 살펴보려는 독자는 회상이 차츰 희미해진다고 느끼게 될 것이다. 그것은 그녀의 힘이 약해져서가 아니다. 왜냐하면 우리가 생각할 때 원숙한 《미들마치》― 그 불완전성에도 불구하고 성인을 위해 씌어진 소수의 영국 소설 가운데 하나로 꼽히는 훌륭한 책―에서 그 절정에 이르기 때문이다. 그러나 들판과 농장의 세계는 더 이상 그녀를 만족시키지 않는다. 실생활에서 그녀는 다른 방면으로 성공을 모색하고 있었으며 비록 과거를 되돌아보는 것이 마음을 진정시키고 위안이 되기는 했지만, 심지어 초기의 작품들에서도 혼란스러운 정신, 무리한 요구를 하고 의문을 품으며 당황하게 만드는 존재― 바로 조지 엘리엇 자신 ―의 흔적이 있다.

《아담 비드》의 다이너^{Dinah}에게는 그녀의 자취가 있다. 《플로스 강의 물방앗간》의 매기^{Maggie}에서는 훨씬 더 공개적으로 완전하게 자신을 드러낸다.《재닛의 후회Janet's Repentance》에서는 바로 재닛이자 로몰라Romola이며, 지혜를 찾다가 그것을 발견하는 도러시아Dorothea는 래디슬로Ladislaw와의 결혼에 무엇이 있는지 알지 못한다. 조지 엘리엇과 충돌하는 사람들은 그녀의 여주인공들 때문이라 생각하기 쉬운데 거기에는 그럴 만한 이유가 있다. 왜냐하면 그들이 그녀의 가장 나쁜 점을 끄집어내고, 그녀를 힘든 곳으로 이끌며, 그녀의 자의식을 일깨우거나 교훈적이 되게 만드는가 하면 때로는 속되게 만들어 버리기 때문이다. 하지만 여러분이 만약 그 자매 관계를 모조리 제거해 버릴 수 있다면, 비록 더욱 훌륭한 예술적 완성도와 훨씬 나은 기쁨과 위안이 가득 찬 세상이 될지는 몰라도 더 작고 더 열악한 세상이 남겨질 것이다. 그녀의 실패—그것을 실패라고 한다면—에 대해 말하려면 그녀가 37세가 되기 전까지는 결코 소설을 쓴 적이 없으며, 37세가 되었을 즈음에는 자신을 억울함과 고통의 혼합물이라 생각하게 된 사정을 생각해야 했다. 오랫동안 그녀는 자신에 대해 전혀 생각하지 않으려고 했다. 그러다가 최초의 창조적 동력이 소진되고 자신감이 찾아오자 그녀는 점점 더 개인적인 관점으로 글을 썼고, 그러면서도 망설임 없이 젊은이들을 포기해 버리는 경우는 없었다. 여주인공들이 그녀가 말하고자 하는 것을 말할 때 그녀의 자의식은 드러난다. 그녀는 가능한 모든 방법으로 그들에게 가면을 씌웠다. 그리고 덤으로 아름다움과 재산까지 주었다. 그녀는 또 그럴 것 같지 않지만 브랜디를 즐기는 법까지 알아 냈다. 하지만 천재성이 유발하는 힘 때문에 그녀가 고요한 전원 장면으로 직접 발걸음을 내디딜 수밖에 없었다는 당황스럽고 자극적인 사실은 남아 있다.

플로스 강의 물방앗간에서 태어나기를 고집했던 고결하고 아름다운 아가씨는 여주인공이 그녀에게 재를 뿌릴 수 있는 가장 분명한 본보기이다. 그 아가씨가 어려서 집시와 어울리거나 인형에 못질을 하는 것으로 만족을 느낄 때까지는 유머가 그녀를 통제하고 사랑스러운 아가씨로 유지시킬 수 있다. 하지만 그녀는 성장한다. 조지 엘리엇이 미처 알아차리기도 전에 그녀는 집시나 인형, 세인트오그스St. Ogg's[17] 자체가 줄 수 없는 것을 요구하는 성숙한 여인이 된다. 먼저 필립 웨이컴Philip Wakem, 그 다음에 스티븐 게스트Stephen Guest가 만들어진다. 한 사람은 약하고 또 한 사람은 조잡하다는 점이 가끔 지적되어왔지만, 두 사람은 약하거나 조잡한데도 불구하고 남자의 초상을 그리지 못하는 조지 엘리엇의 무능력을 제대로 드러내지 못한다. 조지 엘리엇은 여주인공에게 어울리는 배우자를 만들어 내야 했을 때 불확실, 허약, 서투름 때문에 손이 떨린다. 우선 그녀는 자신이 잘 알고 있으며 애정을 느끼는 세상을 벗어나, 젊은 사내들은 여름철 아침에 노래를 부르고, 젊은 여성들은 자선 바자에 내놓을 스모킹 캡에 자수를 놓으면서 앉아 있는 중산층의 거실에 발을 내디딘다. 그리고 그녀가 '훌륭한 사회'라고 부르는 어색한 풍자가 입증하다시피, 자기에게 어울리지 않는 곳에 와 있다고 느낀다.

---

17 《플로스 강의 물방앗간》에 나오는 가공의 마을

훌륭한 사회에는 클라레[18], 벨벳으로 만든 카펫, 6주 전부터 이루어지는 만찬 약속, 오페라, 요정의 나라와 같은 무도회장 (……) 등이 있고, 과학은 패러데이[Michael Faraday][19]에 의해 이루어지며 종교는 최상급의 주택에서 만날 수 있는 고위 성직자에 의해 이루어진다. 그곳에서 신앙이나 강조가 필요할까?

거기에는 유머나 성찰의 흔적은 없고 단지 개인적인 것이 기원이라고 느껴지는 적개심뿐이다. 그러나 비록 우리 사회 체계의 복잡성이 여러 경계를 오가면서 헤매는 소설가의 동정과 분별을 요구하는 것이 끔찍하지만, 매기 털리버[Maggie Tulliver][20]는 조지 엘리엇을 자연 환경으로부터 끄집어내는 것보다 더 나쁜 짓을 저질렀다. 감정적인 훌륭한 장면이 도입되어야 한다고 주장했던 것이다. 그녀는 사랑도 하고 좌절하기도 하며 오빠를 두 팔로 감싸 안은 채 물에 빠져죽어야 한다. 그 감정적인 훌륭한 장면을 더 많이 살펴볼수록 우리는 점점 더 초조하게, 구름이 차츰 모이면서 짙어지다가 위기의 순간에 이르러 마침내 환멸과 수다의 소나기가 우리 머리 위에 쏟아질 것을 기다리게 된다. 그것은 부분적으로 그녀가 구사하는 대화가— 방언이 아닐 때— 느슨하기 때문이며, 부분적으로는 그녀가 감정적인 집중을

---

18 프랑스 보르도 지방에서 산출되는 포도주.
19 1791~1867, 영국의 화학자이자 물리학자.
20 《플로스 강의 물방앗간》의 등장인물.

하는 수고로 인해 피곤해질까 봐 노인처럼 겁을 내고 움츠리기 때문이다. 그녀는 여주인공들이 많은 말을 하는 것을 허용한다. 그녀에게는 교묘한 표현이 거의 없다. 단문을 고르고 그 속에 해당 장면의 핵심을 압축하는 고집스러움도 없다. "누구하고 춤출 생각이지요?" 웨스턴Weston 일가의 집에서 열린 무도회에서 나이틀리 씨Mr. Knightley가 물었다. "당신이 청한다면 당신하고 추겠어요." 에마Emma가 대답했다. 그녀의 말은 충분했다. 캐소번 부인Mrs. Casaubon[21]이라면 한 시간 동안이나 이야기했을 것이며, 우리는 창밖을 내다보지 않을 수 없었을 것이다.

하지만 여주인공들을 무자비하게 내쫓고 조지 엘리엇을 '그녀의 가장 먼 과거'에 해당하는 농촌 세계에 가둔다면, 그녀의 위대성을 약화시킬 뿐 아니라 그녀의 참된 묘미를 잃게 된다. 그 위대함이 여기에 있어 우리가 그것을 누릴 수 있음은 두말할 나위가 없다. 전망의 폭, 중요한 특징들에 대한 넓고 강력한 개요, 초기에 나온 책들의 붉은 빛, 뒤에 나온 책들의 탐구하는 힘과 생각의 풍부함 등이 우리를 붙잡아 우리의 한계를 넘어서까지 상세히 이야기하도록 유혹한다. 그러나 우리가 마지막으로 눈길을 던지는 것은 여주인공들이다. "저는 어린 소녀일 때부터 항상 신앙을 찾았어요. 기도도 아주 많이 했어요. 지금은 거의 하지 않고 있지만, 저는 자신만을 위한 욕망은 가지지 않으려고 애쓰지요." 도리시아 캐소번의 말이다. 그녀는 그

21 《미들마치》의 등장인물.

여주인공들 모두를 대변하고 있다. 그것이 바로 그들의 문제이다. 그들은 종교 없이는 살아갈 수 없으며, 어린 소녀일 때 그것을 찾기 시작한다. 각자는 깊은 여성적인 정열을 간직하고 있으며, 바로 그것이 각자가 열망과 고통을 느끼면서 자리 잡고 있는 곳을 소설의 핵심으로 만든다. 그곳은 경배의 장소처럼 조용하고 세상으로부터 격리되어 있지만, 그러나 그들 각자는 더 이상 누구에게 기도를 드려야 할지 모른다. 그들이 목표를 추구하는 방법을 배우는 가운데, 여성의 일반적인 임무를 수행하는 가운데, 그들과 같은 더 넓은 일을 하는 가운데. 그들은 추구하는 것을 발견하지 못하고, 우리는 의아해할 수 없다. 고통과 감수성으로 충만하고 여러 해 동안 어리석기도 했던 여성의 낡은 의식이 그들 여주인공 속에서 가득 차고 흘러 넘쳐 무엇인가—무엇인지는 그들이 알기 어렵다—인간의 존재에 관계된 사실들과 어쩌면 양립되지 못하는 무엇인가에 대한 요구를 이야기한 것처럼 보인다. 조지 엘리엇은 그 사실들에 섣불리 손대기에는 너무 강한 지성을 지니고 있었으며, 그 진실을 완화시키기에는—그것이 가혹한 것이었기 때문에—너무나 일반적인 유머를 지니고 있었다. 여주인공들의 노력이라는 최상의 용기를 제외하고 그들의 투쟁은 비극으로, 또는 그보다 더 우울한 하나의 타협으로 끝난다. 하지만 그들의 이야기는 조지 엘리엇 자신의 불완전한 이야기이다. 그녀에게도 역시 여성으로서의 부담이나 복잡성만이 문제가 아니었다. 그 성역 너머로 결의를 다지면서 예술이나 지식이라는 이상하고 광채가 나는 열매까지 찾아야 했다. 극소수의 여자들처럼 이것을 움켜쥔 그녀는 자신이 상속한 것—견해 차이, 기준의 차이—을 포기하려고 하지 않았고 부적절한 보상을 받아들이려고 하지도 않았다. 따라서 우리는 지나치게 칭송받고, 명성 때문에 움츠리며, 의기소침하고 새치름하고, 마치 사랑의 품속에만 만족과 어쩌면 정당화가 있기라도 하듯 그 속으로 파고드는가 하면, 그와 동시에 인생이 자유롭고 탐구하려는 정신에게 제공하는 모든 것을 향해 '까다로우면서도 굶주린 듯한 야심'을 간직한 채 다가가고, 자신의 여성적인 열망을 실제의 남성세계와 대비시키는 기억할 만한 인물인 그녀를 보게 된다. 그녀가 만들어 낸 인물들의 사정이 어떻든 그녀에 관한 문제는 대성공이었다. 그리고 그녀가 과감히 시도하고 성취했던 것, 그녀에게 장애가 되었던 모든 것—여성이라는 것과 건강 및 인습—에도 불구하고 그녀가 이중의 부담으로 더 무거워진 몸이 지쳐 쓰러질 때까지 더 많은 지식과 더 많은 자유를 추구했음을 기억하면서, 우리는 그녀의 무덤 위에 월계수와 장미를 바치기 위해 온 힘을 기울여야 한다.

조지프 콘래드
Joseph Conrad

Joseph Conrad

그의 애인인 그의 문체는 때때로 착 가라앉아 졸음을
자아낸다. 그렇지만 누가 그 문체에 말을 걸면, 그것
은 놀라운 색채, 의기양양한 태도, 장엄한 모습과 더
불어 우리를 화려하게 압박해 온다! 하지만 콘래드가
겉모습에 대한 이 같은 지속적인 관리를 하지 않고 글
을 썼더라도 과연 신뢰와 인기 두 가지를 모두 얻었을
지는 논란의 여지가 있다.

생각을 정리하거나 할 말을 준비할 시간도 주지 않고 우리의 손님은
갑자기 떠났다. 그가 작별 인사나 의식 없이 떠난 것은 여러 해 전에
수수께끼처럼 이 나라에 도착해 거처를 정한 것과 같은 맥락이다. 그
의 주위에는 항상 수수께끼 같은 분위기가 감돌고 있었기 때문이다.
그것은 그가 폴란드 인이기 때문이며, 한편으로 그의 모습이 기억에
쉽게 남기 때문이고, 또 한편으로는 뜬소문이 들리지 않고 파터의 여
주인들이 미치지 못하는 시골 오지에 살기를 좋아해 그의 소식을 듣
기 위해서는 대문의 초인종을 누르는 습관을 지닌 소박한 방문객들
이 전해 주는 이야기에 의존할 수밖에 없었기 때문이다. 그들이 전하
는 바에 의하면, 그 집주인은 가장 완벽한 태도와 가장 총명한 눈빛
을 지녔으며 강한 외국어 억양으로 영어를 말했다고 한다.

하지만 비록 우리의 기억을 재빨리 되살리고 그것에 의존하는 것이 죽음의 습관이기는 해도, 콘래드[1]의 천재성에는 무엇인가 본질적으로 — 우연한 것이 아니다 — 접근하기 어려운 면이 있다. 후기에 이르러 그의 명성은 한 가지 분명한 예외를 빼면 의심의 여지 없이 영국에서 가장 높았지만, 그러나 인기가 있었던 것은 아니었다. 그의 작품을 커다란 기쁨을 느끼며 읽는 사람들도 있었던 반면에, 냉담하게 반응하거나 아무런 매력을 느끼지 못하는 사람도 적지 않았다. 그의 독자들 가운데는 연령과 공감의 폭이 정반대인 사람들이 있었다. 열네 살의 남학생들은 매리엇Frederick Marryat[2], 스콧Sir Walter Scott[3], 헨티 George Alfred Henty[4], 디킨스Charles John Huffam Dickens[5] 등을 섭렵하면서 다른 작가들의 작품과 함께 그의 작품을 집어삼켰고, 한편 세월이 흐름에 따라 문학의 심장부에 이르러 그곳에서 몇 가지 소중한 부스러기를 거듭 뒤적거리는 경험이 많은 사람들이나 까다로운 사람들은 콘래드를 그들의 연회장 식탁 위에 조심스럽게 올려놓았다. 난해함과 불일치의 원천 가운데 하나는 물론 사람들이 항상 그것을 발견해 왔던 곳 — 그의 아름다움 — 에서 발견된다. 그의 책을 펼쳐든 사람은, 헬

---

1 1857~1924, 폴란드 출신의 영국 소설가. 불우한 어린 시절을 보내다 16세부터 선원 생활을 했고, 37세에 작가로서의 인생을 시작했다. 스무 권 남짓의 소설을 남겼는데 이중 배를 탔던 경험을 살린 소설이 많다. 대표작으로 《로드짐Lord Jim》, 《서구인의 눈으로Under Westen Eyes》 등이 있다.

2 1792~1848, 영국의 소설가.

3 1771~1832, 영국의 소설가.

4 1832~1902, 영국의 소설가.

5 1812~1870, 영국의 소설가.

렌이 거울을 쳐다보고 앞으로 무엇을 하든 결코 어떤 상황에서도 평범한 여인은 될 수 없으리라는 사실을 깨달았을 때 느꼈을 기분을 틀림없이 느꼈을 것이다. 콘래드가 그처럼 재능을 갖추었고, 그처럼 열심히 수양했으며, 생소한 언어—특히 색슨 어적인 성질보다 라틴 어적인 성질에 더욱 매료되었다—에 대한 그의 의무감이 그처럼 컸으므로, 그가 펜을 흉하게 또는 아무 의미 없이 움직이기란 불가능해 보였다. 그의 애인인 그의 문체는 때때로 착 가라앉아 졸음을 자아낸다. 그렇지만 누가 그 문체에 말을 걸면, 그것은 놀라운 색채, 의기양양한 태도, 장엄한 모습과 더불어 우리를 화려하게 압박해 온다! 하지만 콘래드가 겉모습에 대한 이 같은 지속적인 관리를 하지 않고 글을 썼더라도 과연 신뢰와 인기 두 가지를 모두 얻었을지는 논란의 여지가 있다. 비평가들은 그들이 가로막고 방해하며 주의를 산만하게 한다고 말하면서, 문맥으로부터 뿌리 뽑힌 채 나와 영국 산문의 다른 꺾인 꽃들과 비교하는 것이 버릇처럼 되고 있는 그들 유명한 구절을 지적한다. 그들은 콘래드가 자의식이 많고 딱딱하며 장식적인 데다, 그에게는 그 자신의 목소리가 고통에 쌓인 인간성의 목소리보다 더 소중하다고 불평한다. 그 비판은 낯익다. 그리고 〈피가로Figaro〉[6]가 공연될 때 귀머거리의 언급처럼 반박하기 어렵다. 그들은 오케스트라를 바라본다. 그리고 멀리 떨어진 곳에서 음침한 소리를 듣는다. 그들 자신의 언급이 방해되므로 당연히 그들은 쉰 명의 현악기 주자들

6 모차르트의 오페라 〈피가로의 결혼〉

165

이 모차르트를 연주하는 대신 도로 위에서 돌을 깨뜨린다면 인생의 끝부분이 훨씬 나아지리라고 결론을 내린다. 그러나 아름다움은 가르침을 준다는 것, 아름다움은 규율이 엄한 사람이라는 것을 어떻게 그들에게 확신시킬 수 있을까? 아름다움의 가르침은 아름다움의 목소리와 떼어놓을 수 없으며 그것에 대해 그들의 귀가 멀어 있는 상태이기 때문이다. 콘래드의 인적 사항이 아니라 그의 작품들을 읽어라. 그러면 정말이지 어휘들의 의미 때문에, 그 다소 딱딱하고 어둠침침한 음악 속에서 어째서 악보다 선이 좋은지, 어째서 충성과 정직과 용기가 좋은지를 듣지 않는 그는 틀림없이 잊혀질 것이다. 그러나 콘래드는 표면상 바닷가에서 맞이한 밤의 아름다움을 우리에게 보여주려는 것뿐이다. 그들 요소에서 이런 암시를 끌어내는 것은 나쁜 일이다. 우리의 작은 접시 안에서 건조된 데다 언어의 마법과 수수께끼가 없어진 그 암시들은 흥분시키고 자극시키는 힘을 잃는다. 그리고 콘래드의 산문에서 지속되는 성질인 격렬함을 잃는다.

왜냐하면 콘래드가 소년들과 젊은이들을 사로잡는 것은 그에게 있는 어떤 격렬한 것, 지도자로서의 자질 때문이다. 《노스트로모 Nostromo》[7]가 집필되기 전까지, 비록 작가의 정신은 민감하고 방법은 간접적일지라도, 그의 작중인물들은 근본적으로 단순하고 영웅적이라고 젊은이들은 재빨리 받아들였다. 그들은 고독과 침묵에 익숙해진 바닷사람들이었다. 그리고 자연에 투쟁했지만 인간과는 평화로웠

---

7 1904년에 발표된 콘래드의 소설.

다. 자연은 그들의 적대자였으나 남자에게 적합한 자질인 명예, 아량, 충성 등을 끌어내는 것도, 세상의 풍파로부터 격리된 곳에서 깊이를 헤아릴 수 없고 엄격하며 아름다운 소녀들을 여인으로 성숙시키는 것도 자연이었다. 무엇보다도 휠리 선장Captain Whalley[8]이나 싱글턴Singleton 노인[9] 같은, 햇볕에 그을리고 경험이 풍부한―눈에 띄지 않지만 그런 가운데서도 영광스러운―작중인물들, 우리 인종의 대표적인 존재들이자 그가 결코 지칠 줄 모르고 찬탄했던 사람들을 배출한 것도 다름 아닌 자연이었다.

그들은 의심이나 희망을 알지 못하는 사람들이 강한 것만큼 강했다. 그리고 성급한가 하면 참을성이 있었고, 난폭한가 하면 헌신적이었으며, 다루기 힘든가 하면 성실했다. 선의의 사람들은 이들 남자가 음식을 입에 넣을 때마다 투덜거리며, 인생에 대한 두려움을 일하는 것으로 대체하기 위해 노력해 왔다. 하지만 사실인즉 그들은 노고, 궁핍, 폭력, 방탕 등은 알지만 두려움은 모르며, 가슴은 있지만 욕망은 전혀 없는 사람들이었다. 관리하기는 어렵지만 고무하기는 쉬운 사람들, 그리고 목소리가 없는 사람들이지만 가슴속에서 그들의 고된 운명에 대해 통탄하는 감상적인 목소리를 수치스럽게 여길 수 있는 사람들이었다. 그 운명은 독특한, 그들 특유의 운명이었다. 그것을 이겨낼 수 있는 능력은 그들에게 선

8 콘래드의 단편소설 《밧줄의 끝 The End of the Tether》(1902)에 등장하는 인물.
9 콘래드의 장편소설 《나르시소스호의 흑인 The Nigger of the Narcissus》(1897)에 등장하는 인물.

택된 사람들의 특권으로 보였다! 그들 세대는 달콤한 애정이나 가정의 보호를 알지 못한 채 생각이나 감정도 제대로 표현하지 못하고 게으름도 피우지 못했으며, 그리고 좁은 무덤 속에 깜깜하게 갇혀야 한다는 공포로부터 해방된 채 죽음을 맞이했다. 그들은 영원히 신비로운 바다의 자식들이었다.

초기에 나온 책들—《로드 짐》, 《태풍Typhoon》, 《나르시소스호의 흑인》, 《젊음Youth》 등 — 의 작중인물들이 그랬으며, 이들 책은 변화나 유행에도 불구하고 우리의 고전들 가운데 확고한 위치를 차지하고 있다. 하지만 그들은 매리엇 또는 페니모어 쿠퍼James Fenimore Cooper[10] 등의 단순한 모험 이야기에는 없다고 할 수 있는 우수성에 의해 이 같은 경지에 이른다. 왜냐하면 낭만적으로, 전심전력을 기울여, 그리고 애인의 열정을 가지고 그런 사람들과 그런 행위들을 찬탄하고 경축하기 위해서는, 우리가 이중의 시야를 갖고 있어야 하고, 동시에 안과 밖 모두에 자리 잡고 있어야 하기 때문이다. 그들의 침묵을 찬탄하기 위해서는 우리가 목소리를 가지고 있어야 한다. 그들의 참을성을 인식하려면 우리가 쉽게 피로해져야 한다. 우리는 휠리나 싱글턴 같은 사람들과 동등한 조건으로 살아갈 수 있어야 하며, 그렇지만 또 의심이 깃든 그들의 눈길로부터 우리가 그들을 이해할 수 있도록 해 주는 바로 그 성질들을 감출 수 있어야 한다. 콘래드 홀

---

[10] 1789~1851, 미국의 소설가.

로 그 이중생활을 할 수 있었다. 왜냐하면 콘래드는 두 남자가 합성된 사람이었기 때문이다. 그가 말로Marlow[11]라 부른 민감하고 세련되며 까다로운 분석가가 바로 배의 선장이기도 한 것이다. 그는 말로에 대해 "매우 세심하고 이해심 있는 남자"라고 말했다.

말로는 은퇴한 뒤 가장 행복을 느끼는 천성적인 관찰자 가운데 한 사람이었다. 그는 템스 강의 알려지지 않은 어느 지류에서 배의 갑판에 앉은 채 담배를 피우면서 회상을 하거나 생각에 잠기거나 여름 밤이 담배 연기로 자욱해질 때까지 그들 연기를 뒤따라 아름다운 어휘들의 고리를 내뿜는 것을 그 무엇보다 좋아했다. 그 역시 함께 항해했던 사람들에 대한 깊은 존경심을 지니고 있었지만, 그들에게서 웃을 일도 발견했다. 콘래드는 엉성한 경험자들을 미끼로 삼는 데 성공하는 생생한 인물들을 찾아낸 뒤 거장과 같은 솜씨로 묘사했다. 그는 인간의 기형을 묘사하는 데 뛰어났다. 그의 유머는 냉소적이었다. 말로도 그 자신의 담배 연기에만 감싸인 채 살았던 것은 아니다. 그는 갑자기 눈을 뜨고 쓰레기 더미, 항구, 상점의 계산대 등을 쳐다본 뒤, 타오르는 불빛의 고리 속에 사물이 신비로운 배경과 더불어 밝게 비쳐지도록 하는 버릇이 있었다. 내성적이고 분석적인 말로는 자신의 색다른 점을 알아차리고 있었다. 그는 그 힘이 갑자기 생겼다고 말했다. 예컨대 그는 프랑스 인 사관이 "맙소사, 시간이 잘 가는구나!" 하고 중얼거리는 소리를 엿듣기도 했다.

---

11 《로드 짐》의 작중인물

(그가 말하는) 어떤 것도 이 말보다 더 진부할 수 없었겠지만, 그러나 그 발언은 내게 통찰력의 순간과 일치했다. 우리가 반쯤 눈을 감은 채 제대로 듣지 못하고 아무런 생각도 하지 않으면서 인생을 보내는 것은 특별한 경우이다. (……) 하지만 우리가 다시 마음에 드는 비몽사몽의 상태에 빠져들기 전에 찰나적으로 그처럼 많은 것—모든 것—을 보고 듣고 이해하는, 이들 희귀한 각성의 한순간을 알지 못한 사람은 있을 수 없다. 나는 그가 말할 때 눈을 크게 떴고, 이전에 본 적이 없는 것처럼 그를 쳐다보았다.

그는 그 깜깜한 배경 위에 그림을 하나씩 그렸다. 맨 처음에는 닻을 내린 배, 폭풍우 속을 헤쳐 나가는 배, 항구에 정박한 배 등 항상 배였다. 그리고 일출과 일몰을 그렸고, 밤을 그렸다. 이어 온갖 모습의 바다를 그렸다. 그리고 동양에 있는 항구들의 화려한 모습, 남녀들, 그들의 집과 그들의 태도 등을 그렸다. 그는 바로 "자신의 느낌과 감흥"—이것은 콘래드가 적었다시피 '작가가 가장 고귀한 창조의 순간에 간직해야 할' 것이었다—에 "완벽한 충성"으로 단련된 정확하고 움츠리지 않는 관찰자였다. 그리고 말로는 아주 조용히 그리고 연민 어린 태도로, 때때로 온갖 아름다움과 화려함을 가지고 앞서 말한 깜깜한 배경을 우리에게 상기시키는 묘비명 같은 몇 마디를 내놓는다.

따라서 우리에게는 이야기하는 사람은 말로, 창조하는 사람은 콘래드라고 말할 수 있을 만큼 대략 구분이 된다. 그것은 또 위험한 지대에 와 있음을 알아차리고 있는 우리에게, 콘래드가 《태풍》이 수록된 책의 마지막 이야기를 두 명의 옛 친구 관계에 약간의 수정을 하면서 끝냈을 때 일어났다고 말하는 변화 — '영감 정도의 미묘한 변화' — 를 설명하게끔 유도한다. "(……) 어쩐지 세상에는 글로 쓸 만한 것이 더 이상 남아 있지 않는 것 같았다." 그가 말한 이야기들을 서글픈 만족감과 더불어 되돌아보면서, 그리고 《나르시소스호의 흑인》에서 폭풍우를 더 이상 훌륭하게 표현할 수 없다거나 영국 뱃사람들의 우수성에 대해 《젊음》과 《로드 짐》에서 했던 이상으로 성실하게 헌사를 바칠 수 없다고 느끼면서, 우리는 그 말을 한 것이 창조자인 콘래드였다고 생각하자. 그러면 자연의 섭리에 따라 사람은 나이가 들면 갑판에 앉아 담배를 피우면서 항해는 포기해야 한다는 사실을 그에게 상기시킨 것은 논평가 말로이다. 하지만 그 힘들었던 오랜 세월이 그들의 추억을 만들었음도 기억해야 한다. 마지막으로 할 말은 휠리 선장과 삼라만상에 대한 그의 관계에 대한 것이다. 어쩌면 이는 개인적이지만 살펴볼 만한 가치가 있는 다수의 남녀 관계가 남아 있었음을 암시하려는 것이었는지도 모른다. 만약 그 배에 헨리 제임스의 책이 한 권 있었고 말로가 그의 친구에게 그 책을 주면서 잠들기 전에 읽기를 권했다는 것까지도 생각한다면, 콘래드가 그 대가에 대해 매우 훌륭한 논고를 쓴 때가 1905년이었다는 사실에서 그 근거를 찾을 수도 있을 것이다.

그렇다면 여러 해 동안 지배적이었던 동반자는 말로였다. 적지 않은 사람들이 《노스트로모》, 《기회》Chance, 《황금 화살》The Arrow of Gold》

등을 모든 동맹들 가운데 가장 풍요로운 것이었다고 말하고 그 후 지속적으로 발견하게 될 동맹의 단계를 설명한다. 그들은 인간의 가슴이 숲보다 더 복잡하게 얽혀 있으며 그 자체의 폭풍우가 있고 그 자체의 밤의 창조물까지 있음을, 그리고 소설가로서 여러분이 모든 관계를 통해 인간을 시험하고자 한다면 그 적합한 상대는 바로 인간임을, 그의 시련은 고독에서가 아니라 사회에 있음을 말할 것이다. 그들의 영롱한 눈빛은 폐수뿐만 아니라 당황한 가슴에도 던져지는 책들 속에 항상 특별한 매력을 느낄 것이다. 그러나 만약 말로가 콘래드에게 시각을 바꾸도록 권고했다면 그 권고는 도전적이었음을 인정하지 않으면 안 된다. 왜냐하면 소설가의 시각이란 복잡하기도 하고 전문화되기도 한 것이기 때문이다. 그의 시각은 작중인물들 뒤에, 그들과 격리된 채 그가 그들의 관계를 엮어 나가는 뭔가 안정적인 것이 있어야 하기 때문에 복잡하며, 그가 감수성을 가진 인간인지라 확신을 가지고 믿을 수 있는 인생의 여러 측면이 엄격하게 제한되기 때문에 전문적이다. 그처럼 미묘한 균형은 쉽게 깨어진다. 중반기 이후 콘래드는 두 번 다시 그의 작중인물들을 그들의 배경과 완벽하게 관계 맺도록 할 수 없었다. 그는 초기에 만들어 낸 뱃사람들을 믿었던 것만큼 후기에 만들어 낸 훨씬 세련된 작중인물들을 믿지 않았다. 그가 소설가들이 만들어 내는 보이지 않는 다른 세계, 가치와 확신의 세계에 대한 그들의 관계를 나타낼 수밖에 없었을 때, 그들 가치에 대한 확신은 크게 줄었다. 그러자 어느 폭풍우 끝에 "그는 조심스럽게 나아갔다"는 하나의 문장이 나타나더니 거듭하여 그 속에 모든 윤리를 담아 운반했다. 하지만 많은 사람이 모여 사는 이 복잡한 세상에서 그 같은 간결한 어구는 점점 더 적절하지 못하게 되었다. 여러 가지 관심과 관계를 지니는 복잡한 남녀들은 그처럼 간결한 판단에 종속되지 않을 것이며, 설혹 그렇게 된다고 하더라도 그들에게 중요시되는 것 가운데 다수는 그 판단에서 벗어날 것이다. 하지만 상상력이 풍부하고 낭만적인 힘을 지닌 콘래드의 천재성에는 그것의 창조물을 재판할 수 있는 어떤 법률이 필요했다. 본질적으로─그의 신조는 그렇게 머물러 있다─개화되고 자의식을 가진 사람들로 이루어지는 이 세상은 '몇 가지 매우 단순한 관념'을 바탕으로 하고 있다. 하지만 생각과 개인 관계로 이루어지는 세상에서 우리는 어디로 가야 그들을 발견할 수 있는가? 거실에는 돛이 없다. 태풍은 정치가와 사업가의 가치를 시험하지 않는다. 그 같은 뒷받침을 추구하지만 발견하지 못하는 콘래드의 후기 세계는 당황스러운 느낌을 자아내고 피로하게 만드는 본의 아닌 모호성, 애매함, 환멸에 가까운 느낌 등을 지닌다. 우리는 해질녘에 이르러서야, 항상 아름답기는 하되 마치 시대가 바뀌기라도 한 듯 이제 약간 지겨울 정도로 반복되는 옛날의 고결함과 반향─성실, 연민, 명예, 봉사 등─을 포착한다. 어쩌면 잘못을 저지른 것은 말로였을지 모른다. 그는 마음 쓸 일이 있을 때만 오래 앉아 있는 버릇이 있다. 그는 갑판 위에 너무 오래 앉아 있었다. 혼잣말은 훌륭하지만 대화를 주고받는 데는 익숙하지 않았다. 그리고 섬광처럼 번쩍했다가 사라지는 그들 '통찰력의 순간'은 인생의 샛물길이나 오랜 점진적인 세월을 비쳐 주는 데는 꾸준한 밝기의 등

불만큼 훌륭한 역할을 하지 못한다. 게다가 어쩌면 그는 ― 창조하는 사람이 콘래드였다면 ― 어째서 믿음을 갖는 일이 무엇보다 첫째인지를 고려하지 않았을 것이다.

따라서 비록 우리가 후기의 책들을 탐험해 훌륭한 기념물을 가지고 온다 하더라도, 그 길의 다수는 우리들에게 답사되지 않은 채 남아 있을 것이다. 우리가 전체를 정독해야 하는 것은 초기의 책들 ― 《젊음》, 《로드 짐》, 《태풍》, 《나르시소스호의 흑인》 등 ― 이다. 왜냐하면 콘래드의 어떤 것이 살아남고 그를 소설가의 등급 가운데 어디에 놓을 것이냐는 질문이 제기될 때, 우리에게 매우 오래되고 완벽하게 참된 것, 과거에는 감추어져 있었지만 이제는 드러난 것을 이야기하는 듯한 이들 책들이 머리에 떠올라 그 같은 질문이나 비교를 쓸모 없어 보이게 할 것이기 때문이다. 온전하고 평온하며 매우 순결하고 매우 아름다운 그 작품들은 무더운 여름날 밤 천천히 장엄하게 하나씩 나타나는 별들처럼 기억 속에 떠오른다.

패스턴 일가와 초서
The Pastons and Chaucer

 *The Pastons and Chaucer* [1]

초서는 우리 방식대로 보통 사람과 보통의 일을 처리
하도록 허용한다. 그의 윤리 의식은 남녀가 서로에 대
해 행동하는 방식 속에 있다. 우리는 그들이 먹고 마
시고 웃고 사랑을 나누는 모습을 보면서 아무 말이 없
더라도 그들이 표준으로 삼고 있는 것이 무엇인지 감
지하며, 그러고는 그들의 윤리 의식에 빠져든다.

케이스터 성$^{Caster Castle}$의 탑은 여전히 90피트의 높이로 하늘 높이 솟
아 있으며, 그 아치도 대규모 성을 건설하는 데 필요한 석재를 실어
나르기 위해 존 패스톨프 경$^{Sir John Fastolf}$[2]의 거룻배가 항행하던 곳에
여전히 서 있다. 하지만 이제 그 탑에는 갈까마귀들이 둥지를 치고,
한때 6에이커에 이르는 토지를 차지했던 성 가운데 남아 있는 것이

---

1 이 글은 영국의 사학자 제임스 게어드너James Gairdner 박사가 정리한 《패스턴 가의 서한집》
   (1904년, 전4권)을 다루고 있다. 《패스턴 가의 서한집》은 15세기 영국의 편지 모음집으로 오늘날
   남아 있는 서한집 가운데 가장 방대하며 역사가와 문학학자들에게 매우 귀중한 자료가 되고 있
   다. 《패스턴 가의 서한집》을 보면 영시의 아버지라 불리는 중세 영국 시인 제프리 초서
   (1343~1400)가 《캔터베리 이야기The Canterbury Tales》를 쓴 까닭을 짐작할 수 있다.
2 1378?~1459, 영국의 군인. 프랑스와 벌어진 백년 전쟁에서 활약하였다. 셰익스피어가 창조한
   극중 인물인 존 폴스태프 경Sir John Falstaff의 원형으로 알려져 있다.

라고는 허물어진 성벽뿐이다. 그 흥벽에는 곳곳에 총안이 뚫려 있지만, 지금은 안에 궁수들도 없고 밖에 포신이 자리 잡고 있는 것도 아니다. 바로 이 순간에도 존 경과 그의 부모의 영혼을 위해 기도하고 있어야 할 '일곱 명의 신앙심 깊은 사람'과 '일곱 명의 가난한 사람'은 자취도 보이지 않으며, 그들의 기도 소리조차 들리지 않는다. 그곳은 폐허이다. 그러나 골동품 애호가들은 생각이 다르다.

그다지 멀리 떨어지지 않은 곳에 더 많은 폐허가 있다. 바로 노리치Norwich[3]에서 북쪽으로 20마일 떨어진 바닷가에 자리 잡은 브롬홈 수도원Bromholm Priory의 폐허이다. 존 패스턴John Paston이 매장된 곳인데, 그의 집이 불과 1마일 정도밖에 떨어져 있지 않으니 자연스러운 일이었다. 해안은 위험하기 짝이 없어 지금도 육지에 오르기란 불가능하다. 하지만 진정한 십자가의 파편, 브롬홈의 자그마한 숲이 끊임없이 순례자들을 수도원으로 끌어들였으며, 장님은 눈을 뜨고 팔다리 병신은 사지를 쭉 뻗어 돌아갔다. 그러나 새로 눈을 뜬 사람들 가운데 일부는 그 수도원에서 놀라운 광경을 하나 보았다. 바로 비석도 없는 존 패스턴의 무덤이었다. 그 소식은 전국으로 퍼져 나갔다. 패스턴 일가가 망했다. 그처럼 권세가 높았던 그들이 존 패스턴의 머리맡에 놓을 비석도 장만하지 못할 처지가 되었다는 소식이었다. 그의 미망인 마거릿은 빚을 청산할 수 없었으며, 장남인 존 패스턴 경은 여자와 마상 시합에 가산을 탕진했다. 한편 같은 이름의 동생 존 역

3 영국 잉글랜드 노퍽 카운티에 있는 도시.

시 훨씬 유능한 사람이기는 했으나 농산물의 수확보다는 매를 기르는 데 더욱 신경을 썼다.

물론 순례자들은 거짓말쟁이였다. 진정한 십자가의 조각에 의해 새로 눈을 뜬 사람들이었으니 그럴 만도 했다. 하지만 그들이 전하는 소식은 환영 받았다. 패스턴 일가는 세상에 널리 알려져 있었다. 사람들은 그들이 얼마 전까지만 해도 노예였다는 이야기도 했다. 여하튼 아직 생존해 있는 사람들은 존의 할아버지 클레멘트Clement가 자신의 땅을 경작했던 부지런한 농부였으며, 그의 아들 윌리엄은 판사가 되어 토지를 사들였고, 윌리엄의 아들 존은 좋은 가문의 규수와 결혼해 더 많은 토지를 구입했으며, 나중에는 케이스터의 광대한 성에다 노픽Norfolk과 서픽Suffolk에 있는 존 패스톨프 경의 모든 토지를 상속 받았다는 사실 등을 기억할 수 있었다. 존이 그 나이 많은 기사의 유언을 조작했다는 말도 떠돌았다. 그랬던 그가 무덤에 비석조차 없다니 대관절 어떻게 된 영문일까? 하지만 그의 일가가 남긴 서한문을 통해 존의 장남 존 패스턴 경의 인품, 그의 양육 과정과 주위 환경, 그리고 그와 아버지 사이의 관계 등을 고려하면 아버지의 비석을 만드는 일이 얼마나 어렵고 등한시될 만했는지 알게 될 것이다.

지금 이 순간 영국의 가장 오지로 알려진 곳에 전화도 없고, 욕실이나 하수구, 안락의자나 신문도 없고, 선반 하나에 부피가 크고 값비싼 책들만이 꽂힌 황량한 신축 주택을 상상해 보자. 창문을 통해서는 몇몇 개간된 밭과 이남은 오두막집이 내다보이며, 그 너머로 한쪽 편에는 바다, 다른 한편에는 광활한 늪이 펼쳐져 있다. 도로 하나가 그 늪을 가로지르고 있지만 거기에는 구멍이 있다. 농장에서 일하는 사람 하나가 이야기하기로 마차 한 대를 집어삼킬 만큼 커다란 구멍이다. 그리고 미치광이 벽돌공 톰 톱크로프트Tom Topcroft가 다시 발광하여 반쯤 벌거벗은 채로 돌아다니면서 다가오는 사람은 모조리 죽여 버리겠노라 위협한다는 이야기도 덧붙인다. 바로 그런 것이 그 외딴집에서 저녁 식사 때 주고받는 이야기다. 한편 굴뚝에서 연기가 많이 나고, 외풍은 바닥의 카펫을 들어 올릴 정도로 심하다. 해가 지면 모든 대문을 잠그라는 지시가 내려져 있으며, 이윽고 길고 음산한 밤이 물러갈 때면 이 외딴곳에 있는 남녀는 그들이 처한 위험에 대해 조롱하면서도 무릎을 꿇고 기도를 드린다.

그러나 15세기에 이르러 그 거친 풍경이 갑자기 기이하게도 수많은 새로운 석재 더미에 의해 깨뜨려졌다. 모래 언덕과 관목으로 뒤덮여 있던 노퍽 해안에 마치 오늘날 해수욕장에 세워지는 호텔처럼 거대한 석재 건물이 솟아올랐던 것이다. 하지만 시가행진도 없었고 하숙집도 나타나지 않았다. 그리고 당시 야머스Yarmouth에는 부두도 없었다. 마을의 교외에 세워진 그 거대한 건물은 자식이 하나도 없는 늙은 신사 — 아쟁쿠르Agincourt[4]에서 싸웠고 거부가 된 존 패스톨프 경이 혼자 지내기 위한 것이었다. 그는 아쟁쿠르에서 싸웠지만 거의 보상을 얻지 못했다. 그리고 아무도 그의 조언을 받아들이지 않았다.

---

4 북프랑스의 작은 마을. 백년전쟁 중 이곳에서 벌어진 아쟁쿠르 전투는 영국이 프랑스에게 대승했다.

사람들은 등 뒤에서 그를 헐뜯었다. 그도 그 사실을 잘 알고 있었다. 그의 성질 역시 그럴 만큼 결코 좋지 못했다. 그는 권세가 높으면서도 불만에 사로잡힌 불같은 성미의 노인이었다. 그러나 전장에 나가 있을 때나 왕궁에 있을 때나 끊임없이 케이스터를 생각했으며, 이제 직무에서 벗어나자 아버지의 땅에 정착하여 자신의 저택을 짓고 살려고 했다.

거대한 건축물인 케이스터 성이 건설 중일 때 몇 마일 떨어지지 않은 곳에 살던 패스턴 형제는 아직 어린아이였다. 아버지 존 패스턴은 그 일의 일부를 맡았으며, 그의 자식들은 말을 알아들을 수 있게 되자마자 석재며 건축 공사, 런던으로 갔다가 아직 돌아오지 않은 짐배, 스물일곱 칸의 방, 거대한 홀과 예배당, 그리고 건물의 기초, 치수, 아비한 인부 등에 대한 이야기에 귀를 기울었다. 그 후 1454년 공사가 끝나고 존 경이 말년을 케이스터에서 보내기 위해 왔을 때, 그들은 그곳에 저장되어 있던 엄청난 보물 ― 금과 은을 입힌 탁자, 벨벳과 새틴, 금실을 엮은 직물 등으로 만든 가운, 두건, 어깨걸이, 비버 가죽으로 만든 모자, 가죽이나 벨벳으로 만든 재킷, 녹색이나 자주색 비단으로 만든 베개 등을 직접 보았을지도 모른다. 그리고 곳곳에 태피스트리가 걸려 있었다. 침실의 침대 곁에는 포위 공격, 사냥, 매 사냥, 낚시하는 사내, 활을 쏘는 사내, 하프를 연주하거나 오리와 함께 한가하게 지내는 여인, 또는 '손으로 곰의 다리를 붙잡은' 거인 등을 묘사한 태피스트리가 있었다. 그런 것이 바로 훌륭하게 보낸 삶의 결실이었다. 땅을 사고, 커다란 집을 짓고, 금이나 은을 입힌 것으로 그 집을 치장하는 것이 (비록 그런 것은 침실에만 있는 경우가 많았지만) 인류의 적절한 목표였다. 패스턴 부부도 그와 똑같은 일에 그들이 지니고 있던 정력의 상당 부분을 쏟았다. 획득하려는 열정이 보편적이었으므로 어느 누구도 결코 자신의 소유물을 오랫동안 안전하게 확보할 수 없었다. 외딴 곳에 있는 소유지가 끊임없이 말썽을 일으켰다. 노픽 공작이 이 영지를 탐내면, 서픽 공작은 저 영지에 욕심을 부렸다. 예컨대 패스턴 부부를 농노로 조작해 놓고 그들에게 주인이 없는 틈을 타 집을 차지하거나 부속 건물을 때려 부술 권리를 주었다. 그렇다면 패스턴, 모트비Mauteby, 드레이턴Drayton, 그레셤Gresham 등의 소유자가 어떻게 동시에 대여섯 군데에 갈 수 있었을까? 특히 케이스터 성이 그의 것이 되자 그는 자신의 권리를 국왕에게 인정받기 위해 런던에 가지 않는가? 사람들은 국왕도 미쳤다고 말했다. 그의 자식도 알아보지 못한다고 했다. 또는 국왕이 피난 중이라거나 나라에 내전이 일어났다는 이야기도 있었다. 노픽은 항상 가장 궁핍한 지방이었고, 그 지방의 신사들은 인류 가운데 가장 호전적이었다. 사실 패스턴 부인이 마음만 먹으면 자신이 젊었을 때 천 명이나 되는 사내들이 활과 화살, 타오르는 불덩어리가 들어 있는 화로를 들고 그레셤으로 행진해 와서는 대문을 부순 뒤 그녀가 혼자 앉아 있던 방의 벽을 뚫었던 이야기를 자식들에게 해 줄 수도 있었을 것이다. 하지만 여인들에게는 그보다 훨씬 더 나쁜 일들이 일어났다. 그녀는 자신의 팔자를 한탄하지 않았으며, 자신이 여주인공이라고 생각하지도 않았다. (여느 때와 마찬가지로) 멀리 떨어져 있는 남편에게 읽기 힘든 필체로 많은 노력을 기울여 쓴 그녀의 길고 긴 편지들에는 자신에 관한 내용은 전혀 없었다. 양들이 건초를 낭비했다. 헤이든Heyden과 터드넘 Tuddenham의 남자들이 밖으로 나갔다. 제방이 무너졌고 어린 수소를 잃어버렸다. 당밀도 절실히 요구되었고, 그녀에게도 절실히 드레스를 지을 옷감이 필요했다.

하지만 패스턴 부인은 자신에 대한 이야기를 하지 않았다.

그래서 패스턴 가의 어린이들은 어머니가 길고 긴 편지를 한 장씩 정성껏 적거나 읽는 것을 보았겠지만, 그처럼 중요한 문제들에 관해 그처럼 정성껏 편지를 쓰는 부모를 방해하는 일은 죄악이었으리라. 자식들이 하는 말, 보육원이나 교실에서 배운 내용도 이들 공들인 서간문에 들어가지 않았다. 패스턴 부인이 쓴 편지는 토지 관리인이 주인에게 쓴 편지로서 사정을 설명하고 조언을 구하며 소식을 전하고 결산 보고를 하는 내용이 대부분이었다. 강도와 살인이 있었다. 임대료를 수금하기도 어려웠다. 리처드 콜Richard Calle이 나섰지만 돈은 거의 가지고 오지 못했다. 마거릿 패스턴이 꼭 해야 했는데도 이런 일 저런 일 때문에 하지 못한 것은 남편이 바라는 물품을 확보하는 일이었다. 그러자 아들의 일을 멀리서 못마땅한 듯 지켜보던 아그네스 Agnes는 아들에게 그럭저럭 꾸려 나가라고 조언했다. "그래야 세상에서 할 일이 줄어들 거야. 내 아버지도 일이 적으면 휴식이 많아진다고 했어. 이 세상은 탄탄대로가 아니라 괴로움으로 가득 차 있지. 그리고 우리가 세상을 떠날 때는 그동안 우리가 배운 선행과 우리가 저지른 악행밖에 남지 않을걸."

이렇듯 죽음에 대한 생각은 그들에게 갑자기 찾아왔을 것이다. 부
와 재산의 방해를 받은 패스톨프는 임종에 이르러 지옥의 불길을 보
고는 유언 집행인들에게 자선 기부금을 많이 내놓으라고 소리쳤으
며, 기도 속에 '영원히'라는 말을 듣고는 자신의 영혼이 연옥의 고통
에서 벗어나리라고 생각했다. 판사였던 윌리엄 패스턴 역시 노리치
의 수도승들에게 자신의 영혼을 위해 '영원히' 기도하도록 강요했다.
영혼은 한 줌의 공기가 아니라 영원한 고통을 겪을 수 있는 구체적인
육신이었고, 그래서 그것을 파괴하는 불길은 석쇠에 올려진 고기를
굽는 불길과 마찬가지로 혹독한 것이었다. 수도승들과 노리치의 마
을은 영원히 존재할 것이며, 노리치 마을의 성모 마리아 예배당도 영
원하리라. 삶과 죽음에 대한 그들의 개념에는 뭔가 사무적이며 긍정
적이고 지속적인 것이 있었다.

생존 계획이 그처럼 명확했으므로 어린이들은 매를 맞았고, 소년
소녀들은 각자의 역할을 파악하게끔 가르침을 받았다. 그들은 토지
도 획득해야 했지만, 그들의 부모에게 복종하지 않으면 안 되었다.
어머니는 매주 세 차례씩 딸의 머리를 후려쳤으며, 품행이 올바르지
못할 경우에는 묵사발을 만들었다. 출산과 양육의 모범 여성이었던
아그네스 패스턴도 딸 엘리자베스를 때렸다. 그보다 마음씨가 고왔
던 마거릿 패스턴은 딸이 정직한 토지 관리인 리처드 콜에게 연정을
품은 것을 알아차리고 집에서 쫓아냈다. 형제들은 자매들이 그들보
다 신분이 낮은 집안과 결혼하거나 "프램링엄Framlingham에서 양초와
겨자를 파는 것"을 허용하려고 하지 않았다. 아버지들은 아들들과 다

투기가 예사였으며, 딸들보다 아들들을 좋아했지만 법적으로나 관습적으로 남편들에게 복종할 수밖에 없었던 어머니들은 평화를 유지하기 위해 애쓰면서 가슴이 찢어졌다. 마거릿은 온갖 괴로움을 겪는 가운데 장남 존의 무분별한 행동이나 그의 아버지가 그를 꾸짖는 것을 막지 못했다. 존 패스턴은 "들판에서 꿀을 채집하는 암벌들 사이에 있는 수벌 같은 놈이며, 아무것도 하지 않으면서 꿀을 차지한다"고 아들에게 비난을 퍼부었다. 그는 부모에게 무례한 태도를 보였지만, 밖에서는 아무런 잘못을 저지르지 않았다.

그러나 아버지 존 패스턴이 런던에서 죽음을 맞이하는 바람에(1466년 5월 22일) 부자간의 갈등은 끝났다. 시신은 브롬홈으로 옮겨져 매장되었다. 열두 명의 가난뱅이가 그 곁에서 횃불을 든 채 먼 길을 따라왔다. 자선 기부금이 나누어졌고, 미사가 집전되고, 만가가 울려 퍼졌다. 종도 울렸다. 수많은 닭과 오리, 양, 돼지, 달걀, 빵, 크림이 소비되고 맥주와 와인도 많이 마셨다. 양초도 많이 탔다. 횃불의 연기를 내보내기 위해 교회의 창문 두 짝을 떼어 냈다. 검은색 옷감이 나눠졌고, 무덤가를 밝히는 불까지 마련되었다. 하지만 상속인 존 패스턴은 아버지의 비석 세우는 일을 미루었다.

그는 스물넷이 넘은 젊은이었다. 시골 생활의 규율과 고된 노동을 따분하게 생각했다. 집을 떠났을 때 그것은 분명히 왕궁에 들어가려는 시도였다. 패스턴 가문의 혈통에 대해 그들의 적들이 의심을 했는지 모르지만, 존 경은 분명히 신사였다. 그는 자신의 토지를 상속했으며, 암벌들이 그처럼 열심히 모아놓은 꿀은 바로 그의 것이었다.

그에게는 취득의 본능보다 즐기는 본능이 있었는데, 어머니의 인색이 아버지의 야망과 기묘하게 결합된 셈이었다. 하지만 게으르고 사치를 즐기는 그의 기질은 그 두 가지의 극단을 취했다. 그는 여자들에게 매혹되었고, 사교계와 마상 시합, 궁정 생활과 도박, 그리고 때로는 책을 읽는 것도 좋아했다. 존 패스턴이 매장된 지금, 이제 인생은 전혀 다른 기반 위에서 새롭게 시작된 셈이었다. 사실 외부적으로는 거의 변화가 일어날 수 없었다. 아직도 마거릿이 집안을 다스렸다. 지금은 다 자란 자식들을 키웠던 것처럼 그녀는 아직도 어린 자식들을 길렀다. 아들들은 가정교사와 공부를 하도록 매질을 할 필요가 있었고, 딸들은 여전히 엉뚱한 남자를 사랑했으므로 올바른 사내에게 시집을 보내지 않으면 안 되었다. 임대료도 수금해야 했으며, 패스톨프의 재산을 둘러싼 끝없는 송사도 질질 끌고 있었다. 전투도 벌어졌다. 요크와 랭커스터의 장미도 번갈아 피다 시들다 했다.[5] 노퍽은 팔자를 고치려는 가난뱅이들로 가득 차 있었으며, 마거릿은 과거에 남편을 위해 일했던 것처럼 이제 아들을 위해 일했다. 중요한 차이라고는 남편에게 의지하는 대신 성직자의 조언을 받아들이는 것이었다.

하지만 내부적으로는 변화가 일어났다. 마치 단단한 바깥쪽 껍데기가 제대로 그 목적을 수행하여, 마침내 내부에 감수성과 감식력이 있고 쾌락한 무엇인가가 형성된 것 같았다. 여하튼 존 경은 고향에

---

5 왕위 쟁탈을 위해 요크 가문과 랭커스터 가문 사이에 벌어진 장미 전쟁을 가리킴.

있는 동생 존에게 편지를 쓰면서 때때로 현안 문제에서 벗어나 농담을 하거나, 풍문을 전하거나, 알고 있는 지식을 동원해 아주 미묘하게 연애의 방법을 가르치기도 했다. "어머니께는 가능한 대로 겸손해야 하지만, 하녀에게는 너무 겸손하지 말고 너무 빨라도 기뻐하지 말며 실패하더라도 너무 애석해 하지 마라. 그리고 나는 그 여자가 여기로 온다면 여기서, 내가 집으로 내려갈 때는 거기서, 항상 네 심부름꾼이 되어 주마. 그건 그렇고 나는 늦어도 열하루 안에는 내려갈 생각이다." 그리고 매를 구입해야 했고, 노퍽에서 송사를 처리하고 매를 날리며, 상당한 정력을 기울이기는 하지만 별 성실성 없이 가문의 재산을 관리하고 있던 존에게 모자나 새로운 실크 레이스를 보내 주어야 했다.

존 패스턴의 무덤가에서 타오르던 불은 꺼진 지 오래였다. 존 경은 여전히 미루고 있었지만 그에게도 핑계가 있었다. 송사 문제, 왕궁에서의 임무, 혼란스러운 내전 상황 등으로 시간과 돈을 탕진했던 것이다. 하지만 어쩌면 존 경 자신에게 이상한 일이 일어났는지도 모른다. 어쩌면 런던에서 빈둥거리던 존 경뿐 아니라 토지 관리인과 사랑에 빠진 누이동생 마저리Margery, 이튼Eton에서 라틴어로 운문을 짓던 월터Walter, 그리고 패스턴에서 매를 날리던 존도 그랬을지 모른다. 인생은 쾌락이라는 측면에서 좀 더 다양해졌다. 그들은 이전 세대만큼 인간의 권리, 하느님에게 지불해야 할 것, 죽음의 공포, 비석의 중요성 등에 대해 확신하지 못했다. 가련한 마거릿 패스턴은 그 변화의 낌새를 알아차렸으며, 그녀가 깊은 문제들의 근원을 밝히기 위해 그

토록 많은 편지를 쓰면서 또박또박 움직였던 펜을 다시 사용했다. 그
녀를 슬프게 한 것은 재판이 아니었다. 그녀는 "비록 병사들을 제대
로 이끌지도 그들을 제압하지도 못하지만", 필요하다면 자신의 손으
로라도 케이스터를 방어할 준비가 되어 있었다. 하지만 남편이 죽은
뒤로 가정에는 뭔가 잘못된 일이 일어나고 있었다. 어쩌면 아들이 하
느님을 제대로 섬기지 못했는지도 모를 일이었다. 그는 너무 자만했
고 아낌없이 돈을 썼다. 어쩌면 그가 가난한 사람들에게 자비심을 베
풀지 않았을 가능성도 있었다. 아무튼 그 잘못이 무엇이든 그녀가 알
고 있는 것이라고는 존 경이 그의 아버지가 썼던 돈의 두 배나 쓰면
서도 성과는 적다는 사실, 그리고 날마다 사람들이 존 패스턴의 무덤
에 비석을 세우지 않은 채 내버려 둔 그들을 비난하는데도, 토지나
숲, 가정용품 등을 팔지 않고서는("물건을 판다는 것은 내게는 바로 죽
음이었다") 빚을 갚지 못한다는 사실뿐이었다. 비석이나 더 많은 토
지, 더 많은 잔이나 더 많은 태피스트리를 구입할 돈은 존 경이 시계
나 장신구를 구입하는 데, 그리고 기사 작위에 관한 논문집을 복사시
키는 인건비로 지출되었다. 열한 권에 달하는 그 논문집은 리드게이
트John Lydgate[6]와 초서Geoffrey Chaucer의 시집과 함께 패스턴에 꽂혀 있으
면서 황량하고 쾌적감 없는 그 집에 묘한 분위기를 자아냈으며, 사
람들의 생각을 사업에서 멀어지게 하고 그들 자신의 이익을 내는 데
게으르게할 뿐 아니라 죽은 사람들의 신성한 업적을 가볍게 생각하

---

6 1370?~1450?, 영국의 시인

게 함으로써 그들을 나태와 허영으로 이끌었다.

때때로 존 경은 말을 타고 나가 농작물을 둘러보거나 소작인들과 협의를 하는 대신에 훤한 대낮에 자리에 앉아 독서를 했다. 바람 때문에 카펫이 들썩거리기도 하는 불편한 방에서 딱딱한 의자에 앉아 초서를 읽으면서 시간을 낭비하고 꿈을 꾸었다. 그가 책에서 끌어낸 것은 어떤 기묘한 도취 상태였을까? 삶은 홍겹지 않고 힘들었으며 실망스러웠다. 아무 결실도 없는 따분한 일을 하는 가운데, 창문을 후려치는 빗방울처럼 한 해가 지나갔다. 거기에는 그의 아버지와 같은 이유는 없었다. 가정을 갖고 아직 태어나지 않은 자식―태어났더라도 아버지의 이름을 물려받을 권리가 없는 자식―을 위해 중요한 지위를 획득해야 할 절박한 이유가 없었던 것이다. 하지만 리드게이트나 초서의 시는 밝고 조용히 날렵하게 움직이는 사람을 보여 주는 거울처럼 그가 잘 알고 있는 하늘, 들판, 사람들을 세련되고 완벽하게 보여 주었다. 런던의 소식을 막연하게 기다리거나 어머니가 전하는 연애나 질투 같은 시골의 비극을 주워듣는 대신 그들을 몇 페이지만 읽어도 전체적인 이야기가 그 앞에 펼쳐졌다. 그리고 그 다음부터는 말을 타거나 탁자 곁에 앉아 있는 동안 현재의 바로 그 순간과 관계가 있는 어느 묘사나 구절을 떠올리거나 또는 어떤 어구에 매혹되기도 하여, 해야 할 일을 미루고는 이야기의 결말을 알기 위해 서둘러 집에 돌아와 의자에 앉아 책을 읽기도 했다.

이야기의 결말을 알려고 한다―초서는 지금 우리들에게도 그렇게 하도록 만들 수 있다. 그는 이야기꾼으로서 뛰어난 재능을 지니고 있었으며, 그것은 오늘날의 작가들에게는 찾아보기 힘든 재능이다. 우리의 조상들에게 일어났던 현상이 우리에게는 일어나지 않는다. 사건들이 중요해지는 경우도 거의 없다. 그들을 하나씩 거론하더라도 실인즉 그들을 믿지 않는다. 그렇지만 우리에게도 더 많은 관심이 가는 일들에 대한 이야기가 있을 것이다. 이런 이유 때문에 가넷^{David} Gamett1[7] 씨 같은 자연스러운 이야기꾼이 드물어졌다. 우리는 가넷 씨를 메이스필드^{John Masefield}[8] 씨 같은 자의식적인 이야기꾼과 구분해야 한다. 왜냐하면 이야기꾼은 사실에 대한 대단한 열정 이외에도 불필요한 강조나 흥분 없이 자신의 이야기를 전개해 나갈 수 있어야 하기 때문이다. 그렇지 않으면 우리는 그것을 통째로 집어삼켜 모든 부분을 뒤섞어 버릴 것이다. 우리를 멈추게 하고 우리에게 생각하거나 주위를 돌아볼 시간을 주면서 꾸준히 읽어 나가도록 항상 설득해야 한다. 초서는 어느 정도 태어난 시대 덕에 그럴 수 있었으며, 게다가 그에게는 현대 영국의 시인들에게는 두 번 다시 찾아오지 않을 또 하나의 이점이 있었다. 바로 영국이 훼손되지 않은 나라였다는 점이다. 그의 시선은 처녀지, 작은 마을이나 가끔 보이는 건설 중인 성을 제외하고는 아무런 손상을 입지 않은 초원과 삼림에 머물렀다. 켄트 지방의 수목들 위로 드러나는 빌라의 지붕도 없었고, 산기슭에서 연기를 내뿜는 공장의 굴뚝도 없었다. 시인들이 자연을 찾아가고 자연을

---

7 1892~1981, 영국의 소설가.
8 1878~1967, 영국의 시인.

이미지에 사용하거나 심지어 직접적으로 묘사하지 않을 때조차 대조적인 측면에서 자연을 사용하는 점을 고려하면, 시골의 상태는 상당히 중요하다. 시골의 경작이나 시골의 가혹성은 산문 작가보다 시인에게 훨씬 심오한 영향을 미친다. 버밍엄, 맨체스터, 런던 등 규모가 큰 도시에 있는 현대의 시인에게 시골은 악의 소굴인 도시와는 대조적으로 도덕적 우월성을 간직한 성역이다. 그곳은 사람들이 숨거나 교화를 얻기 위해 찾아가는 피난처이자 겸손과 덕성을 되찾는 곳이다. 워즈워스William Wordsworth[9]의 자연 숭배는 마치 인간의 접촉에 움츠리는 듯한 병적인 면이 있으며, 장미 꽃잎과 라임나무의 새싹에 대한 테니슨Alfred Tennyson[10]의 섬세한 헌신은 그보다 더하다. 하지만 이들은 위대한 시인이었다. 그들의 손길에 의해 시골은 말로 묘사되어야 할 보석점, 호기심을 자아내는 물품을 모아놓은 박물관에 그치지 않는다. 그들보다 뒤떨어지는 재능을 가진 시인들에 의해 시골은 아주 많이 훼손되어 황량한 초원이나 가파른 산허리를 정원이 대체한 상태이므로, 이제 자그마한 풍경, 새의 둥지, 모든 잔주름이 인생과 관계있는 도토리 등에 한정되어 있다. 더 넓은 풍경은 상실된 상태이다.

하지만 초서에게 시골은 너무 크고 너무 거칠어 마음에 들지 않을 정도였다. 그는 마치 시골에 대한 고통스러운 경험이라도 있는 듯, 본능적으로 폭풍과 바위들로부터 화창한 5월의 하루나 흥겨운 풍경

---

9 1770−1850, 영국의 시인.
10 1809−1892, 영국의 시인.

쪽으로, 거칠고 신비로운 것으로부터 즐겁고 명확한 것 쪽으로 방향을 바꾸었다. 현대의 유산인 생생한 표현력을 조금도 소유하지 않은 그는 야외의 느낌을 몇 마디 말로 나타낼 수 있을 뿐이다. 또는 우리가 살펴볼 경우 직접적인 묘사는 한 마디도 하지 못했다.

그리고 이들 싱싱한 꽃들이 어떻게 피어나는지 보라.

그것으로 충분하다.

타협하지 않고 길들여지지 않는 자연은 행복한 얼굴을 비추는 거울이나 불행한 영혼의 고해 신부가 아니다. 자연은 그 자체이며, 따라서 때때로 호응하지 않고 검소하지만, 초서의 페이지에서는 항상 실제적 현존의 단단함과 신선함을 간직한다. 그러나 곧 우리는 유쾌하며 그림 같은 중세의 모습보다 더 중요한 그 무엇―그 세계를 살찌우는 견고성, 등장인물들에게 생기를 부여하는 확신 등을 알아차린다. 《캔터베리 이야기》에는 엄청난 다양성이 있지만, 그 이면에 지속되는 일관적인 것이 하나 있다. 초서에게는 그가 만든 세상, 그가 만든 젊은 남자와 젊은 여자들이 있다. 비록 셰익스피어Shakespeare[11]의 세계에서 헤매고 있는 그들을 만나더라도 우리는 그들이 셰익스피어의 인물이 아니라 초서의 인물임을 알아차릴 것이다. 그가 한 소녀를 묘사하고자 하면, 그 소녀는 다음과 같은 모습을 띠게 된다.

---

11 1564~1616, 영국의 시인이자 극작가.

그녀가 쓰고 있는 주름 진 베일은 매우 품위가 있으며

코는 가늘고 두 눈은 유리처럼 회색을 띠었으며

입은 작으면서도 부드럽고 붉지만

분명하게도 이마는 아주 넓어

단언하건대 한 뼘이나 될 것이니

사실을 말하자면 그녀는 어린아이가 아니었다. .

이어 그는 그녀를 성장시켜 나간다. 그녀는 자신의 처녀성에 대해
냉담한 처녀였다.

알다시피 나는 당신과 함께 있고

사냥을 좋아하는 여자이지만

푸른 숲속을 거닐기를 좋아하면서도

아내가 되거나 자식을 갖기를 원하지는 않지요.

그런 다음 그는 생각한다.

그녀는 항상 대답에 신중했다.

그리고 아테나 여신처럼 현명하고 허영심이 없었지만

말은 항상 여자답고 수수했으며

깊은 지식을 과시하기 위해 허풍을 떨지도 않았고

그녀 자신의 지체에 어울리게 말했으며

말씨는 대체로 점잖고 부드러웠다.

실은 이들 인용구는 《캔터베리 이야기》 가운데 각각 서로 다른 이야기에서 나오는 것이지만, 우리는 그들이 어쩌면 그가 젊은 아가씨를 생각할 때 무의식적으로 염두에 두었던 인물인 것처럼 느끼며, 바로 그 이유 때문에 그녀가 《캔터베리 이야기》에서 다른 이름을 가지고 나타날 때도 안정감을 갖는다. 그리고 그 안정감은 시인이 젊은 여인들에 관해서는 물론 그녀들이 살아가고 있는 세상, 그것의 목적과 성격, 그리고 시인 자신의 능력과 기법 등에 관해 결심한 곳에서만 발견된다. 따라서 그의 결심에 따라 그 힘을 자유롭게 그 대상에 적용할 수 있다. 그에게는 작중인물 그리젤다Griselda[12]를 개선시키거나 바꾸어야겠다는 생각이 결코 떠오르지 않는다. 그녀의 주위에는 애매모호함이나 망설임이 없으며, 그녀가 무엇인가를 입증하는 것도 아니다. 그녀는 그녀 자신임에 만족한다. 따라서 그 결심은 무의식적으로 편안하게 그것을 허용하며 실제로 언급되는 것보다 암시나 제안 등을 통해 훨씬 더 많은 자질을 그녀에게 부여한다. 그것이 바로 확신의 힘이며 보기 드문 재능으로, 우리 시대에 이르러서는 조지프 콘래드의 초기 소설들에서 공유되는 재능이자, 건축의 전체적인 무게가 그것에 의존하기 때문에 매우 중요한 재능이다. 일단 초서가 이야기하는 젊은 남녀들을 믿는다면 우리는 설교하거나 반대할 필요가

---

12 《캔터베리 이야기》의 등장인물.

없다. 그가 선이나 악으로 파악하는 것을 이미 알고 있으니 적게 말할수록 좋다. 초서에게 그의 이야기를 전개하면서 기사들과 지주들, 좋은 여인들과 나쁜 여인들, 요리사, 뱃사람, 성직자 등을 묘사하게 하면, 우리는 거기에 풍경을 마련하고 그 사회의 신앙, 죽음과 삶에 대한 입장을 제공함으로써 캔터베리로의 여정을 영적인 순례로 만들게 될 것이다.

그 자신의 생각에 대한 이 같은 단순한 성실성은 적어도 한 가지 측면에서는 지금보다 당시가 더 쉬웠다. 우리로서는 아무 말도 하지 않거나 교활하게 말해야 하는 것을 초서는 솔직하게 적을 수 있었기 때문이다. 그는 용도 폐기되어 어색해진 좋은 말들을 많이 찾아내는 대신에 모든 언어의 소리를 낼 수 있었다. 따라서 과감하게 손을 내리치면 다른 것들과 어울리지 않는 커다란 불협화음이 나왔다. 초서의 상당 부분 ― 아마도 《캔터베리 이야기》의 각 이야기마다 몇 행씩 ― 은 부적절하며, 그것을 읽는 우리로 하여금 낡은 옷을 걸치고 밖에 나가 알몸인 것처럼 느끼게 하는 묘한 기분을 자아낸다. 그리고 어떤 종류의 유머는 신체의 각 부분과 기능에 대해 자의식 없이도 말할 수 있는 것처럼, 품위 있는 문학의 도래와 더불어 그 팔다리 가운데 하나가 쓸모없어진다. 품위 있는 문학은 배스^{Bath}의 아낙네, 줄리엣^{Juliet}의 보모, 그리고 알아차릴 수 있지만 이미 재미가 사라진 그들의 관계, 몰 플랜더스의 이야기 등을 만들어 낼 수 있는 힘을 상실했다. 스턴^{Laurence Sterne}[15]은 조잡한 표현에 대한 두려움 때문에 하는 수 없이 외설 쪽으로 넘어간다. 그는 유머가 아니라 위트를 구사해야 했으며, 솔직하게 말하는 것보다 암시를 해야 했다. 우리 앞에 조이스 James Joyce.[14] 씨의 《율리시스Ulysses》가 있는 만큼 우리도 옛날과 같은 웃음소리를 다시는 듣지 못하리라는 것을 믿을 수 없다.

> 그렇지만 맙소사! 내 젊은 시절과
> 질펀하게 놀았던 것을 생각하면,
> 내 가슴속 깊은 곳에서 기쁨을 느낀다.
> 오늘날까지도 내 가슴은 한때 내게도
> 호시절이 있었음을 흥겨워하노니.

그 노파의 목소리는 조용하다.

하지만 《캔터베리 이야기》가 놀라운 쾌활성과 아직도 효과적인 즐거움을 주는 데는 또 하나의 더욱 중요한 이유가 있다. 초서는 시인이었지만, 그러나 그 눈앞에서 이루어지는 생활로부터 움츠러들지 않았다. 밀짚, 분뇨, 수탉과 암탉 등이 있는 농장은 시의 소재가 아니다(라고 우리는 생각하게 되었다). 시인들에게는 농장을 아예 배제하거나 아니면 신화에 등장하는 테살리아[15]에 있는 농장과 그곳의 돼지가 될 필요가 있는 것 같다. 그러나 초서는 당당하게 말한다.

---

13 1713~1768, 영국의 작가.
14 1882~1941, 아일랜드의 소설가. 모더니즘을 대표하는 작가로 평가받는다.
15 그리스 중북부 지역.

그녀에게는 오로지 세 마리의 암돼지,

세 마리의 암소, 그리고 몰이라 부르는 양 한 마리뿐.

또는,

그녀에게는 주위가 모두 울타리로 에워싸인

마당, 그리고 메마른 도랑이 있었다.

초서는 부끄러운 기색도 없고 두려워하지도 않는다. 그리고 그가
묘사하는 대상인 노인의 턱에 항상 다가간다.

그의 턱수염은 부드럽지 않고 억센 털이며

찔레꽃처럼 날카롭고 작은 상어의 가죽 같다.

그리고 그 노인의 목에 대하여,

목 주위의 느슨해진 피부는 그가 뜸부기처럼

노래를 부르는 동안 흔들린다.

…… 둥둥, 마치 시가 아무렇지도 않게 1387년 4월 16일 화요일
바로 이 순간의 일상적인 사실을 다룰 수 기라도 하듯 초서는 등장
인물이 입고 있는 옷차림, 그들의 겉모습, 그들이 먹고 마시는 것에

대해 이야기할 것이다. 만약 그가 그리스 인이나 로마 인들의 시대로 돌아간다면 그것은 그의 이야기 때문이다. 그에게는 골동품에 둘러싸이거나 나이 핑계를 대거나 평범한 식품 장수의 영어가 환기시키는 연상들을 기피하고 싶은 마음이 없다.

따라서 우리가 여정의 결말을 안다고 말할 때, 그것을 알게 된 특정 시행을 인용하기가 어렵다. 초서는 바로 앞에 펼쳐져 있는 길에 시선을 고정할 뿐 다가올 세상에 신경을 쓰지 않았다. 추상적인 사색에 빠지는 경우가 거의 없었다. 그는 아주 능글맞게 학자나 성직자와의 경쟁은 피하고 싶다고 애원했다.

그 대답은 성직자에게 맡기겠지만
이 세상이 지옥임은 나도 잘 알고 있노라.

이 세상이 무엇이냐? 사람이 무엇을 가지게 되는가?
지금은 연인과 함께 있지만 곧 차갑고 깜깜한 무덤 속에서
결코 아무도 없이 혼자 있어야 하리.

그대들이 만든 법의 굴레 속에
이 세상을 묶어 놓고
단단한 서판 위에 그대들의 말이나 한결같은 지시를
기록하는 가혹한 신들이여, 인류가
한곳에 뭉쳐 있는 양 떼보다

더 나은 존재라고 생각하는가?

많은 의문이 그에게 쏟아지고 그도 의문을 제기하지만, 그는 그들에 답하기에 너무 참된 시인이다. 그래서 당장의 해결책에 얽매이지 않고 해결하지 않은 채 내버려 둠으로써 그 뒤에 등장하는 세대들에게도 신선한 문제가 된다. 그의 인생을 통해 그를 민주주의자로 기록할 것인지 귀족주의자로 기록할 것인지 판단하기는 불가능했을 것이다. 그는 독실한 신자였지만 성직자들을 조롱했다. 유능한 공무원으로 궁정에 근무했지만 성 윤리에 대한 견해는 매우 느슨했다. 가난을 동정하기는 했지만 가난한 사람들의 삶을 개선하기 위해 아무것도 하지 않았다. 초서의 말이나 글 때문에 법률이 하나라도 만들어지거나 돌이 다른 돌 위에 놓인 적은 없지만, 그러나 우리는 그의 글을 읽으면서 모든 털구멍을 통해 윤리 의식을 흡수하고 있다. 왜냐하면 작가는 두 종류가 있기 때문이다. 여러분의 손을 잡고 똑바로 신비의 세계로 이끌어 가는 성직자 같은 작가가 있는가 하면, 악한 사람들을 제외하거나 선한 사람들을 압박하지 않으면서도 그들의 사상을 육화시켜 세상의 완벽한 모범을 만드는 속인 같은 작가도 있다. 워즈워스, 콜리지Samuel Taylor Coleridge[16], 셸리Percy Bysshe Shelley[17] 등은 성직자류의 작가이다. 그들은 부적처럼 가슴 위에 길이 두어야 할 재난에 대해

---

[16] 1772~1834, 영국의 시인 겸 평론가.
[17] 1792~1822, 영국의 시인.

거듭 말하면서 우리에게 벽에 걸어 둘 만한 글을 꾸준히 제공한다.

안녕, 안녕, 홀로 살아가는 심장이여

크고 작은 모든 일을 가장 훌륭하게 사랑하는
가장 훌륭한 것을 그는 기원하였으니

이 같은 훈계나 명령의 시행은 즉각 기억에 되살아나게 마련이다. 그러나 초서는 우리 방식대로 보통 사람과 보통의 일을 처리하도록 허용한다. 그의 윤리 의식은 남녀가 서로에 대해 행동하는 방식 속에 있다. 우리는 그들이 먹고 마시고 웃고 사랑을 나누는 모습을 보면서 아무 말이 없더라도 그들이 표준으로 삼고 있는 것이 무엇인지 감지하며 그러고는 그들의 윤리 의식에 빠져든다. 엄중하게 훈계를 듣는 대신에 길을 잃고 방황하다가 모든 행동과 정열이 표현되는 것을 쳐다보고 저절로 그 의미를 파악하게 되는, 이보다 더 강력한 설교 방법은 있을 수 없다. 그것은 바로 사람들 사이의 교제에서 얻게 되는 윤리 의식이자 부모나 도서관 사서들이 시의 윤리 의식보다 훨씬 설득력 있다고 판단하는 소설의 윤리 의식이다.

그래서 우리가 초서의 책을 닫을 때는 한마디도 하지 않고도 비평이 완벽하며 우리가 말하고 생각하며 읽고 행하고 있는 것이 이미 언급된 바 있다고 느끼게 된다. 그리고 그저 좋은 동행과 함께했다거나 훌륭한 사회의 여러 방식들에 익숙해졌다는 느낌만 남아 있는 것도 아니다. 왜냐하면 우리가 아무 꾸밈이 없는 시골길을 달리면서 농담을 하거나 노래를 부르는 사람을 차례로 만나는 동안, 그것이 이 세상과 비슷하기는 하지만 실은 우리의 일상적인 세상이 아님을 알기 때문이다. 그것은 시의 세계이다. 이곳에서는 모든 것이 인생이나 산문에서보다 훨씬 빨리, 훨씬 격렬하게, 그리고 훨씬 나은 순서로 이루어진다. 시적 표현의 일부인 형식적으로 고양된 따분함이 있고, 마치 말이 우리의 생각을 방해하기 전에 그것을 읽기라도 하듯 말하려는 것을 0.5초 앞서 말해 주는 행도 있으며, 그 높아진 우수성, 나중에 오랫동안 마음속에서 빛나게 하는 그 매혹으로 인해 되돌아가 다시 읽게 되는 행도 있다. 그리고 그 전체가 제자리를 유지하며, 모든 힘 가운데 가장 인상적인 힘 — 형태를 만드는 힘, 건축가의 힘 — 에 의해 그 다양성이나 본론과의 결별 등도 나타난다. 하지만 즉각 빨라지는 것, 이 매혹을 느끼더라도 그것을 인용구에 의해 입증할 수 없는 것이 바로 초서의 특징이다. 대부분의 시인들을 인용하기는 쉽고 분명하다. 비유 가운데는 갑자기 꽃피는 것도 있으며, 어떤 구절은 다른 구절로부터 떨어져 나온다. 하지만 초서의 경우 아주 동등하며 보조가 균일하고 비유의 구사가 매우 적다. 만약 그 성질이 고스란히 담겨 있기를 바라면서 6, 7행을 떼어 내면 그것은 사라지고 없다.

주인님, 아시다시피 주인님은 제 아버지의 집에서
가련하고 보잘것없는 제 옷가지를 벗기고
고귀한 은총을 베풀어 제게 값진 옷을 입혀 주었지요.

저는 주인님께 정말이지 아무것도 가져오지 못했어요
단지 믿음과 알몸과 처녀막뿐.

　그 대신에 그것은 기억할 만하고 감동적일 뿐 아니라 대단한 미녀들 곁에 두기에 적합할 것 같다. 잘라내어 따로 놓으면 그것은 범상하고 조용해 보인다. 초서는 가장 범상한 말과 가장 단순한 느낌이 함께 나란히 있으면 서로 빛나게 하고, 따로 떨어져 있으면 그 광택을 잃게 하는 어떤 재주를 가진 것 같기도 하다. 따라서 그가 우리에게 주는 기쁨은 다른 시인들이 주는 기쁨과 다르다. 우리 스스로 느끼고 관찰해 왔던 것과 더욱 밀접하게 관련되어 있기 때문이다. 먹고 마시기, 쾌청한 날씨, 5월, 수탉과 암탉, 방앗간 주인, 농촌의 노파, 꽃―이들 평범한 것이 적절하게 배열되어, 시가 그러하듯 우리에게 감동을 자아내면서 또한 옥외에서 보는 만큼 밝고 수수하며 명확해지는 것을 바라보는 데는 특별한 묘미가 있다. 비유적이지 않은 이 언어에는 어떤 신랄함이 있으며, 아주 얇은 베일을 걸쳐 움직일 때마다 몸의 윤곽이 드러나는 여인들처럼 벌거벗은 상태로 이어지는 문장들 속에는 당당하고 기억해 둘 만한 아름다움이 있다.

　　그리고 그녀는 물 항아리를 곧
　　외양간의 문턱 곁에 내려놓았으며

　그러자 그 행렬이 지나가는 동안 뒤쪽에서 여우, 당나귀, 암탉 등과 함께 초서의 얼굴이 보이면서 인생의 허식적인 면과 의례를 조롱한다. 위트가 넘치고 지적이며 프랑스적이지만 그와 동시에 광범위한 영국적 유머가 바탕이 되어 있다.

 존 경은 아버지의 묘비도 세우지 않은 채 바람이 불고 연기가 눈과 코를 찌르는 불편한 방에서 초서를 읽었다. 하지만 책이나 무덤 모두 그의 마음을 오래 붙잡아 두지 못했다. 그는 한 시대가 다음 시대와 이어지는 경계선을 자주 찾으면서 어느 시대에도 살지 못하는 모호한 성격의 인물 가운데 하나였다. 어느 한 순간에는 책을 싼 값에 구입하려고 했지만, 그다음에는 프랑스로 떠나면서 어머니에게 "제 마음은 이제 거의 책에 쏠려 있지 않습니다" 하고 적었다. 어머니 마거릿이 끊임없이 장부 정리를 하거나 성직자 글로이스^{Gloys}와 만나 고민을 털어놓는 집에서 그는 아무런 평화나 안식을 얻지 못했다. 어머니에게는 항상 이유가 있었다. 그녀는 용감한 여성이었다. 그녀를 위해서는 성직자의 오만을 참아야 했으며, 폭발 직전의 분노를 삭이지 않으면 안 되었다. 방 안에서는 서로 화를 내면서 '이 거만한 신부'나 '이 거만한 양반' 같은 말을 주고받기도 했다. 인생의 불편함과 그 자신의 성격적 약점, 이 모든 것이 그에게 더욱 재미있는 곳을 찾아가게 했고, 귀가하는 것을 미루고, 편지 쓰는 것을 미루고, 여러 해가 지나도록 아버지의 비석을 세우는 일을 미루게 했다.
 하지만 존 패스턴은 이제까지 12년 동안 땅속에 누워 있는 셈이었다. 브롬홈 수도원 원장은 수의가 넝마가 되는 바람에 그 자신이 직접 그것을 기우려 했다는 소식을 전했다. 마거릿 패스턴 같은 자존심이 강한 여인에게는 더욱 나쁜 소식으로, 시골 사람들이 패스턴 가의 신앙심에 대해 부정적으로 이야기하는가 하면, 그들보다 지위가 높지 않은 가문들이 남편이 잊혀진 채 잠들어 있는 교회의 복구비로 많은 돈을 희사한다는 이야기까지 들었다. 마상 시합과 초서와 정부 앤 호트Anne Hault와 지내던 존 경은 마침내 아버지의 관을 운구하는 마차를 씌우는 데 사용되었던 금실의 천을 떠올리고, 그것을 팔아 아버지 무덤의 관리비로 충당하려고 했다. 마거릿이 그것을 안전하게 보관하고 있었다. 그녀는 그것을 간직해 왔고 수선비로 20마크[18]나 지출하기도 했다. 그래서 그것을 내놓기 싫었지만 어쩔 도리가 없었다. 아들에게 보내면서도, 그가 어떻게 처분할지 의심했다. 그래서 "만약 네가 그것을 다른 용도로 팔아 버린다면, 맹세코 내가 살아 있는 동안에는 너를 믿지 않겠다"고 썼다.

하지만 존 경이 살아 있는 동안 처리했던 많은 일들처럼 이 마지막 일도 이루어지지 않았다. 1479년에 일어난 서퍽 공작과의 분쟁 때문에 전염병이 만연하는데도 불구하고 런던을 방문해야 했으며, 혼자 지저분한 숙소에 머물면서 끝까지 다투고 끝까지 떠들썩하게 돈을 갈구하다가 죽어 런던의 카르멜회 수도원Whitefriars에 매장되었다. 미혼인 상태로 딸 하나와 상당한 분량의 장서를 남겼지만, 아버지의 무덤은 여전히 만들어지지 않은 상태였다.

---

18 옛 잉글랜드나 스코틀랜드의 화폐 단위로, 1마크는 13실링 4펜스에 해당한다.

그러나 두툼한 패스턴 가 서간집 네 권은 마치 바다가 빗방울을 흡수하듯 이 좌절된 사내를 집어삼켜 버린다. 왜냐하면 그 서간집도 다른 서간집들과 마찬가지로 우리가 개인의 운명에는 지나치게 관심을 기울일 필요가 없음을 암시해 주는 것 같기 때문이다. 존 경이 살았든 죽었든 그 가문은 계속된다. 해가 거듭되면서 이루어지는 무수한 일상생활의 하찮은 일들을 무의미하고 때로는 음침하기까지 한 먼지 구덩이 속에 쌓아올리는 것은 바로 그들의 방법이다. 그러다가 갑자기 불길이 타오르며, 바로 우리의 눈앞에서 그 시대가 생생하게 되살아난다. 이른 아침, 우유를 짜고 있는 여인들 사이에서 낯선 사내들이 무슨 이야기인지 소곤거렸다. 저녁이 되자 교회 앞마당에서 원 Warne의 아내가 노부인 아그네스 패스턴에 대하여 이렇게 악담을 터뜨린다. "지옥의 악마들이 모두 나와 그 늙은이의 영혼을 지옥으로 데려갈걸." 그다음은 이제 노퍽의 가을이며 세실리 돈 Cecily Dawne이 존 경을 찾아와 옷 투정을 한다. "게다가, 나리, 겨울과 추위가 찾아오고 있는데도 제게는 나리께서 주신 선물 이외에는 껴입을 옷가지가 없음을 이해해 주시면 좋겠네요." 우리 앞에는 그 옛날의 하루가 시시각각으로 전개된다.

하지만 여기에는 쓰기를 위한 쓰기 — 즐거움이나 재미를 전달하기 위한 펜의 사용이나 그 후 그처럼 많은 영문 서간을 가득 채웠던 갖가지 애정이나 친근감의 표현이 없다. 대부분 분노에서 나오는 것이지만 가끔 마거릿 패스턴이 날카로운 격언이나 엄숙한 저주를 재빨리 삽입할 뿐이다. "사내들은 다른 사내의 가죽으로부터 커다란 끈을 잘라낸다. (……) 변죽만 울리고 단물을 뽑는 사람은 따로 있다. (……) 서두르면 후회한다. (……) 그것이 내 가슴을 찌른다." 이 같은 말은 바로 그녀의 웅변이자 그녀의 괴로움이다. 사실이지 그녀의 자식들이 훨씬 수월하게 자기들의 뜻에 따라 펜을 구부린다. 그들은 딱딱한 농담, 어색한 암시를 하며, 늙은 성직자의 분노를 표현하는 거친 인형극 같은 장면을 만들고, 직접 만나 이야기하는 것처럼 한두 마디를 말하기도 한다. 하지만 초서는 그가 살아 있었을 때 바로 그 같은 언어를 들었을 것임에 틀림없다. 사무적이거나 비유에 어울리지 않으며 분석보다 묘사에 훨씬 적합하고 종교적인 진지함이나 폭넓은 유머도 가능하지만, 그러나 남녀가 서로 다가서서 마주한 채 입술로 말하기에는 매우 딱딱한 내용이다. 요컨대 패스턴 가의 서간문을 통해 보면, 초서가 왜 《리어 왕》이나 《로미오와 줄리엣》이 아니라 《캔터베리 이야기》를 썼는지 그 까닭을 알아차리기 쉽다.

　존 경은 매장되었고 동생 존이 그 뒤를 이었다. 패스턴 가의 서간문은 계속되며, 패스턴 가의 생활은 이전과 거의 똑같이 이어진다. 그 모든 것 위로 거북스러움과 무방비한 느낌, 화려한 의상에 씻지 않은 팔다리를 끼워 넣는 느낌, 외풍이 심한 실내의 벽에 걸린 태피스트리의 느낌, 변기가 놓인 침실의 느낌, 울타리나 마을에 의해 가려지지 않고 땅 위에 불어 대는 바람의 느낌, 6에이커의 땅을 단단한 석재로 뒤덮은 케이스터 성의 느낌, 그리고 지칠 줄 모르며 부를 축적하고 노픽의 도로를 오가면서 집요한 용기를 가지고 꾸준히 공허한 잉글랜드를 장식해 왔던 수수한 용모의 패스턴 가 사람들의 느낌이 가만히 뒤덮인다.

희미해진 사람들의 생애

The Lives of the Obscure

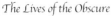

The Lives of the Obscure

세익스피어를 좋아하고 스위프트를 알고 지냈으며,
파란만장한 모험을 겪는 동안에도 항상 명랑한 기분
을 잃지 않았고, 숙녀로서 갖추어진 소양을 발휘하며,
짧은 인생을 마감할 즈음에도 농담을 하는가 하면 마
음속에 죽음을 생각하고 베개 속에 빚 독촉장을 넣어
놓은 채 오리 고기를 즐기는 용기를 간직했음에도, 이
를 제외하고는 모든 것이 고통과 투쟁이었다.

어쩌면 5실링만 있으면, 주로 성직자의 미망인들이나 아내들이 즐겁
게 먼지를 떨 수 있는 양보다 더 많은 양의 책을 상속 받은 시골 신사
들이 기증한, 퇴색되고 시대에 뒤떨어질 뿐 아니라 아무짝에도 쓸모
없는 이 도서관의 종신 이용권을 얻을 수 있을 것이다. 바다가 내려
다보이고 포장된 자갈길 위에서 정어리를 파는 사내들의 목소리가
들려오는 넓은 방 한가운데에는 그 지방에서 자라는 꽃들이 고개를
숙이고 있는 화분들의 이름표와 함께 한 줄로 늘어서 있다. 나이 많
은 사람들, 외롭게 버려진 사람들, 따분해진 사람들이 이 신문 저 신
문을 뒤적거리거나 〈더 일러스트레이티드 런던 뉴스The Illustrated London
News〉와 〈웨슬리언 크로니클Wesleyan Chronicle〉의 과월호를 보면서 앉아
있다. 1854년 이 방이 개방된 이래 여기서 큰 소리로 말한 사람은 아

무도 없었다. 알려지지 않은 책들은 마치 너무 졸려 똑바로 설 수 없기라도 하듯 서로에게 몸을 기댄 채 벽 쪽에 잠들어 있다. 책등이 떨어져 나갔는가 하면, 제목이 날아가 버린 것도 있다. 왜 그들의 잠을 방해하려는가? 왜 그 평화로운 무덤을 다시 파헤치려는가? 사서는 안경 너머로 쳐다보더니 이름도 없는 그 묘비들 사이에서 1763번, 1080번, 606번을 찾아야 하는, 정말이지 점점 힘들어지는 업무에 반감을 느끼면서 묻는 듯하다.

1
테일러 가와 에지워스 가

왜냐하면 우리는 스스로를 낭만적으로 불빛을 들고 오랜 세월을 거슬러 올라가, 우리에게서 잊힌 채 우울한 모습으로 기다리고 호소하면서 정처 없이 방황하는 유령—필킹턴 부인[1], 헨리 엘먼 목사Rev. Henry Elman[2], 앤 길버트 부인Mrs. Ann Gilbert[3] 등—을 구원해 주는 사람이라 느끼고 싶기 때문이다. 그들은 우리가 오는 소리를 들을지도 모른다. 그들은 아무렇게나 옷을 걸치는가 하면 몸치장을 하기도 하고 새

---

1 조금 뒤에 레티샤 필킹턴Laetitia Pilkington으로 나오는 인물.

2 뒤에 엘먼 씨로 잠깐 나옴.

3 1782~1866, 영국의 동시 작가. 판화가이자 콜체스터의 성직자였던 아이작 테일러Isaac Taylor 의 장녀로서 1813년 조지프 길버트 목사Rev. Joseph Gilbert의 후처가 되었다.

치름한 태도를 보이기도 한다. 옛날의 비밀이 그들의 입술에 맴돈다. 곧 소통을 통해 위안을 얻게 될 것이다. 먼지가 일더니 길버트 부인이 나타난다. 생명과의 접촉은 즉각 좋은 효과를 나타낸다. 길버트 부인이 무엇을 하고 있든 우리에 대해 생각하고 있는 것 같지는 않다. 그와 전혀 무관하다. 테일러 가의 아이들에게 1800년 무렵의 콜체스터Colchester[4]는 그들의 어머니에게 켄싱턴Kensington[5]이 그랬던 것처럼 "바로 극락"이었다. 그곳에는 스트럿 가, 힐 가, 스테이플턴 가가 있었고, 시, 철학, 판화가 있었다. 테일러 가의 아이들은 열심히 노력하도록 가정교육을 받았으며, 그래서 하루 종일 아버지의 판화 작업을 열심히 도운 다음에 밖으로 나가 스트럿 가족과 저녁을 함께 먹으면서 즐거운 시간을 보낼 수 있었다. 그들은 이미 다턴 앤드 하비Darton and Harvey[6]의 수첩을 상으로 받았다. 스트럿 가족 가운데 한 사람이 제임스 몽고메리James Montgomery[7]를 알고 있었고, 그리고 무어 인들과 같은 장식과 고양이들이 함께 어울린 즐거운 파티 석상에서는 오가는 이야기가 있었다. 바로 나이 많은 벤 스트럿Ben Strutt이 특이한 사람이라 사람들과 어울리지 않고 딸들에게 고기를 먹지 못하게 하는 바람에 딸들이 고기를 먹고 싶어 안달한다는 것이다. 그리고 로버트 자신이 아니면 제임스가 기고한지도 모르는 《함께하는 음유 시인들

The Associate Minstrels》이라는 공동 문집을 인쇄한다는 이야기도 있었다. 스테이플턴 가의 사람들도 시를 좋아했다. 모이라Moira와 비시아Bithia 는 보컨힐Balkerne Hill에 있는 옛 성벽을 거닐면서 달빛에 시를 읽었다. 어쩌면 1800년 콜체스터에는 너무 많은 시가 있었는지도 모른다. 앤 Ann은 부유하고 활기 찬 생활 도중에 과거를 돌아보면서 여러 중단된 활동, 이루어지지 못한 약속 등에 대한 탄식을 늘어놓아야 했다. 스 테이플턴 가 사람들은 젊은 나이에 비참하게 죽었다. 앤이 노상에서 잃어버린 목걸이를 밤새도록 찾겠다고 다짐했던, "검고 말하기를 싫 어하는 표정을 지닌" 제이커브Jacob는 실종되었으며, "그 자신이 폐허 가 된 몸으로 로마의 폐허들 사이에서 식물처럼 서 있었다는 소식을 마지막으로 들었다"고 했다. 그리고 힐 가의 운명이 그 가운데 가장 나빴다. 공개적인 세례에 나서는 것도 경솔했지만, M대위와 결혼하 다니! 어느 누구라도 아름다운 패니 힐Fanny Hill에게 M대위는 안 된다 는 경고를 했을 것이다. 하지만 그녀는 그의 멋진 사륜 쌍두마차를 타고 함께 떠났다. 여러 해 동안 그녀의 소식은 들리지 않았다. 그러 다가 어느 날 밤, 테일러 일가가 옹거Ongar로 이사를 하고 나서, 밤 9 시인 데다 보름달이 떴으므로 늘 그랬던 것처럼 달을 바라보면서 자 리에 없는 자식들을 어떻게 해야 할지 난로 곁에 앉은 노부부가 궁리 하고 있었을 때였다. 문을 두드리는 소리가 났다. 테일러 부인이 나 가 문을 열었다. 하지만 거지 꼴에 슬픈 표정을 지으면서 밖에 서 있 는 그 여자는 누구였을까? "스트럿 가와 스테이플턴 가를 기억하시 지요? 아주머니께서도 제게 M대위는 안 된다고 주의를 주셨잖아요?' 그녀는 바로 수척해지고 절망에 빠진 불쌍한 패니 힐, 한때 그처럼 기상이 높았던 패니 힐이었다. M대위는 그녀의 모든 재산을 탕진하고 인생을 파멸시켰으며, 그녀는 테일러 가의 집에서 멀지 않은 곳에 있는 외딴집에 살면서 남편의 정부를 위해 굳은일을 해야 하는 처지였다.

앤은 물론 G씨와 결혼했다. 그 물론이란 말은 이들 잊혀진 책들을 통해 끊임없이 울린다. 왜냐하면 회상록을 쓰는 사람들이 우리를 끌어들이는 넓은 세상에는 무엇인가 벗어날 수 없는 것, 연약한 작은 선단 아래로 몰려들었다가 그 선단을 움직여 나가는 파도 같은 웅장한 느낌이 있기 때문이다. 우리는 1800년의 콜체스터를 생각한다. 사람들은 시를 쓰고 몽고메리의 글을 읽으면서 시작한다. 우리가 알고 있었던 것처럼 힐 가, 스테이플턴 가, 스트릿 가는 흩어지고 사라진다. 하지만 오랜 세월이 지난 뒤에도 앤은 여전히 글을 쓰고 있으며, 그리고 마침내 시인 몽고메리가 바로 그녀의 집을 찾아왔다. 그녀는 그에게 자신의 아들을 시의 세계로 인도해 주기를 호소하지만, 그는 거절한다(그가 미혼이기 때문이다). 그리고 두 사람은 함께 산책을 나갔다가 천둥소리를 듣고, 그녀는 그것이 포성이라고 생각했으며, 그는 그녀가 결코 잊지 못할 목소리로 "그렇소! 천국의 포성이오!" 하고 만다. 그것은 바로 알려져 있지 않은 사람들, 그들의 엄청난 수와 넓게 퍼져 있는 매력 가운데 하나이다. 왜냐하면 그들은 똑똑한 사람들이 그러는 것처럼 자신들의 정체를 분리시키지 않고 서로 한데 어울리며, 그들의 두꺼운 표지, 속표지 등이 해체되어 버리고, 수

많은 지면들이 끊임없이 이어지는 세월 속으로 동화되어, 우리가 드러누운 채 수많은 인생의 희미한 안개 같은 본질을 바라보며 세기에서 세기로 인생에서 인생으로 방해받지 않고 전할 수 있는 것처럼 보이기 때문이다. 장면들은 서로 분리된다. 우리는 그 무리들을 지켜본다. 여기에 젊은 엘먼 씨Mr. Elman가 브라이턴Brighton[8]에서 비펀 양Miss Biffen에게 이야기하는 모습이 있다. 그녀에게는 팔다리가 없어 하인이 그녀를 운반해 준다. 그녀는 엘먼 씨의 누이동생에게 세밀화를 가르친다. 이어 엘먼 씨는 뉴먼John Newman[9]과 함께 마차를 타고 옥스퍼드Oxford1[10]로 가고 있다. 뉴먼은 아무 말도 하지 않는다. 엘먼은 자신이 당대의 모든 위인들을 알고 있다고 생각한다. 그리고 서식스Sussex[11]의 들판을 영원히 왔다 갔다 하다가 아주 노년에 이르러 교구 목사관에 앉아 뉴먼과 비펀 양을 생각하면서 커다란 위안거리로서 선교사들을 위한 망태기를 만든다. 그 다음에는? 계속 살펴보라. 별다른 일은 일어나지 않는다. 하지만 희미한 불빛이 매우 보기 좋다. 어린 프렌드 양[12]이 아빠와 함께 스트랜드 거리the Strand[13]를 거니는 모습을 지켜보라. 그들은 매우 밝은 눈을 가진 남자를 만난다. "블레이크William

---

8 영국 남해안 중부의 휴양 도시.

9 1801~1890. 영국의 가톨릭 신학자로서 추기경이 된 존 뉴먼.

10 런던 북서쪽에 위치하는 유명한 대학 도시.

11 영국 남동부에 있던 카운티. 1974년에 이스트서식스와 웨스트서식스로 분리되었다.

12 영국의 성직자이자 사회 개혁가이며 작가인 윌리엄 프렌드William Frend(1757~1841)의 장녀 소피아 엘리자베스 프렌드 Sophia Elizabeth Frend로 추정된다고 한다.

13 런던의 중심가 가운데 하나.

Blake[14]" 씨라고 프렌드 양이 말한다. 클리퍼즈 인[Clifford' s Inn][15]에서 그들에게 차를 따라 주는 사람은 다이어 부인[Mrs. Dyer]이다. 찰스 램 씨는 얼마 전에 그 방을 나갔다. 다이어 부인은 세탁부가 조지 다이어[George Dyer][16]를 너무 속였기 때문에 보다 못해 그와 결혼했다고 말한다. "셔츠 하나를 세탁하는 데 대관절 그이가 얼마를 지불했는지 아세요" 하고 그녀가 묻는다. 온화한 저녁의 구름들처럼 부드럽고 아름답게 몽롱한 것— 텅 비어 있는 것이 아니라 별무리처럼 수많은 인생으로 빽빽하게 들어찬 몽롱한 것— 이 다시 한번 하늘을 가로지른다. 그러자 갑자기 그곳이 갈라지고, 우리에게는 19세기 중엽 아일랜드 해안을 떠나는 보잘것없는 작은 여객선이 보인다. 방수천이나 방수모를 쓴 텁수룩한 사내들이 비스듬한 갑판 위를 비틀거리면서 침을 뱉는 모습에는 1840년의 분위기가 역력하다. 그러나 그들이 숄과 챙이 쑥 나온 보닛을 쓴 채 바다 위를 내다보는 젊은 여성을 대하는 모습에는 친절이 없지 않다. "아뇨, 아네요!" 그녀는 갑판을 떠나려 하지 않는다. 그녀는 아무것도 보이지 않을 때까지 갑판에 있겠다고 한다! "그녀는 바다를 매우 사랑했으므로 (……) 남편과 자식들이 있을 때도 이따금 집을 떠났다. 남편을 제외하고는 그녀가 어디를 갔는지 아무도 몰랐으며, 자식들은 인생의 뒤에 가서야 갑자기 며칠 동안 사라졌

던 어머니가 짧은 바다 여행을 했음을 알게 되었다." 그리고 그녀는
미들랜드 Midland[17]의 빈민들을 위해 여러 달 동안 일함으로써 그 속죄를
했다. 그 후 다시 갈망이 찾아오면 남편에게 슬쩍 고백한 뒤 다시 슬그
머니 사라졌다. 바로 조지 뉴니스 경 Sir George Newnes[18]의 어머니였다.

　결코 잊혀질 수 없다는 단호하고 긴장된 모습에 창백한 표정을 지
으면서 우리를 응시하는, 갑작스럽고 놀라움을 자아내는 망령, 얼마
전에 명성을 잃어버린 사람들, 열정적으로 바로잡기를 바라는 사람
들, 바로 헤이든 Benjamin Robert Haydon[19], 마크 패티슨 Mark Pattison[20], 블랑코
화이트 목사 Rev. Joseph Blanco White[21] 같은 사람들만 아니라면, 우리는 운
명에 대해 그처럼 맹목적이고 그들 자신의 행동에 대해 지칠 줄 모르
는 관심을 갖고 있는 인간들이 행복하다고 결론 내릴 것이다. 그리고
수많은 인간적인 문제들, 온갖 얼굴, 목소리의 메아리, 휘날리는 옷
자락, 관목들 사이 산책길에서 잃어버린 보닛의 끈 때문에 주의가 산
만해지고 영원히 잊어버리기에 앞서, 잠시 위를 쳐다보고 그 사나운
얼굴, 화난 듯 휘두르는 주먹의 뜻을 해석하려고 애쓰는 사람은 이
세상을 통틀어 오직 한 사람뿐일 것이다. 예컨대 18세기 때 버크셔
Berkshire[22]에서 언덕 아래로 달려간 그 거대한 바퀴는 무엇인가? 그것

---

17 아일랜드의 중앙부 지역 이름.
18 1851～1910, 영국의 출판 편집인.
19 1786～1846, 영국의 화가.
20 1813～1884, 옥스퍼드 대학교의 링컨 칼리지 교수.
21 1775～1841, 에스파냐 태생으로 신교로 개종한 영국의 성직자.
22 잉글랜드 남부 내륙 지방의 이름.

은 점점 더 빨리 달리더니 그 속에서 갑자기 한 젊은이가 뛰어나온
다. 그 다음 순간 그것은 채석장의 구덩이 너머로 튀어나가더니 산산
조각이 나 버린다. 이것이 바로 에지워스, 놀라울 정도로 따분한 사
람 리처드 러벌 에지워스Richard Lovell Edgeworth[23]가 한 일이다.

왜냐하면 그것이 바로 그가 두 권의 회상록을 통해 우리에게 다가
온 방식이었다. 바이런Byron[24]을 따분하게 만든 사람, 데이Thomas Day[25]
의 친구, 마리아Maria Edgeworth[26]의 아버지, 전신을 발명한 셈이며 순무
를 자르거나 벽을 올라가거나 좁은 다리 위에서 수축하거나 장애물
위로 바퀴를 들어 올리거나 하는 실로 많은 기계들을 발명한 사람,
여러 가지로 칭찬할 만하고 근면하며 진보된 사람이지만 그의 회상
록을 검토해 보면 여전히 대체로 따분한 사람이다. 천성적으로 그는
억제할 수 없는 정력을 지닌 사람이었다. 피는 정상 속도보다 적어도
20배는 빨리 그의 혈관을 타고 흘렀다. 그의 얼굴은 붉고 둥글며 활
기를 띠었다. 두뇌는 급속도로 회전했다. 혀는 말하기를 멈추는 법이
없었다. 그는 네 여자와 결혼해 소설가 마리아를 비롯해 열아홉이나
되는 자식을 얻었다. 모르는 사람이 없었고, 하지 않은 일도 없었다.
그의 정력은 가장 비밀스러운 문도 열었고, 가장 은밀한 부분에까지
파고들었다. 예컨대 아내의 조모가 날마다 수수께끼처럼 사라졌다.

---

23 1744 1817, 영국의 정치가이자 작가 겸 발명가.
24 1788 1824, 영국의 낭만파 시인.
25 1748 1789, 영국의 저술가.
26 1767 1849, 영국의 소설가이자 동화 작가.

그는 우연히 그녀가 머리카락을 휘날리고 눈물을 흘리면서 십자가 앞에서 기도하고 있는 모습을 발견했다. 그녀는 당시 가톨릭 신자였는데 왜 그처럼 참회를 하고 있었을까? 그는 그녀의 남편이 결투 끝에 죽었으며 남편을 죽인 사내와 재혼했다는 사실을 알아냈다. "종교의 위안은 종교의 공포와 같다"고 딕 에지워스는 다시 다른 일을 찾아 나서며 말했다. 이어 도피네Dauphiny[27]의 숲속에 자리 잡은 성의 아름다운 젊은 여인에 관한 이야기가 있었다. 반신이 마비되고 소곤거리는 이상으로 말하지 못하는 그녀는 에지워스가 찾아왔을 때 누워서 책을 읽고 있었다. 성벽에는 태피스트리가 펄럭거렸다. "악취가 심한 역겨운 동물"인 박쥐 5만 마리가 성벽 아래의 동굴에 무리를 지어 매달려 있었다. 그곳의 주민들은 그녀가 하는 말을 한 마디도 알아듣지 못했다. 하지만 이 영국인을 향해 그녀는 여러 시간 동안 책과 정치와 종교에 대해 이야기했다. 그는 귀를 기울였으며, 의심할 것 없이 입도 열었다. 그리고 어안이 벙벙한 채 앉아 있었다. 하지만 그녀를 위해 할 수 있는 것이 무엇이었겠는가? 아, 상아들, 노인들, 석궁들 사이에 누워 책을 읽도록 남겨 둘 수밖에 없는 노릇이었다. 왜냐하면 에지워스는 론 강the Rhone[28]의 물길을 바꾸는 일을 청부 받았기 때문이다. 그 일을 하러 돌아가야 했다. "나는 내 이해심을 꾸준히

---

[27] 프랑스 어로는 Dauphiné. 프랑스 남동부 지역의 옛 이름으로 현재는 이제르Isère, 드롬 Drôme, 오트잘프 Haute-Alpes의 세 데파르트망으로 나뉘어져 있다.
[28] 프랑스 남동부를 흐르는 강.

배양해야겠다고 결심했다"는 것이 그의 생각이었다.

그는 자신이 처한 상황의 로맨스에 둔감했다. 모든 경험이 오로지 그의 성격을 강화하는 데 기여할 뿐이었다. 그는 날마다 생각하고 관찰하며 자신을 발전시켰다. 그는 자식들에게 너희는 살아가면서 날마다 자신을 발전시킬 수 있다고 말하곤 했다. 그는 이 발전시켜 나가는 힘이 있으면 앞으로 무엇이든 될 수 있으며, 그것이 없으면 아무것도 되지 못할 것이라고 말하곤 했다. 동요되지 않고 지칠 줄 모르며 날마다 굳게 자신감을 증대시키는 그에게는 이기주의자의 재능이 있다. 그는 부지런히 앞을 향해 나아가는 동안 수줍어하고 움츠리고 있는 존재들을 불러낸다. 그러지 않았다면 어둠 속에 사라져 버렸을 존재들이다. 혼자 참회하다가 방해를 받은 그 나이 많은 부인은 그가 지나가는 길의 어느 한쪽에 나타나는 — 말 없고 깜짝 놀라게 하며, 그들의 학습 도중에 뛰어들거나 그들의 기도를 방해하는 이 좋은 의도를 지닌 사내에 대한 그들의 놀라움을 오해의 여지가 없는 방법으로 지금까지 우리에게 보여 주는 — 일련의 인물들 가운데 하나에 지나지 않는다. 우리는 그들의 눈을 통해 그를 보며, 그가 자신이 보일 것이라는 생각을 하지 않는 동안에도 그를 본다. 그는 첫째 부인에게 얼마나 포악했던가! 그녀는 얼마나 참을 수 없는 고통을 겪었던가! 하지만 그녀는 한 마디도 하지 않았다. 자신이 그 같은 일을 하고 있는지 완전히 알지 못한 채 그녀의 이야기를 하는 것은 바로 닉에지위스이다. "내가 프랜시스 딜레벌 경Sir Francis Delaval과 친친하게 지내는 내 거북함을 나타낸 적이 없는 아내가 데이 씨를 아주 싫어한 것은 기묘한 노릇이다. 한편으로 더 위험하고 유혹적인 반려자, 다른 한편으로 더 도덕적이고 유익한 반려자를 영국에서는 결코 찾아낼 수 없을 것이다"고 그는 생각한다. 정말이지 아주 기묘한 노릇이었다.

왜냐하면 에지워스의 첫째 부인은 돈이 없는 소녀, 난로 곁에 앉아 튀어나온 재를 화로 속에 집어던지면서 간혹 재산을 모을 생각이 떠오르기라도 하면 괴성을 지르기도 했던 파산한 시골 신사의 딸이었기 때문이다. 그녀는 교육을 전혀 받지 못했다. 떠돌이 글쓰기 교사가 그녀에게 글을 가르쳤다. 딕 에지워스가 옥스퍼드대학교의 학생이었을 때 그녀는 그와 사랑에 빠졌으며, 가난하고 비참하며 먼지투성이의 생활에서 벗어나 다른 여자들과 마찬가지로 남편과 자식을 갖기 위해 그와 결혼했다. 그러나 그 결과는 어떻게 되었는가? 거대한 바퀴들이 벽돌공의 아들을 태운 채 언덕 아래로 질주했다. 튀어 나간 차량들이 무려 네 대의 역마차를 파괴해 버렸다. 기계들은 무릎 자르기는 했지만 그다지 능률적이지 않았다. 그녀의 아들은 가난뱅이의 아들처럼 맨발로 시골길을 돌아다니면서 아무 교육도 받지 못했다. 그리고 데이 씨는 아침 식사를 먹으러 와서 저녁 식사 때까지 머무르며 과학의 원리와 자연의 법칙에 대해 끊임없이 논쟁을 벌였다.

하지만 우리는 여기서 잊혀진 명사들 사이에서 이루어졌던 이 야간 행사가 지닌 함정 가운데 하나와 마주친다. 명백히 인증된 사람들을 다루어야 하는 만큼 엄격히 사실에 입각해야 하지만 그것이 매우 어렵다. 과거를 회상할 수 있다면 정확성이 떨어지지만 장면을 만들 수는 있다. 특히 개인의 이력이 신뢰할 수 있는 것의 범위를 넘어서는 토머스 데이 같은 인물의 경우, 우리는 너무 많은 것을 흡수하여 더 이상 빨아들이지 못하는 스펀지처럼 놀라움을 토해 내기만 할 뿐이다. 어떤 장면들은 진지한 사실이라기보다 풍부한 허구에 속하는 흥미를 지니기도 한다. 예컨대 우리는 가련한 에지워스 부인의 일상생활에 있는 모든 드라마 — 그녀의 당황, 그녀의 외로움, 그녀의 절망, 벽을 올라가는 기계를 원하는 사람이 정말 있는지 궁금해 하는 것, 무는 칼로 훨씬 간단히 잘라진다는 말을 남자들에게 해야 할까 생각하는 것, 실수를 많이 저지르고 매우 허둥거리며 무시를 당하기 일쑤였기 때문에 점잔 빼는 우울한 표정과 천연두 자국이 있는 얼굴, 빗질하지 않는 숱 많은 검은색 머리카락, 머리부터 발끝까지 청결한 그 키 큰 젊은이가 거의 날마다 오는 것을 끔찍하게 여기는 것 등 — 를 상상해 보는 것이다. 그는 오랜 시간 동안 재빨리 유창하게 끊임없이 철학과 자연, 그리고 루소 씨에 대해 이야기했다. 하지만 그곳은 그녀의 집이었다. 그녀는 그의 식사를 마련해야 했으며, 그는 잠에서 덜 깬 것처럼 먹기는 했으나 식욕은 왕성했다. 하지만 남편에게 불평해 봐야 아무 소용이 없었다. "아내는 사소한 일들에 대해 불평을 털어놓았다"고 에지워스는 말했다. 그리고 "우리가 함께 지내고 있는 여성의 불평은 가정을 즐겁게 만들지 않는다"고도 했다. 이어 그는 알아차리기 어려운 열린 마음으로 불평할 것이 무엇이냐고 물었다. 자신이 그녀를 혼자 남겨 두고 떠난 적이 있었던가? 5, 6년의 결혼 생활 동안 그가 집이 아닌 곳에서 잠을 잔 것은 대여섯 번이 넘지 않았다. 데이 씨가 확실히 증명해 줄 수 있었다. 데이 씨는 에지워스 씨가 말하는 것을 모두 증명해 주었다. 에지워스에게 실험을 하도록 권했고, 아들에게 교육을 시키지 말라고 했다. 그리고 헨리[Henley]의 사람들이 하는 말에 전혀 개의치 않았다. 요컨대 에지워스 부인의 삶을 부담스럽게 만든 모든 엉뚱한 짓과 터무니없는 언행의 근저에는 그가 있었다.

하지만 우리는 불쌍한 에지워스 부인이 지켜보게 된 마지막 장면 가운데 하나를 골라 살펴보기로 하자. 그녀는 리옹[Lyons][29]에서 돌아오고 있었으며, 데이 씨가 그녀와 동행했다. 한창 유행이지만 우스꽝스러운 옷차림을 한 채 한 손을 코트의 안쪽에 집어넣고 머리카락을 바람에 휘날리면서, 아주 키가 크고 아주 꼿꼿한 자세로 도버[Dover][30]로 향하는 객선의 갑판에 서 있는, 거칠고 낭만적이지만 또한 동시에 권위적이고 점잖 빼는, 그보다 더 기묘한 인물은 상상할 수 없을 정도였다. 그리고 여자들을 싫어했던 이 기이한 인물은 곧 어머니가 될 여인을 보호하고 있었으며, 그에 앞서 고아가 된 두 소녀를 양녀로 입양한 바 있었고, 춤을 배우기 위해 날마다 여섯 시간 동안 널빤지 사이에 서 있음으로써 엘리자베스 스니드 양[Miss Elizabeth Sneyd]의 손을 차지하려고 했다. 때때로 그는 발끝으로 몸을 세우기도 했고, 검은 구름, 출렁거리는 바닷물, 수평선에 나타나는 영국의 그림자 등이 몰아넣는 기분 좋은 꿈에서 깨어나면서 세상을 잘 아는 사람 같은 어조

---

[29] 프랑스의 남동부의 도시.
[30] 프랑스에서 가장 가까운 영국의 항구 도시.

로 지시를 내렸다. 선원들은 물끄러미 쳐다보았지만 복종했다. 그에게는 뭔가 진지한 것, 여러분이 생각하는 것에 대해 오만하게 냉담한 태도를 취하는 것, 그리고—그렇다—뭔가 위안이 되고 인간적인 면까지 있었으며 그래서 에지워스 부인은 다시는 그를 조롱하지 않겠다고 다짐했다. 그러나 사람들은 기이하고, 인생은 고난이며, 불쌍한 에지워스 부인은 혼란과 안도가 뒤섞인 한숨을 쉬면서 도버에 도착한 뒤 딸을 낳고는 죽었다.

한편 데이는 리치필드Lichfield [31]로 찾아갔다. 물론 엘리자베스 스니드는 그를 거부했다. 커다란 비명을 질렀다고들 했다. 그녀는 불량배 데이를 사랑했지만 신사 데이는 미워한다고 소리치고는 방을 뛰쳐나갔다. 그 후 무서운 일이 일어났다고 했다. 화가 난 데이 씨는 나중에 아내로 삼기 위해 양육하고 있던 고아 서브리나 시드니Sabrina Sydney를 떠올리고는 서턴 콜드필드Sutton Coldfield에 있는 그녀를 찾아갔다. 그리고 그녀의 모습에 벌컥 화를 내고는 그녀의 스커트를 향해 권총을 쏘았으며 그녀의 양팔에 녹은 봉랍을 쏟아 붓고 뺨을 때렸다. 사람들이 그 광경을 이야기했을 때 에지워스 씨는 "아니, 나는 결코 그런 짓을 할 수 없었을 것"이라 말하곤 했다. 그리고 말년에 이르러 토머스 데이를 생각할 때마다 침묵에 빠졌다. 매우 위대하고 정열적이었으며 매우 상반된 모습이었던 그의 인생은 하나의 비극이었으며, 리처드 에지워스는 그의 가장 좋은 친구였던 토머스 데이를 생각할 때면 침

---

31 영국 잉글랜드 중부의 도시.

묵에 잠겼다.

그것은 그에 관해 침묵이 기록되는 거의 유일한 경우이다. 생각에 잠기고 회개하고 명상하는 것은 그의 천성에 어울리지 않았다. 아내와 친구들과 자식들은 끝없는 잡담이라는 넓은 원을 배경으로 생생하게 윤곽이 드러난다. 우리가 그의 첫 아내의 모습이나 인간적이면서 또한 잔혹하고 진보적이면서 또한 편협했던 상반적인 면을 지닌 철학자 토머스 데이의 성격을 구성하는 면면을 그처럼 뚜렷하게 파악할 수 있는 배경은 달리 없다. 하지만 에지워스의 힘은 사람들에게만 한정되지 않는다. 풍경, 집단, 사회 역시 그가 묘사하는 동안에도 그에게서 분리되고 멀리 투영됨으로써 우리는 그보다 앞서 나가면서 그가 다가옴을 예상할 수 있다. 그의 언명에서 자주 드러나고 그의 존재를 두드러지게 하는 극도의 모순에 의해 그들은 더욱 생생하게 살아난다. 그들은 환상적이며 엄숙하고 수수께끼 같은 묘한 아름다움과 함께, 그리고 그들과는 다른 에지워스와 대조를 이루면서 살아간다. 특히 그는 우리 앞에 체셔Cheshire[32]의 정원, 목사관 — 낡았지만 넓은 목사관의 정원을 보여 준다.

우리는 흰색 정문을 지나 울타리에는 장미가 자라고 벽에는 포도송이가 주렁주렁 매달린, 작지만 잘 가꾸어진 풀밭에 들어선다. 하지만 대관절 그 풀밭 한가운데 자리 잡은 물체들은 무엇이었는가? 가을날 저녁의 어스름 사이에서 빛나고 있는 것은 커다란 흰색 구체였

---

32 잉글랜드 북서부의 지역.

다. 그 주위로 서로 다른 간격의 크기가 다른 여러 구체들이 있어 마치 행성들과 그 위성들처럼 보였다. 그러나 누가 왜 그들을 거기에 놓았을까? 목사관은 조용했다. 창문은 닫혀 있고 움직이는 사람은 아무도 없었다. 그때 커튼 사이로 몰래 내다보던 잘생기고 단정치 못한 차림에 나이 많은 광인의 얼굴이 잠시 나타났다 사라졌다.

인간은 어떤 수수께끼 같은 방법으로 자연에 대해 엉뚱한 짓을 한다. 나방과 새는 훨씬 조용하게 그 자그마한 정원을 날아갔을 것이며, 모든 것 위에서 똑같은 멋진 평화에 대해 생각했음에 틀림없다. 그때 말도 많고 질문도 많은, 붉은 얼굴의 리처드 러벌 에지워스가 들이닥쳤다. 그는 그 구체를 쳐다보고 그들이 "정확한 디자인에 따라 훌륭하게 만들어졌다"고 생각했다. 그리고 문을 두드렸다. 계속해서 두드리고 또 두드렸다. 아무도 나오지 않았다. 마침내 참을 수 없는 지경에 이르렀을 즈음에 천천히 빗장이 풀리더니 차츰 문이 열렸다. 빗질도 하지 않은 부스스한 차림이지만 신사다운 성직자 한 명이 그 앞에 나타났다. 에지워스는 자신의 이름을 밝혔고, 두 사람은 책과 문서, 값진 가구가 널브러진 채 썩어 가고 있는 거실로 들어섰다. 더 이상 호기심을 억제할 수 없었던 에지워스가 정원에 있는 그 구체가 무엇이냐고 물었다. 그러자 그 성직자는 즉시 극도의 흥분을 나타냈다. 아들이 만든 것이라고 대답했다. 아들은 천재에 매우 근면했고 나이를 뛰어넘는 장점과 학식을 지닌 아이였다고 했다. 하지만 죽었고 그의 아내 역시 죽었다고 했다. 에지워스는 화제를 바꾸려고 했지만 소용이 없었다. 그 불쌍한 사람은 아들과 아들의 천재성, 아들의 죽음에 대해 열정적으로 조리 없이 마구 늘어놓았다. "그의 슬픔이 그의 이해력을 손상시킨 것 같았다"고 에지워스는 말했다. 그리고 점점 더 거북스러운 느낌이 들었을 때 문이 열리더니 열네댓 살쯤 되는 소녀가 차 쟁반을 들고 들어와 주인의 화제를 바꾸었다. 정말이지 그녀는 아름다웠다. 흰옷 차림에 어쩌면 콧날이 너무 뚜렷하기도 했지만, 무엇보다 몸의 균형이 매우 뛰어났다. "저 아이는 학자이자 예술가라오!" 소녀가 방에서 나가자 성직자가 소리쳤다. 하지만 그녀가 왜 방을 나갔을까? 그의 딸이라면 왜 곁에서 차를 타지 않았을까? 정부일까? 과연 누구일까? 왜 집은 이처럼 쓰레기와 폐허 상태로 내버려 두었을까? 왜 현관문을 잠갔을까? 왜 이 성직자는 죄수처럼 지내는 것일까? 그의 비밀은 무엇일까? 에지워스가 차를 마시면서 앉아 있는 동안 갖가지 의문이 그의 머리에 밀려들었다. 하지만 대문을 나선 뒤 흰색의 작은 문이 닫히는 동안 그는 고개를 가로젓기만 하고 마지막으로 "뭔가 옳지 않다는 두려운 느낌이 들었다"고 생각하면서, 행성들과 그 위성들 사이에 있는 지저분한 집 속에 미친 성직자와 사랑스러운 소녀를 남겨 놓은 채 그곳을 영원히 떠났다.

2
레티샤 필킹턴

다시 한번 도서관 사서를 괴롭히기로 하자. 그곳에 있는 저 자그마한 갈색의 책, 1774년 더블린의 피터 호이Peter Hoey에서 인쇄되고 세 권을 하나로 묶어 제본한 필킹턴 부인의 회상록을 집어 먼지를 턴 뒤 우리에게 건네 달라고 부탁하자. 가장 깊은 망각의 그림자가 그녀를 가리고 있다. 그녀의 무덤에는 먼지가 잔뜩 쌓여 있다. 적어도 표지 한쪽이 헐렁하다. 지난 세기[33] 초엽 이래로 아무도 그녀의 책을 읽지 않았다. 당시 아마도 여성으로 짐작되는 독자가 저자의 욕설에 질색을 했는지 아니면 죽음의 손길에 시달렸는지, 중간에 읽다 말고 그곳에 상품과 식품의 목록을 끼워 놓아 색깔이 바랜 채 아직까지 남아 있다. 만약 언제라도 여자가 투사를 원했다면 바로 그 사람이 분명히 레티샤 필킹턴이다. 그렇다면 그녀는 어떤 사람이었을까?

몰 플랜더스와 레이디 리치Lady Ritchie[34] 사이, 추파를 던지면서 흥겹게 시간을 보내는 거리의 여인과 예의범절을 지닌 세련된 귀부인 사이에 이루어지는 아주 특별한 절충을 상상할 수 있을까? 레티샤 필킹턴(1712~1750)이 바로 그 같은 사람이었다. 그들이 많고 교활하며 모험을 좋아하면서도, 새커리의 딸과 마찬가지로, 미스 밋퍼드Mary Russell Mitford[35]와 마찬가지로, 세비녜 부인Madame de Sevigne[36]이나 제인 오

---

33 19세기를 가리킨다.
34 영국의 소설가 윌리엄 새커리William Thackeray(1811~1863)의 딸로서 나중에 작가가 된 앤 이사벨라 리치Anne Isabella Ritchie(1837~1919)를 가리킨다.
35 1787~1855, 영국의 여류 소설가 및 극작가.
36 1626~1696, 프랑스의 귀족이며 서간문 작가로 유명하다.

스틴과 마찬가지로 여성의 낡은 전통에 물들어 있었으므로 숙녀들이 이야기하듯 재미를 주기 위해 글을 썼다. 그녀의 《회상록Memoirs》을 통해 그녀의 바람은 즐거움을 주는 것이며 그녀의 불행한 운명은 흐느끼는 것임을 알 수 있다. 그녀는 눈을 누르고 괴로움을 억제하면서 우리에게 예의를 무시하는 것을 용서하라고 애원한다. 그것은 오직 평생의 고통, 참을 수 없는 P씨의 학대, 레이디 C의 악독한 원한만이 핑계가 될 수 있을 뿐이다. 왜냐하면 고통을 감추는 것이 숙녀의 일부임을 킬맬록 백작Earl of Killmallock의 증손녀보다 더 잘 알고 있는 사람은 없을 것이기 때문이다. 따라서 레티샤는 영국 여류 문인의 위대한 전통에 속한다. 즐거움을 주는 것이 그녀의 의무이며, 감추는 것이 그녀의 본능이다. 하지만 런던 증권 거래소에서 가까운 그녀의 방은 낡았고 탁자에는 식탁보 대신 광고지가 깔려 있으며 버터를 신발에 담아 내놓고 워즈데일 씨Mr. Worsdale가 바로 그날 아침 맥주를 찻주전자에 넣어 가지고 오더라도, 그녀는 여전히 여주인 행세를 하고 즐거움을 준다. 어쩌면 그녀의 언어는 약간 거칠지도 모른다. 하지만 누가 그녀에게 영어를 가르쳤는가? 바로 위대한 스위프트 박사였다.

수많은 방황과 온갖 커다란 실패 속에서 그녀는 스위프트가 그녀에게 연설의 예법을 가르쳤던 아일랜드에서의 어린 시절을 되돌아보았다. 그는 그녀가 실수를 저지르면 때렸다. 불에 탄 코르크를 그녀의 뺨에 바르면서 약 올렸고, 신발과 스타킹을 벗기고 징두리 곁에 세워 그녀의 키를 쟀다. 처음에는 거부했지만 이윽고 굴복했다. "이런, 나는 네가 찢어진 스타킹을 신고 있거나 발가락이 보기 흉할 거라고 의심했지. 아무튼 너는 몸을 드러내는 것이 기뻤을 거야" 하고 그 주임 사제[37]는 말했다. 레티샤가 불평한 바와 같이 스위프트가 그녀의 머리를 손으로 내리누르는 바람에 키가 절반으로 줄었다고 했지만, 그는 그녀의 키가 3피트 2인치라고 했다. 하지만 그것은 바보 같은 불평이었다. 아마도 그녀는 키가 3피트 2인치밖에 되지 않았기 때문에 그와 친근해졌을 것이다. 스위프트는 평생 동안을 거인들 사이에서 보냈으며, 이제 소인들 사이에서의 매혹을 발견했다. 그는 그 어린 소녀를 서재로 데리고 들어갔다. "'자, 내가 너를 여기 데려온 것은 내가 성직에 있었을 때 번 돈을 보여 주기 위해서야. 하지만 훔쳐 가면 안 돼' 하고 그가 말했다. '정말 그러지 않을게요' 가 소녀의 대답이었다. 그러자 그는 캐비닛을 열고 텅 빈 서랍들을 보여 주었다. '다행이구나. 돈이 사라져 버렸어.' 그가 말했다." 그녀의 놀라는 모습도 매력 있었고, 겸손한 모습도 매력 있었다. 그는 그녀를 때리고 괴롭혔으며 귀머거리가 되었을 때는 그녀에게 고함을 지르게 하고 강제로 그녀의 남편에게 술 찌꺼기를 먹이거나 마차 삯을 지불하게 하며 마늘빵 속에 금화를 집어넣는가 하면 한편으로는 놀라울 정도로 마음이 누그러질 때도 있었다. 마치 자신의 삶이나 정신을 정립해 나가는 아주 어리석은 여자 난쟁이에 대한 생각이 그에게 잔인한 즐거움을 주기라도 하는 것 같았다. 왜냐하면 스위프트와 함께 있을

37 스위프트를 가리킨다.

때 그녀는 비로소 자신을 되찾았기 때문이다. 그것은 바로 그의 천재성이 발휘하는 효과였다. 그녀는 그가 시킬 경우 스타킹을 벗어야 했다. 비록 그의 풍자가 그녀를 두렵게 하고, 주임 사제관에서 식사를 하면서 그 앞에 세워 놓은 커다란 거울을 통해 집사가 벽장에서 맥주를 훔치는 광경을 지켜보는 그의 모습이 매우 불쾌하기는 했지만, 그녀는 그와 함께 정원을 산책하면서 그가 포프 씨에 대해 이야기하고 〈휴디브래스Hudibras〉[38]를 인용하는 것을 듣고 이어 가정부 브렌트 부인Mrs. Brent과 거실에 앉아 주임 사제의 기행과 자선에 대해, 마차 삯으로 아낀 돈 6펜스를 길모퉁이에서 마늘빵을 팔고 있는 절름발이 노인에게 줘 버린 것에 대해 잡담을 나누는 것이 특권임을 잘 알고 있었다. 한편 그러는 동안 주임 사제가 앞쪽 계단을 얼마나 격렬하게 올라갔다 내려왔다 했던지, 그가 떨어져 다치지나 않을까 걱정될 정도였다.

그러나 위인들의 기억이라고 해서 결코 오류가 없는 것은 아니다. 그들은 등대에서 나오는 빛처럼 인생의 경주 위에 떨어진다. 그들은 번쩍이고 놀라움을 자아내며 드러내기도 했다가 사라진다. 인생의 고난이 레티샤 주위로 엄습했을 때 스위프트의 추억은 그녀에게 별다른 도움이 되지 않았다. 남편 필킹턴 씨는 그녀를 버리고 미망인 W부인에게 갔다. 그녀가 사랑했던 부친도 세상을 떠났다. 지방 관리들이 그녀를 괴롭혔다. 그녀는 빈 집에 두 자녀와 함께 남아 그들을

---

38 영국의 시인 새뮤얼 버틀러Samuel Butler(1612~1680)가 쓴 영웅시.

보살펴야 했다. 차 상자는 담보로 잡혔고, 정원 앞에 있는 대문은 빗장을 채웠으며, 청구서는 지불되지 못한 채 남았다. 그리고 그녀는 아직 젊고 매력적이며 쾌활했고, 시를 쓰고 싶은 억제할 수 없는 정열과 믿을 수 없을 정도의 독서 욕구를 간직하고 있었다. 그녀가 파멸하게 된 원인은 바로 이것이었다. 책은 놀라움을 자아냈고 밤이 깊었다. 신사는 그 책을 대여하려 하지 않았지만 그녀가 다 읽을 때까지 머물려고 했다. 그들은 그녀의 침실에 앉아 있었다. 그녀가 잘못을 인정한 것은 매우 경솔한 일이었다. 갑자기 열두 명의 야경꾼이 주방의 창문을 통해 들어왔으며, 필킹턴 씨는 목에 리넨 손수건을 두르고 나타났다. 모두들 칼을 빼든 상태였다. 어떻게 필킹턴 씨와 열두 명의 야경꾼이 그녀의 변명을 믿어 줄 것이라 생각하겠는가? 책만 읽고 있었다니! 밤늦게까지 잠도 자지 않고 앉아서 새로운 책을 다 읽으려고 했을 뿐이라니! 필킹턴 씨와 야경꾼들은 그런 사내들이 으레 그렇듯 그 상황을 해석했다. 하지만 그녀는 학문을 사랑하는 사람들은 자신의 열정을 이해하고 이런 상황을 개탄하리라고 생각하며 마음을 달랬다.

이제 그녀는 무엇을 할 것인가? 독서는 그녀에게 나쁜 결과를 야기했지만, 그래도 아직 글을 쓸 수는 있었다. 정말이지 그녀는 편지를 쓸 수 있게 된 이래로 놀랄 만한 속도와 상당히 세련된 글 솜씨로 미스 호들리Miss Hoadley, 더블린 지방 법원 판사, 시골에 있는 딜레이니 박사Rev. Dr. Patrick Delany[9]의 거처 등으로 시나 안부 인사 등을 적어 보냈다. "만세, 지복의 땅, 행복한 델빌Delville[10]!" "고정된 시선으로 꾸준

히 바라보는 남자가 있으니—" 하고 운문은 아무 때나 아무 어려움
없이 흘러나왔다. 따라서 이제 잉글랜드로 건너간 그녀는, 자신의 책
광고에 적혀 있다시피 법률을 제외하고는 어떤 글이라도 써서 현금
12펜스를 받을 태세를 갖추었다(외상은 사절이었다). 그녀는 화이트
초콜릿 하우스White's Chocolate House[41]의 건너편에 셋방을 얻었으며, 저녁
이 되어 꽃에 물을 주는 동안 길 건너편의 창가에 서 있던 고귀한 신
사가 그녀의 건강을 기원하며 술을 마셨고, 그녀에게 부르고뉴 와인
한 병을 보내기도 했으며, 나중에 어느 대령이 M공작을 어둠에 싸인
그녀의 계단에까지 안내하면서 "주여, 제가 죽일 놈이올시다." 하고
외치는 소리를 듣기도 했다. 그 지위를 내세움으로써 그것을 명예롭
게 한 그 사랑스러운 신사는 그녀에게 키스하고 경의를 표하는가 하
면 프랜시스 차일드 경Sir Francis Child이 나타나자 지갑을 열어 50파운드
의 지폐를 남겨 놓고 떠났다. 그녀는 감격한 나머지 즉각 펜을 들어
고마움을 표시했다. 반면에 만약 물품의 구입을 거부하는 신사나 부
적절한 암시를 하는 숙녀가 있으면, 꽃무늬가 새겨진 그 펜은 온몸을
뒤틀며 증오와 독설을 마구 쏟아냈다. "당신의 부친이 주님을 모독하
면서 세상을 떠났다는 말을 내가 했던가요?" 그녀의 독설은 그렇게
시작되지만 그 뒤는 차마 인쇄할 수 없는 내용이다. 훌륭한 부인들도
타락할 때마다 비난을 받았으며, 성직자들도 시에 대한 취향이 비난

39 1685?~1768, 레티샤를 스위프트에게 소개했던 성직자 패트릭 딜레이니 목사.
40 딜레이니 박사의 거처가 있던 곳.
41 1693년 개업한 핫 초콜릿 음료 가게로서 현재는 회원 전용의 사교 클럽이 되었다.

의 수준을 넘지 않을지언정 끊임없는 혹평에 시달렸다. 남편이 성직자임을 그녀는 잊지 않았던 것이다.

서서히 그러나 확실하게 킬맬록 백작의 증손녀는 사회의 저울에서 아래로 내려갔다. 그녀는 세인트제임스 거리St. James's Street와 그곳의 고귀한 후원자들을 떠나 그린 가Green Street로 옮겼고, 스테어 경Lord Stair의 시종, 그리고 유명한 사람들의 세탁부로 일하는 그의 아내와 함께 지내게 되었다. 여러 공작들과 희롱한 적도 있었던 그녀는 하인들, 세탁부들, 그리고 흑맥주를 마시며 녹차를 홀짝거리고 담배를 피우면서 그들의 남녀 주인들에 대해 아주 상스러운 이야기를 털어놓는 그러브 가Grub Street의 작가[42]들과 손을 잡고 쿼드릴 춤을 추었다. 그들이 주고받는 대화의 신랄함은 그들의 저속한 예절까지 보상하고 남았다. 레티샤는 독자들이 떨어져 나가고 안주인들이 무례해질 때면, 그들로부터 자신의 글을 재미있게 해 주는 위인들의 일화를 채취했다. 정말이지 그것은 고된 생활이었다. 눈 속을 사라사로 지은 가운만 걸친 채 첼시Chelsea[43]까지 터벅터벅 걸어가 한스 슬론 경Sir Hans Sloane[44]에게 거지처럼 반 크라운의 적선을 받고, 이어 오먼드 가Ormond Street로 가서 역겨운 미드 박사Dr. Meade에게서 2기니를 우려낸 뒤 기분이 좋은 나머지 공중으로 집어던졌다가 바닥의 틈새에 빠뜨렸는가 하면, 하인들에게 욕을 얻어먹기도 했고, 안주인이 차 한 움큼도 아

---

[42] 삼류 작가.
[43] 런던의 서역 이름.
[44] 1660 - 1753, 의사이자 골동품 수집가.

깝다고 생각했기 때문에 더운 물을 마시는 것으로 식사를 대신한 적
도 있었다. 그녀는 라임 나무에 꽃이 피고 달이 밝은 밤에 세인트 제
임스 공원 안을 거닐면서 두 번이나 로저먼드 연못Rosamond's Pond에 빠
져죽을까 하는 생각을 했다. 한 번은 웨스트민스터 사원의 무덤들 사
이에서 생각에 잠겨 있다가 문이 잠기는 바람에 성찬대 밑에 깔린 카
펫으로 몸을 감싸 쥐의 공격을 피하면서 설교단 곁에서 하룻밤을 보
내기도 했다. "나는 젊은이의 눈을 지닌 지품천사Cherubim의 목소리에
귀를 기울이고 싶다!"고 그녀는 외쳤다. 하지만 전혀 다른 운명이 그
녀를 기다리고 있었다. 처음에는 고급 메모지, 아기용 기저귀를 그녀
에게 공급했던 콜리 시버Mr. Colley Cibber[45] 씨와 리처드슨Samuel Richardson[46]
씨가 있었지만 그녀의 맥주를 마시고 그녀의 바다가재를 마구 먹고
머리카락을 제대로 빗지도 않았던 탐욕스러운 사람들과 그녀의 안주
인들은 마침내 스위프트의 친구이자 백작의 증손녀를 마셜시
Marshalsea[47]에 다른 채무자들과 함께 수감시키는 데 성공했다.

그녀는 자연이 의도한 것, "무해한 가정주부" 대신에 자신을 모험
해야 하는 여자로 만들어 버린 남편에게 통렬한 비난을 퍼부었다. 그
리고 일화, 추억, 추문, 바닥을 모르는 바다의 성질, 불태울 수 없는
흙의 특징에 대한 견해 등 지면을 채워 돈을 벌 수 있는 것이라면 무

---

45 1671~1757, 영국의 배우이자 극작가 겸 극장 경영자.
46 1689~1761, 영국의 소설가 새뮤얼 리처드슨.
47 1843년까지 템스 강 남쪽에 있던 런던 교외의 감옥. 주로 빚을 갚지 못하는 채무자가 많이 수감
되었다.

엇이든 찾아 점점 더 거칠게 머릿속을 샅샅이 뒤졌다. 그녀는 스위프트와 함께 물떼새의 알을 먹었던 사실을 기억해 냈다. "여기에 물떼새의 알이 있구나. 윌리엄 왕King William[48]은 이것을 구하기 위해 한 개에 몇 크라운씩 지불하곤 했어." 그녀는 스위프트가 결코 웃지 않았다는 사실을 기억했다. 그는 웃는 대신에 뺨에 공기를 불어넣었다. 그리고 그녀는 또 무엇을 기억할 수 있었던가? 수많은 신사들, 수많은 안주인들, 아버지가 세상을 떠날 때 창문이 날아간 것, 여동생이 웃음을 터뜨리며 설탕 통을 들고 계단을 내려온 모습 등이었다. 세익스피어를 좋아하고 스위프트를 알고 지냈으며, 파란만장한 모험을 겪는 동안에도 항상 명랑한 기분을 잃지 않았고, 숙녀로서 갖추어진 소양을 발휘했으며, 짧은 인생을 마감할 즈음에도 농담을 하는가 하면 마음속에 죽음을 생각하고 베개 속에 빚 독촉장을 넣은 놓은 채 오리 고기를 즐기는 용기를 간직했음을 제외하고는 모든 것이 고통과 투쟁이었다.

3
미스 오머로드

커다란 흰색 주택에서부터 완만하게 경사진 초원의 여기저기에 한여

---

48 1650 1702, 영국의 국왕 윌리엄 3세(재위 1689 1702).

름이어서인지 잎이 무성한 나무들이 흩어져 있기도 하고 무리를 이루기도 한 채 우뚝 서 있다. 그 나무들이나 하늘에는 1835년의 기색이 역력했다. 왜냐하면 현대의 나무에는 그들과 같은 양감이 거의 없으며, 그 당시의 하늘에는 우리가 알고 있는 훨씬 응집된 색조의 하늘과 다른 질감으로 엷게 흩어지는 느낌이 있었기 때문이다.

조지 오머로드 씨Mr. George Ormerod[49]가 챙이 높은 털모자를 쓰고 발등까지 오는 끈으로 묶은 바지 차림으로 글로스터셔Gloucestershire[50]에 있는 세드베리 하우스Sedbury House[51]의 창문으로부터 걸어 나왔다. 크리놀린crinoline[52] 위에 노란색 점무늬 드레스를 입은 귀부인이 가까이 그러나 공경하는 태도로 그의 뒤를 따랐으며, 그녀의 뒤쪽에는 무명으로 만든 재킷과 흰색의 긴 바지를 입은 아홉 명의 자녀들이 혼자 또는 서로 손을 잡기도 하면서 걸음을 옮겼다. 그들은 저수지에서 빠져나가는 물을 구경할 작정이었다.

창백한 표정, 다소 길쭉한 몸매, 검은색 머리카락을 지닌 막내 엘리너만 혼자 거실에 남아 있었다. 거실은 여러 개의 기둥, 무슨 이유에서인지 네덜란드 봉투로 감싼 두 개의 샹들리에, 일부는 상감된 목재, 일부는 녹색을 띤 공작석으로 만들어진 여러 개의 팔각형 탁자가

---

49 1785~1873, 영국의 골동품 연구가 겸 역사가

50 잉글랜드 서부의 카운티.

51 세드베리는 글로스터셔의 서쪽에 위치한 마을로 세드베리 하우스는 그곳에 세워진 저택인 듯하다.

52 19세기 때 서양 여자들이 스커트를 부풀게 하기 위해 사용한 버팀대.

있는 크고 누르스름한 색깔의 방이었다. 엘리너 오머로드는 그들 탁자 옆에 있는 높은 의자에 앉아 있었다.

"자, 엘리너야, 여기에 예쁜 벌레가 몇 마리 있구나. 유리는 만지지 말고 의자에서 내려와서도 안 돼. 우리가 돌아오면 조지 오빠가 네게 모두 이야기해 줄 거야." 일행이 저수지를 향해 출발할 때 그녀의 어머니가 말했다.

그렇게 말하면서 오머로드 부인은 아이로부터 안전한 거리에 떨어져 있는, 공작석으로 만든 탁자의 중앙에 작은 벌레 여섯 마리가 담긴 물잔을 올려놓았다. 그리고 오머로드 부인은 바로 테라스로 나서면서, 비록 하늘은 흰색 무명의 덮개를 씌운 깃털 침대와는 전혀 같지 않았지만, 암녹색 테두리를 붙이고 암녹색 비단으로 만든 자그마한 양산을 펴들고 남편 뒤를 따라 아주 구식의 양 떼가 모여 있는 곳을 향해 구식의 잔디가 깔린 비탈길을 내려왔다.

토실토실한 작은 벌레가 물잔 속에서 천천히 빙글빙글 돌기 시작했다. 그처럼 단순한 흥미거리는 곧 시들해지게 마련이다. 그래서 분명히 엘리너는 그 물잔을 흔들어 작은 벌레들이 정신 못 차리게 만들 생각으로 의자에서 내려가려고 할 것이다. 아니, 심지어 어른이라도 그들 작은 벌레가 물잔의 유리를 타고 내려갔다가 수면으로 떠오르는 광경을 쳐다보면서 혐오감이 가미된 따분함을 느끼지 않을 수 없다. 그렇지만 그 아이는 완벽하게 꼼짝하지 않고 앉아 있었다. 그럼 작은 벌레의 움직임을 구경하는 데 익숙해져 있던 것일까? 아이의 눈은 생각에 잠긴 것 같았으며 비판적이기까지 했다. 하지만 점점 흥분된 빛을 띠었다. 그리고 탁자의 가장자리를 손으로 때리기까지 했다. 무슨 까닭이었을까? 벌레 가운데 하나가 수면 위로 떠오르지 않고 바닥에 누워 있었다. 그러자 남은 벌레들이 내려가 그 몸을 토막 내 버렸다.

"그래, 우리 엘리너, 혼자 재미있게 놀았느냐?" 오머로드 씨가 거실로 들어서더니 약간의 열기와 피로한 기색을 드러내면서 조금 묵직한 목소리로 물었다.

엘리너는 관찰한 것을 전하기 위해 아버지의 질문을 중단시키려 했다. "아빠, 저 벌레들 중에 한 마리가 가라앉으니까 다른 벌레들이 그걸 잡아먹었어요!"

"그럴 리가 있나. 너는 지금 거짓말을 하는 거야." 벌레들이 이전과 마찬가지로 물잔 속에서 움직이고 있는 모습을 엄격하게 쳐다본 뒤 오머로드 씨가 말했다.

"정말이라니까요!"

"엘리너, 어린 소녀는 아빠의 말에 대들면 안 된단다." 창문을 통해 거실 안으로 들어선 뒤 녹색 파라솔을 접으며 오머로드 부인이 말했다.

오머로드 씨가 다른 아이들에게 가까이 오라는 손짓을 하며 입을 열었다. "자, 이것을 교훈으로 삼도록 하자."

바로 그때 방문이 열리면서 하인이 말했다. "펜턴 대위 님Captain Fenton께서 오셨습니다."

펜턴 대위는 "그가 소속되어 있던 영국 용기병 제2연대Scots Greys가

위털루 전투 때 진격한 것을 회상할 때면 종종 따분하게 느껴졌다."

  챕스토Chepstow[53]의 조지 호텔 입구에 군중들은 왜 모여 있는 것일
까? 언덕 아래쪽에서 희미한 환호 소리가 들려온다. 말들은 입김을
내뿜고 널빤지 차체에 진흙이 잔뜩 묻은 우편 마차가 다가온다. "비
켜요! 비켜!" 하고 마부가 외치고, 정원 안으로 달려온 마차는 문 앞
에서 멈춘다. 마부가 뛰어내리자 말들을 풀어 다른 곳으로 데려가고,
그 대신에 믿을 수 없을 만큼 빠른 속도로 기운찬 회색 말들에게 마
구를 채운다. 마부, 말, 마차, 승객 등 이 모든 것을 군중은 일 년 내
내 수요일 저녁마다 놀라고 부러워하며 쳐다보았다. 하지만 오늘
1852년 3월 12일, 마부는 깔개를 펴고 손을 펴 고삐를 잡으면서 챕스
토 사람들의 시선이 자신에게 고정되어 있지 않고 이리저리 두리번
거린다는 사실을 알아차렸다. 고개가 돌아갔다. 팔이 뻗어 나왔다.
모자가 반원을 그리며 내리치기도 했다. 마차는 어느새 출발했다. 마
차가 모퉁이를 돌아갈 때 바깥에 앉은 모든 승객들이 목을 쭉 내밀었
고, 신사 한 사람이 벌떡 일어나 "저기! 저기! 저기!" 하고 외치더니
마차와 함께 사라졌다. 그것은 곤충 — 붉은 날개가 달린 곤충 한 마
리였다. 챕스토 사람들이 큰길로 쏟아져 나왔고, 언덕 아래로 달려갔
으며, 그 곤충은 그들 앞에서 날아갔다. 마침내 챕스토 다리 곁에서
어느 젊은이가 노의 평평한 부분 위로 스카프를 집어던져 산 채로 그

것을 잡았고 담배를 피우며 그곳에 나타난 매우 존경 받는 노신사—
첵스토의 의사 새뮤얼 버지^{Samuel Budge}에게 그것을 바쳤다. 새뮤얼 버
지는 그것을 오머로드 양에게 선물로 주었고, 그녀는 그것을 옥스퍼
드의 어느 교수에게 보냈다. 그리고 그는 그것을 "장밋빛뒷날개메뚜
기의 아름다운 종"이라고 선언하면서 "서쪽에서 잡힌 것은 최초의
일"이라고 덧붙임으로써 감사의 뜻을 표했다.

이처럼 엘리너 오머로드^{Eleanor Anne Ormerod 54}는 스물넷의 나이에 메뚜
기 선물을 받을 만한 인물로 생각되었다.

엘리너 오머로드가 궁술 대회나 크로켓 경기에 나타나면 젊은 사
내들은 구레나룻을 잡아당겼고, 젊은 여인들은 심각한 표정을 지었
다. 바퀴벌레나 집게벌레 이야기밖에 하지 못하는 아가씨를 친구로
삼기는 어려운 일이었다. "그래, 바로 그게 그 아가씨가 좋아하는 거
야. 이상한 일이잖아? 며칠 전 어머니의 하녀 엘런이 세드베리 하우
스의 주방 보조로 일하는 제인에게서 들은 얘긴데, 엘리너가 주방의
냄비로 갑충을 삶으려고 했지만 그 갑충이 죽지 않고 빙글빙글 돌면
서 헤엄쳤대. 그러자 엘리너는 ─곤충 한 마리 때문에!─ 하인을 글
로스터로 보내 클로로포름을 구해 오게 했고, 갑충을 잡아오는 시골

---

54 1828~1901. 영국의 곤충학자. 유해한 곤충에 관한 보고서를 팜플렛으로 만들어 필요한 농장
에 보내기도 했다. 해충의 실용성을 연구한 공을 인정받아 왕립 농업 대학에서 곤충학 강사를
역임했다.

사람들에게 실링 은화를 줬대. 그리고 침실에 들어앉아 갑충을 토막냈고, 말벌의 둥지를 찾기 위해 사내아이처럼 나무를 올라간다는 거야. 아, 시골 사람들은 그 아가씨에 대해 이야기하지 않는 것이 없지. 왜냐하면 그 커다란 코와 총명한 작은 눈을 지닌 엘리너가 아무렇게나 옷을 입어 마치 모충처럼 — 나는 항상 그렇게 생각해 — 보이거든. 하지만 엘리너는 물론 놀라울 정도로 똑똑하고 매우 착하기도 해. 조지애나 Georgiana가 시골 사람들을 위해 도서 대여점을 운영하는데, 커다란 보닛을 쓴 키가 작고 창백한 엘리너도 그곳에서 매일 봉사하거든. 가서 그 아가씨에게 이야기해 봐. 나는 멍청하지만 너는 할 말이 많을 테니까." 그러나 프레드나 아서, 헨리나 윌리엄 모두 할 말을 찾지 못했다.

"(……) 여학생이 한 명도 없었다 하더라도 그 여강사는 아마 똑같이 기뻐했을 것이다."

1889년에 있었던 어느 강연에 대한 이 언급이 어쩌면 1850년대 궁술 대회의 광경을 대변해 주는 것인지도 모른다.

1862년경 2월의 어느 날 저녁 9시, 오머로드 일가 모두 서재에 모여 있었다. 오머로드 씨는 탁자 곁에서 건축 설계를 하고 있었으며, 오머로드 부인은 소파에 누운 채 회색 종이에 연필로 그림을 그렸고, 엘리너는 문진으로 사용할 뱀의 모형을 만들었으며, 조지애나는 티드넘 교회 Tidenham Church[55]의 성수반 복제품을 만들었고, 다른 아이들은 그림책을 뒤적거렸다. 간혹 누군가 자리에서 일어나 학습이나 재미를 위해 철사로 만든 책장 문을 열어 책을 한 권 꺼내 샹들리에 밑에서 읽고 있었다.

오머로드 씨는 일할 때 완벽한 침묵을 요구했다. 그의 말이 법이었다. 그것은 방 안에 있는 가장 나이 많은 남자에게 본능적으로 복종하는 개들에게도 해당되었다. 오머로드 부인과 딸들 사이에는 속삭임으로 약간의 대화가 오가는 경우도 있었다.

"엄마, 오늘 아침 교회의 의자 밑에 있는 그림이 정말 그 어느 때보다 나빴어요."

"그리고 엘리너가 자를 들고 있었기 때문에 우리는 가까스로 성단의 걸쇠를 풀 수 있었지요."

"흐음, 의사 암스트롱Dr. Armstrong ⋯⋯ 흐음 ⋯⋯."

"여하튼 우리 사정은 킹햄프턴Kinghampton에서의 사정만큼 나쁘지는 않아요. 사람들 말로는 브리스코 부인Mrs. Briscoe이 성찬을 받을 때 뉴펀들랜드도그가 성단의 가로대까지 부인을 따라갔대요."

"그리고 그 칠면조가 아직 설교단 속에서 알을 부화하고 있어."

"칠면조의 부화기는 3주 내지 4주야." 속삭여야 한다는 것을 잊은 엘리너가 뱀의 주형으로부터 고개를 들고 올려다보면서 생각에 잠긴 듯 말했다.

"우리 집에서 평화를 누릴 수 없을까?" 오머로드 씨가 자로 탁자를

---

55 티드넘은 글로스터셔 서부의 마을.

탁탁 치면서 화가 난 목소리로 말했다. 그러자 오머로드 부인이 한쪽 눈을 반쯤 감고 그림의 가장 중요한 부분에 흰색 안료를 꾹 눌렀다. 그리고 그들이 침묵을 지키고 있을 때 하인들이 들어왔다. 오머로드 부인을 제외한 모든 사람이 바닥에 무릎을 꿇었다. 그녀는 지병을 앓다가 1, 2년 뒤에 가족을 남겨 두고 영원히 떠났다. 그러자 녹색 소파가 구석으로 치워졌고, 그녀의 그림은 조카에게 기념물로 전달되었다. 하지만 오머로드 씨는 매일 밤(설교를 하는 일요일을 제외하고) 9시가 되면 건축 도면 그리기를 계속했다. 그러다가 그 역시 아내가 누웠던 이후 사용되지 않았지만 아직 똑같아 보이는 그 녹색 소파에 누웠다. "우리는 아버지를 보살피는 데 깊은 행복을 느꼈다. 왜냐하면 우리는 24시간 동안 한시도 아버지 곁을 떠나지 않았으며, 아버지는 오빠들의 방문을 잠시밖에 허락하지 않았다. 오빠들은 연로한 환자에게 필요한 부드러운 간호에 익숙하지 않았으므로 아버지를 거북하게 했다. (……) 아버지는 다음 주 목요일인 1873년 10월 9일, 여든일곱 해를 누리고 평온하게 숨을 거두었다"고 미스 오머로드는 적었다. 아, 시골 교회 묘지의 무덤들에는 훌륭한 장례식을 거친 노신사들이 누워 있다. 그들의 이름 뒤에는 D.C.L., L.L.D., F.R.S., F.S.A. 등 많은 글자들이 뒤따르지만, 많은 여인들이 그들과 함께 묻혀 있다!

수수께끼 같은 곤충 헤시안파리, 그리고 말파리의 유충이 남아 있다! 하느님의 가장 의기양양한 창조물은 아니라고 생각하겠지만,

그러나 현미경으로 본다면(!) 말파리의 유충은 뚱뚱하고 구형이며 역겨움을 자아내고, 헤시안파리는 정강이뼈에 깃털이 나고 단단한 발톱과 수염이 달렸는가 하면 빼빼 마른 몸이다. 다음에는 유리 밑으로 곡식 낟알 하나를 밀어 넣고 마마 자국 같은 것이 있는 그것의 납빛 모습을 지켜보거나, 아니면 이 가죽 끈을 들고 거기에 붙어 우글거리고 있는 떼를 주목해 보라. 그러면 그 광경이 무엇처럼 보일까?

영국 땅에서 우리 눈길을 끌 만한 것이라고는 아비소산구리^{Paris} $^{Green\,56}$의 덩어리뿐이다. 하지만 영국 사람들은 현미경을 사용하려 하지 않을 것이다. 그들에게 아비소산구리를 사용하게 할 수도 없다. 만약 그들이 아비소산구리를 사용한다면 그것을 줄줄 흘릴 것이다. 리트제마 보스 박사$^{Dr.\,Ritzema\,Bos\,57}$가 훌륭한 동조자이다. 왜냐하면 영국 사람들은 여자의 말을 들으려 하지 않을 것이기 때문이다. 그리고 정말이지 비록 쇠파리를 위해서 우리가 어떤 주장을 해야 할 경우라도, 가축의 질병 만연 등의 문제―숙녀는 인쇄물에서 논하기는커녕 쳐다보기조차 싫어하는 문제―가 있다. "이들 문제는 수의사들에게 맡기고자 한다. 이제 세상을 떠난 매우 선량한 남자였던 내 오빠―그를 위해 나는 말벌의 둥지를 수집했다―는 브라이턴에 살았으며 말벌에 대한 글을 썼다. 오빠는 내게 해부학을 배우게 하지 않았으며, 내가 이빨을 절단하는 것 이상의 일을 하는 것을 좋아하

---

56 녹색의 유독성 가루로 한때 살충제나 녹색 안료로 사용되었다.
57 1850~1928, 네덜란드의 식물 병리학자.

지 않았다."

아, 하지만 여러분에게는 엘리너, 말파리의 유충, 헤시안파리 등이
에드워드 오머로드 씨Mr. Edward Ormerod[58] 자신보다 더 많은 힘을 발휘
한다. 여러분은 현미경을 통해 이들 곤충에게도 기관, 구멍, 배설물
이 있음을 분명히 알 수 있다. 강조할 만한 일이지만 그들도 교미를
한다. 미스 오머로드는 한쪽에 말파리의 유충이나 쇠파리, 다른 쪽에
헤시안파리의 호위를 받으면서 천천히 위풍당당하게 세상으로 나아
갔다. 그녀가 솔직한 고백을 했을 때보다 그 모습이 더 숭고해 보인
적은 결코 없었다. "이것이 배설물이다. 리트제만 보스는 그와 반대
로 확신하고 있지만, 이들은 수컷의 생식기이다. 내가 그것을 입증했
다." 그녀의 머리 위에는 에든버러 대학교 예복의 두건이 씌워졌다.
심지어 아비소산구리보다 더한 순수함의 개척자였던 것이다.

"내가 댁의 길을 가로막지 않는다면, 하늘을 배경으로 저 예쁜 수
국의 모습을 그려 볼게요. 펜잰스Penzance[59]에 피는 꽃들이란!" 화구 상
자의 *끈*을 풀고 오솔길 위에 삼각대를 단단히 고정시키면서 미스 립
스콤Miss Lipscomb이 말했다.

채소밭 주인은 괭이 위에 팔짱을 낀 두 팔을 올려놓고 손가락 주위
로 천천히 나무껍질을 감으면서 하늘을 쳐다보더니 태양에 대해, 그

---

[58] 1834 – 1894, 영국의 광산 기술자였던 엘리너의 오빠.
[59] 잉글랜드 남서부 콘월Cornwall 지방의 항구 도시.

리고 또 여류 화가들이 많이 보이는 것에 대해 이야기한 뒤, 고개를 끄덕이고는 자신이 소유한 것은 모두 어느 숙녀 덕분이라고 마치 설교하듯 말했다.

"그래요?" 미스 립스콤이 우쭐해하며 말했다. 그녀는 이미 그림의 구도를 잡는 데 몰두해 있었다.

"이상한 이름을 가진 숙녀지요. 하지만 제 딸의 이름을 그분의 이름으로 붙였어요. 기독교 세계에 그 같은 이름이 또 있으리라고는 생각되지 않는군요."

물론 그것은 미스 오머로드였다. 그리고 또 물론이지만 미스 립스콤은 미스 오머로드 가정의와 남매지간이었다. 그래서 그녀는 그날 아침 스케치를 하지 않고 그 대신에 잘생긴 포도 한 송이를 얻어 가지고 돌아왔다. 왜냐하면 모든 꽃이 축 늘어져 깊은 시름에 잠겼을 때, 채소밭 주인은 사람들이 하는 말을 전혀 믿지 않은 채 묘한 이름의 그 숙녀에게 편지를 썼더니, 그녀가 그렇게 한 것인양 해당 페이지가 접힌 《해충Injurious Insects》이라는 책과 함께 편지가 동봉돼 왔다고 했다. 지금 그 편지는 집 벽시계 밑에 보관되어 있는데, 그 편지 덕분에 시름을 이겨낼 수 있었으므로 그것을 하나도 빠짐없이 외고 있다면서 그는 눈물을 흘렸다. 미스 립스콤은 여관의 탁자를 치우고는 그 이야기를 모두 적어 오빠에게 보냈다.

"분명 아비소산구리에 대한 편견은 해소되고 있는 것 같군요." 미스 오머로드가 미스 립스콤의 그 글을 읽고 말했다. "하지만 이제는 참새가 문제예요." 이제 더 이상 젊지 않고 통풍에 걸린 그녀가 힘겹게 한숨을 내쉬면서 덧붙였다.

우리는 '그들' — 아침식사의 빵 부스러기를 다소 많이 쪼아 먹기는 하지만 아무런 위해를 가하지 않는 먼지 같은 회색의 새들 — 이 그녀를 잠자코 내버려 두었을 것이라고 생각할지 모른다. 하지만 일단 현미경을 쳐다본다면 — 일단 헤시안파리와 말파리 유충의 참모습을 쳐다본다면 — 맑은 5월 어느 날 아침 테라스를 거니는 노부인에게 평화란 없음을 알 수 있을 것이다. 예컨대 빵 부스러기가 잔뜩 널브러져 있는데도 불구하고 왜 참새들만 그것을 먹는 것일까? 왜 제비나 흰털발제비는 먹지 않을까? 왜⋯⋯. 아, 하인들이 기도를 하기 위해 온다.

"우리가 우리에게 죄 지은 자를 사하여 준 것 같이 우리 죄를 사하여 주옵시고⋯⋯. 나라와 권세와 영광이 아버지께 영원히 있사옵니다. 아멘."

"〈타임스The Times〉를 가져왔습니다."

"고맙네, 딕슨. 여왕의 탄신일이로구나! 딕슨, 오래된 백포도주로 폐하의 건강을 축원해야겠어. 아일랜드의 자치라니 쯧쯧. 모두 저 미치광이 글래드스턴William Gladstone[60] 탓이야. 아버지께서 살아 계셨다면 말세라고 하셨을 거야. 나조차 그렇지 않다고는 말 못하겠는걸. 립스콤 선생과 이야기를 해야겠어."

---

[60] 1809─1898, 총리를 수차례 역임한 영국의 정치가.

하지만 그러는 가운데도 항상 곁눈질로 수많은 참새를 쳐다보았고, 서재로 들어가 참새가 해로운 새라고 주장하는 팸플릿을 작성해 3만 6000부를 무상으로 배포했다.

"자주는 아니지만 참새가 잡아먹는 곤충 중에는 우리가 보존하고자 하는 소수의 곤충—아주 보기 드문 곤충 가운데 하나가 있어" 하고 그녀는 언니 조지애나에게 말했다. 그 말에는 곤충들의 불명예를 씻기 위해 연구해 왔던 사람의 신랄함이 깃들어 있었다.

"하지만 그 때문에 우리는 아주 유쾌하지 못한 결과를 맞이할 거야. 정말 아주 유쾌하지 못한 거지." 그녀의 결론이었다.

다행히 백포도주가 나왔으며 하인들도 모였다. 그러자 미스 오머로드가 일어서서 "여왕 폐하를 위하여" 하고 축배를 들었다. 그녀는 국왕에 대한 충성심이 지극했으며, 게다가 아버지가 남겨 놓은 오래된 백포도주 한 잔을 무엇보다 좋아했다. 그녀는 아버지의 담배까지도 상자 속에 보관하고 있었다.

그녀의 성향이 그렇다 보니 참새의 수확물을 분석하기란 어려웠다. 왜냐하면 참새는 영국 가정생활의 미덕을 상징하며, 그것이 속임수로 차 있다고 주장하는 것은 그녀와 앞서 그녀의 아버지가 소중히 여겨 온 것을 거역하는 일처럼 여겨졌기 때문이다. 당연히 성직자들—J. E. 워커Walker 목사가 그녀의 잔인성을 비난했으며, "하느님, 참새를 구해 주소서!" 하고 동물의 친구Animal's Friend라는 단체는 외쳤고, 인도주의 동맹Humanitarian League의 미스 캐링턴Miss Carrington은 미스 오머로드를 "기분 내키는 대로이며 무례하고 부정확"하다고 전단을 통해 묘사했다.

미스 오머로드가 언니에게 말했다. "과거에도 쏴 죽이겠다느니 내 인형을 만들어 목을 졸라 죽이겠다느니 위협했지만 아무 일도 없었어."

"하지만, 엘리너, 정말 마음에 들지 않았어. 분명히 너보다 내 마음에 더 안 들었다니까." 조지애나가 말했다. 곧 조지애나는 세상을 떠났다. 하지만 죽기 전에 매일 아침 식당에서 작업한 아름다운 곤충의 다이어그램 시리즈를 완성해 에든버러대학교에 기증했다. 하지만 엘리너는 그 후 이전과 전혀 다른 여인이 되었다.

사랑하는 소등에, 가루나방, 바구미, 뇌조와 치즈파리, 갑충, 외국의 통신원, 선충, 무당벌레, 혹파리, 왕립 농업 협회에서의 탈퇴, 혹응애, 갑충, 명예 학위 수여에 관한 발표, 감사의 느낌과 불안, 말벌에 대한 논문, 마지막 연례 보고서, 심각한 질병에 대한 경고, 연금 지급의 제의, 점차적인 기력 상실, 마침내 죽음.

그것이 인생이라고 다들 말한다.

미스 오머로드가 한숨을 쉬면서 말했다. "비록 워털루에서의 그 불행한 사고 이후 내게 이전과 같은 능력은 사라졌지만, 사람들에게 대답을 기다리게 하는 것은 좋지 않아. 그리고 아무도 일의 긴장감에 대해서는 알아차리지 못하거든. 종종 실내에서는 여자라고는 나 혼자뿐, 모두 학식 많은 신사들뿐이지. 물론 그들이 매우 도움이 되고 모든 면에서 아주 관대했다고 항상 생각하고 있어. 하지만, 미스 하트웰^{Miss Hartwell}, 내가 늙어 가는 게 문제야. 그래서 나는 말의 코가 내 귀에 닿을 때까지 그 말을 보지 못할 정도로 많은 밀가루를 길 한가 운데에 뿌리는 이 어려운 문제를 생각한 거지. 그런 뒤 연금에 관한 이 엉뚱한 일이 터졌어. 대관절 배런 씨^{Mr. Barron}는 어떻게 그 같은 생 각을 할 수 있었을까? 내가 만약 연금을 수락한다면 말할 수 없이 타 락해 버린 듯한 느낌이 들 거야. 조지 언니는 좋아했겠지만 나는 내 이름 다음에 법학 박사라는 칭호를 적는 것도 원치 않아. 내가 원하 는 것은 내 자신의 조용한 방식대로 계속할 수 있게 해 주는 거라니 까. 자, 랭그리지 씨^{Messrs. Langridge}의 견본이 어디 있지? 그것부터 먼저 처리해야 돼. '여러분, 저는 여러분의 견본을 검토한 결과 발견하기 를……'"

"미스 오머로드, 아주 철저한 휴식을 취할 자격이 있는 사람이 있 다면 그건 바로 당신이오. 영국의 농부들은 당신의 동상을 세우고 옥 수수와 포도주를 제물로 바쳐야 할 거요. 일종의 여신처럼 말이오. 그 여신의 이름이 뭐였지요?" 귀 위쪽의 머리카락이 희끗해진 의사 립스콤이 말했다.

"여신에게 어울리는 몸매가 아닌걸요. 하지만 그 포도주는 맛있게 마실 수 있겠어요. 포도주 한 잔 정도는 마셔도 괜찮겠지요?" 살며시 웃으면서 미스 오머로드가 말했다.

"당신의 목숨이 다른 사람들에게 얼마나 많은 의미를 지니는지 잊 지 마시오." 고개를 저으면서 립스콤이 대답했다.

미스 오머로드가 잠시 생각에 잠겼다가 입을 열었다. "글쎄, 그것에 대해서는 모르겠는걸요. 물론 내 묘비명은 골라 놓았어요. '이 여자는 아비소산구리를 영국에 소개하였다.' 그리고 헤시안파리에 대해 한두 마디 들어갈지도 모르지요. 내가 생각해도 괜찮은 일이었으니까."

"아직 묘비명은 생각할 필요가 없어요." 립스콤이 대꾸했다.

"우리의 목숨은 주님의 손에 달려 있지요." 미스 오머로드가 간단히 말했다.

립스콤은 고개를 내밀어 창밖을 내다보았다. 미스 오머로드는 입을 다물었다.

"영국의 곤충학자들은 실제적인 중요성을 지닌 대상에 대해 거의 또는 전혀 개의치 않아요. 밀가루를 뿌리는 이 문제를 보세요. 내게 얼마나 많은 흰 머리카락이 났는지 말할 수 없을 정도라니까." 갑자기 그녀가 목소리를 높여 말했다.

"비유적인 표현이로군요." 립스콤이 말했다. 왜냐하면 그녀의 머리카락은 아직도 검기 때문이었다.

미스 오머로드가 계속했다. "훌륭한 일이란 모두 협력으로 이루어진다고 믿어요. 때때로 그 생각을 하면 아주 커다란 위안이 되지요."

"비가 내리기 시작하는군요. 당신의 적들은 비를 좋아할까요?" 립스콤의 말이었다.

"덥거나 춥거나, 날이 습하거나 건조하거나, 곤충들은 항상 번성해요." 침대에 앉은 채 미스 오머로드가 큰 소리로 대답했다.

"미스 오머로드가 죽었군." 1901년 7월 20일, 드러먼드 씨^{Mr.} Drummond가 〈타임스〉를 펴들면서 말했다.

"미스 오머로드라고요?" 드러먼드 부인이 물었다.

개요
Outlines

Outlines

1
미스 밋퍼드

진실로 이야기하건대 《메리 러셀 밋퍼드와 그녀의 주위 환경Mary Russell Mitford and her Surroundings》은 좋은 책이 아니다. 그 책은 마음을 넓혀 주지도 않고 가슴을 순화시키지도 않는다. 그 속에는 총리들에 관한 이야기도 전혀 없고, 미스 밋퍼드에 관한 이야기도 그리 많지 않다. 하지만 진실을 이야기하려는 사람이라면, 마음이나 가슴 없이 읽지만 그럼에도 불구하고 상당히 재미를 느낄 수 있는 책들도 있음을 인정하지 않으면 안 된다. 요점을 말하자면, 이들 스크랩북 ── 이들을 전기라고 부르기는 어렵다 ── 의 커다란 장점은 거짓말의 면허를 부여하는 것이다. 우리는 미스 힐Constance Hill[1]이 미스 밋퍼드에 대해 이야기하는 것을 믿을 수 없으며, 따라서 우리는 마음대로 미스 밋퍼드를 만들어 낸다. 우리는 잠시라도 미스 힐에게 거짓말을 한다고 비난하지 않는다. 그 잘못은 전적으로 우리의 것이다. 예를 들어 보자. "올스퍼드Alresford[2]는, 그녀를 사랑하는 사람이 없는 동안 자연을 사랑했고 '풀밭의 공기와 산사나뭇가지의 향기를 호흡하고' 우리에게 '콩이 무르익은 밭과 데이지가 핀 초원 위로 부는 산들바람'을 떠다니게 해주는 듯한 글을 쓴 사람의 출생지이다." 미스 밋퍼드가 올스퍼드에서 태어난 것은 분명한 사실이지만, 이런 식으로 말할 경우 그녀가 과연 태어났는지 의심스러워진다. 정말 태어났다고 미스 힐은 말한다. 그녀는 1787년 12월 16일 '아주 쾌적한 집'에서 태어났으며, "거실은 (……) 당당하고 넓은 방이었다."고 미스 밋퍼드 자신이 적은 바 있다. 그러니까 미스 밋퍼드는 눈이 내리는 날 아침 8시 30분경 박사[3]가 찻잔을 두 번째와 세 번째 입에 대는 사이에 거실에서 태어났다. 약간 창백해졌지만 남편의 찻잔에 정확한 양의 크림을 넣는 것을 빠뜨리지 않으면서 밋퍼드 부인이 말했다. "죄송해요. 어쩐지 기분이……." 그것이 바로 '거짓말'이 시작되는 방식이다. 그녀의 방법에는 그럴듯하다고 할까 심지어 교묘하다고 할 만한 점이 있다. 예컨대

---

1 《메리 러셀 미트퍼드와 그녀의 주위 환경》의 저자.
2 영국 잉글랜드 동부 에식스의 작은 촌락.
3 미스 밋퍼드의 부친 조지 밋퍼드 박사.

크림의 이야기는 사실에 바탕을 둔 것이라 할지도 모른다. 왜냐하면 메리가 아일랜드의 복권으로 2만 파운드의 당첨금을 받았을 때 박사는 밋퍼드 가문의 문양이 들어간 아일리시 하프의 한가운데 당첨된 번호를 새겨 넣고, 정복왕 윌리엄의 기사 가운데 한 사람이었으며 밋퍼드 가문이 그들의 조상이라 주장하는 존 버트럼 경Sir John Bertram의 좌우명으로 테두리를 두른 수프 접시 등 웨지우드 도자기를 구입하는 데 몽땅 사용했다는 사실은 잘 알려져 있기 때문이다. "박사가 어떤 기색으로 차를 마시고, 그 가련한 부인이 방을 나서면서 어떻게 간신히 커치[4]를 하는지 생각해 보라" 하고 '거짓말'은 말한다. 차라고? 내가 의문을 표하는 것은 박사가 비록 멋진 남자이긴 하나 이미 노쇠하여 레이스 셔츠의 주름 장식 위로 새빨간 수탉처럼 거품을 내기 때문이다. "부인들이 방을 나간 이후(……)" 하고 '거짓말'은 다시, 밋퍼드 박사가 레딩Reading[5]의 교외에 애인이 있었으며, 샤반 후작Marquis de Chavannes이 발명한 새로운 방식의 조명 및 난방 주택에 투자한다는 핑계를 대고 그녀에게 돈을 주었음을 입증하려는 목적으로 온갖 거짓말을 만들어 낸다. 이야기는 결국 똑같은 것 ─ 말하자면 감옥에 이르지만, 우리에게 그곳의 문학적·역사적 연상을 환기시키는 대신에 '거짓말'은 창가로 다가가 아직도 눈이 오고 있다는 쓸데없는 언급으로 우리의 관심을 흩어 놓는다. 옛날의 눈보라에는 매우 매혹

---

4 윗발을 뒤로 빼고 무릎을 굽히면서 몸을 약간 숙이는 여자의 인사.
5 영국 잉글랜드 중남부 버크셔 카운티의 주도.

적인 면이 있다. 날씨는 인류가 여러 세대를 거쳐 오는 동안 다양하게 바뀌었다. 그 당시의 눈은 오늘날의 눈보다 모양이 예쁘고 아주 부드러웠다. 그것은 18세기의 암소가 엘리자베스 1세 시대의 초원에 살던 불처럼 불그스름한 암소보다 지금의 암소와 더 큰 차이를 보이는 것과 마찬가지이다. 문학의 이러한 측면에 대해 충분한 주의가 기울여진 적이 거의 없지만, 그 중요성은 부인할 수 없다.

우리의 총명한 젊은 남자들은 소재를 탐구할 때 문학에서의 암소, 문학에서의 눈, 초서와 코벤트리 패트모어^{Coventry Patmore}[6]에서의 데이지에 1, 2년 헌신하는 것보다 훨씬 뒤떨어질지도 모른다. 여하튼 눈이 심하게 내린다. 포츠머스^{Portmouth}[7]의 우편 마차는 이미 그 길을 잃어버렸으며, 몇 척의 선박이 침몰했고, 마게이트^{Margate}[8]의 부두는 완전히 파괴된 상태였다. 햇필드페버럴^{Hatfield Peverel}[9]에서는 스무 마리의 양이 매장되었는데 양이야 근처에서 찾아낸 비트로 연명하지만, 프랑스 국왕의 마차가 콜체스터로 가는 도중에 길이 막힌 것은 우려할 만한 일이다. 지금은 1808년 2월 16일이다.

가련한 밋퍼드 부인! 21년 전에 그 거실에서 나왔는데 아직도 자식의 소식을 듣지 못하고 있다. 심지어 '거짓말'도 약간 부끄러운 생각이 들었는지 《메리 러셀 밋퍼드와 그녀의 주위 환경》을 집어 들면서

---

6 1823~1896, 영국의 시인이자 비평가.
7 영국 잉글랜드 남해안 중부의 항구 도시.
8 영국 잉글랜드 남동쪽 템스 강 하구의 작은 항구 도시.
9 영국 잉글랜드 남동부 에식스 카운티의 커다란 촌락.

우리가 인내심을 가지면 모든 것이 원만해질 거라고 다짐한다. 프랑스 국왕의 마차는 보킹Bocking[10]으로 가는 도중이었으며, 보킹에는 찰스 머리에인슬리 경Lord Charles Murray-Aynsley[11] 부처가 살고 있었다. 찰스 경은 부끄러움이 많았다. 그는 항상 부끄러움이 많았다. 언젠가 메리 밋퍼드가 다섯 살이었을 때―그러니까 양이 죽고 프랑스 국왕이 보킹으로 가기 16년 전―그녀는 "그가 아버지인 줄 알고 의자에 앉아 있던 그에게 달려감으로써 그의 얼굴을 붉게 만들었다"고 했다. 그는 정말이지 방을 나가지 않을 수 없었다. 다소 기이한 노릇이지만 찰스 경 부처의 사교계를 즐겁게 생각하는 미스 힐은 "1808년 2월 초에 일어난, 그들과 관련된 사건을 소개하지" 않고는 그 이야기를 끝내고 싶지 않다. 하지만 미스 밋퍼드가 그것과 관련이 있을까? 우리가 묻는 것은 사소한 이야기는 끝내야 한다는 것이다. 말하자면 찰스 경의 부인이 미스 밋퍼드의 사촌이며, 찰스 경이 부끄러움이 많은 것 정도는 관련이 있다. '거짓말'은 이런 조건에서도 '그 사건'을 기꺼이 다룰 준비가 되어 있다. 다시 한 번 말하지만 사소한 이야기는 그만두어야 한다. 미스 밋퍼드는 훌륭한 여성이 아닐지도 모른다. 우리가 알기로는 심지어 괜찮은 여성도 아니었지만, 그러나 우리에게는 피하지 말아야 한 평론가로서의 어떤 의무가 있다.

우선 영문학이 있다. 암소의 모습이 아무리 시대에 따라 바뀔지라

10 영국 잉글랜드 남동부 에식스 카운티의 마을.
11 1771-1808, 제4대 애설 공작Duke of Atholl 존 머리John Murray(1729-1774)의 막내아들.

259

도 영국의 시에서 자연의 아름다움에 대한 감각은 결코 배제되지 않는다. 하지만 이 점에서 포프와 워즈워스 사이의 차이는 상당하다. 《서정시집Lyrical Ballads》[12]은 1798년, 《우리 마을Our Village》[13]은 1824년에 발간되었다. 하나는 운문, 다른 하나는 산문으로 되어 있기 때문에 비교하는 수고는 필요 없지만, 두 작품에는 응보의 요소뿐 아니라 많은 책들의 씨앗이 들어 있다. 미스 밋퍼드는 위대한 선배와 마찬가지로 도회보다 시골을 선호했으며, 따라서 어쩌면 잠시 작센 국왕, 메리 애닝Mary Anning[14], 익티오사우루스에 대해 생각하는 것은 부적절할지도 모른다. 메리 애닝과 메리 밋퍼드는 서로 이름이 같다는 점 외에, 사실이라기보다는 연관성이라 할 만한 것으로도 관계가 있다. 미스 밋퍼드는 메리 애닝이 화석을 발견하기 불과 15년 전에 라임리지스Lyme Regis[15]에서 화석들을 찾고 있었다. 작센 국왕은 1844년 라임[16]을 방문했고, 메리 애닝의 창가에서 익티오사우루스의 머리를 보고 그녀에게 피니Pinny[17]로 가서 암석을 발굴하자고 요청했다. 그들이 화석을 찾고 있을 때 국왕의 마차에는 나이 많은 여성이 앉아 있었는데 그녀가 바로 메리 밋퍼드였을까? 사실을 말하면 그렇지 않다고 해야 하지만, 메리 밋퍼드가 가끔 메리 애닝을 알고 있었더라면 좋았을 것

---

12 윌리엄 워즈워스의 시집.
13 메리 러셀 미트퍼드의 산문집.
14 1799~1847, 영국의 화석 수집가.
15 영국 잉글랜드 남해안 중부의 해안 도시.
16 라임리지스의 한 구역.
17 라임리지스의 한 구역.

개요

이라는 바람을 표시했음은 의심의 여지가 없는 일이며 그 말을 하는 것도 사소한 일이 아니다. 그리고 그녀가 결코 메리 애닝을 알지 못했다고 말해야 한다는 사실도 안타까운 노릇이 아닐 수 없다. 왜냐하면 때는 1844년에 이르렀기 때문이다. 메리 밋퍼드는 57세였으며, '거짓말'과 그 하찮은 방법 덕분에 우리가 알기로 그녀는 메리 애닝을 알지 못했고, 익티오사우루스를 발견하지 않았으며, 프랑스 국왕을 보지 못했다.

이제 그 피조물의 목을 비틀고, 처음부터 다시 시작해야 할 시간이다.

그럼 미스 힐이 《메리 러셀 밋퍼드와 그녀의 주위 환경》을 쓰기로 마음 먹었을 때 그녀에게 중요한 건 무엇이었을까? 아마도 이 세 가지가 매우 중요했을 것이다. 첫째 미스 밋퍼드는 귀부인이었고, 둘째로 그녀는 1787년에 태어났으며, 셋째는 무슨 이유에서인지 자신의 전기를 같은 여성에게 다루게 하는 여성들이 줄어들고 있다는 점이다. 예컨대 사포Sappho[18]에 대해서는 알려진 바가 거의 없지만, 그것이 전적으로 그녀에게 명예가 되지는 않는다. 레이디 제인 그레이Lady Jane Grey[19]에게도 장점이 있지만 그녀의 존재가 희미한 것은 부인할 수 없다. 조르주 상드George Sand[20]에 대해서는 우리가 더 많이 알수록 동의

18 기원전 612?~? 고대 그리스의 여류 시인.
19 1537~1554. 영국왕 헨리 7세의 증손녀로 에드워드 6세가 사망하자 노섬벌랜드 공작Duke of Northumberland(1502~1553)의 음모로 왕위에 올랐으나 곧 폐위된 뒤 처형되었다.
20 1804~1876. 프랑스의 여류 소설가.

하는 것은 점점 적어진다. 조지 엘리엇은 그녀의 철학이 모두 변명해
주지 못하는 나쁜 길로 접어들었다. 브론테 자매는 비록 그들의 천재
성이 높이 평가받더라도 귀부인의 특징이 되는 무엇인가를 결여하고
있었다. 해리엇 마티노[21]는 무신론자였으며, 브라우닝 부
인[22]은 기혼이었고, 제인 오스틴, 패니 버니[23], 마리아 에지워스[24] 등은 이미 다루어졌다. 그러
므로 여러 가지 면에서 메리 러셀 밋퍼드가 유일하게 남아 있는 여
성이다.

　책 뒷면에서 '주위 환경'이라는 단어를 볼 때 날짜의 중요성에 너
무 신경을 쓸 필요는 없다. 흔히 주위 환경이라는 것은 거의 틀림없
이 18세기의 주위 환경이다. "우리는 위층에 있는 방에서 아래로 내
려가는 계단을 보며 그 계단을 하나씩 뛰어오르는 작은 모습이 보인
다고 생각했다"는 구절에 이르러, 그 계단이 아테네의 것, 엘리자베
스 시대의 것, 또는 파리의 것이라는 말을 들으면 감수성에 엄청난
분노를 일으킬 것이다. 물론 그들은 낡은 패널로 만들어진 방에서 그
늘이 진 정원으로 이어지는 18세기의 계단이었으며, 그 정원에서는
전통에 따라 윌리엄 피트[25]가 구슬치기를 하거나, 우리가 좀

21 1802~1876, 영국의 사회 이론가로서 흔히 최초의 여류 사회학자라고 한다.
22 1806~1861, 영국의 여류 시인.
23 1752~1840, 영국의 여류 소설가이자 극작가.
24 1767~1849, 영국의 여류 소설가이자 아동문학가.
25 1759~1806, 영국의 정치가.

더 과감해진다면 고요한 여름날에는 프랑스의 해안 보나파르트의 드럼 소리가 들린다고도 상상할 수 있다. 보나파르트는 한쪽 상상력의 한계이며, 몬머스[26]는 그 반대편의 한계이다. 그 상상력이 앨버트 공Prince Albert[27]과 장난하거나 존 왕King John[28]과 사냥을 하는 것으로 나아간다면 치명적일 것이다. 하지만 환상은 제자리를 알고 있으며, 그 자리가 18세기임을 지적하는 수고는 할 필요가 없다. 또 하나 지적할 점은 그보다 모호하다. 그것은 숙녀여야 한다는 사실이다. 하지만 그 것이 무슨 뜻인지, 우리가 그 뜻을 좋아하는지의 여부는 의심스럽다. 우리가 만약 제인 오스틴은 숙녀이고 샬럿 브론테는 아니라고 한다면, 이것은 정의를 내리는 과정에 필요한 것이지 어느 쪽 편을 드는 것이 아니다.

미스 힐이 숙녀 편에 서는 것은 의심의 여지없이 그들의 과묵함 때문이다. 그들은 만사에 한숨을 쉬고 미소를 짓지만, 결코 두 다리로 은제 탁자를 움켜잡거나 바닥에 찻잔을 떨어뜨리지 않는다. 한 번도 목소리를 높이지 않고 오래 살아갈 것이라 믿을 수 있는 사람을 대상으로 삼는 것은 여러 가지 측면에서 매우 편리하다. 16년은 상당히 긴 세월이지만, 한 사람의 숙녀에 대해서는 "메리 밋퍼드는 그녀의 인생 가운데 16년을 여기서 보냈으며 아름다운 마당뿐 아니라 그늘

---

26 1649   1685, 영국왕 찰스 2세의 서자인 본머스 공작Duke of Monmouth.
27 1819   1861, 영국 빅토리아 여왕의 부군.
28 1167   1216, 잉글랜드 국왕으로 귀족의 압력에 굴복하여 마그나 카르타 가운데 서명했다.

이 진 주위의 길모퉁이까지 모두 알고 사랑하게 되었다"고 말하면 충분하다. 그녀가 사랑한 것은 채소였으며, 그녀가 걸은 길은 모두 그 늘진 길이었다. 그런 다음 물론이지만 제인 오스틴과 셔우드 부인Mary Martha Sherwood[29]이 교육 받은 학교에 들어갔다. 그리고 라임리지스를 방문했으며(코브the Cobb[30]에 관한 언급이 있다), 세인트 폴 대성당의 꼭대기에서 지금보다 훨씬 작았던 런던을 바라보았다. 아름다운 집을 이리저리 옮겨 다녔고, 몇몇 문단의 저명한 신사들이 그녀에게 찬사를 표하면서 찾아와 함께 차를 마셨다. 식당의 천장이 무너졌지만 그녀의 머리 위에 떨어지지 않았고, 그녀가 복권을 구입하자 당첨되었다. 앞에 나오는 문장에서 두 음절 이상 되는 단어들이 있다면 그것은 우리의 잘못이지 미스 힐의 잘못이 아니다. 그처럼 그 필자에게 공정하고자 하더라도 그 책에는 미스 밋퍼드의 글을 인용한 것이 아니거나 크리시 씨Mr. Crissy의 권위를 빌리지 않은 제대로 된 문장이 많지 않다.

하지만 인생이란 얼마나 위험한 것인가! 전부 마호가니로 만들어진 것이 아니라면 햇볕에 내놓았을 때 언제까지나 그대로 있을 것이라 확신할 수 있는가? 심지어 찬장들에도 은밀한 스프링이 있어, 만약 미스 힐이 이것을 우연히 건드린다면 끔찍한 일이지만 건장한 노신사가 튀어나올지 모른다. 쉬운 영어로 말해 미스 밋퍼드에게는 아버지가 있었다. 그 사실에 부적절한 면은 없다. 많은 여성들에게도

---

29 1775~1851, 영국의 여류 아동 문학가.
30 라임리지스 항구의 방벽.

아버지가 있다. 하지만 미스 밋퍼드의 아버지는 찬장 속에 들어가 있었으며, 말하자면 그는 훌륭한 아버지가 아니었다. 미스 힐은 심지어 '이웃 사람들과 친지들의 행렬'이 그의 영구를 따라 묘지로 향했을 때, "이것이 그에 대한 특별한 경의 때문이 아니라 미스 밋퍼드에게 동정과 경의를 표하기 위한 것이었다고 생각하지 않을 수 없다"고 짐작하기까지 한다. 그 판단이 심하기는 하더라도 잘 먹고 술을 좋아하며 연애까지 즐겼던 그 노인은 그럴 만한 짓을 했다. 그에 대해서는 적게 말할수록 좋다. 다만 아주 어린 시절부터 여러분의 아버지가 처음에는 어머니의 돈으로, 그 다음에는 여러분의 돈으로 도박을 하고 투기를 하며, 여러분이 번 돈을 쓰고 더 많이 벌게 하면서 그것까지 써 버렸다면, 나이가 들어 소파에 드러누워 상쾌한 공기는 딸들에게 나쁘다고 주장한다면, 그리고 마침내 죽으면서 여러분이 가진 것을 모두 팔거나 친구들의 도움을 받아야 갚을 수 있을 정도의 빚을 남겼다면, 아무리 숙녀라고 하더라도 때때로 목소리를 높일 것이다. 미스 밋퍼드 자신도 다음과 같이 말한 적이 있었다. "슬픔은 사라졌다. 거기서 나는 힘껏 일하고 많은 노력을 기울였으며 주로 여자의 몫이 되는 불안과 근심, 희망을 깊이 맛보았다." 숙녀, 더군다나 찻주전자를 소유하고 있는 숙녀가 그런 말을 하다니! 그 페이지의 아래쪽에는 찻주전자 그림이 있다. 하지만 이제 아무 쓸모가 없다. 미스 밋퍼드는 그것을 산산조각 내 버렸다. 그것은 숙녀들에 관한 글 중에서 가장 나쁘다. 숙녀들에게는 찻주전자뿐만 아니라 아버지들이 있는 것이다. 그 반면에 밋퍼드 박사의 청찬용 웨지우드 식기 몇 개는 아직도 존재하며, 메리가 학교에서 상으로 받은 애덤의 지리책 한 권도 '우리의 일시적인 소유물' 속에 들어 있다. 제시하는 내용에 적절하지 못한 것이 전혀 없다면, 다음에 나올 책은 전적으로 그것들을 다루지 않을까?

2
벤틀리 박사

벤틀리^{Richard Bentley} 박사[31]가 한때 훌륭하게 지배했던 그 유명한 캠퍼스를 어슬렁거리면서 돌아다니는 동안 우리는 예배당이나 강의동 등으로 서둘러 달려가는 사람의 모습을 발견하는 경우가 있다. 그 뒷모습은 사라질 때까지 우리의 생각을 열렬하게 끌어당긴다. 왜냐하면 우리가 듣건대 벤틀리 박사는 소포클레스^{Sophocles}의 작품 전부를 마음대로 인용하고, 호메로스를 암기하며, 우리가 〈타임스〉를 읽듯 핀다로스^{Pinda}[32]를 읽는가 하면, 먹거나 기도하는 짧은 시간을 제외하고는 모든 시간을 그리스 인들과 함께 생활하기 때문이다. 우리가 교육의 약점 때문에 그가 바로잡은 부분을 제대로 받아들이지 못하며, 그가 평생 동안 이루어 놓은 업적이 우리에게는 밀봉된 책과 다름없게

---

31 1662~1742, 영국의 고전학자이자 비평가 겸 신학자.
32 기원전 518?~438?, 고대 그리스의 서정시인.

된 것은 사실이지만, 그러나 우리는 그의 검은색 가운이 마지막으로 살랑거리는 모습을 소중히 여기며, 마치 낙원의 새 한 마리가 우리 곁을 스쳐가면서 시들지 않는 꽃이 핀 들판과 전설 속의 꽃이 자라는 화단에 잠들기 위해 날갯짓하는 모습을 11월 저녁의 어스름 속에서 볼 수 있게 된 것처럼 느낀다. 그의 정신을 감싼 옷은 그처럼 찬란하다. 모든 인간 가운데 위대한 학자들이 가장 신비스럽고 가장 위엄 있다. 우리가 그들과 친밀해지거나 어스름에 검은색 가운이 캠퍼스를 가로지르는 것 이상을 보게 될 것 같지 않으므로, 우리에게 가장 좋은 방법은 그들의 생애를 책으로 읽는 것이다. 예컨대 몽크James Henry Monk [33] 주교가 쓴 《벤틀리 박사의 생애Life of Dr. Bentley》가 그것이다.

거기에는 기이한 것은 많고 안심시켜 주는 것은 거의 없다. 우리의 학자들 가운데 가장 위대한 인물, 우리들 가운데 가장 뛰어난 전문가가 의미와 문법의 정확한 감각뿐만 아니라 망각으로부터 사라진 글줄을 가져온 뒤 남아 있던 작은 단편들 속에 새로운 생명을 불러일으킬 수 있게 해 주는, 언어적인 관계와 제시까지 파악할 정도로 매우 미묘하고 광범위한 감수성을 가지고 영어를 읽는 것처럼 그리스 어를 읽었던 인물, (고전에 대해 사람들이 하는 말이 진실이라면) 꿀통이 단맛에 젖어 있는 것처럼 아름다움 속에 젖어 있어야 했던 인물은 오히려 인류 가운데 가장 논란이 많은 인물이었다.

"3년이라는 기간에 여섯 건의 송사에 휘말려 법정에 나가야 했던

개인은 많지 않으리라고 생각한다"고 그의 전기 작가는 언급하면서 벤틀리는 그들 송사에서 모두 이겼다고 덧붙인다. 벤틀리 박사가 비록 일급 법률가이거나 훌륭한 군인이었다고 할지라도 "그는 오히려 학식이 많고 위엄 있는 성직자의 모습보다 더 그의 인물에 어울렸다"는 그의 결론을 부정하기란 어렵다. 하지만 이들 논란이 모두 문학에 대한 그의 애정에서 유래한 것은 아니었다. 그가 자신을 변호해야 했던 송사들은 케임브리지대학교 트리니티 칼리지의 기숙사 사감으로서의 그에게 제기된 것이었다. 그는 습관적으로 예배에 불참했으며, 건물 및 운영에 관한 지출이 과다했고, 16명의 규정 인원이 되지 않는 회합에서 칼리지 문장을 사용했다는 것 등등이었다. 요컨대 트리니티 칼리지 기숙사 사감의 활동은 일련의 지속적인 공격과 반항 행위의 연속이었으며, 그 가운데 벤틀리 박사는 어른이 성가신 길거리 소년 무리를 다루듯 트리니티 칼리지 당국을 다루었다. 그들은 네 명이 나란히 오갈 수 있는 학장 사택 계단의 넓이가 충분하다고 했을까? 새로운 계단으로 교체하는 비용의 지출을 허가하려고 하지 않았던 것일까? 어느 날 저녁 예배가 끝난 뒤 교정에서 그들과 만난 그는 점잖게 물었다. 그들은 물러서려 하지 않았다. 그러자 벤틀리는 갑자기 표정과 목소리를 바꾸면서 "그들이 그의 녹슨 검을 잊었는지" 물었다. 그 무기의 무게를 먼저 느끼게 될 우려가 있던 마이클 허친슨 씨Mr. Michael Hutchinson와 다른 몇 사람이 상급자들에게 압력을 가했다. 그리하여 350파운드의 대금이 지불되고 그들의 승진이 보장되었다. 하지만 벤틀리는 계단을 완공하기 위해 이 같은 굴복 행위를 기다리지 않았다.

그런 일은 해마다 계속되었다. 그의 공격적인 행태가 항상 그가 목표로 삼은 대상―새로운 캠퍼스 부지의 확보, 천문대의 건설, 연구소 설립 등―의 광채나 유용성에 의해 정당화된 것도 아니었다. 그보다 사소한 욕구들도 똑같은 횡포로 만족을 얻었다. 때때로 석탄을 원했고, 때때로 빵과 맥주를 원하기도 했으며, 이어 벤틀리 부인이 권위의 표시로 식료품 저장소로 하인을 보내어 코담배 상자와 함께 대학 당국에서 벤틀리 박사가 요구하리라고 생각했던 것보다 훨씬 많은 식료품을 가져갔다. 그리고 다시 한번, 그가 네 명의 학생에게서 상당한 돈을 받고 자기 집에 하숙을 시켰을 때도 코담배 상자의 권위를 빌어 대학에서 식료품을 공짜로 가져왔다. 그 기숙사 사감이 지켰으리라 예상되는 '좋은 맛과 좋은 느낌'의 원칙(비록 위대한 학자였지만 고전의 와인에 젖어 있었다)은 아무 소용이 없었다. 네 명의 귀족 자제가 영양분을 섭취한 '대학의 빵조각 약간'은 자신의 비용으로 그들의 방에 설치한 세 개의 새시 창문 값으로 충분히 환급된 셈이라는 그의 주장은 교직원들에게 믿음을 주지 못했다. 그리고 1719년 성령 강림절 다음의 일요일에 교직원들이 유명한 대학 맥주가 맛없어진 사실을 발견했을 때, 그것은 기숙사 사감의 지시에 따라 그의 곡물 창고에 저장되어 있던 엿기름으로 집사가 양조했으며, 비록 '바구미라는 벌레'에 손상되기는 했으나 사감이 요구한 매우 비싼 가격이 지불된 것이라고 실명하자, 그들은 어이없어 했다.

그렇지만 빵과 맥주에 관한 이들 싸움은 사소한 것이며 가사적인 문제이다. 전문직에서 그의 처신이 우리의 탐구에 더 많은 빛을 던져 줄 것이다. 왜냐하면 그가 벽돌과 건물, 빵과 맥주, 귀족 자제와 그들의 창문 등으로부터 벗어나 호메로스, 호라티우스Horace[34], 마닐리우스Manilius[35] 등의 세계로 나아가 그 자신의 연구를 통해 여러 시대를 거쳐 우리에게 전해져 왔던 그들 영향의 좋은 점을 증명했음이 발견될지도 모르기 때문이다. 하지만 거기서도 죽은 언어들에게 명예가 되는 증거는 별로 없다. 모두 동의하는 바이지만, 그는 팔라리스Phalaris[36]의 서간에 관해 커다란 논쟁이 일어났을 때 훌륭하게 처신했다. 그의 침착성은 훌륭했고 학식도 비범했다. 그러나 그 승리는 학식과 천재성, 권위와 신격을 지닌 채 그리스 어와 라틴 어로 적힌 문헌에 대해 싸우면서, 경마장의 도박사나 뒷골목의 세탁부와 똑같이 욕지거리를 하는 사람들의 광경을 우리에게 보여 주는 일련의 논쟁을 통해 거둔 것이었다. 왜냐하면 이런 성마름이나 악의에 찬 언어가 벤틀리에게만 국한된 것이 아니었기 때문이다. 그런 측면은 그 직업의 안타까운 특징이었던 것 같다. 생애의 초기인 1691년에는 동생이자 목사였던 호디Hody가, 그 자신이 선호하는 말렐라Malela가 아니라 말렐라스Malelas라고 적은 사실을 가지고 논란을 제기했다. 그것은 벤틀리가 학식과 재치를 과시하고, 호디가 s자를 붙이지 않는다는 주장

---

34 기원전 65~8, 고대 로마의 시인.

35 1세기 때 활동한 로마의 시인이자 점성가.

36 기원전 570년에서 554년까지 시칠리아의 아크라가스Acragas를 다스린 폭군.

을 하기 위해 수많은 자료를 모은 논쟁이었다. 결국 호디가 졌다. 그리고 "이 사소한 일로 야기된 불쾌감이 그 후 결코 치유되지 않으리라고 믿을 만한 이유는 너무 많다." 정말이지 글 한 줄을 고치는 것이 친구 사이에 절교로 이어진 경우도 있었다. 레이던Leyden[37]의 그로노비우스Jacobus Gronovinus[38]는 벤틀리가 칼리마코스Callimachus[39]의 단편을 교정하는 데 성공한 반면 자신은 실패했기 때문에 10년 동안이나 벤틀리를 공격하기도 했다.

그러나 백발이 되도록 고전을 편집하면서 보낸 40년의 세월도 진정시키지 못한 적개심을 간직한 채 라이벌의 성공을 싫어했던 유일한 학자는 그로노비우스만이 아니었다. 유럽의 모든 주요 도시에는 악명 높은 위트레흐트Utrecht[40]의 데 파우de Pauw 같은 사람들이 살고 있었다. 그는 '문학계의 해충이나 불명예로 간주되었던 사람'으로서, 새로운 이론이나 새로운 책이 나오면 한데 어울려 그 학자를 비웃거나 창피를 주었다. 몽크 주교는 데 파우에 대하여, "(……)그의 모든 글은 그에게 공평무사, 훌륭한 신념, 훌륭한 태도, 신사다운 감정 등이 전혀 없음을 입증하며, 그는 비평가나 논평가에게서 발견된 온갖 결점이나 나쁜 성질을 결합하는 한편, 거기에 그 자신에게 특유한 것 품위 없는 암시에 대한 부단한 경향 까지 덧붙이고 있다"고

---

37 네덜란드 서부의 도시.
38 1645 1716, 네덜란드의 고전학자.
39 기원전 305? 240?, 고대 그리스의 학자이자 시인.
40 네덜란드의 중앙부에 위치한 유서 깊은 도시.

언급한다. 그 같은 기질이나 습관을 가진 사람들 때문에 당시의 학자들은 비참함과 가난, 무시 등을 견디지 못하고 때때로— 건설의 세부적인 하자를 찾아내는 것으로 평생을 보낸 뒤 실성하여 노팅엄Nottingham[41] 근처의 초원에서 스스로 물에 빠져 죽은 존슨Johnson처럼— 스스로 목숨을 끊기도 했다. 1712년 5월 20일, 트리니티 칼리지는 히브리어 교수 사이크 박사Dr. Sike가 '오늘 저녁 촛불 앞에서 자신의 어깨띠로' 스스로 목을 맨 것을 발견하고 깜짝 놀랐다. 커스터Kuster 역시 자살로 보고되었다. 어떤 의미에서 그는 자살한 셈이었다. 시체를 해부했을 때 "그의 복부 아래쪽을 따라 걸쭉한 모래가 발견"되었기 때문이다. "나는 이것이— 우리가 그런 그의 모습을 흔히 발견했다시피— 그가 바닥에 서너 겹의 원을 그리면서 놓인 책들에 둘러싸인 채 다른 사람보다 두 배는 많이 앉아 있었고 매우 낮은 탁자에서 글을 썼기 때문이라고 생각한다." 그리고 반대 의견을 지닌 학회의 존 커John Ker처럼, 벤틀리 박사의 사택에서 그와 만찬을 나누게 된 것을 기뻐하다 이야기가 'equidem'라는 단어의 용법에 이르렀을 때 평생의 연구를 무시당한 가련한 중학교 교장들은 얼마나 심사가 뒤틀렸던지, 집에 돌아가자마자 박사의 의견과 모순되는 'equidem'의 용법을 모두 수집한 뒤 박사의 사택으로 돌아오면서 순진하게도 따뜻한 환영을 기대하지만 캔터베리 대주교와 식사를 하기 위해 나서는 박사와 마주쳐 그의 무관심과 짜증에도 불구하고 거리에까지 따라나섰

---

41 영국 잉글랜드 중부 노팅엄셔의 도시.

다가 작별 인사조차 무시당한 채 다시 집으로 돌아와서는 그날의 상처에 대해 곰곰히 생각하면서 복수의 날을 기다렸다.

하지만 그보다 더 사소한 일로 인한 말다툼이나 증오는 박사의 처신으로 제거되기는커녕 확대되었다. 그가 초기의 논란에서 보여 주었던 정중한 자세와 훌륭한 기질은 사라져 버렸다. "(……)여러 해 동안에 걸쳐 지속된 격렬한 증오와 억제되지 못한 분노의 과정이 그의 취향과 논란에서 그의 판단을 손상시켰으며", 그는 비록 논쟁의 대상이 그리스 어 성서라 하더라도 상대방을 '구더기', '기생충', '이빨로 갉아 대는 쥐', '바보'라고 부르는가 하면 그의 얼굴색이 검은 것을 언급하기도 하고 그의 위트가 대단한 것—성직자인 그의 동생이 허리띠에 턱수염을 기른다는 사실을 거듭 이야기함으로써 강조한다—을 내비치기도 했다.

과격하고 싸우기 좋아하며 부도덕한 벤틀리 박사는 이들 폭풍과 소동에서 살아남았고, 비록 학위가 보류되고 사감직을 박탈당했더라도 냉정하게 사택에 머물렀다. 실내에서는 눈을 보호하기 위해 챙이 넓은 모자를 쓰고 파이프 담배를 피우고 포도주를 즐기거나 친구들에게 그의 디감마 원칙을 설명하면서 팔십 수를 누렸다. 그 세월은 "읽을 가치가 있는 모든 것을 읽을 만큼" 충분히 길었다면서 그 특유의 태도로 다음과 같이 덧붙였다.

그리고 이제 위대한 내 유령은 지하로 내려갈 것이니 Et nunc magna mei sub terris ibit imago.

트리니티 칼리지에 있는 그의 무덤에는 자그마한 정사각형의 돌이 놓여 있지만, 교직원들은 그가 기숙사 사감이었다는 사실을 기록하기를 거부했다.

하지만 이 기이한 이야기 가운데 가장 기이한 문장은 아직 남아 있다. 몽크 주교는 그것을 마치 아무 언급도 요구하지 않는 평범한 사실인 것처럼 적는다. "시인도 아니고 시적 취향도 소유하지 못했던 사람으로 그 같은 일에 나서려 한 것은 예사롭지 않은 생각이었다." 그 일이란 바로《실낙원》에서 잘못된 언어, 나쁜 취향과 잘못된 비유를 찾으려는 것이었다. 그 결과는 참담했던 것으로 유명하다. 그러나 그 일과 벤틀리가 훌륭하게 수행했던 일에 무슨 차이가 있는지 의문스럽지 않은가? 그리고 만약 벤틀리가 밀턴^{John Milton 42}의 시를 음미할 수 없었다면, 호라티우스와 호메로스에 대한 그의 판단을 우리가 어떻게 받아들일 수 있겠는가? 그리고 학자들에게 절대적인 신뢰를 할 수 없다면, 그리고 그리스 어의 연구가 태도를 세련되게 만들고 영혼을 순화한다고 여겨진다면— 그렇지만 됐다. 우리 학자님이 기숙사에서 돌아왔다. 그는 등불을 켜고 연구를 계속한다. 우리의 비속한 생각은 이제 그만둘 때이다. 게다가 이 모든 일은 아주 여러 해 전에 일어났다.

---

42 1608~1674, 영국의 시인. 셰익스피어에 버금가는 대시인으로 평가된다. 대표작으로《실낙원》이 있다.

3
레이디 도러시 네빌

그녀는 1주일 동안 공작의 저택에 미미한 신분으로 머문 적이 있었다. 그리고 으리으리하게 장식된 인간들이 식사를 하기 위해 짝을 지어 내려오고 잠자기 위해 짝을 지어 올라가는 모습을 지켜보았다. 또 공작이 직접 유리 상자 속에 든 미니어처의 먼지를 털고 있는 동안 공작 부인이 크로셰 편물이 세상에 필요한 것이라는 사실을 완전히 불신하는 듯 손에 들고 있던 크로셰를 떨어뜨리는 모습을 화랑에서 훔쳐보기도 했다. 위층의 창문에서는 온실을 지나, 삼림처럼 울창하지는 않지만 그늘이 생기도록 만들어 놓은 작은 숲을 향해 꺾어지는 자갈길을 눈길이 닿는 곳까지 쳐다보았다. 그리고 공작의 마차가 그곳을 갔다 왔다 하면서 갈 때와 올 때 서로 다른 길을 지난다는 사실도 알아차렸다. 그녀가 내린 결론은 무엇이었을까? 바로 '정신 병원'이었다.

그녀는 시녀였다. 그리고 만약 레이디 도러시 네빌Lady Dorothy Nevill[43]이 계단 위에서 그녀와 마주쳤다면, 그것은 레이디가 되는 것과는 아주 다른 일이라고 그 자리에서 지적했을 것이다.

---

[43] 1826~1913, 일군의 작가이자 원예가. 제4대 오퍼드 백작Earl of Orford 허레이쇼 월폴Horatio Walpole(1783~1858)의 딸.

우리 어머니께서는 여공이나 상점의 여직원 등이 서로 '레이디'라 부르는 어리석음을 잊지 않고 지적하셨다. 이런 종류의 일은 모두 속된 허풍에 불과하였으므로 어머니께서는 항상 그렇게 말씀하셨던 것이다.

우리는 레이디 도러시 네빌에게 무엇을 지적할 수 있을까? 그녀의 모든 이점에도 불구하고 철자법을 제대로 배우지 못했다고 할까? 문법에 맞는 문장을 쓰지 못했다고 할까? 87년 동안이나 살면서 입에 음식을 넣고 손가락에 금반지를 끼워 넣은 것밖에 한 일이 전혀 없다고 할 것인가? 올바른 분노에 젖어 보는 것이 기쁜 일이기는 해도, 고귀한 태생은 선천적인 정신 이상의 일종이라는 것, 고통을 겪는 사람은 조상들의 질병을 상속 받아, 대부분의 경우 영국의 대저택이라고 완곡하게 알려진 쾌적하게 꾸며 놓은 그들 정신 병원에서 매우 금욕적으로 그것을 견디어 내고 있을 뿐이라는 그 시녀의 생각에 동의한다면, 그것은 잘못된 노릇이다.

게다가 월폴 가문은 공작 가문이 아니다. 허레이쇼 월폴의 어머니는 미스 쇼터Miss Shorter였다. 현재의 책에 레이디 도러시의 어머니에 대한 언급은 없지만 그녀의 증조모는 여배우 올드필드Anne Oldfield[44] 부인이었으며, 레이디 도러시는 놀랍게도 그 사실을 '매우 자랑스럽게' 여겼다. 따라서 그녀는 귀족의 극단적인 경우가 아니었다. 그녀는 정신 병원이라기보다 새장에 갇혀 있었으며, 그 창살을 통해 사람

---

[44] 1683~1730. 영국의 배우.

들이 걸어 다니는 모습을 바라보았고, 한두 번은 새장 밖으로 날아가기도 했다. 새장 속에서 살아가는 족속 가운데 그보다 더 명랑하고 더 쾌활하며 더 생기발랄한 사람은 거의 없었으므로, 우리는 소위 새장 속에서 살아간다는 것이 지상에만 살도록 되어 있는 현명한 사람들이 선택할 운명이 아닌지 때때로 의문을 품지 않을 수 없다. 자유롭다는 것은 결국 내놓아진다는 것이며, 레이디 도러시 같은 사람들이 처음 눈을 떴을 때 그들의 요람 주위에 놓여 있는 번쩍거리는 것들을 살 돈을 모으고 그럴 시간을 얻기 위해서는 인생의 대부분을 낭비해야 한다. 레이디 도러시는 1826년 버클리 광장Berkeley Square 11번지에서 처음으로 눈을 떴다. 허레이쇼 월폴이 그곳에 살고 있었다. 그녀의 아버지 오퍼드 경은 그녀가 태어난 해 어느 날 밤 도박으로 그 집을 날려 버렸다. 그러나 노퍽에 있는 월터턴 홀Wolterton Hall은 조각과 벽난로 장식이 가득 차 있었고, 정원에는 희귀한 나무들과 크고 유명한 잔디밭이 있었다. 어느 소설가도, 제멋대로이긴 하지만 세상으로부터 격리된 채 자라면서 가정교사와 함께 보쉬에Jacques Bénigne Bossuet[45]를 읽고, 투표하는 날에 소작인들의 토지에서 조랑말을 타는 두 어린 소녀 이야기의 배경이 될 만한, 그보다 더 매혹적이고 낭만적인 환경을 바랄 수는 없었을 것이다. 그리고 다음과 같은 편지를 쓴 사람을 조상의 한 사람으로 갖는 것이 커다란 자랑의 원천이 되었으리라는 점 역시 부인할 수 없다. 그 편지는 오퍼드 경에게 회장

45 1627~1704. 프랑스의 신학자이자 역사가.

이 되어 달라고 요청했던 노리치 성경 협회^{Norwich Bible Society}에 쓴 것
이다.

> 저는 오랫동안 도박판에 절어 있었습니다. 최근에는 경마장에도 끌렸
> 습니다. 하느님께 불경스런 말도 자주 하지 않을까 두렵습니다. 하지만
> 저는 결코 종교적인 행위를 한 적이 없습니다. 이 모든 것은 여러분과 여
> 러분의 협회에서 알고 계십니다. 그럼에도 불구하고 여러분께서는 제가
> 여러분의 회장이 되기에 적합한 인물이라 생각하십니다. 하느님께서 여
> 러분의 위선을 용서하시기를 기원합니다.

이 경우 새장 속에 있는 것은 오퍼드 경이 아니었다. 하지만, 아,
오퍼드 경은 도싯셔^{Dorsetshire}[46]에도 일싱턴 홀^{Ilsington Hall}이라는 시골 별
장을 소유하고 있었으며, 레이디 도러시는 거기서 처음에는 뽕나무
와 나중에는 토머스 하디 씨와 접촉하게 되었고, 그래서 우리는 처음
으로 그 새장의 창살 사이를 엿보게 된다. 우리는 보편적인 선원 숙
소들에 대해 부당한 열광을 요구하지 않는다. 뽕나무가 쳐다보기에
훨씬 멋진 나무임에는 의심의 여지가 없다. 하지만 그 나무들을 베어
집을 짓는 사람들을 '공공 재산의 파괴자'라고 부르고, 그 나무로 발
올리는 의자를 만드는가 하면, 바로 그 의자 아래쪽에 "점점 더 자주
국왕 조지 3세께서 차를 드시러 오신다"고 새기게 한 것에 이르면, 우

---

[46] 영국 잉글랜드 남해안 중부의 카운티. 지금은 도싯Dorset으로 개칭되어 있다.

리는 "셰익스피어를 의미하는 것인가?" 하고 항의하고 싶어진다. 하지만 하디 씨에 대한 그녀의 뒤따른 언급이 입증하다시피, 레이디 도러시는 셰익스피어를 의미하는 것이 아니다. 그녀는 하디 씨의 작품들을 '따뜻하게 감상하면서' 때때로 "도싯셔 사람들은 너무 어리석어 그의 천재성을 제대로 파악할 수 없었다"고 불평했다. 조지 3세가 차를 마시고, 도싯셔 사람들은 하디 씨를 제대로 감상하지 못한다니, 레이디 도러시가 새장 창살 안에 있음은 의심의 여지가 없다.

그러나 찰스 다윈Charles Darwin[47]과 담요 이야기만큼 우리가 앞으로 인식하게 될 레이디 도러시와 외부 세계 사이의 장애를 더욱 적절하게 설명해 주는 이야기는 없다. 레이디 도러시는 취미 생활의 하나로 난을 재배했기 때문에 '그 위대한 박물학자'와 접촉했다. 그녀를 자기 집에 묵도록 초청한 다윈 부인은 순진한 마음에, 런던 사교계의 사람들이 담요에 감싸여 내던져지는 것을 좋아한다는 이야기를 들은 바 있노라고 이야기 하면서 "우리는 당신에게 그 같은 것을 제공하기가 힘들 것 같아 걱정입니다"는 말로 편지를 끝맺었다. 실제로 레이디 도러시를 담요로 감싸 내던질 필요성에 대해 다운Down[48]에서 진지한 논의가 있었는지, 또는 다윈 부인이 그녀의 남편과 난을 재배하는 귀부인 사이의 부조화에 대한 자신의 느낌을 어렴풋이 암시한 것인지 우리로서는 알 수 없다. 하지만 우리는 두 세계의 충돌을 느낄 수 있

---

[47] 1809~1882, 영국의 생물학자.
[48] 영국 북아일랜드의 주로서 당시 다윈 부부가 거주한 곳.

으며, 파면들 사이로 나타나는 것은 다윈의 세계가 아니다. 레이디 도로시가 크고 넓으며 화려하게 꾸며진 새장 속에 홰에서 홰로 옮겨 다니고, 한 곳에서는 개쑥갓, 다른 곳에서는 삼씨를 집어 들며, 뛰어난 꾸밈음과 장식음에 몰두하는가 하면, 설탕덩어리에 그녀의 날카로운 부리를 갖다 대는 모습이 점점 더 많이 보인다. 그 새장은 재미있는 오락으로 가득 차 있었다. 그녀는 한때 앙상해져 있는 마른 잎들을 물에 담가 불리고 불을 비추었다가, 다음에는 당나귀의 품종을 개선하는 데 재미를 붙였고, 그다음에는 전염병 때문에 오스트레일리아를 위협할 지경에 이르렀던 누에를 키워 "실제로 드레스를 짓기에 충분한 비단을 얻기도 했다." 그녀는 또 목재가 썩어 녹색이 되면 약간의 비용으로 작은 상자를 만들 수 있음을 발견한 최초의 인물이었으며, 버섯을 파고들어 그 동안 내버려둔 영국산 송로의 장점을 찾아냈다. 희귀한 어종을 수입했는가 하면, 황새나 콘월 지방의 붉은부리까마귀를 서식하게 하려고 헛된 노력을 기울였다. 그리고 도자기에 그림을 그리고 문장을 장식하는가 하면, 비둘기의 꼬리에 호루라기를 붙여 그들이 하늘을 날 때 '공중의 오케스트라로서' 멋진 효과를 자아내게 했다. 기니피그를 요리하는 적절한 방법을 찾아낸 사람은 서머싯 공작 부인Duchess of Somerset으로 알려졌지만, 찰스 가Charles Street에서 점심 식사 때 이들 작은 피조물의 요리를 내놓은 사람은 레이디 도로시가 처음이었다.

하지만 새장의 문은 항상 조금 열려져 있었다. 네빌Reginald Henry Nevill[49] 씨가 '상부 보헤미아'라 부른 곳에는 여러 번 불시 단속이 이루어졌다. 레이디 도러시는 그곳에서 '작가, 언론인, 배우, 여배우, 그 밖에 마음에 들고 재미있는 사람들'과 함께 돌아왔다. 레이디 도러시의 판단력으로 볼 때 그들은 못된 짓을 한 적이 거의 없었고, 그들 일부는 정말로 아주 가정적이었으며, 그녀에게 '표현이 매우 우아한 편지들'을 썼다는 것으로 그 판단이 입증되었다. 그러나 그녀는 스스로 한두 번 새장 밖으로 날아갔다. 중산층을 암시하면서 다음과 같이 말하기도 했다. "우리는 매우 어리석지만 이들 끔찍한 자들은 매우 교묘하며, 우리 자식들은 부모의 돈을 낭비하는 것 이외에 아무것도 배우지 않으므로 그들이 얼마나 열심히 교육을 받는지 보아야 해요!" 그녀는 그 사실에 대해 곰곰이 생각해 보았다. 무엇인가 잘못되었던 것이다. 그녀는 아주 예리하고 정직했기 때문에 적어도 그녀 자신의 계급에 일부 책임이 있음을 인정하지 않을 수 없었다. 스스로 교양이 있다고 자부하는 어느 레이디에 대해 그녀는 "글쎄, 그저 책을 읽을 수 있는 정도가 아닐까?" 하고 말했으며, 다른 레이디에 대해서는 "정말로 호기심이 많아 열심히 바자회에 나가는 정도야" 하고 언급했다. 하지만 우리가 생각할 때 그녀가 새장 밖으로 나간 일 가운데 가장 주목되는 것은 그녀가 세상을 떠나기 1, 2년 전 빅토리아 앨버트 박물관Victoria and Albert Museum[50]에서 일어난 일이었다.

[49] 1806~1878. 레이디 도러시의 남편.
[50] 잉글랜드 소재의 빅토리아 여왕 부처를 기념하는 세계 최대의 장식 미술 및 디자인 박물관.

　상류 계급이 아주…… ─ 무슨 말을 해야 할지 모르겠구나 ─ 하지만 그들은 골프 따위를 제외하고는 아무것에도 관심이 없는 것 같다는 네 말에 ─ 이렇게 말해서는 안 되지만 ─ 나도 동의해. 어느 날 내가 빅토리아 앨버트 박물관에 있을 때였는데, 몇 개의 다리가 ─ 그렇게 말하는 것은 그들이 몸통과 영혼을 가지고 있다고 하기에는 너무 하찮아 보였기 때문이야 ─ 보였는데 내 눈에 띄는 것은 안내서를 들고 전시품을 살펴보는 자그마한 두 일본인이었어. 물론 우리의 몸은 킬킬거릴 뿐 아무것도 쳐다보지 않지. 게다가 상류층 사람은 전혀 눈에 띄지 않았어. 사실 그곳을 알고 있는 사람 이야기는 결코 들어본 적이 없다니까. 그런데도 이곳을 위해 우리는 수백만 파운드를 지출하고 있어. 너무 괴로운 노릇이야.

　그것은 너무 괴로운 노릇이었으며, 그녀는 기요틴이 떨어지려는 것을 어렴풋이 느꼈다. 그녀는 그 파국을 면했다. 꼬리에 호루라기가 달린 비둘기의 머리를 누가 베고 싶겠는가? 하지만 만약 새장이 통째로 뒤집히고 가공의 오케스트라가 공기 사이로 비명과 퍼덕거리는 소리를 보냈다면, 조지프 체임벌린Joseph Chamberlain[51]이 그녀에게 말했다시피, 그녀의 행동이 '영국 귀족의 명예를 높였을 것'이었다고 확신할 수 있다.

---

51 1836~1914, 영국의 정치가.

4

톰슨 대주교William Thomson

톰슨William Thomson[52] 대주교의 출신은 모호했다. 그의 종조부는 "중산층의 장신구"였으리라 생각하는 것이 "타당할지도 모른다." 그의 숙모는 스웨덴 국왕 구스타브 3세Gustavus Ⅲ[53]가 살해당한 현장에 있었던 신사와 결혼했으며, 그의 아버지는 87세의 어느 이른 아침에 고양이를 밟는 바람에 죽음을 맞이했다. 이 일화는 대주교가 어떤 직업을 택하든 성공을 약속하는 뛰어난 지성과 결합되어 있음을 보여 준다. 옥스퍼드에서 그는 철학이나 과학에 투신할 것처럼 보였다. 학위 논문을 쓰기 위해 자료를 읽는 동안에도 틈틈이 《사고의 법칙 개요 Outlines of the Laws of Thought》를 썼으며, 그것은 "즉시 옥스퍼드의 강의 교재로 채택되었다." 그러나 비록 시, 철학, 의학, 법학 등이 유혹적이었지만 그들에 대한 생각을 접었든지, 아니면 처음부터 전혀 그럴 마음 없이 성직에 종사하기로 결심했을 것이다. 훨씬 고귀한 영역에서 그가 거둔 성공의 정도는 다음과 같은 사실로 증명된다. 1842년 23세 때 서품을 받은 그는 1845년 옥스퍼드대학교 퀸스 칼리지의 주임 사제 겸 재무관이 되었고, 1855년에는 학장, 1861년에는 글로스터 및 브리스틀 주교Bishop of Gloucester and Bristol, 1862년에는 요크 대주교

---

52 1819—1890, 왕국의 설립자.
53 1746—1792, 재위 연대: 1771—1792.

Archbishop of York가 되었다. 그는 43세라는 빠른 나이에 캔터베리 대주교Archbishop of Canterbury에 버금가는 자리에 올랐던 것이다. 비록 그렇게 되지는 않았지만 다들 나중에는 그 위세 높은 자리에까지 이를 것이라고 예상했다.

이 목록을 존경심으로 읽을지 따분해 하며 읽을지, 또는 대주교의 모자를 왕관처럼 간주할지 램프의 불을 끄는 도구로 간주할지는 기질이나 신앙의 문제이다. 만약 이 글을 쓰는 평론가처럼 외적 질서와 내적 질서가 조응한다는 소박한 믿음—교구 목사는 선량한 사람, 대성당의 신부는 더 나은 사람이며, 대주교는 최상의 사람이라는 믿음—을 간직할 준비가 되어 있다면, 대주교의 삶에 대한 탐구가 매우 매력적임을 발견할 것이다. 그는 시, 철학, 법에게서 고개를 돌리고 덕행을 닦았다. 성직에 헌신하였던 것이다. 그의 신앙적인 능력은 매우 특출하여, 20년이라는 짧은 기간에 부사제에서 주임 사제로, 주임 사제에서 주교로, 주교에서 대주교로 지위가 거듭 올라갔다. 영국 전역에 대주교는 둘밖에 없으므로, 그는 영국에서 두 번째로 훌륭한 사람으로 추정된다. 그의 모자가 바로 증거이다. 심지어 물질적인 측면에서도 그의 모자는 가장 큰 것 가운데 하나였다. 글래드스턴 씨의 모자보다 컸고, 새커리의 모자보다 컸으며, 디킨스의 모자보다 컸다. 그것은 사실 그의 모자 제조업자가 그렇게 이야기했던 것이며, 우리도 그 모자가 '8인치'였다는 데 동의한다. 하지만 그는 다른 사람들이 시작하는 것과 아주 똑같이 시작했다. 발작적인 분노 때문에 학부생을 때려 정학 처분을 받은 적도 있었다. 논리학 교재를 썼는가 하면, 조정에서 노를 아주 잘 저었다. 그러나 서품을 받은 뒤 그의 일기는 전문적인 과정이 시작되었음을 보여 준다. 그는 자신의 영혼에 대해, '성직 매매의 악성 종양'에 대해, 교회의 개혁에 대해, 그리고 기독교의 의미에 대해 많은 생각을 했다. 그리고 다음과 같은 결론에 이르렀다. "무욕이야말로 기독교와 기독교 윤리의 근본이다. (……) 가장 높은 지혜는 이 무욕을 실행에 옮기고 배양할 수 있는 것이다. 따라서 나는 (사촌과 반대로) 철학보다 종교가 훨씬 더 고귀하다고 생각한다." 화학자들과 모세관 현상에 대한 언급도 한 번 있지만, 그러나 과학과 철학은 심지어 이 초기 단계에서도 많은 사람들이 붐빌 우려가 있었다. 곧 일기의 어조는 달라진다. "자신의 생각을 종이에 적을 시간이 없어졌던 것 같다"고 그의 전기 작가는 말한다. 그는 약속 내용만 기록하며, 거의 매일 밤 밖에서 식사를 한다. 이들 파티에서 만났던 헨리 테일러 경Sir Henry Taylor[51]은 그를 "소박하고 믿음직하며 선량하고 유능한 재미있는 사람"으로 묘사했다. 아마도 이들 훌륭한 사람들에게 깊은 인상을 주었던 것은, 교회에서 그가 꼭 필요한 투사임을 발견하게 된 신뢰성과 더불어, '뛰어날 정도로 과학적인' 머리 회전과 결합된 그의 믿음직스러움, 그리고 그의 거대한 몸집은 물론 그의 온화한 태도 등이었을 것이다. 그의 '강건한 논리'와 육중한 몸집은, 가장 강한 자들에게도 무거운 부담이었던 임무 — 즉 당대의 과학적 발견을 종교와 화해시키고, 심지어 그들이 '진리에 대한 아주 강

---

51 1800~1886, 영국의 극작가.

력한 증인'임을 입증까지 하는 것 ─ 를 수행할 수 있게 하는 데 도움
이 되는 것 같았다. 누군가 그 일을 할 수 있다면 바로 톰슨이었다.
신비롭거나 꿈꾸는 듯한 경향에 의해 방해 받지 않는 그의 실제적인
능력은 이미 대학의 운영 문제를 처리하는 데서 입증된 바 있었다.
그는 주교가 되기 무섭게 곧바로 대주교가 되었으며, 대주교가 되자
영국 국교회의 차석 대주교Primate of England, 차터하우스 공립학교
Charterhouse와 런던 킹스 칼리지King's College의 이사, 그리고 요크York, 클
리블랜드Cleveland, 이스트라이딩East Riding 등 교구의 부주교들, 요크 민
스터York Minster[55]의 관리직 간부들과 그들의 보수를 총괄하는 120명의
보호자 등이 되었다. 비숍소프 펠리스Bishopthorpe Palace[56] 자체도 거대한
저택이었다. 그는 즉시 모든 가구를 새로 구입하든지 ─ "가구 다수가
형편없는 것뿐" ─ 아니면 많은 돈을 들여 실내 장식을 전면적으로 새
로 하는 '곤란한 문제'와 직면했다. 게다가 저택 주위의 정원에는 암
소가 일곱 마리 있었으며, 이들은 어쩌면 유아원에 있는 아홉 명의
어린이와 균형을 이루는 것이었는지도 모른다. 그러다 왕세자 부처
가 방문해 묵게 되었다. 대주교는 직접 세자비의 거처를 장식하는 임
무를 맡았다. 그는 런던으로 가서 여덟 개의 모더레이터 램프Moderator
lamp[57]와 양초를 받쳐 드는 사람의 모습이 조각된 두 개의 에스파냐제

---

55 요크에 있는 영국 국교회의 대성당.

56 요크의 남쪽 비숍소프에 있는 요크 대주교의 공관.

57 1836년경 프랑스의 프랑쇼Franchot가 발명한 석유램프.

촛대를 구입했으며, '세자비를 위한 비누'도 반드시 구입해야 한다고 스스로 다짐했다. 한편 그보다 훨씬 심각한 문제들도 그의 힘을 요구했다. 그는 이미 《논문과 비평Essays and Reviews》[58] 필자들의 '궤변에 대해 강건한 논리로 무장된 확실한 창을 휘두르도록' 권유를 받은 상태에서 《신앙에 대한 보조 도구Aids to Faith》라는 책으로 대응한 바 있었다. 가까이 있는 도시 셰필드Sheffield[59]는 불완전한 교육을 받은 노동자들이 많은 도시로서 회의론과 불만의 사육장이었다. 톰슨 대주교는 그곳을 특별 관리대상으로 삼았다. 그는 장갑판이 구르는 모습을 구경하기를 좋아했으며, 끊임없이 노동자들의 집회에서 연설했다. "허무주의, 사회주의, 공산주의, 아일랜드 공화주의 등은 무엇이며 이들은 모두 무엇을 의미하는가?" 하고 묻고, "바로 이기심이다. 그들의 밑바닥에는 다른 계급들에 대해 한 계급을 내세우려는 주장이 있다"고 스스로 대답했다. 그리고 임금이 올라가고 내려가는 데는 자연의 법칙이 있다고 말했다. "여러분은 상승은 물론 하강도 받아들여야 한다. (……) 우리가 사람들에게 그 점을 배우게 할 수 있다면, 많은 일이 훨씬 나아지고 원만해질 것이다." 그러자 셰필드의 노동자들은 그에게 순은으로 된 식탁용 도구 오백 점을 선물하는 것으로 대응했다. 그들 순가락과 포크 사이에는 나이프도 상당수 있었을 것이다.

---

58 1860년에 간행된, 기독교에 관한 7편의 논문집. 필자들은 모두 영국 국교회의 저명한 성직자들이었다.
59 영국 잉글랜드 중북부 사우스요크셔 카운티의 도시.

하지만 콜렌소John William Colenso[60] 주교가 셰필드의 노동자들보다 훨씬 골치 아팠으며, 의식주의자들Ritualists[61]도 지속적으로 그를 괴롭혔으므로, 아무리 강한 그도 괴로움을 느꼈다. 그에게 결정을 내리도록 제기된 문제는 그처럼 커다란 몸집과 그처럼 온화한 태도를 지닌 사람도 못살게 만들고 짜증나게 할 만한 것이었다. 하수구에서 시체로 발견된 주정뱅이나 채광창으로 떨어진 도둑에게도 장례식을 베풀어 주어야 하는가 하는 질문도 받았다. 촛불을 켜는 문제도 '매우 어려웠다'. 다채로운 색깔의 영대를 걸치는 것과 여러 가지 성배의 관리도 그를 무척이나 괴롭혔다. 그리고 긴 외투, 장백의, 비레타, 영대 등을 '십자가 형태로' 차려입고 '특별한 이유 없이' 촛불을 켜고 껐으며 검은색 가루를 단지 속에 넣은 뒤 그것을 신도들의 이마에 문질렀고, '날아가는 듯한 모습의 비둘기 상이나 그림, 박제 등'을 성찬대 위에 매달아 놓은 존 퍼처스 신부Rev. John Purchas[62]가 있었다. 보통 매우 긍정적이고 침착했던 대주교의 분노가 폭발했다. "국가의 상식을 대변하게끔 영국 국교회를 유지하려고 노력했던 것이 범죄로 생각될 때가 올 것인가? 그럴지도 모르지만 나는 그것을 목격하지 않으리라. 많은 일을 겪었지만 최선을 다한 것에 후회하지 않는다." 만약 잠깐이나마 대주교 자신이 그런 질문을 할 수 있었다면, 우리는 극도의

---

60 1814~1883, 영국의 성직자이자 신학자 및 수학자.

61 19세기 영국 성공회에서 교회의 세속화에 대응하기 위해 의식에 대한 강조를 새롭게 주장한 일파.

62 1823~1872, 영국 국교회의 성직자.

당황스러움을 표하지 않을 수 없다. 우리가 완벽하다고 생각했던 선량한 사람에게 무슨 일이 일어난 것인가? 그는 시달렸고 마음대로 운신을 못하는가 하면, 비둘기 박제나 색깔 있는 페티코트 등의 문제를 처리하는 데 시간을 허비하기도 하고, 때로는 아침 식사 전에 80통 이상의 편지를 쓰기도 했다. 그래서 파리로 건너가 딸에게 선물할 보닛을 구입할 시간이 없을 정도였다. 그런데도 결국에 가서는 앞으로 그의 처신이 범죄로 여겨질 때가 올 것인지 자문하게 된 것이다.

  그것이 범죄였을까? 만약 그렇다고 하더라도 그것이 그의 탓일까? 그는 기독교가 금욕과 관계있으며 상식의 문제는 아니라는 믿음에서 출발하지 않았던가? 만약 명예와 의무, 화려함과 소유물이 그를 둘러쌌다면, 대주교의 신분으로 어떻게 그들을 받아들이지 않겠노라 거부할 수 있었겠는가? 세자비를 위해 비누를 갖추어야 하고 저택에는 가구가 갖추어져야 하며 자녀들에게는 그들의 안소가 있어야 한다. 그리고 애처롭게 여겨질지 모르지만 그는 결코 과학에 대한 관심을 완전히 버리지 못했다. 그래서 계보기를 달고 다녔고, 카메라를 사용한 최초의 인물 가운데 하나였으며, 타자기가 점차 유용해질 것이라 믿었는가 하면, 말년에는 고장 난 괘종시계를 수리하려고 애썼다. 그는 또 재미있는 아버지였다. 그리고 기지가 넘치고 간결하며 사리에 맞는 편지를 썼다. 그의 훌륭한 이야기는 매우 적절한 것이었다. 그리고 죽는 날까지 일했다. 그가 매우 유능한 인물이었음은 분명하다. 하지만 우리가 만약 선을 고집한다면, 선량한 사람이 대주교가 되는 것이 과연 쉽거나 가능한 일일까?

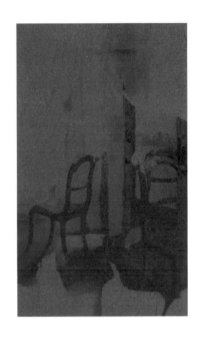

그리스 어를 알지
못하는 것에 대하여
On Not Knowing Greek

·

On Nor Knowing Greek

하지만 다시 말하지만(이 의문은 거듭 되돌아온다) 이 말
을 할 때 과연 우리가 그리스 어를 씌어진 대로 읽고
있는 것일까? 묘비에 새겨진 이들 몇 마디 말, 합창의
한 소절, 플라톤의 대화 가운데 시작이나 끝 부분, 사
포의 단편 하나를 읽을 때, 〈리어 왕〉을 읽으면서 우
리가 하는 것처럼 즉각 꽃가지를 꺾는 대신에 〈아가
멤논〉의 어느 대단한 비유에 상심할 때, 우리는 잘못
읽고 있는 것은 아닌가?

그리스 어를 안다고 말하는 것은 허영이며 어리석은 일이다. 무식하
기로는 그것을 배우는 학생들의 반에 들어가면 꼴찌를 할 것이기 때
문이며, 단어가 어떻게 발음되는지, 또는 어디에서 웃어야 하는지,
또는 배우들이 어떻게 연기했는지 모르기 때문이다. 그리고 그리스
인과 우리 사이에는 민족과 언어의 차이뿐 아니라 전통의 커다란 틈
이 있다. 그런데도 우리가 그리스 어를 알기를 바라고, 그렇게 하기
위해 노력하며, 항상 그리스 어에 끌리는 듯 느낀다. 그리고 그리스
어의 참된 의미와 전혀 어울리지 않는 잡동사니가 그리스 어와 얼마
나 비슷한지 말하는 사람이 없을 터인데도 우리는 항상 그리스 어의
의미를 제대로 파악하려고 하다니 더욱 이상한 노릇이다.

우선 그리스 문학은 개인과 관계없는 문학임이 분명하다. 존 패스

턴과 플라톤, 노리치와 아테네를 갈라놓은 수백 년이라는 세월이 유럽인들의 엄청난 수다도 결코 건널 수 없는 틈을 만든다. 우리는 초서를 읽을 때 부지불식간에 우리 조상들의 생활 속에 파고들면서 그에게 다가가며 점차 기록이 늘어나고 기억이 길어지면, 연상에 의한 그의 후광, 그의 삶과 편지들, 그의 아내와 가족, 그의 집, 그의 성격, 행복하거나 비참한 결말 등이 없는 인물은 거의 없다. 하지만 그리스인들은 그들 자신의 요새 속에 머물러 있다. 운명의 여신은 거기서도 친절하다. 그녀는 그들을 저속해지지 않게 해 왔다. 에우리피데스Euripides[1]는 개들에게 잡아먹혔고, 아이스킬로스Aeschylus[2]는 돌에 맞아 죽었으며, 사포는 절벽에서 떨어졌다. 우리는 그들에 대해 더 이상 아는 것이 없다. 그들의 시가 남아 있을 뿐이다.

하지만 그것이 전적으로 사실은 아니며, 어쩌면 결코 그럴 수 없을 것이다. 소포클레스Sophocles[3]의 아무 희곡이나 골라 읽어 보라.

옛 트로이에서 그리스 인들을 이끌었던 인물 아가멤논의 아들

그러면 즉각 마음속에는 그 분위기가 떠오르기 시작한다. 아주 일

---

1 기원전 484?~406?, 고대 그리스의 3대 비극 시인 중 한 명. 대표작으로 〈키클로프스〉가 있다.

2 기원전 525?~456, 고대 그리스의 비극 시인. 총 90편의 작품을 썼다고 알려져 있으나 현재 7편이 전한다.

3 기원전 496~406, 고대 그리스의 비극 시인. 대표작으로 〈안티코네〉, 〈오이디푸스 왕〉, 《아이아스》 등이 있다.

시적인 것이기는 하지만 소포클레스를 위한 배경을 만드는 것이다. 그리스에서도 바다 가까이에 있는 외딴곳의 어느 마을을 상상한다. 심지어 오늘날에도 그 같은 마을은 잉글랜드의 외딴 지역에서 발견할 수 있으며, 우리는 그런 곳에 들어가면서 철도와 도시로부터 단절된 여기 이 오두막집들 속에도 완벽하게 살아가는 데 필요한 모든 요소들이 있다고 느끼지 않을 수 없다. 교구 목사의 주택이 있고, 영주의 저택, 농장, 오두막집, 신앙을 위한 교회, 회합을 위한 클럽, 놀이를 위한 크리켓 경기장 등도 있다. 이곳에서의 삶은 간단히 그 주된 요소들로 나누어진다. 각각의 남녀는 자신의 일을 가지고 있으며, 건강이나 다른 사람들의 행복을 위해 일한다. 그리고 여기 이 작은 공동체에서는 인물들이 모두 잘 알려져 있다. 성직자의 괴벽은 물론 노파들의 괄괄한 기질, 대장장이와 우유 장수와의 분쟁, 소년소녀들의 사랑과 성생활 등이 감추어지지 않는다. 여기서는 삶이 여러 세기에 걸쳐 똑같이 반복되며 관습이 생기고 산꼭대기와 홀로 서 있는 나무들에 전설이 가미되는가 하면 마을은 역사, 축제, 경쟁 관계 등을 지니게 된다.

불가능한 것은 기후이다. 우리가 영국에서 소포클레스를 생각하려고 하면, 연기와 습기와 짙은 안개를 없애지 않으면 안 된다. 그리고 산등성이의 선도 날카롭게 다듬어야 한다. 숲과 녹음의 아름다움보다 돌과 흙의 아름다움을 상상해야 한다. 온화한 기온, 햇빛, 여러 달 동안 계속되는 화창한 날씨가 있으면 삶은 당장 바뀐다. 그것은 옥외로 옮겨지며, 따라서 이탈리아를 방문한 사람은 누구나 알다시피 작은 일들이 방 안에서가 아니라 거리에서 논의되고 극적인 성격이 가미된다. 또한 사람들을 입심 좋게 만들며, 남부 유럽인 특유의 빈정거림, 웃음, 재빠른 위트 등을 발전시키는데, 그것은 한 해의 절반 이상을 실내에서 살아가는 사람들의 느리고 흐릿하며 생각이 깊고 내성적인 우울과는 공통점이 전혀 없다.

그리스 문학에서 우리에게 처음 와 닿는 것은 바로 그 성질 — 전광석화와 같이 빠르고 빈정거리는 듯하며 옥외 생활에 익숙해진 태도이다. 그것은 가장 위엄 있는 장소에서는 물론 가장 사소한 장소에서도 분명하다. 소포클레스의 비극에서는 왕비나 공주가 시골 여인들처럼 문간에 서서 말을 주고받으며, 짐작할 수 있겠지만 언어의 구사를 즐기고 어구를 잘게 나누며 말싸움에 이기려 하는 경향을 나타낸다. 사람들의 유머는 우리나라의 우편배달부나 택시 기사의 유머처럼 호의적인 것은 아니었다. 거리의 한 모퉁이에서 빈둥거리고 있는 사내들의 비아냥거림은 위트와 함께 뭔가 잔인한 구석이 있었다. 그리스의 비극에도 영국인의 가혹성과 다르지 않은 잔인성이 있다. 예컨대 〈바카이Bacchae〉[4]에서 매우 존경받던 임금 펜테우스Pentheus는 파멸에 이르기 전에 조롱받지 않는가? 물론 이들 왕비나 공주는 옥외로 나와 있었으며, 벌들이 윙윙거리며 날아다니고 그림자가 그들을 가로지르는가 하면 바람이 그들의 옷자락을 휘날렸다. 그들은 햇살이 따갑고 대기가 마음을 들뜨게 하는 남부 유럽의 어느 화창한 날,

---

4 고대 그리스의 시인 에우리피데스의 비극.

그들 주위로 모여든 많은 사람들을 향해 말하고 있었다. 따라서 시인들은 사람들이 혼자 있을 때 여러 시간에 걸쳐 읽을 수 있는 주제가 아니라, 너무 오래 잠자코 서 있으면 근육이 경직되는 몸을 지닌 채 눈과 귀를 쫑긋하고 있는 대략 1700명쯤 되는 사람들에게 즉각, 직접적으로 전해질 정도로 강조할 만하고 친숙하며 간단한 주제를 생각하지 않으면 안 되었다. 음악과 춤도 필요할 것이며, 당연한 일이지만 우리의 트리스탄과 이졸데Tristan und Isolde[5]처럼 모두가 대략적인 이야기를 알고 있어 쉽게 감정이 고조될 수 있으면서도 시인에 따라 새로운 강조가 가능한 여러 가지 전설 가운데서 하나를 고를 것이다.

예컨대 소포클레스는 옛이야기 엘렉트라Elektra[6]를 골랐지만 즉각적으로 그 자신의 작품이라는 표시를 남겼다. 우리의 약점과 왜곡에도 불구하고 그 가운데서 우리가 볼 수 있도록 남아 있는 것은 무엇일까? 첫째로 그의 천재성이 특출하다는 점, 그리고 그가 만약 실패할 경우 의미 없는 세부 내용을 슬그머니 숨기면 되는 것이 아니라 쓰레기와 폐허 속에 그 실패가 드러날 디자인, 만약 성공한다면 뼛속에 자국이 새겨지고 대리석 속에 지문이 찍힐 디자인을 골랐다는 점이 있다. 그의 엘렉트라는 꽁꽁 묶여 있기 때문에 이쪽으로나 저쪽으로 고작 1인치밖에 움직일 수 없는 인물로 우리 앞에 서 있다. 그러므로

5 중세 유럽 최대의 연애담으로 서구 연애 문학의 전형이 되었다.
6 그리스 신화에 나오는 아가멤논의 딸로 아버지의 원수를 갚기 위해 어머니를 죽이게 되니, 엘렉트라 콤플렉스의 유래가 되었다.

그 각각의 움직임이 최대한 이야기를 해야 한다. 그렇지 않으면 암시, 반복, 제시 등을 하지 못하게 되어 단단히 묶인 미라에 불과하다. 사실 위기에 처해서도 그녀는 말이 없다. 단지 절망, 기쁨, 미움의 외침뿐이다.

> οἲ 'γὼ τάλαιν', ὄλωλα τῇδ' ἐν ἡμέρᾳ.
> παῖσον, εἰ σθένεις, διπλῆν.

하지만 이 외침이 그 연극에 국면과 윤곽을 제공한다. 영문학에서 제인 오스틴이 소설의 뼈대를 형성하는 것도 정도의 차이는 엄청나지만 바로 그런 식이다. "저는 당신하고 춤을 추겠어요" 하고 에마 Emma[7]가 말하는 순간이 있는데, 그것은 다른 것보다 더 높이 올라가는 순간, 그 자체로는 웅변적이거나 격렬하거나 또는 언어의 아름다움이 두드러지지 않지만 책 전체의 무게가 그 말의 뒤에 놓이는 순간이다. 제인 오스틴의 경우에서도, 비록 묶인 정도가 훨씬 느슨하기는 하지만 그녀의 작중인물들은 묶인 채 몇 가지 움직임으로 한정된다는 같은 느낌을 받는다. 오스틴 역시 겸손하고 일상적인 산문을 통해 하나의 실수가 바로 죽음을 의미하는 위험천만한 예술을 선택했던 것이다.

그러나 엘렉트라가 괴로워하다가 내뱉은 이 비명이 사람들에게 상처를 내고 흥분시키는 힘을 지니게 된 것이 무엇 때문인지 판단하기

---

7 제인 오스틴이 1816년에 발표한 소설 《에마》를 가리킴.

란 그리 쉬운 일이 아니다. 부분적으로 그것은 우리가 그녀를 알고 있기 때문이며, 대화의 암시라는 완곡한 표현을 통해 그녀의 성격, 그녀의 겉모습(이것은 그녀가 무시하는 것이 특징이다), 그녀 속에서 괴로움을 겪고 있는 어떤 것— 분노하고 또 엄청난 자극을 받지만, 그녀 자신도 알다시피("꼴사나운 내 행동 때문에 내 자신도 역겹구나.") 미혼의 처녀로서 어머니의 타락을 목격하고 그것을 거의 속될 정도로 크게 세상을 향해 비난하게 된 그녀의 난처한 입장에 의해 무디어지고 품위가 떨어진 사실—등을 파악했기 때문이다. 그리고 또 부분적으로는 우리가 같은 방법으로 클리타임네스트라[8]가 지독한 악녀임을 알고 있기 때문이기도 하다. "모성에는 이상한 힘이 있다"고 그녀는 말한다. 오레스테스가 집 안에서 살해하고 엘렉트라가 "다시 한 번 때려" 하고 그에게 지시하는 대상은 잔인무도한 살인을 저지른 여자가 아니다. 아니다. 언덕 쪽에 자리 잡은 관객들 앞에 서 있는 남녀 배우들은 아주 생생하고 미묘했으며, 단순한 인간의 모습이나 석고상이 아니었다.

하지만 그들이 우리에게 깊은 인상을 자아내는 것은 우리가 그런 것들을 감정으로 분석할 수 있기 때문이 아니다. 프루스트를 여섯 페이지만 읽더라도 우리는 〈엘렉트라〉 전체보다 더 복잡하고 다양한 감정을 발견할 수 있다. 그러나 〈엘렉트라〉나 〈안티고네〉[9]에서는 뭔

8 엘렉트라와 오레스테스의 어머니. 남편인 아가멤논과 그의 정부를 살해했다.
9 소포클레스의 또 다른 희곡.

가 다른 것, 어쩌면 훨씬 더 인상적인 것―영웅적 행위 그 자체, 충절 그 자체―으로부터 깊은 인상을 받는다. 고역과 어려움에도 불구하고 우리가 거듭 그리스 인들에게 끌리는 것은 바로 이 때문이다. 거기에서는 안정된 것, 영구적인 것, 독창적인 인간이 발견된다. 그를 행동하게끔 하기 위해서는 격렬한 감정이 필요하지만, 죽음, 배신, 다른 원초적인 재앙에 의해 자극을 받으면 안티고네, 아이아스 Ajax[10], 엘렉트라 등은 우리가 그 같은 상황에 처하면 하게 될 행동, 모든 사람이 항상 해 왔던 방식으로 행동하며, 따라서 《캔터베리 이야기》의 등장인물들보다 훨씬 쉽게 직접적으로 이해하게 된다. 이들은 초서의 인간 변종들의 원형이다.

물론 이들 원형의 남녀들, 여러 시대에 걸쳐 항상 똑같은 곳에 발을 내딛으면서 충동적으로가 아니라 습관적으로, 똑같은 몸짓으로 옷자락을 홱 잡아당기는 영웅적인 왕, 충직한 딸, 비극적인 왕비 등은 세상에서 가장 따분한 사람들, 가장 우리의 사기를 꺾는 반려자들이다. 애디슨, 볼테르 등의 희곡이 그것을 입증해 준다. 하지만 그리스 어로 그들과 대면해 보라. 절제와 대가적인 기교에 대한 그의 명성이 학자들로부터 우리에게 전해져 있는 소포클레스의 작품들에서조차 그들은 단호하고 무자비하며 직접적이다. 거두절미한 말의 단편 하나도 존경할 만한 연극의 대양을 채색하는 것처럼 느껴진다. 여기서 우리는 그들의 감정이 닳아 하나가 되기 이전의 상태에서 그들

---

10 소포클레스의 또 다른 동명 희곡의 주인공.

과 만난다. 여기서는 영문학을 통해 반향이 일어나는 나이팅게일의 노래를 그리스 어로 듣게 된다. 처음으로 오르페우스는 류트를 연주하여 사람과 짐승이 그 뒤를 따르게 한다. 그들의 목소리는 명쾌하고 날카롭다. 대영 박물관의 흐릿한 복도에서 화강암 반석 위에 올라서 우아하게 포즈를 취한 것이 아니라, 올리브나무 사이 햇빛 아래에서 놀고 있는 털투성이의 황갈색 몸이 보인다. 그러자 갑자기, 이 모든 날카롭게 압축된 분위기 속에서 엘렉트라가 마치 얼굴을 베일로 가리고 우리에게 더 이상 그녀에 대해 생각하지 못하게 하려는 듯 바로 그 나이팅게일에 대해 말한다. "슬픔에 잠긴 저 새는 제우스의 전령인가. 아, 슬픔의 왕비 니오베여, 바위가 되어 버린 무덤 속에서 항상 울부짖는 그대를 나는 거룩하게 여기느니."

그리고 자신의 불평에 대해서는 침묵함으로써 그녀는 시와 그 본성이 간직하고 있는 설명되지 않는 의문과, 그녀 자신도 말하다시피 그녀의 말이 불멸성을 보증하는 이유 때문에 우리를 다시 당혹시킨다. 그들이 그리스 어이기 때문이다. 우리는 그 말들이 어떻게 소리를 냈는지 알 수 없다. 그 말들은 흥분을 자아낼 수 있는 명백한 원천을 무시한다. 그 효과도 결코 화려한 표현 때문이 아니다. 물론 화자의 성격이나 작가의 성격을 드러내 주지도 않는다. 하지만 이미 언명됨으로써 영원히 지속되어야 할 무엇인가로 남아 있다.

그러나 연극에서는 그들의 몸과 얼굴이 사용되기를 수동적으로 기다리면서 그것에 마주하고 서 있는 배우들이 있는 만큼, 이 시적인 것 ─ 이처럼 특징한 것으로부터 일반적인 것으로 바뀌는 것 ─ 은 필연적으로 얼마나 위험한가! 바로 이 같은 이유 때문에 행동보다 시가 더 많은 후기 셰익스피어의 연극은 관람하기보다 읽기에 좋으며, 신체의 연상과 움직임을 눈으로 볼 수 있게 하는 것보다 신체를 그대로 내버려둠으로써 훨씬 이해하기 좋다. 하지만 연극의 견디기 어려운 제한성은 만약 전체의 움직임을 중단시키지 않고 일반적이고 시적인—행동이 아니라—언급을 해방시킬 수 있는 수단이 발견된다면 완화시킬 수 있을 것이다. 바로 합창이 그렇다. 연극에 적극적으로 참가하지 않는 나이 많은 남녀, 바람이 불지 않을 때 새들처럼 노래하거나, 논평이나 요약을 하거나 또는 시인이 자신의 의견을 말하거나, 원래의 생각과 대조되는 또 하나의 측면을 제시할 수 있는 정체불명의 목소리도 그 같은 역할을 한다. 등장인물들이 스스로 말하고 작가는 아무 역할을 맡지 못하는 상상의 문학에서는 항상 그 같은 목소리의 필요성이 느껴진다. 왜냐하면 셰익스피어는 합창을 사용하지 않았지만(그의 작품들에 등장하는 바보나 광인이 그 역할을 하는 셈이다), 새커리William Thackeray[11]는 그 자신이 직접 등장하여 말하고, 필딩Henry Fielding[12]은 작품의 막을 올리기 전에 나와 세상 사람들에게 이야기하는 등 소설가들은 항상 그 대안을 강구하고 있기 때문이다. 그래서 연극의 의미를 파악하는 데는 합창이 아주 중요한 역할을 한다. 합창의 타당성 여부를 판단하고 전체 연극과의 관계를 판단하기 위해서는

---

11 1811~1863, 영국의 소설가.
12 1707~1754, 영국의 소설가.

합창의 열광적인 분위기, 타당성 없고 거친 발음, 때때로 나오는 명백하고 진부한 언명 등을 쉽게 파고들 수 있어야 한다.

'쉽게 파고들 수 있어야' 하지만, 그것은 물론 우리가 할 수 없는 일이다. 대부분의 경우 합창은 그것의 모호성에도 불구하고 올바로 소리가 나야 하고 그 균형이 깨어져야 한다. 그러나 우리는 소포클레스가 극의 행동 밖에 있는 것을 표현하기 위해서가 아니라 그 속에서 언급된 덕을 칭송하거나 어떤 장소의 아름다움을 노래하기 위해 합창을 사용했으리라 추측할 수 있다. 그는 강조되기를 바라는 것을 고르고, 흰색의 콜로노스Colonus와 그곳의 나이팅게일, 싸움으로도 정복되지 않는 사랑을 노래한다. 아름답고 고상하며 평온한 그의 합창은 자연스럽게 그가 만들어 낸 상황에서 성장하면서 관점이 아니라 분위기를 바꾼다. 그러나 에우리피데스의 경우 상황들은 그들 내부에 가두어져 있지 않다. 그들은 의심, 제안, 의문 등의 분위기를 자아낸다. 그러나 우리가 이것을 분명히 파악하기 위해 합창을 향하면 가르침을 얻기보다 당황하게 마련이다. 당장 〈바카이〉를 보면 우리는 심리학과 의심의 세계— 마음이 사실을 왜곡시키고 변화시켜 인생의 낯익은 측면을 새롭고 의문스러운 것으로 보이게 만드는 세계— 와 마주친다. 디오니소스가 무엇이며 신들은 누구인가? 그리고 그들에 대한 인간의 의무는 무엇이며, 인간이 지니고 있는 미묘한 뇌의 정상 상태란 무엇인가? 이들 질문에 대해 합창은 아무런 대답을 하지 않거나, 놀리는 듯 대답하거나, 또는 마치 극적 형식의 까다로움 때문에 에우리피데스가 그 중압감으로부터 벗어나기 위해 그 형식을 위배하도록 유혹을 받기라도 한 듯 음산하게 이야기한다. 시간은 짧고 나는 할 말이 너무 많으므로, 내가 두 가지 명백히 서로 무관한 언급을 한꺼번에 내놓고 서로 관련시키는 것을 여러분은 허용하지 않으면 안 되며 내가 제시하는 연극의 골격에 만족하지 않으면 안 된다. 그렇게 주장하는 것 같다. 따라서 에우리피데스는 소포클레스나 아이스킬로스보다 혼자 방 안에서 읽고 햇빛 아래 언덕 기슭에서 공연되지 않더라도 손해 볼 게 없다. 그의 작품은 마음속에서 상연될 수 있으며, 읽혀질 당시의 문제에 대해 언급할 수 있고, 시대마다 정도의 차이는 있겠지만 다른 사람들보다 많은 인기를 누릴 것이다.

소포클레스의 연극이 인물들 자신에 집중되어 있으며, 에우리피데스가 시의 섬광과 멀리 내팽개쳐지고 대답하지 않은 의문들에서 찾아진다면, 아이스킬로스는 모든 구절을 최대한 잡아 늘이고 그들을 비유 속에 떠 있게 하며 그들을 장면 안에서 올라가게도 하고 슬그머니 뒤따르게도 함으로써 이들 소규모 연극(〈아가멤논〉은 1663행이지만 〈리어 왕〉은 2600행에 이른다)을 대단하게 만든다. 그의 작품을 이해하기 위해서는 그리스 어보다 시를 더 많이 이해할 필요가 있다. 그리고 셰익스피어 역시 우리에게 요구하는 바이지만, 어휘들의 지원 없이 분위기를 통해 이루어지는 그 위험한 도약이 필요하다. 왜냐하면 어휘는 그 같은 의미의 폭풍과 대면할 때 힘을 잃고 아무렇게나 날아갈 수밖에 없으며 따로 흩어져 있으면 너무 허약하여 오로지 서로 힘을 뭉쳐야만 표현할 수 없는 의미를 전할 수 있기 때문이다. 우리는 마음의 바쁜 움직임 가운데 어휘를 연결시킴으로써 그들의 의미를 즉각 본능적으로 알게 되지만, 그 의미를 새롭게 다른 어휘로 옮길 수는 없을 것이다. 가장 고상한 시를 나타내는 특징이 바로 모호성이다. 우리는 그 의미를 정확히 알 수 없다. 예컨대 〈아가멤논〉의 다음 구절을 보자.

ὀμμάτων δ' ἐν ἀχηνίαις ἔρρει πᾶσ' Ἀφροδίτα.

그 의미는 바로 언어의 건너편에 있다. 그것은 바로 놀라운 흥분과 긴장의 순간들마다 우리가 마음속으로 어휘 없이 인식하는 의미이며, 도스토옙스키Fyodor Dostoevsky[13]가 (그는 산문 때문에, 우리는 번역 때문에 방해를 받는데도 불구하고) 극도의 감정으로 치닫는 놀라움에 의해 우리를 이끌어 가지만 그 자신이 그것을 가리킬 수는 없는 의미, 셰익스피어가 매혹시키는 데 성공하는 의미이다.

따라서 아이스킬로스는 소포클레스가 하듯 사람들이 말해 왔으며 어떤 신비로운 방식으로 총체적인 힘 혹은 상징적인 힘을 지니도록 배열될 뿐인 바로 그 어휘를 내놓지 않을 것이며, 그리고 에우리피데스처럼 모순되는 것을 결합하여 그의 작은 공간을 확대하지도 않을 것이다(구석에 거울을 놓아 작은 방을 커 보이게 하는 것처럼). 그는 과감하고 매끄러운 비유를 사용해 사물 그 자체가 아니라 그 사물이 그의

---

[13] 1821~1881. 러시아의 소설가. 19세기 러시아 리얼리즘 문학의 대표자로 인간 심리의 내면에 깃들인 병적이고 모순된 세계를 밀도 있게 해석해 현대 소설에 큰 영향을 끼쳤다. 대표작으로 《카라마조프의 형제들》, 《죄와 벌》 등이 있다.

마음속에 만들어 놓은 반향이나 반영을 확대하여 우리에게 제시할 것이다. 묘사하는 원본에 아주 가까운가 하면, 그것을 높이고 확대하고 멋있게 하기에는 원본과 거리가 있다.

이들 극작가 가운데 어느 누구도 소설가나 인쇄된 책의 모든 필자에게 속하는 면허를 가지고 있지 않기 때문이다. 바로 조용히 세심하게 그리고 때로는 두세 번 되풀이하여 읽음으로써 비로소 적절히 응용될 수 있는 온갖 사소한 기법을 가지고 그들 어휘가 지니는 의미의 모형을 만들 수 있는 면허이다. 모든 문장은 귀를 때릴 수 있을 정도로 폭발적이어야 한다. 비록 그런 다음 그 어휘들이 천천히 아름답게 내려앉더라도, 비록 그들의 최종적인 목적이 아무리 기이하더라도 말이다. 만약 "ὀτοτοτοῖ πόποι δᾶ. ὦ ’πολλον, ὦ ’πολλον"라는 처절한 비명과 우리 사이에 매우 미묘하거나 매우 장식적인 것의 이미지나 암시가 자리 잡지 않았다면 비유의 광채나 풍요로움도 〈아가멤논〉을 살리지 못했을 것이다. 그들은 어떤 대가를 치르더라도 극적일 필요가 있었다.

하지만 그들 마을에 겨울이 찾아왔으며, 어둠과 매서운 추위가 산기슭에 내려앉았다. 한겨울에는 물론 여름의 뜨거운 열기를 피하기 위해서도 사람들이 들어갈 수 있는 실내의 공간 — 앉아서 목을 축일 수 있는 곳, 편안하게 몸을 뻗을 수 있는 곳, 이야기를 나눌 수 있는 곳 — 이 필요하게 되었음에 틀림없다. 물론 실내의 생활을 보여 주고, 언젠가 친구들이 모여 변변치 못한 음식을 먹고 약간의 술을 곁들였을 때, 어느 잘생긴 소년이 나서서 질문이랄까 어떤 의견을 내놓자, 소크라테스^{Socrates}가 그 말을 받아 그것을 만지고 뒤집어 보고 이리저리 살피면서 재빨리 그것의 모순과 오류를 벗겨냄으로써 대체로 모든 사람이 그와 더불어 진리에 이르게 되었음을 묘사하는 것은 물론 플라톤^{Plato}이다. 그것은 힘든 과정이다. 어휘들의 정확한 의미에 고통스러울 정도로 초점을 맞추어야 하며, 각각의 인정된 사실에 대해 판단해야 하고, 의견이 차츰 진실로 굳어져 가는 동안 그것이 줄어들고 바뀌는 것을 골똘하게 그러면서도 비판적으로 추적해야 하기 때문이다. 쾌락과 선이 같은 것인가? 도덕을 가르칠 수 있는가? 도덕이 지식인가? 지치거나 연약한 정신은 무자비한 질문이 이어지는 동안 쉽게 무너질지 모른다. 하지만 아무리 약한 사람일지라도 비록 그가 플라톤으로부터 더 이상 배우지 않을망정 지식을 더 좋아하지 않을 수는 없다. 왜냐하면 논쟁이 진행되면서 프로타고라스^{Protagoras}[14]가 물러서고 소크라테스가 밀어붙이는 동안 중요한 것은 우리가 이르게 될 결과가 아니라 그것에 이르는 과정에 대한 우리의 태도이기 때문이다. 그것은 모두가 느낄 수 있다. 굴복하지 않는 강직성, 용기, 진리에 대한 사랑은 우리가 잠시 서 있다면 커다란 지복을 누리게 될 산꼭대기로 소크라테스와 우리를 이끌어 간다.

　그러나 그런 표현은 고통스러운 논쟁 뒤에 진리가 드러나는 것을 보게 된 학생의 정신 상태를 묘사하기에는 적합하지 않아 보인다. 그러나 진리는 다양하다. 진리는 서로 다른 가면을 쓴 채 우리에게 다가온다. 그것을 인식하려면 지성만 가지고는 안된다. 어느 한겨울의 밤, 아가톤^{Agathon15}의 집에는 식탁이 차려져 있다. 소녀는 피리를 불고 있다. 소크라테스는 몸을 씻고 샌들을 신었다. 그는 현관에 들어서다 멈추었다. 그리고 사람들이 그를 들어오게 하자 움직이려 하지 않는다. 이제 소크라테스가 움직였다. 그는 알키비아데스^{Alcibiades16}를 놀리고 있다. 알키비아데스는 머리띠를 집어 들고 '이 놀라운 자의 머리' 위에 씌운다. 그리고 소크라테스를 찬양한다. "왜냐하면 이 사람은 단지 아름다움에만 주의를 기울이지 않고, 어느 누구도 상상하지 못할 만큼 아름다움이나 부귀와 명예 또는 많으면 많을수록 소유주를 축복하는 것 등 온갖 외적인 소유를 경멸하기 때문이다. 그는 이들이나 이들을 존중하는 우리를 무시하며, 사람들 틈에서 살면서 그들이 숭배하는 모든 대상을 자신의 놀림감으로 만들어 버린다. 그러나 이 사람이 내면을 드러내고 진지한 모습을 보일 때 그 속에 있는 거룩한 이미지를 본 사람이 과연 그대들 가운데 있는지 모르겠다. 나는 그 이미지를 본 적이 있다. 그것은 정말 아름답고 찬란하며 거룩하다. 그래서 소크라테스가 하는 말은 정말이지 신의 말씀처럼 복종해야 한다." 이 모든 것은 플라톤의 주장이다. 웃음소리와 동작, 일어서서 나가는 사람, 시간의 바뀜, 사라지는 기분, 주고받는 농담, 이윽고 밝아오는 새벽. 진리는 다양해 보인다. 진리는 우리의 모든 능

---

15 기원전 448?~400, 고대 그리스의 비극 시인.
16 기원전 450?~404, 고대 그리스의 정치가이자 군인.

력을 기울여 추구해야 하는 것이다. 우리가 진리를 사랑한다고 해서 친한 사람들과의 사이에서 느끼는 재미, 부드러움, 천박성을 배제해야 할까? 우리가 음악에 귀 기울이는 것을 멈추고 술을 마시지 않으며 긴 겨울밤에 대화를 하는 대신에 잠을 잔다고 해서 진리가 더욱 빨리 발견될까? 우리가 고개를 돌려야 하는 것은 수도원에 들어가 홀로 고행하는 수도사가 아니라, 생물이 자라고 그 가운데 어떤 것은 영구히 다른 것보다 더 가치를 지니게 만드는 햇볕 잘 드는 자연, 생활 방식을 최대한 유용하게 실천에 옮기는 인간의 모습이다.

그러므로 우리는 이들 대화에서 우리의 모든 부분을 가지고 진리를 추구하게 된다. 플라톤에게 극적인 천재성이 있기 때문이다. 진리의 추구는 바로 그것에 의해, 한두 문장 속에서 배경과 분위기를 전달한 뒤 그 생기와 우아함을 잃지 않은 채 완벽한 솜씨로 격렬한 논쟁 속에 스며들고, 그런 다음 위로 뛰어오르면서 일반적으로 오로지 시라는 좀 더 극단적인 수단으로만 도달할 수 있는 더 높은 곳으로 확장 및 비상하는 예술에 의해 이루어진다. 그리고 우리에게 한꺼번에 아주 많은 방법으로 작용하여 모든 힘이 그 에너지를 총체적으로 발휘할 때만 도달할 수 있는 열광적인 정신 상태로 우리를 이끌어가는 것도 바로 이 예술이다.

하지만 우리는 주의해야 한다. 소크라테스는 '단지 아름다움일 뿐'인 것에 개의치 않았다. 그는 어쩌면 그것으로, 장식으로서의 아름다움을 의미했을지도 모른다. 야외에 앉아 연극을 관람하거나 시장에서 벌어지는 논쟁에 귀를 기울이는 등 아테네 사람들이 귀를 기울여 듣는 것처럼 판단하는 사람들은 문장들을 그 맥락에서 따로 떼어내 감상하려는 경향이 적었다. 그들에게는 하디의 아름다움, 메러디스의 아름다움, 조지 엘리엇의 금언 등이 없었다. 작가는 전체를 더 많이 생각하고 세부는 덜 생각하지 않으면 안 되었다. 당연한 노릇이지만 옥외 생활을 했으므로 그들의 주목을 끈 것은 입술이나 눈이 아니라 몸가짐이나 각 신체 부분의 비례였다. 따라서 우리가 인용하거나 발췌할 때는 영국인에게보다 그리스 인에게 더 많은 손상을 가하는 셈이다. 고대 그리스의 문학에는 인쇄된 책의 복잡함과 마무리에 익숙해 있는 취향에 거부감을 자아내는 생경함, 비약이 있다. 우리는 세부의 아름다움이나 웅변의 강조가 없는 전체의 내용을 파악하기 위해 우리의 마음을 더욱 뻗어야 한다. 그들은 자세히 그리고 비스듬히 바라보는 것보다 직접적으로 그리고 대략적으로 바라보는 데 익숙해져 있으므로, 우리 시대의 눈을 가리고 당황하게 만드는 깊은 감정 속으로 들어가는 것이 안전했다. 시와 소설에서 감정을 느끼기 위해서는 그것이 유럽 전쟁의 엄청난 파국 가운데 깨뜨려지고 우리와 떨어진 각도에 놓여야 했다. 그 목적으로 입을 열었던 시인들은 윌프레드 오언Wilfred Owen [17]과 시그프리드 서순Siegfried Sassoon [18]이 취했던 비스듬히 기울어진 풍자적 태도로 입을 열었다. 그들로서는 어색한 느낌 없이 직설적일 수도, 또는 감상적인 느낌 없이 단순히 감정에

---

[17] 1893~1918, 영국의 시인.
[18] 1886~1967, 영국의 시인.

대해 말할 수도 없었다. 하지만 그리스 시인들은 마치 처음이기라도 하듯 "죽었지만 죽은 것이 아니었다"고 말할 수 있었다. 그리고 "만약 고귀하게 죽는 것이 우수성의 주된 부분이라면, 운명의 여신은 모든 인류 가운데 우리에게 바로 그것을 주었다. 그리스에 자유의 왕관을 씌우기 위해 서두르느라고 우리는 결코 늙지 않는 찬사를 소유한 채 누워 있기 때문이다" 하고 말할 수도 있었다. 그리고 두 눈을 크게 뜨고 똑바로 행진할 수 있었다. 이처럼 두려움 없이 다가갔으므로 감정이 정지되어 눈에 띄기도 한다.

 하지만 다시 말하지만(이 의문은 거듭 되돌아온다) 이 말을 할 때 과연 우리가 그리스 어를 씌어진 대로 읽고 있는 것일까? 묘비에 새겨진 이들 몇 마디 말, 합창의 한 소절, 플라톤의 대화 가운데 시작이나 끝 부분, 사포의 단편 하나를 읽을 때, 〈리어 왕〉을 읽으면서 우리가 하는 것처럼 즉가 꽃을 꺾는 대신에 〈아가멤논〉의 어느 대단한 비유에 상심할 때, 우리는 잘못 읽고 있는 것은 아닐까? 연상들의 아지랑이 속에서 날카로운 시각을 잃은 것은 아닐까? 그리스의 시에서 그들이 지닌 것이 아니라 우리에게 없는 것을 읽고 있지는 않을까? 그리스의 모든 것이 그리스 문학의 모든 시행 뒤에 쌓이지 않을까? 그들은 우리에게 파괴되지 않은 대지, 오염되지 않은 바다, 시도되었지만 깨뜨려지지 않은 인류의 성숙 등의 모습을 보여 준다. 모든 어휘는 올리브나무와 신전, 젊은이의 육체 등에서 뿜어져 나오는 활기에 의해 강화된다. 나이팅게일은 소포클레스의 부름을 기다렸다가 노래하며, 작은 숲과 '미답'의 상대라는 말을 들으면 우리는 뒤틀린 나뭇

가지와 자주색 제비꽃을 상상한다. 거듭 우리는 어쩌면 현실 그 자체가 아니라 오로지 현실의 이미지에 지나지 않는 것, 북녘 겨울의 가슴이 상상하는 여름날에 잠겨든다. 매력이나 어쩌면 오해의 원천 가운데 주된 것은 바로 언어이다. 우리는 그리스 어 문장에서는 결코 영어에서처럼 자유분방함을 얻기를 바라지 못한다. 한 페이지를 읽을 때마다 각 시행이 한때는 귀에 거슬렸다가 한때는 조화를 이루는 그 소리를 들을 수 없다. 각 구절이 암시하고 방향을 바꾸고 활기를 찾아가는 그 모든 미세한 신호를 하나하나 오류 없이 찾아내지 못한다. 하지만 우리를 유대 관계 속에 얽어매는 것도 언어이며, 우리를 끊임없이 끌어들이는 것도 그것에 대한 희망이다. 먼저 표현의 간결성이 있다. 예컨대 셸리는 그리스 어 13개 단어를 번역하는 데 영어 23개 단어를 사용한다.

　지방이 조금씩 줄어들면 육신은 단단해진다. 그리고 아무리 여위고 그 모습이 그대로 드러나더라도, 활기차게 춤추고 몸을 흔들면서 더 빨리 움직일 수 있는 언어는 없으며 다만 통제될 뿐이다. 그리고 아주 많은 경우에 우리 자신의 감정을 표현하는 어휘들 — 몇 가지만 예를 들면 바다, 죽음, 꽃, 별, 달 등 — 이 있다. 아주 명쾌하고 단단하며 강렬하므로 그리스 어는 윤곽이나 깊이를 흐릿하게 만들지 않으면서도 명쾌하고 적합하게 말할 수 있는 유일한 표현 방법이다. 그렇다면 번역된 그리스 어를 읽는 일은 쓸모없다. 번역자들은 모호한 등가물을 제공할 수 있을 뿐이다. 그들의 언어는 반드시 반향과 연상으로 가득 차 있다. 매케일John William Mackail[19] 교수가 'wan'이라는 어휘를 사용하면, 번존스와 모리스의 시대가 즉각 환기된다. 그 어휘들의 훨씬 미묘한 강조, 비상과 하강 역시 가장 숙달된 학자들에 의해서조차 제대로 이루어지지 않는다. 그래서

ἅτ' ἐν τάφῳ πετραίῳ
αἰεὶ δακρύεις.

돌로 만들어진 무덤 속에서 항상 울음을 터뜨리는 그대

이 번역은 그리스 어의 표현과 같지 않다. 게다가 번역에 대한 의심스러움이나 어려움을 감안할 때 한 가지 중요한 문제가 있다. 바로 우리가 그리스 어로 된 작품을 읽고 어디에서 웃음을 터뜨리느냐는 것이다. 〈오디세이아〉에는 웃음이 갑자기 엄습해 오는 부분이 있지만, 만약 호메로스가 보고 있다면 아마 우리는 웃음을 자제해야겠다고 생각할 것이다. 즉각 웃음을 터뜨리기 위해서는 영어로 웃는 것이 거의 필수적이다(하지만 아리스토파네스Aristophanes[20]의 경우는 예외가 될지 모른다). 유머는 결국 육체의 감각과 밀접하게 결부되어 있다. 우리가 위철리William Wycherley[21]의 유머에 웃음을 터뜨릴 때 우리는 마을의 공

---

19 1859~1945. 영국의 고전학자이자 옥스퍼드 대학교의 시학 교수. 영국의 시인 겸 공예가 윌리엄 모리스William Morris(1834~1896)의 전기 작가이며 화가 에드워드 콜리 번존스Edward Coley Burne Jones(1833~1898)의 딸 마거릿의 남편이기도 하다.

20 기원전 445?~385?. 고대 그리스의 희극 시인.

21 1640?~1716. 영국의 극작가.

터에 모여 있던 우리의 공통 조상인 억센 시골뜨기의 몸으로 웃고 있
는 것이다. 우리와 신체적으로 다른 조상인 프랑스 인, 이탈리아 인,
아메리카 인 등도 호메로스를 읽을 때는 올바른 부분에서 제대로 웃
고 있는지 확인하기 위해 우리와 마찬가지로 멈추며, 바로 그 휴지가
치명적이다. 따라서 유머는 외국어로 번역할 때 사라져 버리는 첫째
요소이다. 그리고 우리가 그리스 문학에서 영문학으로 전환할 때, 마
치 위대한 우리 시대가 오랜 침묵 끝에 폭소와 더불어 펼쳐지는 듯한
느낌을 갖게 된다.

　이들이 바로 모든 곤란이며, 왜곡되거나 낭만적인 오해이고, 독창
성이 없거나 속물근성에서 나오는 정열의 원천이다. 하지만 배우지
못한 사람들에게조차 몇 가지 확실한 것이 남아 있다. 그리스 문학은
비개인적인 문학이며, 또한 걸작의 문학이다. 유파도 없고 선구자나
후계자도 없다. 많은 사람들이 불완전하게 작업해 나가다가 마침내
하나의 적절한 표현이 이루어지는 점진적인 과정을 추적하기가 불가
능해진다. 하지만 그리스 문학에는 항상 아이스킬로스의 시대, 라신
Jean Baptiste Racine[22]의 시대, 셰익스피어의 시대 등과 같은 하나의 '시대'
에 스며 있는 활기가 있다. 그 운 좋은 시기가 되면, 적어도 한 세대
는 작가가 되고자 하는 커다란 충동을 느끼며 의식이 최상의 수준으
로 자극되는 것을 의미하는 무의식에 이르고 자그마한 승리와 일시
적인 실험의 한계를 뛰어넘는다. 그리하여 우리는 별자리 같은 형용

---

22 1639~1699, 프랑스의 극작가.

사를 구사하는 사포, 산문 도중에 과감히 사치스러운 시적 비상을 도모하는 플라톤, 억제되고 위축된 투키디데스Thucydides[23], 송어 떼처럼 아무 동작 없이 유연하게 조용히 활강하다가 갑자기 지느러미를 흔들며 헤엄쳐 가는 소포클레스 등을 보게 되며, 한편 〈오디세이아〉는 묘사의 승리이자, 가장 명쾌하고 동시에 가장 낭만적인 남녀의 운명에 관한 이야기로 받아들인다.

〈오디세이아〉는 단지 모험 이야기, 해양 민족의 본능적인 이야기일 뿐이다. 그러므로 우리는 뒤이어 무슨 일이 일어날지 궁금하게 생각하면서 재미를 찾는 어린이 같은 기분으로 재빨리 읽기 시작한다. 하지만 거기에 미숙한 점은 전혀 없다. 거기에 등장하는 인물은 모두 교활하고 미묘하며 정열적인 성인들이다. 그리고 세계 자체도 작지 않다. 섬과 섬을 갈라놓는 바다도 손으로 만든 작은 배로 건너야 하며 갈매기의 비행으로 거리를 가늠하기 때문이다. 그들 섬에 인구가 많은 것도 아니며, 비록 모든 것이 손으로 만들어지더라도 사람들이 일에 매달려 있지 않은 것도 사실이다. 그들에게는 매우 위엄 있고 당당한 사회 — 그 배경에 모든 관계를 규율하고 자연스러우며 매우 신중하게 만드는 오래된 예의범절이 갖추어진 사회 — 를 발전시킬 수 있는 시간이 있었다. 페넬로페Penelope는 방을 가로지르고 텔레마코스Telemachus는 침대로 가며 나우시카Nausicaa[24]는 옷을 빠는데, 자신들이

23 기원전 460?~400?, 고대 그리스의 역사가.
24 〈오디세이아〉의 등장인물. 오디세우스가 난파되었을 때 정성껏 보살핀다.

태어날 때부터 운명처럼 소유물을 가지고 있으며, 아름답고, 어린이 만큼의 자의식도 없다는 사실은 알지 못하지만, 그럼에도 불구하고 수천 년 전의 작은 섬에 살면서도 알아야 하는 것은 모두 알기 때문에 그들의 행동은 아름다움으로 가득 차 있는 것처럼 보인다. 그들 주위에는 귓전을 울리는 파도 소리, 포도나무, 초원, 개울 등이 있는 만큼 우리보다 오히려 더 무자비한 운명을 인식한다. 삶의 뒷전에는 그들이 완화시키려 들지 않는 슬픔이 있다. 그들은 그늘에 서 있는 그들의 처지를 충분히 알고 있으면서도 존재에 수반되는 모든 진동과 광채에 활기를 띤 채 이겨 나간다. 그리고 우리가 모호성, 혼란, 기독교와 그것이 제공하는 위로, 우리의 시대 등이 지겨워질 때 고개를 돌려 쳐다보는 것이 바로 그들 그리스 인이다.

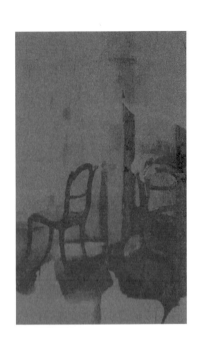

엘리자베스 시대의 헛간
The Elizabethan Lumber Room

The Elizabethan Lumber Room

그 색채가 아주 다양하기 때문에 우리가 아무리 열심히 노력을 기울이더라도 지금 바라보고 있는 것이 사람인지 그가 쓴 글인지 확신하기 어렵다. 이제 우리는 훌륭한 상상력이 자리 잡고 있는 곳에 있다. 이제 세계에서 가장 훌륭한 헛간—바닥으로부터 천장에 이르기까지 상아, 고철, 깨어진 항아리, 단지, 일각수의 뿔, 에메랄드의 빛과 까다로운 수수께끼로 가득 찬 마법의 숲과 둥이 쌓여 있는 방—가운데 하나를 거닐고 있다.

이들 훌륭한 책[1]은 아마 자주 읽혀지지 않을 것이다. 그들의 매력 가운데 하나는 해클루트[Richard Hakluyt [2]가 기술한 것이 책이라기보다 느슨하게 한데 묶어 놓은 커다란 생활 용품, 커다란 상점, 또는 오래된 자루, 낡은 항해 기구, 커다란 모직물 꾸러미, 루비와 에메랄드가 든 작은 가방 등이 쌓여 있는 헛간으로 여겨진다는 데에 있다. 우리는 언제까지나 여기서 이 꾸러미를 풀고, 저쪽에 가서는 저 꾸러미를 뒤적거리며, 커다란 세계 지도 위에 쌓인 먼지를 털어 내고, 희미한 어둠

---

1 1810년에 5권으로 간행된 《영국 초기의 항해, 여행, 발견에 관한 해클루트 선집Hakluyt's Collection of the Eary Voyages, Travels, and Discoveries of the English Nation》
2 1552?—1616, 영국의 지리학자.

속에 앉아 비단, 가죽, 용연향 등의 묘한 냄새를 맡는다. 한편 바깥에
서는 아직 해도가 그려지지 않은 엘리자베스 시대 바다의 커다란 파
도가 출렁거린다.

씨앗, 비단, 일각수의 뿔, 상아, 모직물, 흔한 석재, 터번, 금괴 등
전혀 쓸모나 가치가 없는 그 잡동사니가 바로 엘리자베스 여왕의 재
위 기간[3]에 이루어진 알려지지 않은 땅으로 찾아간 수많은 항해, 여
행, 발견의 결실이었기 때문이다. 그들 탐험은 서쪽 지방의 '유능한
젊은이들'에 의해 이루어졌으며 위대한 여왕에게서 자금 지원을 받
기도 했다. 선박들은 오늘날의 요트보다 결코 크지 않았다고 프루드
James Anthony Froude[4]는 말한다. 그 선단은 왕궁 가까이 그리니치Greenwich
쪽의 강에 집결했다. "추밀원에서는 궁전의 창문을 통해 밖을 내다보
았다. (……) 선박들은 그곳에서 용품을 싣고 (……) 그리고 선원들
은 하늘을 뒤흔들 정도로 커다란 고함을 질렀다." 그런 다음 선박들
이 물결을 따라 내려가는 동안 선원들이 하나씩 승강구에서 나와 돛
대 위에 오르거나 갑판 위에 선 채 친구들에게 손을 흔들며 마지막
작별 인사를 했다. 그들 가운데 다수는 돌아오지 못했을 것이다. 왜
냐하면 잉글랜드와 프랑스 해안이 바로 수평선 아래에 놓여 있었으
며, 그 선박들은 낯선 곳을 향해 갔기 때문이다. 대기에도 그 자체의
목소리가 있었고, 바다에도 사자와 뱀, 치솟는 불길과 격렬한 소용돌

---

3 1558년부터 1603년까지 45년간.
4 1818~1894, 영국의 역사가이자 소설가.

이가 있었다. 그러나 하느님 또한 아주 가까이 있었다. 이따금 구름이 하느님의 모습을 감추기라도 하면 악마의 손발이 거의 눈에 띌 정도였다. 익숙하게 영국 선원들은 그들의 신을 오스만 제국 사람들의 신과 경쟁시켰다. "그들의 신은 우둔하다는 말도 하지 못하고 그 같은 극단적인 경우에 그들을 돕는 일은 더욱 못한다. (……) 하지만 그들의 신이 아무리 제대로 행동하더라도 우리의 하느님이야말로 진정 하느님이시니 (……)." 하느님은 땅에서와 마찬가지로 바다에서도 가까이 있다고 폭풍우 사이를 헤치고 다니면서 험프리 길버트 경 Sir Humphrey Gilbert[5]이 말했다. 갑자기 불빛 하나가 보이지 않았다. 험프리 길버트 경이 파도 아래로 사라졌던 것이다. 아침이 되어 모두 그의 배를 찾았지만 아무 소용이 없었다. 휴 윌로비 경Sir Hugh Willoughby[6]은 북서 항로를 발견하러 떠났지만 돌아오지 못했다. 컴벌랜드 백작 Earl of Cumberland[7]의 부하들은 콘월Cornwall의 연안에서 여풍 때문에 오도 가도 못하게 되자 보름 동안 갑판에 붙어 있는 진흙투성이의 물을 빨았다. 그리고 때때로 어느 사내가 거지 차림에 지친 몸을 이끌고 잉글랜드의 귀족 저택에 나타나 자신이 바로 여러 해 전에 바다로 나갔던 소년이라고 주장하는 경우가 있었다. "아버지 윌리엄 경이나 어머니인 부인은 그가 아들임을 알지 못했지만, 이윽고 아들의 징표였던

---

5 1539   1583, 영국의 탐험가이자 식민지 개척의 선구자.
6 ?   1554, 영국의 북극 탐험가.
7 1558   1605, 영국의 귀족이자 해군 지휘관이었던 조지 클리퍼드George Clifford, 제3대 컴벌랜드 백작이었다.

한쪽 무릎에 난 사마귀를 발견했다." 그러나 그에게는 황금이 가늘게 박혀 있는 검은 돌이나 상아, 은괴 등이 있었으며, 마을의 젊은이들에게 잉글랜드의 들판에 널린 돌처럼 황금이 널린 땅에 대해 이야기했다. 한 차례의 탐험은 실패했을지 모르지만, 엄청난 부를 간직한 나라로 이르는 길이 해안에서 조금 더 들어간 곳에 있었다면 어쩔 것인가? 알려진 세계란 단지 더욱 광채를 발하는 파노라마의 입구에 지나지 않는다면 어쩔 것인가? 오랜 항해 뒤에 선박들이 그 나라의 큰 강에 닻을 내리자 선원들은 울퉁불퉁한 육지를 탐험하면서 풀을 뜯는 사슴들을 놀라게 하고, 나무들 사이에서 미개인들의 팔다리를 보고, 에메랄드일지도 모르는 자갈, 황금일지도 모르는 모래를 호주머니에 잔뜩 채웠으며, 때때로 육지를 순찰하다가 멀리 일단의 미개인들이 에스파냐의 국왕에게 바칠 무거운 짐을 머리 위에 이거나 어깨에 짊어진 채 바닷가를 향해 내려가는 모습을 바라보기도 했다.

이들은 서부 지방의 전역에 걸쳐 항구 근처에서 한가한 시간을 보내는 '쓸 만한 젊은이들'에게 그물과 물고기 대신에 금을 찾으러 가자고 꾀는 데 효과적으로 사용된 멋진 이야기이다. 하지만 항해를 떠난 사람들은 또한 냉정한 상인들, 영국의 상품을 팔면서 영국 노동자의 복지를 염두에 두는 시민들이었다. 그들은 선장들에게서 영국 모직물의 해외 시장을 찾아내는 것, 푸른색 염료를 만들 식물을 발견하는 것, 그리고 무엇보다 무의 씨에서 기름을 짜려는 모든 시도가 실패로 돌아갔으므로 기름을 만드는 방법을 알아내는 것 등이 얼마나 긴요한지 들었다. 그리고 가난으로 인해 저지른 범죄로 "매일같이 교수대에서 처형되는" 영국 빈민들의 참상에 대해서도 들었다. 뿐만 아니라 과거에 여행자들이 발견한 것에 의해 영국의 토양이 어떻게 풍요로워졌는지, 리네이커 박사 Dr. Linaker가 어떻게 다마스쿠스장미와 튤립의 씨를 가져왔는지, 그리고 "그들이 없었더라면 우리의 삶이 야만적이 되었을" 온갖 동식물이 모두 어떻게 점차 해외에서 영국으로 들어왔는지 등에 대해서도 들었다. 시장과 상품, 성공이 가져다줄 불후의 명성을 찾아 쓸 만한 젊은이들이 북쪽으로 떠났으며, 눈과 미개인들의 오두막 사이에 남겨진 일단의 영국인들은 고립된 채 가능한 대로 상거래를 하거나 새로운 지식을 입수하다가 여름이 되어 그들을 데리러 온 배를 타고 다시 고국으로 돌아왔다. 그들은 고립된 소규모 무리로 암흑의 변경에서 가까스로 어려움을 이겨냈다. 그들 가운데 한 사람은 런던에 있는 상사의 특허장을 가지고 내륙으로 들어가 모스크바에까지 이르렀으며, 그곳에서 황제가 "머리에 왕관을 쓰고 왼손에는 금 세공인이 정교하게 만든 홀을 든 채 옥좌에 앉아 있는 모습"을 보았다. 그가 본 모든 의식은 세심하게 기록되어 있으며, 그 영국 상인이 맨 먼저 눈길을 던진 것은 그 당시 발굴되어 잠시 햇빛을 받았다가 대기에 노출되고 수많은 사람들이 지켜보자 희미해지고 허물어진 로마 시대의 화려한 꽃병이었다. 그곳 세계의 변방에서도 여러 세기에 걸쳐 모스크바의 영화, 콘스탄티노플의 영화가 우리 눈에 띄지 않은 채 꽃피고 있었던 것이다. 그 영국인은 용감하게 그 상황에 어울리는 옷차림을 하고 "붉은색 천으로 만든 옷을 입힌 세 마리의 잘생긴 매스티프"를 이끌었으며, "장뇌와 용연향의 향기가 은근히 풍기는 종이에 완벽한 사향으로 만든 잉크로 적은" 엘리자베스 여왕의 서한을 품속에 간직했다. 그리고 놀라운 신세계의 기념품이 고국에서 열렬하게 환영을 받으므로, 일각수의 뿔, 용연향 덩어리, 고래가 탄생하는 이야기, 코끼리와 용의 피가 섞여 진사 속에 감추어졌다는 '논쟁'과 더불어 살아 있는 샘플로 때때로 래브라도 연안의 어딘가에서 미개인 한 명을 사로잡아 영국으로 보냈고 마치 야생 동물처럼 전시했다. 이듬해 사람들은 그를 돌려보내면서 미개인 여자를 한 명 태워 그와 함께 지내게 했다. 그들은 서로 만났을 때 얼굴을 붉혔다. 그들이 얼굴을 붉히는 이유를 선원들은 알지 못했다. 나중에 두 사람은 배 위에서 집을 마련했으며, 여자는 남자가 필요로 하는 것을 보살펴 주고, 남자는 여자가 아플 때 그녀를 간호해 주었다. 하지만 선원들은 그들 두 미개인이 완벽하게 순결을 지키면서 동거한다는 사실에 다시 주목했다.

새로운 어휘, 새로운 사상, 파도, 미개인, 모험…… 이 모든 것이 템스 강둑에서 상연되는 연극들에 당연히 반영되었다. 색깔이 있는 것과 소리가 높은 것을 재빨리 포착하는 관객, 그리고 그들……

> 풍부한 세틴 널빤지를 바닥에 깔고
> 높이 자라는 레바논 전나무를 돛대로 삼은 프리깃

이런 구절들로부터 해외에 나간 그들의 자식이나 형제의 모험을 재빨리 연상하는 관객이 있었다. 예컨대 버니[Verney] 가문에는 소년 시절에 해적으로 나섰다가 오스만 제국 사람이 되어 그곳에서 죽었지만, 자신의 기념품으로 보존하도록 비단, 터번, 순례자용 지팡이 등을 클레이든Claydon으로 보낸 자가 있었다. 패스턴 가문 여성들의 억센 살림 솜씨와 엘리자베스 여왕의 궁정에 출입하는 귀부인들의 세련된 기호 사이에는 넘을 수 없는 장벽이 가로 놓여 있었다. 그들 귀부인은 나이가 들면 역사책을 읽거나, 또는 "그들 자신의 이야기를 기록하거나 다른 사람들의 글을 영어나 라틴 어로 번역했다"고 해리슨William Harrison[8]은 말하며, 한편 그들보다 젊은 귀부인들은 류트나 치터를 연주하는 등 음악을 즐기면서 여가 시간을 보냈다. 따라서 노래와 음악과 더불어 엘리자베스 시대 특유의 사치, 그린Robert Greene[9]의 돌고래와 라볼타lavolt[10], 간결하고 힘찬 작가로서 놀라움을 자아내는 벤 존슨Ben Jonson[11]의 과장 등이 존재한다. 따라서 우리는 엘리자베스 시대의 문학 전체가 금과 은, 기아나의 회귀품에 대한 이야기, 단지 지도상의 육지일 뿐 아니라 영혼 속에 자리 잡은 미지의 영역까지 상징화하는 "오 나의 아메리카! 새롭게 찾아낸 땅"과 같은 아메리카에 대한 언급 등으로 뒤덮여 있음을 발견하게 된다. 그래서 바다 건너편에서는 몽테뉴의 상상력이 미개인, 식인종, 사회, 정부 등에 대하여

---

8 1534—1593, 영국의 성직자. 그가 쓴 《셰익스피어 청년기의 영국에 대한 묘사Description of England in Shakespeare's Youth》가 1877년 다시 간행된 바 있다.
9 1534—1593, 영국의 극작가. 앞의 인용구도 그린의 작품 《베이컨 수사와 번게이 수사Friar Bacon and Friar Bungay》(1594)에 나오는 구절이다.
10 근대실조 시대에 유행한 춤.
11 1572—1637, 영국의 극작가이자 시인 겸 평론가.

활발하게 발휘되었다.

그러나 바다와 항해, 바다짐승, 뿔, 상아, 낡은 지도, 항해 도구 등이 가득 찬 헛간의 영향이 영국 시의 가장 위대한 시대에 영감을 불어넣는 데 도움을 주었다고 하더라도 몽테뉴를 언급하는 것은 이것이 결코 영국의 산문에 이롭지 않았음을 암시한다. 운이나 운율은 시인들에게 산란해진 그들의 인식을 정렬시키는 데 도움을 준다. 하지만 산문 작가들은 이들 제한이 없으므로, 어구들을 쌓아가다가 끝없는 카탈로그 속에서 용두사미가 되어 버리고, 그 자신의 풍부한 장식물에 걸려 쓰러지거나 자빠진다. 엘리자베스 시대의 산문이 그 임무를 다하기에 얼마나 미흡한지, 그리고 프랑스의 산문이 얼마나 훌륭하게 적응되어 있는지는 시드니^{Philip Sidney}[12]의 《시의 변호^{Defense of Poesie}》한 구절과 몽테뉴의 《수상록》한 구절을 비교하면 알 수 있다.

그는 해석으로 여백을 흐려 놓거나 기억에 의심을 채워야 하는 모호한 정의로 시작하지 않는다. 오히려 아주 매혹적인 음악의 기법을 동반하거나 그것에 대한 준비를 갖추고 즐거운 조화를 이루도록 배치된 어휘를 가지고 여러분을 찾아오며, 그리고 (과연) 어떤 이야기를 가지고 여러분에게 다가오며 그 이야기는 놀고 있는 어린이를, 벽난로 곁에 있는 노인을 끌어들이는 이야기이다. 그리고 더 이상 가식없이 사악함에서 덕으로 마음을 바꾸려고 한다. 심지어 가끔 어린이를 데리고 와서 즐거운 취향

---

[12] 1554~1586, 영국의 군인이자 시인 겸 평론가.

을 가진 것처럼 감춤으로써 아주 건전한 것들을 취하게 하기도 한다. 그들이 받게 될 알로에스Aloés와 루바르바룸Rhubarbarum의 성질을 이야기하기 시작하면, 그 건전한 것들은 그들의 입에서보다 그들의 귀에서 더 빨리 구체화될 것이며, 성인의 경우에도 그렇게 됨으로써(무덤 속에 들어가 편히 쉴 때까지 어린이다운 것의 대부분이 가장 최상의 것이다) 그들은 기뻐하면서 헤라클레스의 이야기를 들으려 할 것이다. (……)

이처럼 76개의 어휘가 더 이어진다. 시드니의 산문은 갑자기 적절한 표현이나 훌륭한 어구가 번득거리는 중단 없는 독백이며, 비탄이나 교훈, 오래 쌓이는 축적물이나 카탈로그가 되지만 결코 빠르지 않고 구어체도 되지 못하며 하나의 생각을 밀접하고 단호하게 파악하거나 정신의 토막이나 변화에 유연하고 정확하게 적응할 수도 없다. 이에 비해 몽테뉴는 그 자체의 힘과 한계를 알고 있으며, 시는 결코 다가갈 수 없는 여러 가지 갈라진 틈 속으로 스며들 수 있고, 시와 다르기는 하지만 아름다움에서 뒤지지 않는 운율, 그리고 엘리자베스 시대의 산문이 아예 무시하는 미묘함과 강렬함도 가능한 도구의 대가이다. 그는 옛날 사람들이 죽음을 맞이하는 방법에 대해 생각하고 있다.

(……) 그들은 위안의 말이나 유언, 지조 있는 체하는 꾸밈, 죽은 뒤 어떻게 하라는 당부도 없이, 어느 때 하던 식으로 가까운 친구들이나 여자들과 함께 유희, 잔치, 농담, 범상하고 속된 이야기, 음악, 연애시 등을 띠

들썩하게 즐겼다.

한 시대가 시드니와 몽테뉴를 떼어 놓는 것 같다. 영국인을 프랑스인과 비교하는 것은 소년을 남자와 비교하는 것이다.

하지만 엘리자베스 시대의 산문 작가들도 만약 젊음의 무정형성을 지니고 있다면 젊음의 신선미와 대담성까지 갖고 있을 것이다. 시드니는 똑같은 글에서 대가처럼 수월하게 언어를 형성하며, 자유롭고 자연스럽게 비유를 향해 손을 뻗는다. 이 산문을 완벽하게 만들기 위해서는(드라이든John Dryden[13]의 산문은 완벽에 가깝다) 무대의 훈련과 자의식의 증대만이 필요할 뿐이었다. 엘리자베스 시대의 가장 뛰어난 산문이 발견되는 곳은 바로 희곡, 특히 희곡의 희극적인 구절이다. 무대는 산문이 걸음을 떼는 법을 배우는 보육원이었다. 왜냐하면 무대 위에서는 사람들이 만나 빈정거리는가 하면 말이 중단되기도 하고 범상한 일에 대해서도 이야기를 해야 했기 때문이다.

클레리먼트 : 짜증스러운 그 여자의 나이든 얼굴, 여기저기 기워진 그 여자의 아름다움! 이제 그 여자가 준비를 갖출 때까지, 화장을 하고 향수를 뿌리고 씻고 문질러 닦을 때까지 여기 있는 이 소년을 제외하고는 어떤 남자도 그 방에 들어갈 수 없어. 그 여자는 기름을 바른 입술로 마치 스펀지처럼 이 소년의 몸을 닦아 주지. 그것에 대해 내가 만든 노래가 있

---

13 1631~1700, 영국의 시인이자 극작가이며 비평가.

으니 들어봐.

　　(시동이 노래한다.)

　　아직 꾸며야 하고, 아직 입어야 하니, 기타 등등.

　트루윗 : 그럼 나는 분명히 그 반대쪽에 있군. 세상의 어느 미인보다 멋있게 차려입기를 좋아하거든. 아, 그러니까 여자는 아름다운 정원과 같지. 그 같은 정원은 하나도 없을 거야. 여자는 시시각각으로 바뀌기도 하고, 자주 거울을 쳐다보면서 가장 마음에 드는 것을 고르기도 하니까. 좋은 귀를 가지고 있으면 그것을 드러내고, 머리카락이 예쁘면 그것을 풀어헤치며, 다리가 잘생겼으면 짧은 옷을 입고, 손이 예쁘면 자주 내보이는 거야. 숨결을 고르는 방법이 있으면 실행하고 이를 닦고 눈썹을 고치기도 하지. 화장을 하고 꾸미는 걸세.

이처럼 벤 존슨의 〈조용한 여인Silent Woman〉에서는 대화가 진행되면서 그것이 중단에 의해 형태를 갖추고 알력에 의해 날카로워지며, 결코 고여 있거나 혼탁해지는 경우는 허용되지 않는다. 하지만 무대의 공개성과 두 번째 인물의 끊임없는 존재는 증대되는 자아의 의식—영혼의 신비에 대해 혼자 명상에 잠기는 것—에 대해 적대적이었다. 그 자의식은 세월이 흐르면서 표현되다가 토머스 브라운 경Sir Thomas Browne[14]의 뛰어난 천재성을 통해 두각을 나타냈다. 그의 격렬한 이기주의는 모든 심리적 작품을 쓰는 소설가, 자서전 집필자, 고백을 좋

---

14 1605~1682, 영국의 의사이자 저술가.

아하는 사람, 그리고 호기심을 자아내는 다양한 측면에서 우리의 사생활에 개입하는 자 등이 등장할 계기를 마련했다. 사람들끼리의 접촉에서부터 그들 내부의 외로운 삶으로 맨 처음 방향을 바꾼 사람이 바로 그였다. "내가 다루는 세상은 나 자신이다. 내가 시선을 던지는 것은 내 자신의 소우주이다. 왜냐하면 나는 타인을 지구의처럼 사용하며, 때때로 내 여가 선용을 위해 빙글빙글 돌리기 때문이다." 최초의 발굴자가 등불을 들고 지하 묘지로 들어갔을 때 모든 것은 수수께끼이자 암흑이었다. "나는 때때로 내 자신 속에서 지옥을 느낀다. 마왕은 내 가슴속에 그의 궁전을 가지고 있다. 그리고 군대가 내 속에서 되살아난다." 이렇게 혼자 있는 데는 안내인도 없고 동반자도 없었다. "나는 세상에 대해 아무것도 모르고 있으며, 가장 가까이에 있는 내 친구들도 구름 속에서만 나를 바라본다." 그가 일하기 위해 돌아다니는 동안 아주 기이한 생각이나 상상이 그를 사로잡는다. 표면적으로 그는 인류 가운데 가장 멀쩡한 사람이었고 노리치에서 가장 훌륭한 의사로 존경 받았다. 그는 죽음을 바랐고 모든 일에 의심을 품었다. 우리는 이 세상에서 잠들어 있고 인생의 모든 것이 단지 꿈에 지나지 않는 것은 아닐까? 그는 술집의 음악, 아베 마리아의 종, 들판에서 인부가 발굴한 깨진 항아리 등의 모습과 소리에 마치 그의 상상 앞에 펼쳐지는 놀라운 광경에 못 박힌 것처럼 멈추어 선다. "우리에게는 우리가 외부에서 추구하는 온갖 경이가 들어 있다. 우리 속에 아프리카 대륙과 그 경이가 모두 들어 있는 것이다." 경이의 후광이 그가 바라보는 것 모두를 휘감는다. 그는 발밑에 있는 꽃과 곤충과 풀을 향해 서서히 불빛을 비춤으로써 그들의 신비로운 존재 과정을 훼손시키지 않으려고 애쓴다. 그리고 우쭐대는 자기만족과 혼합된 앞서와 같은 경외감을 가지고 그 자신의 자질과 재능을 발견한 것에 대해 기록한다. 그는 자애롭고 용감하며 아무것도 싫어하지 않았다. 그리고 타인들에 대한 감정은 충만했고 자신에 대해서는 무자비했다. "나의 사교 생활은 태양과 같이 좋고 나쁜 구분 없이 모든 사람과 이루어진다." 그는 6개 언어, 여러 나라의 법률, 관습, 정책, 모든 별자리와 자기 나라에서 자라는 식물의 이름을 알고 있지만, 그의 상상력이 아주 포괄적이고 이 작은 인물이 거닐고 있는 모습이 보이는 지평선이 아주 크기 때문에, "내가 백 가지를 알았을 때만큼 많이 알고 있지 않으며, 치프사이드Cheapsid[15]보다 더 멀리 나간 적이 거의 없었다"고 생각한다.

그는 최초로 자서전을 집필한 사람이다. 가장 높은 고도에서 급강하와 급상승을 하면서, 갑자기 자신의 몸에 대해 자세하게 애정 어린 관심을 기울인다. 그가 말하기를 그의 키는 보통이며 두 눈은 크고 초롱초롱 빛났으며, 피부는 검었지만 끊임없이 붉게 달아올랐다고 한다. 옷차림은 수수했다. 웃음을 터뜨리는 경우는 드물었다. 동전을 수집했고, 구더기를 상자 속에 넣어 두었으며, 개구리의 허파를 갈랐고, 경랍의 악취를 이겨냈는가 하면, 유대인을 용인했으며, 두꺼비의 기형에 대해 훌륭히 설명하기도 했고, 대부분의 사물에 대해 과학적이고 회의적 태도를 지녔음에도 불구하고 불행하게도 미신을 믿으면서 그들을 서로 결합시켰다. 요컨대 우리가 아주 존경하는 사람들의 기이함에 웃음을 터뜨리지 않을 수 없을 때 말하는 것처럼 그는 인간의 상상력에 대한 가장 훌륭한 생각이 우리가 애정을 느낄 수 있는 어느 특정인으로부터 나왔다고 느끼게 하는 최초의 인물이었다. 단지 속에 사람의 뼈를 보존하는 엄숙한 이야기 가운데서도 그가 고통이 무감각을 유발한다고 언급할 때 우리는 미소를 짓게 된다. 그리고 그가 쓴《어느 의사의 종교^{Religio Medici}》의 엄청난 호언장담, 놀라운 추측을 큰 소리로 읽을 때 그 미소는 웃음으로 바뀐다. 그가 쓰는 것은 무엇이든 그 자신의 기행이 특징이며, 우리는 처음으로 그 후 문학을 수많은 기이한 색채로 오염시키는 불순한 것들을 의식하게 된다. 그 색채가 아주 다양하기 때문에 우리가 아무리 열심히 노력을 기울이더라도 지금 바라보고 있는 것이 사람인지 그가 쓴 글인지 확신하기 어렵다. 이제 우리는 훌륭한 상상력이 자리 잡고 있는 곳에 있다. 이제 세계에서 가장 훌륭한 헛간―바닥으로부터 천장에 이르기까지 상아, 고철, 깨어진 항아리, 단지, 일각수의 뿔, 에메랄드의 빛과 까다로운 수수께끼로 가득 찬 마법의 술잔 등이 쌓여 있는 방―가운데 하나를 거닐고 있다.

엘리자베스 시대의
어느 희곡에 관한 주석
'Note on an Elizabethan Play

Note on an Elizabethan Play

초보적인 읽기 발달 단계를 넘지 않는 데 자신을 맞
추면, 엘리자베스 시대 연극의 장점이 저절로 드러날
것이다. 그 전체의 힘은 부인할 수 없다. 그들의 장점
은 어휘를 만들어 내는 천재성이다. 마치 생각이 어
휘의 바다에 들어갔다가 어휘들을 뚝뚝 흘리며 나온
것 같다.

영문학에는 얕잡아 볼 수 없는 몇 가지 영역이 있다는 점을 인정해야
하며, 그들 가운데 주된 밀림, 삼림, 황야가 바로 엘리자베스 시대의
연극이다. 여기서 다루어지지 않을 여러 가지 이유로 셰익스피어가
두드러진다. 그의 시대로부터 우리 시대에 이르기까지 그 자신에게
빛을 비춘 셰익스피어, 그와 같은 시대인들의 수준에서 바라볼 때 아
주 우뚝 솟아오르는 셰익스피어이다. 하지만 그보다 못한 엘리자베
스 시대 극작가들 — 그린Robert Greene, 데커Thomas Dekker, 필George Peele, 채
프먼George Chapman, 보먼트Francis Beaumont, 플레처John Fletcher 등 — 의 희곡
의 경우 그 황야 속으로 모험을 떠나는 것은 끊임없이 의문이 제기되
고, 의심으로 괴로움을 당하며, 즐거움과 고통이 번갈아 찾아오기 때
문에 보통의 독자에게는 고역이자 당황스러운 경험이다. 왜냐하면

우리는 지나간 어느 시대의 걸작만을 읽으면서 — 그런 경향이 있다 — 문학의 본체가 그 자체에 대해 얼마나 커다란 힘을 가하는지, 그리고 그것이 수동적으로 읽혀지기만 하는 것이 아니라 우리를 붙잡아 읽게 하고, 우리의 선입견을 멸시하며, 우리가 당연하다고 여기는 습관의 원칙들에 의문을 제기하고, 그리고 읽어 나가는 도중 심지어 우리가 재미를 느끼는 동안에도 우리의 근거를 내놓거나 우리의 무기를 단단히 움켜쥐게 함으로써 우리를 양분시킨다는 사실을 잊어버리기 쉽기 때문이다.

엘리자베스 시대의 희곡을 읽기 시작할 때 우리는 그 시대의 현실 감각과 우리의 현실 감각 사이 엄청난 불일치에 압도된다. 우리가 익숙해져 있는 현실은 대체적으로 어느 기사 작위를 받은 스미스라는 자의 삶과 죽음이 바탕이 되어 있다. 그는 갱목 수입, 목재 판매, 석탄 수출 등의 가업을 계승하였고, 정계, 금주 운동 단체, 교회 계통에 잘 알려져 있었으며, 리버풀의 극빈자들을 위해 많은 활동을 하다가 지난 수요일 머스웰힐Muswell Hill[1]에 있는 그의 아들을 방문하는 도중 폐렴으로 죽었다. 그것이 바로 우리가 알고 있는 세상이며, 바로 우리의 시인과 소설가들이 설명하고 다루어야 할 현실이다. 그럼 쉽게 손에 잡히는 엘리자베스 시대의 희곡을 집어 들고 읽어 보자.

언젠가 내 젊었을 때

---

[1] 런던의 북쪽 교외에 있던 지역으로 현재 런던 광역시에 포함되어 있다.

아르메니아를 여행하면서 보았네
성난 일각수 한 마리가 매우 빠른 발로
전속력으로 달려오더니
그의 이마에 달린 보물을 탐내는
보물 장수가 미처 나무 뒤에 숨을 새도 없이
그를 뿔로 찔러 쓰러뜨리는 광경을.

우리는 스미스가 어디에 있으며, 리버풀은 어디에 있는지 묻는다. 그러면 엘리자베스 시대 연극의 숲에서는 "어디에?" 라는 말이 메아리친다. 기쁨이 충만하고, 공작과 대공 사이를 돌아다니는 보물 장수와 일각수의 땅, 평생을 살인과 음모로 보내면서 여자일 경우 남자로 남자일 경우 여자로 차려 입으며, 유령을 보고, 미친 듯이 달리는가 하면, 아주 사소한 자극에도 놀라운 활기를 띤 저주의 말이나 엄청난 절망에서 나오는 비가를 읊조리면서 죽는 곤살로Gonzalo 와 벨림페리아Bellimperia의 땅, 그곳에서 자유롭게 이동할 수 있는 안도감이 황홀하다. 하지만 곧 나지막하고 냉혹한 목소리 — 그것의 정체를 알고자 한다면 우리는 현대의 영문학, 불문학, 노문학 작품을 즐겨 읽는 전형적인 독자를 상정해야 한다 — 가 그렇게 자극적이고 매혹적인 이 같은 온갖 이점에도 불구하고 왜 옛날의 희곡들은 오랫동안 그처럼 아주 지루하냐고 묻는다. 문학이 5막이나 32장 동안 우리를 긴장시키려면, 스미스에 바탕을 두고, 리버풀에 발을 디디고 있는 상태에서 필요한 만큼 현실로부터 비약해야 할 것이 아닌가? 우리는 한 시내의 이름이 스미스이며 리버풀에 산다고 해서 그가 '사실적'이라고 생각할 만큼 반소경은 아니다. 정말이지 이 사실성은 카멜레온 같은 성질을 지니고 있으며, 우리가 환상적인 것에 익숙해짐에 따라 가끔 그것이 가장 진실에 가깝고, 진지한 것이 가장 진실과 동떨어지며, 작가의 위대성을 입증하는 것은 무엇보다 희미한 구름이나 한 가닥 거미줄처럼 보이는 것을 사용하여 작품 배경으로 만드는 능력임도 잘 알고 있다. 우리의 주장은 단지 허공의 어딘가에 스미스와 리버풀이 최상으로 보일 수 있는 어떤 장소가 있다는 것, 위대한 예술가는 바뀌는 배경 속에서 자신을 어디에 놓을지 아는 사람이라는 것, 리버풀의 모습을 잃지 않으면서 결코 잘못된 시각으로 그곳을 바라보지 않는다는 것 뿐이다. 그렇다면 엘리자베스 시대 사람들이 우리를 따분하게 만드는 것은 그들의 스미스가 모두 공작으로, 그들의 리버풀이 환상적인 섬이나 제노바의 궁전으로 바뀌기 때문이다. 그들은 인생 위에서 적절한 균형을 유지하는 대신에 천상으로 솟아오른다. 그곳에서는 환상을 통해 한 번에 오랫동안 볼 수 있는 것이 구름밖에 없으며, 구름의 풍경은 인간의 눈에 결코 만족스럽지 못하다. 또 엘리자베스 시대 사람들이 우리를 따분하게 만드는 것은 우리의 상상력을 발휘하도록 만들기는커녕 오히려 그것을 질식시키기 때문이다.

하지만 상당히 강력하기는 하더라도 엘리자베스 시대 희곡의 따분함은 19세기의 희곡, 예컨대 테니슨이나 헨리 테일러Henry Taylor[2]의 희

---

2 1800~1886, 영국의 극작가.

곡이 자아내는 따분함과는 질적으로 전혀 다르다. 엘리자베스 시대의 희곡들에서 싫증날 정도로 많은 요란한 이미지들, 격렬한 언어 구사 등은 신문에 의해 미약한 불길이 빨려드는 동안 커다란 웃음소리로 바뀌는 것 같다. 심지어 최악의 경우에도, 조용히 안락의자에 앉아 있는 우리에게 말 시중꾼이나 오렌지를 파는 소녀가 그 대사를 흉내 내거나 야유하거나 손뼉을 치는 등의 감각을 자아내는, 단속적으로 소리 지르는 듯한 활기가 있다. 그렇지만 빅토리아 시대[3]의 신중한 연극은 분명히 서재에서 집필된 것이다. 그 서재에는 관객이 볼수 있는 똑딱거리는 시계와 모로코가죽으로 제본된 고전 서적이 자리 잡고 있다. 그리고 발을 구르거나 손뼉을 치는 경우가 없다. 그리고 그 모든 잘못에도 불구하고 엘리자베스 시대의 관객이 그랬던 것처럼 대중들에게 불길을 당기지도 않는다. 수사적이고 허풍이 심한 대사는 불쑥 던져지면서도 똑같이 즉흥적인 적절성에 이르고 입술에 의해 풍부한 표현과 의외성이 만들어지는데, 그것은 언변을 통해 때때로 이루어지는 경우가 있으나 우리 시대의 신중한 글에서는 거의 찾아보기 어려운 일이다. 정말이지 엘리자베스 시대에서는 극작가의 작품 절반이 대중에 의해 만들어진 것처럼 느껴진다.

하지만 그럼에도 불구하고 대중의 영향은 여러 가지 점에서 혐오스러웠던 것이 사실이다. 우리는 엘리자베스 시대 연극이 우리에게 가하는 가장 커다란 고통　극의 구성　을 대중 앞에서 펼쳐 놓아야

---

[3] 잉글랜드의 빅토리아 여왕(1819 1901)이 재위했던 1837년부터 1901년까지의 64년간.

한다. 극의 구성이란 일어날 것 같지 않고 거의 알아차릴 수 없는 부단한 얽힘이며 실제로 극장에서 쉽게 흥분하는 무식한 대중의 정신을 만족시키려는 것이지만, 책을 들고 있는 독자를 혼란시키고 피로하게 만들 뿐이다. 무슨 일이 일어나야 한다는 것은 의심할 나위가 없고, 아무 일도 일어나지 않는 희곡이란 있을 수 없다는 사실도 의심할 나위가 없다. 그러나 우리에게는 그 일이 가시적인 결말을 지녀야 함을 요구할 권리가 있다(그것이 완벽하게 가능하다는 사실을 이미 그리스 인들이 입증했다). 그 일은 감정을 크게 뒤흔들고 기억할 만한 장면을 만들어 내며 배우들에게 이 같은 자극 없이는 나오지 않는 대사를 읊조리게 할 것이다. 〈안티고네〉의 구성을 기억하지 못하는 사람은 없다. 일어나는 일이 배우들의 감정과 아주 밀접하게 얽매여 있어 그들과 극적 구성을 한꺼번에 기억하기 때문이다. 하지만 작품이 불러일으키는 감정과 별개로 그 줄거리를 기억하지 않는다면, 〈흰 악마White Devil〉[4]나 〈소녀의 비극Maid's Tragedy〉[5]에서 무슨 일이 일어나는지를 누가 말해 줄 수 있을까? 그런이나 키드Thomas Kyd처럼 덜 알려진 엘리자베스 시대 극작가들의 경우 극적 구성이 아주 복잡하고 그들 구성이 요구하는 소란이 아주 엄청나기 때문에 배우들 자신의 존재가 사라져 버리는가 하면, 적어도 우리의 관습에 따라 매우 세심하게 탐구되거나 매우 미묘하게 분석되어야 할 감정까지도 깨끗이 흡수되

---

[4] 영국의 극작가 존 웹스터John Webster(1580~1625)가 1612년에 발표한 비극.

[5] 프랜시스 보먼트와 존 플레처가 공동으로 1619년에 출판한 희곡.

어 버린다. 그리고 그 결과는 필연적이다. 셰익스피어와 벤 존슨의 경우를 제외하고 엘리자베스 시대 연극에는 등장인물이란 없으며, 단지 우리가 아는 것이 없으므로 결과가 어떻게 되든 아무 상관이 없는 소동이 있을 뿐이다. 그들 초기 희곡에 등장하는 남녀 주인공을 아무나 생각해 보라(〈에스파냐의 비극 Spanish Tragedy〉[6]에 등장하는 벨림페리아는 다른 등장인물까지 대변할 것이다). 그러면 우리는 인간으로서의 모든 괴로움을 겪은 뒤 결국 자살해 버리는 그 불행한 여인에게 조금이나마 관심을 가지게 된다고 정직하게 말할 수 있을까? 분명 움직이는 빗자루만큼도 관심을 기울이지 않는다고 대답할 것이다. 그리고 남녀를 다루는 작품에서 빗자루가 널려 있는 것은 여간 문제가 아니다. 하지만 〈에스파냐의 비극〉은 조잡한 선두 주자로 그 같은 원초적인 노력에 의해 놀랄 만한 토대를 쌓아올렸고 나중에 더욱 위대한 극작가들이 제대로 다듬어 사용함으로써 가치를 지니게 되는 작품이라 할 수 있다. 포드 John Ford[7]가 스탕달 Stendhal[8]과 플로베르 Gustave Flaubert[9]의 학교였다는 사람도 있다. 포드를 심리학자이자 정신분석학자라고도 한다. "이 사람은 극작가나 여자들의 연인으로서가 아니라 그들이 지니는 심장의 구조를 꼼꼼하게 관찰하고 본능적인 동정을 느끼는 사람으로서 그들에 대한 작품을 쓴다"고 해블록 엘리스 Havelock Ellis[10] 씨

---

6 토머스 키드가 1582년부터 1592년 사이에 쓴 희곡.
7 1586–1640?, 영국의 극작가.
8 1783–1842, 프랑스의 소설가.
9 1821–1880, 프랑스의 소설가.

는 말한다.

그 같은 판단의 주된 바탕이 된 희곡 〈가엾게도 그녀는 창녀Tis pity she's a Whore〉는 전 세계를 돌아다니면서 일련의 영고성쇠를 겪는 아나벨라Annabella의 모든 성격을 보여 준다. 먼저 그녀의 오빠가 그녀를 사랑한다고 말한다. 그다음에 그녀도 오빠에 대한 자신의 사랑을 고백한다. 그다음에 오빠의 아이를 임신한다. 그다음에 하는 수 없이 소란소Soranzo와 결혼한다. 그다음에 발각된다. 그다음에 후회하고 그리고 마침내 살해된다. 그녀를 죽이는 것은 연인이기도 했던 그녀의 오빠이다. 그 같은 위기와 재난이 범상한 감수성의 여인 속에서 자라날 것이라 예상되는 감정의 자취를 뒤쫓다가는 여러 권의 책이 가득 찰 것이다. 물론 극작가에게는 채워야 할 책이 없다. 그래서 압축시킬 수밖에 없다. 그렇더라도 그는 빛을 비추어 줄 수 있다. 우리에게 나머지를 짐작할 수 있을 만한 내용을 제시할 수 있다. 하지만 현미경을 사용하거나 머리를 가르지 않고 우리가 알고 있는 아나벨라의 성격은 어떤가? 우리는 더듬거리듯 남편이 겁탈하려 할 때 반항하고, 이탈리아 노래를 배우며, 위트를 훌륭하게 구사하고, 소박하고 흔쾌하게 남자와 동침하는 것 등으로 미루어 그녀가 발랄한 여자라 짐작한다. 하지만 우리가 이해하는 성격에 대한 자취는 전혀 없다. 우리는 그녀가 여러 가지 결론에 이른 것을 알지만, 어떻게 그렇게 되었는지는 알 도리가 없다. 누구도 그녀에 대해 설명해 주지 않는다. 그

---

10 1859~1939. 영국의 성 연구가이며 의사이자 사회 개혁가.

녀는 항상 정열의 정점에 있을 뿐 그 출발점에 있는 경우는 없다. 그녀를 안나 카레니나Anna Karenina[11]와 비교해 보라. 그 러시아 여인이 피와 살, 신경과 기질, 심장, 두뇌, 몸과 마음을 지니고 있는데 반해, 그 영국 소녀는 트럼프에 그려진 얼굴처럼 납작하고 거칠며 깊이도 없고 영역도 없으며 복잡성도 없다. 하지만 이 말을 하면서 무엇인가를 빠뜨리고 있음을 알고 있다. 바로 희곡의 의미를 수중에서 빠져나가게 해 왔던 것이다. 우리는 그동안 우리가 찾아내리라 예상하지 않았던 곳에 감정이 쌓여 있었기 때문에 그것을 무시했다. 그리고 희곡을 산문과 비교해 왔지만, 희곡은 운문이다.

희곡은 운문이며 소설은 산문이라고 우리는 말한다. 세부적인 것은 무시한 채 그 둘을 우리 앞에 나란히 놓고, 가능한 대로 각각의 각과 모서리를 느끼면서 가능한 대로 각각을 하나의 전체로 생각하려고 해 보자. 그러면 즉가 일차적인 차이가 나타난다. 길고 느긋하게 쌓여 가는 소설, 작고 압축된 희곡, 소설에서 갈라지고 흩어졌다가 한데 얽혀지면서 천천히 점차적으로 하나의 전체로 뭉쳐지는 감정, 희곡에서 집중되고 종합되고 고양되는 감정 등이다. 희곡은 얼마나 강렬한 순간, 얼마나 놀라울 정도로 아름다운 구절을 우리에게 제시하는가!

아, 여러분,

저는 이상한 몸짓으로 여러분을 속였지요

죽음! 죽음! 죽음! 그 소식이

잇달아 전해질 때도 여전히 춤을 추면서 나왔어요.

또는

그대는 이들 입술 때문에 가끔

시나몬이나 봄제비꽃의 달콤한 맛을 내버렸지

그들은 아직 그다지 시들지 않았어.

사실성의 제약을 받기 때문에 안나 카레니나는 결코 다음과 같이 말할 수 없었을 것이다.

"당신은 이들 입술 때문에 가끔 시나몬을 내버렸어요."

따라서 가장 심오한 인간 감정의 몇 가지는 그녀가 미치지 못하는 곳에 있다. 격렬한 정열은 그 소설가에게 어울리지 않는다. 완벽한 결혼도 그에게 어울리지 않는다. 그는 민첩성이 아닌 게으름에 길들여져야 한다. 땅을 지켜보아야지 하늘을 쳐다보고 있어서는 안 된다. 묘사로 암시해야지 직접 비추어 보여서도 안 된다.

음침한 주목으로 만든 내 관

그 위에 화환을 놓으라

아가씨들이여, 버드나무 가지를 들고

내가 정말 죽었다 하라

이렇게 노래하는 대신에, 무덤 위에서 시들어 가는 국화와 사륜마차를 타고 노래를 흥얼거리면서 지나가는 장의사 시중꾼의 숫자를 꼼꼼히 헤아려야 한다. 그럼 우리는 어떻게 이 잡동사니의 뒤떨어진 예술을 시와 비교할 수 있을까? 소설가는 우리에게 개인에 대해 알려 주고 사실적인 것을 알아차리게 하는 약간의 솜씨를 가지고 있지만, 극작가는 단일한 것과 별개인 것을 넘어서며, 우리에게 사랑에 빠진 아나벨라가 아니라 사랑 그 자체, 열차 밑에 몸을 던지는 안나 카레니나가 아니라 파멸과 죽음 그리고,

(……) 깜깜한 폭풍우 속에서 밀려가는 배처럼

어디로 가야 할지 모르는 영혼 (……)

을 보여 준다.

그래서 우리는 엘리자베스 시대의 희곡을 읽고 난 뒤 참지 못하고 탄성을 지를지도 모른다(용서할 수 있는 일이다). 그러나 그렇다면 《전쟁과 평화》를 읽으면서 지르는 탄성은 무엇인가? 실망의 탄성은 아니다. 우리는 그 소설가가 내비치는 사소한 것에 대한 관심을 비난하거나 그 천박함을 탄식하지 않는다. 오히려 어느 때보다 더 인간적

감수성의 풍요로움을 인식한다. 그러니까 희곡에서는 일반적인 것을, 소설에서는 특정적인 것을 알아차리는 셈이다. 한쪽에서는 우리의 모든 에너지를 한데 모아 뿜어낸다. 그런가 하면 다른 한쪽에서는 계속 뻗어나가면서 사방에서 느긋한 인상, 축적된 메시지가 천천히 찾아오도록 한다. 정신은 감수성이 충만하고 언어는 그 경험에 대해 매우 부적절하므로, 우리는 한 가지 문학 형식을 배제하거나 그것이 다른 형식들보다 뒤떨어진다고 판정하기는커녕 형식이 풍부한 소재와 아직 제대로 보조를 맞추지 못한다고 불평하면서 예상하지 못한 것의 엄청난 부담으로부터 우리를 해방시켜 줄 만한 것이 만들어지기를 초조하게 기다린다.

따라서 지루함, 허풍, 미사여구, 혼란 등에도 불구하고 우리는 여전히 덜 알려진 엘리자베스 시대의 작품을 읽으며 여전히 보석상과 일각수의 땅으로 모험을 떠나는 것이다. 리버풀의 낯익은 공장은 희미한 대기 속으로 사라지고, 우리는 목재를 수입하다 머스웰힐에서 죽은 기사와, 올빼미가 담쟁이덩굴 속에서 괴성을 지르는 동안 로마인처럼 그의 칼 위에 쓰러진 아르메니아의 공작, 비명을 지르는 여자들 사이에서 아이를 낳는 공작 부인 사이에서 비슷한 점을 찾기 힘들다. 그들 영역에 들어가 똑같은 사람이 서로 다른 가면을 쓴 것을 알아차리기 위해서는 조정이나 변경을 하지 않으면 안 된다. 그러나 균형 있게 필요한 수정을 하고, 현대인들이 아주 놀랄 만큼 발달시킨 감수성의 필라멘트를 끌어들이며, 현대인들이 비열하게 굶주리게 한 눈과 귀를 그 대신에 사용하고, 종이 위에 검은색 글자로 인쇄된 것이 아니라 웃고 떠드는 말을 들으며, 눈앞에서 남녀의 변화하는 표정이나 살아 움직이는 몸을 바라보아야 한다. 요컨대 초보적인 읽기 발달 단계를 넘지 않는 데 자신을 맞추면, 엘리자베스 시대 연극의 장점이 저절로 드러날 것이다. 그 전체의 힘은 부인할 수 없다. 그들의 장점은 어휘를 만들어 내는 천재성이다. 마치 생각이 어휘의 바다에 들어갔다가 어휘들을 뚝뚝 흘리며 나온 것 같다. 그들의 장점은 벌거 벗은 몸을 바탕으로 한 폭넓은 유머이다. 그것은 공공 의식이 있는 사람들의 경우 아무리 노력하더라도 몸이 가려져 있기 때문에 불가능하다. 그리고 그 배경에서 통일성이 아니라 어떤 안정을 부여하고 있는 것이 바로 우리가 간단하게 여러 신들의 존재감이라 부를 만한 것이다. 다양한 엘리자베스 시대 극작가들에 대하여 어느 사조를 부여하려는 비평가가 있다면 그는 용감한 비평가가 아닐 수 없다. 하지만 만약 우리가 공통되는 특징을 지니는 하나의 문학 전체가 진취적 기상의 증발에 불과한 것, 돈을 벌 수 있는 사업, 바람직한 상황으로 인해 성공적으로 이루어진 요행수 같은 정신이라고 당연시한다면, 그것은 약간의 소심함을 나타내는 것이다. 밀림이나 황야에서도 나침반은 여전히 방향을 가리킨다.

　"아, 주여, 새가 죽은 거로군요!"

　그들은 항상 외치고 있다.

매우 달콤한 잠과 쌍둥이처럼 똑같은
오 그대 부드러운 자연의 죽음이여—

세상의 구경거리는 화려하지만, 세상의 구경거리는 헛되기도 하
다.

인간의 위대함이 지니는 영광들은
즐거운 꿈일 뿐 그림자들은 곧 사라지며
인생의 무대 위에서 내 젊음은
몇 가지 헛된 장면을 연출하였으니—

죽어서 그 모든 것에서 벗어나는 것이 그들의 바람이며, 연극 내내
울리는 좋은 죽음과 환멸을 뜻한다.

삶이란 모두 고향을 찾기 위한 방황이니,
우리가 떠날 때 그곳에 이르리라.

파멸, 피로, 죽음. 죽음은 엘리자베스 시대 연극의 또 다른 존재인
삶과 가혹하게 끊임없이 대면한다. 바로 프리깃 범선들, 전나무, 상
아 등이 가득 찬 삶, 돌고래와 7월에 피는 꽃들의 즙이 가득 찬 삶, 일
각수의 젖과 표범의 숨결이 가득 찬 삶, 줄줄이 엮은 진주, 공작의 두
뇌, 크레타 섬의 와인 등으로 가득 찬 삶이다. 가장 무모하고 풍요로

운 때의 이 삶에 대해 그들은 다음과 같이 대답한다.

> 인간은 보살핌에 덮개가 없고
> 위안에 뿌리가 없는 나무, 그가 살아가는 모든 힘은
> 끝없이 주어지지만, 거기에는 한탄하는 힘도 있으니.

비록 이름을 가지고 있지 않지만 신들이 존재하는 효과를 지니는 것은 그 희곡의 반대쪽으로부터 계속 터져 나오는 바로 이 메아리 때문이다. 그래서 우리는 엘리자베스 시대 연극의 밀림, 삼림, 황야 사이를 어슬렁거린다. 그래서 황제와 광대, 보석상과 일각수 등과 함께 어울리며, 그 모든 광채와 유머, 환상 등에 웃고 즐기며 탄성을 지른다. 막이 내릴 때 우리는 점잖은 분노에 사로잡히는가 하면 지루해지기도 하고 피곤하게 만드는 낡은 술수나 떠들썩한 허풍에 혐오감을 느끼기도 한다. 성인 남녀가 열 명 넘게 죽더라도 톨스토이가 묘사하는 파리 한 마리의 죽음보다 우리의 마음을 움직이지 못한다. 도대체 가능할 것 같지 않은 지루한 이야기의 미로를 방황하는 우리에게 갑자기 강렬한 정열이 몰아치고 정신적으로 숭고해지는 듯하기도 하며 감미로운 노래 가락이 들려온다. 그것은 권태와 기쁨, 쾌락과 호기심, 헤픈 웃음, 시, 광채의 세계이다. 그러나 그것이 차츰 우리에게 온다. 그럼 우리에게 무엇이 거부되고 있는가? 우리가 그처럼 끊임없이 원하게 되기에 이른 것, 우리가 당장 얻지 못하면 다른 곳에서라도 찾아야 하는 것은 무엇일까? 그것은 고독이다. 여기서는 프라

이버시가 없다. 항상 문이 열리면서 누군가 들어온다. 모든 것이 공유되고 보이며 들리는가 하면 극적이다. 한편 마음은 다른 사람들과 함께 있는 것이 지겹기라도 한 듯 홀로 떨어져 명상에 잠긴다. 행동이 아니라 생각하고, 공유하는 것이 아니라 언급하고, 다른 것들의 표면을 밝게 비추는 것이 아니라 그 자체의 어둠을 탐구하려는 것이다. 마음은 던John Donne[12]에게, 몽테뉴에게, 토머스 브라운 경에게, 고독의 열쇠를 보관하고 있는 자들에게로 향한다.

---

12 1572~1631, 영국의 시인이자 성직자.

러시아 인의 관점
The Russian Point of View

The Russian Point of View

지난 20년 동안 톨스토이, 도스토옙스키, 체호프를 즐겨 읽은 사람 가운데 그들을 러시아 어로 읽을 수 있었던 사람은 한두 사람밖에 없을 것이다. 그들의 우수성에 대한 우리의 판단은 러시아 어 단어 하나도 읽은 적 없고 러시아를 방문한 적도 없으며 심지어 원어민의 발음조차 들어 보지 못한 채, 맹목적으로 번역가들의 작업에 의존할 수밖에 없었던 비평가들에 의해 형성되어 왔다.

우리는 우리와 공통점이 아주 많은 프랑스 인이나 미국인이 과연 영문학을 이해할 수 있을지 자주 의심스러워 하지만, 그 대단한 열광에도 불구하고 과연 영국인이 러시아 문학을 이해할 수 있느냐 하는 그보다 더 무거운 의심을 인정하지 않으면 안 된다. '이해한다'는 말의 뜻에 대해서도 논의가 분분할지 모른다. 모든 사람들은 우리 문학과 우리에 대해 가장 높은 수준의 자부심을 갖고 글을 써 왔으며, 우리들 사이에서 평생을 보낸 뒤에 마침내 조지 국왕King George[1]의 신민이 되기 위해 법적 수속을 밟고 있는 미국 작가들의 사례가 떠오를 것이다. 그럼에도 불구하고 그들이 우리를 이해해 왔을까? 외국인으로서

1 1910년부터 1936년까지 재위한 영국왕 조지 5세(1865~1936).

말년을 보내고 있는 것은 아닐까? 헨리 제임스Henry James[2]의 소설들은 거기에 묘사되는 사회에서 성장한 사람이 쓴 것이며, 영국 작가들에 대한 그의 비평이 대서양에 대한 인식 없이 셰익스피어를 읽어 왔던 사람에 의해 쓰여진 것이며, 2, 300년 동안 그와 우리의 문명이 갈라져 있었다는 사실을 의식하지 않고 그의 글을 읽을 수 있을까? 외국인도 특별한 날카로움이나 초연함, 예리한 시각을 획득할 수 있지만, 친근감, 온전한 정신, 친밀하고 재빠른 의사소통을 만들어 내는 자의식의 배제, 편안함과 동지 의식, 공통된 가치관 등은 그럴 수 없다.

우리 모두는 러시아 문학과 우리를 격리시키는 그것뿐 아니라 훨씬 더 심각한 장애물—언어의 차이—까지도 가지고 있다. 지난 20년 동안 톨스토이, 도스토옙스키, 체호프Anton Pavlovich Chekhov[3]를 즐겨 읽은 사람 가운데 그들을 러시아 어로 읽을 수 있었던 사람은 한두 사람밖에 없을 것이다. 그들의 우수성에 대한 우리의 판단은 러시아 어 단어 하나도 읽은 적 없고 러시아를 방문한 적도 없으며 심지어 원어민의 발음조차 들어 보지 못한 채, 맹목적으로 번역가들의 작업에 의존할 수밖에 없었던 비평가들에 의해 형성되어 왔다.

그러니까 우리는 러시아 문학 전체를 그것의 문체를 배제한 채 판

---

2 1843~1916, 미국의 소설가로 1915년 영국에 귀화했다. 그의 소설 《어떤 부인의 초상》은 영어로 쓴 가장 뛰어난 소설로 평가 받고 있다.
3 1860~1904, 러시아의 소설가이자 극작가. 주로 인간의 속물성을 비판하고 휴머니즘을 추구하는 단편소설을 썼다. 대표작으로 《귀여운 여인》, 《육호실》 등이 있다.

단해 온 것이다. 하나의 문장 속에 있는 모든 단어를 러시아 어에서 영어로 바꾸고, 감각을 약간, 각 단어의 소리와 무게, 다른 단어들과의 관계에서 이루어지는 단어의 강조 등을 완전히 바꾸었다면, 조악하고 생경한 감각을 제외하고는 아무것도 남지 않는다. 그렇게 처리된 위대한 러시아 작가들은 지진이나 열차 사고를 당한 사람처럼 그들의 의복뿐 아니라 더 미묘하고 더 중요한 것—그들의 태도, 작중 인물들의 특징—까지 빼앗긴다. 그리고 남아 있는 것은 영국인들이 열렬한 숭배를 통해 입증해 온 것처럼 매우 강력하고 매우 인상적인 것이지만, 이들 손상을 감안할 때 우리가 잘못 귀속시키거나 왜곡하거나 틀린 강조를 하지 않았다고 확신하기 어렵다.

그들이 어떤 끔찍한 재난에서 의복을 잃어버렸다고 우리는 말한다. 어떤 인물은 본능을 감추거나 위장하기 위해 단순성, 인간성을 묘사해 우리를 놀라게 하고 번역 덕분이든 어떤 더 심오한 원인 때문이든 러시아 문학은 그렇게 믿게 한다. 우리는 이런 성질들이 러시아 문학에서 위대한 작가와 마찬가지로 그렇지 못한 작가들에도 분명하게 스며드는 것을 발견한다. "네가 민중과 비슷해지는 법을 배우도록 해라. 그리고 그들에게 없어서는 안 될 사람이 되라는 말도 덧붙이고 싶다. 하지만 이런 동정은 머리에서 나오는 것이 아니라—그것은 쉬운 일이다—가슴에서, 그들에 대한 애정에서 우러나는 것이어야 한다." 사람들은 이 인용에 대해 언급할 기회가 생기면 당장 그것이 러시아 인의 작품에서 나온 말이라고 할 것이다. 단순성, 노력의 결여, 불행으로 가득 찬 세상에서 우리에게 부여되는 주된 사명은 우리와 함께 고통을 겪는 자들을 "머리에서 나오는 동정이 아니라— 그것은 쉬운 일이다— 가슴에서 우러나는 동정"으로 이해해야 한다는 생각— 이것은 러시아 문학 전체를 뒤덮고 있는 구름이며, 우리로 하여금 우리 자신의 빈약한 재주와 불길에 그을린 큰길로부터 그 그늘을 더욱 확대하도록 유혹하지만, 물론 참담한 결과에 이른다. 우리는 거북해지고 자의식을 느낀다. 그리고 자신의 우수성을 부인하면서 선과 단순성을 가장한 채 글을 쓰며, 그것은 극도의 혐오감을 자아낸다. 우리는 단순한 믿음으로 '형제여' 하고 말할 수 없다. 작중인물이 서로 그렇게 부르는 골즈워디 John Galsworthy [4] 씨의 단편 소설이 하나 있다(두 사람 모두 매우 불행하다). 당장 모든 것이 부자연스럽고 꾸민 것처럼 여겨진다. '형제여'라는 말과 같은 뜻으로 영국 사람이 사용하는 말은 '친구'이다. 전혀 다른 말이며 약간 냉소적인 의미가 깃들어 있고 은연중에 유머를 나타내기도 한다. 그렇게 다가가 말을 건 두 영국인은 매우 불행한 가운데 만났지만, 곧 직업을 찾고 재산을 모아 풍족하게 말년을 보낸 뒤, 불쌍한 사람들이 템스 강변에서 서로 '형제여'라고 부르지 않도록 약간의 돈을 남길 것이다. 그러나 형제 같은 감정을 자아내는 것은 공통된 행복이나 노력 또는 욕망이 아니라 공통된 괴로움이다. 하그버그 라이트 Hagberg Wright 박사 [5]는 러시아 문학을 만들어 낸 러시아 인들에게서 나타나는 전형적인 감정이 바로

---

[4] 1867~1933, 영국의 소설가
[5] 1862~1940, 영국의 학자로서 1893년부터 죽을 때까지 런던 도서관장을 지냈다.

'깊은 슬픔'임을 발견했다.

이 같은 종합화는 물론—비록 대부분의 문학에서 어느 정도는 적용된다하더라도—천재 작가가 글을 쓸 때 상당히 달라질 것이다. 당장 다른 의문들도 제기된다. '태도'는 단순하지 않고 매우 복잡해 보인다. 열차 사고로 옷과 예절까지 잃어버리고 놀란 사람들은—비록 재앙이 그들에게 일으킨 포기 상태에서 단순성을 가지고 말할지라도—어려운 일, 거친 일, 불쾌한 일, 힘든 일 등을 말한다. 체호프에 대해 우리가 느끼는 첫 인상은 단순성이 아니라 당혹스러움이다. 대관절 요점이 무엇이며, 그는 왜 이것에서 이야기를 만들어 내는 것일까? 우리는 그의 단편소설을 한 편씩 읽으면서 의문을 느낀다.

한 남자가 기혼 여성과 사랑에 빠지며, 그들은 헤어졌다 만났다 하다가 결국 그들의 입장에 대해 이야기하고 떠나는데, 대관절 어떻게 '이 견딜 수 없는 속박'에서 자유로울 수 있을까? "'대관절 어떻게?' 하고 그는 머리를 움켜쥐며 물었다. (……) 그리고 조금만 지나면 해결될 것이며 새롭고 밝은 삶이 시작될 것처럼 보였다." 그것이 끝이다.

한 우편집배원이 학생 하나를 역까지 태워다 준다. 가는 동안 학생이 집배원에게 말을 걸려고 하지만 그는 입을 열지 않는다. 그러다가 갑자기 그가 말한다. "우편물과 사람을 함께 태우는 것은 규정에 어긋나는 일이야." 그리고는 성난 표정을 지으면서 플랫폼 위를 걸어갔다 걸어왔다 한다. "그는 '누구'에게 화가 난 것일까? 사람들 때문일까, 가난 때문일까, 가을밤 때문일까?" 이 이야기도 여기서 끝난다.

하지만 우리는 그것이 정말 끝인지 의문이 든다. 교통 신호를 그냥 지나쳐 버린 듯한 느낌, 끝이라고 예상되는 화음 없이 악곡이 끝나 버린 듯한 느낌이다. 이들 단편소설은 결론이 없다고 말하면서, 단편소설이란 우리가 인식할 수 있는 식으로 결론이 내려져야 한다는 생각을 바탕으로 비평을 구상하기도 한다. 그러는 가운데 우리는 자신이 독자로서 적합한지 의문을 제기한다. 친숙한 악곡이며, 대부분의 빅토리아 시대 소설에서처럼 연인들이 화합하고 악당들이 좌절하며 음모가 발각되는 등으로 결말이 이루어진다면 우리의 예상은 어긋나지 않지만, 악곡이 친숙하지 않고 결말이 체호프처럼 질문이거나, 그들이 계속 이야기를 하는 식이라면, 그 악곡—특히 화음을 완성하는 마지막 음정—을 듣기 위해서는 문학에 대한 매우 과감하고 기민한 감각이 필요하다. 어쩌면 우리는 각 부분을 다 함께 가지고 있다는 것, 그리고 체호프가 아무렇게나 더듬거린 것이 아니라 자신이 말하고자 하는 바를 완성시키기 위해 지금은 이 음정, 그다음에는 저 음정을 의도적으로 골랐다는 사실을 알아채려면—그 느낌은 우리의 만족에 불가결하다—아주 많은 단편을 읽어야 할지도 모른다.

이들 낯선 단편에서 강조되는 곳이 어디인지 제대로 발견하기 위해서는 궁리를 하지 않으면 안 된다. 체호프 자신의 말이 올바른 방향의 단서를 제공한다. "(……) 우리 사이의 이 같은 대화는 우리의 부모들로서는 생각할 수 없었을 것이다. 밤이 되면 그들은 이야기를 나누지 않고 깊이 잠들었다. 우리 세대는 제대로 자지 않고 휴식도 취하지 않으며 많은 이야기를 나누면서 항상 우리가 옳은지 아닌지

정하려고 애쓴다." 사회 풍자나 심리적 기법의 우리 문학은 모두 그
휴식 없는 잠, 그 끝없는 대화에서 유래했지만, 그러나 체호프와 헨
리 제임스, 체호프와 버나드 쇼^{George Bernard Shaw 6} 사이에는 엄청난 차
이가 있다. 그것은 분명하지만 그 차이는 어디에서 생기는 것일까?
체호프 역시 사회의 악이나 불공정을 인식하고 있다. 농부들의 상태
도 그를 경악시킨다. 하지만 그에게 개혁가의 열정은 없다. 그것이
우리를 멈추게 하는 신호 표지는 아니다. 사람들의 마음도 엄청 그의
흥미를 끈다. 그는 인간관계에 대한 매우 미묘하고 섬세한 분석가이
다. 하지만 이번에도 결말은 거기가 아니다. 그는 일차적으로 영혼과
다른 영혼의 관계에 대해서가 아니라 영혼과 건강의 관계—영혼과
선의 관계에 대해 흥미를 느끼는 것일까? 이들 단편 소설은 우리에
게 항상 어떤 꾸밈, 겉치레, 불성실을 보여 준다. 어떤 여인이 불륜
관계에 있고, 어떤 남자는 비인간적인 그의 상황 때문에 타락한 상태
이다. 영혼이 병들고 낫는가 하면 낫지 않기도 한다. 이들이 바로 그
의 단편 소설들이 강조하는 것이다.

일단 눈이 이들 색조에 익숙해지면, 소설의 '결말' 가운데 절반은
흔적도 없이 사라져 버린다. 그들은 뒤쪽에 빛이 있는 슬라이드처럼
보이며, 번지르르하고 광택이 있으며 피상적이다. 마지막 장의 종합
적인 마무리, 결혼, 죽음, 아주 크게 울려 퍼지고 아주 무겁게 강조되

---

6 1856   1950, 영국의 극작가이자 소설가 겸 비평가. 1925년에 노벨 문학상을 수상하기도 했으
   며 대표작으로 희곡 《인간과 초인》이 있다.

는 가치에 대한 언명 등은 가장 초보적인 형태가 된다. 우리는 아무 것도 해결되지 않고 아무것도 제대로 결합되지 않는다고 느낀다. 그 반면에 처음에는 우연 같고 결론이 없어 보이며 사소한 문제들에 사로잡힌 것처럼 느껴졌던 방식이 이제—과감하게 고르고, 오류 없이 절대적으로 배열하며, 그들 러시아 인들 아니면 경쟁 상대를 찾을 수 없는 정직에 의해 제어되는—뛰어나게 독창적이며 까다로운 취향의 결과처럼 보인다. 이들 의문에는 답이 없겠지만, 그와 동시에 우리의 허영에 어울리고 장식이 되며 수긍이 될 만한 무엇인가를 만들어 내기 위해 증거를 조작하는 짓은 하지 말자. 이것은 대중의 귀를 끌 수 있는 방법이 아닐 것이다. 결국 그들은 그보다 소리가 큰 음악, 더 사나운 조처에 익숙해져 있다. 하지만 그는 소리가 났던 대로 적어 왔다. 따라서 우리가 아무것도 아닌 일에 관한 이들 짧은 단편을 읽는 동안 지평이 넓어지며, 영혼은 놀라운 자유의 감각을 획득한다.

　체호프를 읽으면서 우리는 자신이 '영혼'이라는 말을 거듭 되풀이 하고 있음을 발견한다. 그것은 그가 쓴 책의 지면을 적신다. 늙은 주정뱅이도 그 말을 자유롭게 사용한다. "(······) 네놈은 군대에서 아주 대단해졌지만 진정한 영혼이 없어. 네놈의 영혼에는 힘이 없단 말이야." 정말이지 러시아의 소설에서 주된 등장인물은 바로 영혼이다. 체호프의 경우 섬세하고 미묘하며, 부지기수의 유머에도 사용되던 그것은 도스토옙스키에서 더욱 깊이 있고 많아진다. 급환이나 심한 열병뿐 아니라 온갖 근심의 원인이다. 어쩌면《카라마조프 형제들》 이나《악령》을 두 번째로 읽는 영국인 독자에게 엄청난 노력이 필요한 것은 바로 그 때문이다. 그에게는 '영혼'이라는 것이 이질적이다. 심지어 반감조차 느낀다. 유머 감각은 거의 없고 희극적인 감각도 전혀 없다. 형태도 없다. 지성과는 조금 관계가 있다. 혼란스럽고 산란되어 있으며 소란스럽다. 논리의 통제나 시의 규율에 복종할 수 없는 것처럼 보인다. 도스토옙스키의 소설은 요란한 소리를 내면서 끓어오르며 우리를 집어삼키는 펄펄 끓는 소용돌이, 빙글빙글 도는 모래폭풍, 억수 같이 쏟아지는 비이기도 하다. 그들은 순수하게 통째로 영혼에 관한 것으로 구성되어 있다. 우리는 의지와 상관없이 그 속에 끌려들어가고 빙글빙글 돌며 질식 상태에 이르는가 하면, 그와 동시에 현기증이 날 듯한 행복감에 사로잡힌다. 셰익스피어로부터 빠져나오면 더 이상 흥분되는 독서는 없다. 우리는 문을 열고 방 안 가득히 러시아군 장성들, 러시아군 장성들의 가정교사들, 그들의 의붓딸들과 사촌들, 그 밖에 온갖 잡다한 사람들이 극히 사적인 문제들을 큰소리로 떠들고 있는 모습을 발견한다. 하지만 우리는 어디에 있는가? 우리가 호텔이나 아파트, 또는 셋집에 있는지 어떤지를 알려 주는 것은 물론 소설가의 역할이다. 아무도 설명하는 일에 대해 생각하지 않는다. 하는 일이라고는 이야기하고 폭로하며 고백하고 우리의 밑바닥에 있는 모래 위를 기어 다니는 게처럼 심술궂은 죄악들을 생생하게 만들 방법을 강구하는 것밖에 없는 영혼, 고문당하는 불행한 영혼이 바로 우리들이다. 하지만 귀를 기울이는 동안 우리의 혼란은 차츰 진정된다. 우리에게 끈이 던져지는 것이다. 우리는 혼잣소리를 듣는다. 우리는 잇몸으로 끈을 물고 물을 헤치며 나아간다. 물속에 잠기기도 하고, 이전에 이해했던 것보다 더 많은 것을 이해하는가 하면, 생활의 압박을 통해서만 충만한 생활을 얻게 되어 있다는 계시를 받기도 하면서 열광적으로 격렬하게 꾸준히 헤엄쳐 나아가는 것이다. 우리는 날아가듯 달리면서 그 모든 것―사람들의 이름, 그들의 관계, 그들이 룰레텐부르크Roulettenburg[7]의 어느 호텔에 머물고 있다는 것, 폴리나Polina가 드 그리외 후작Marquis de Grieux과 음모에 관련되어 있다는 것―을 알게 되지만 영혼과 비교할 때 이들은 얼마나 하찮은 문제인가! 중요한 것은 바로 영혼, 그것의 열정, 그것의 야단법석, 그것의 아름다움과 비열함을 놀랄 만큼 멋지게 혼합시키는 일이다. 그리고 만약 우리의 목소리가 갑자기 폭소로 바뀌거나, 또는 격렬한 흐느낌으로 우리의 몸이 흔들린다면 그보다 자연스러운 일이 무엇이겠는가? 말할 필요도 없는 노릇이다. 우리가 살아가는 속도는 너무 격렬하여 달려가는 동안 바퀴에서 불꽃이 튈 정도이다. 게다가 그 속도가 빨라져 영혼의 요소들―우리 영국인의 느린 마음이 인식하는 동안 유머의 장면이나 정열의 장면 등 질주와 관련되어 있으며 헤어나지 못할 정도로 혼란스러워져 있는 것들―이 보일 때, 인간 정신의 새로운 파노라마가 드러난다. 옛날의 분열이 서로 해소된다. 사람은 악한이자 동시에 성인이며, 그들의 행동은 아름답기도 하고 비열하기도 하다. 우리는 사랑하고 동시에 증오한다. 선과 악 사이에는 우리에게 익숙한 그 정확한 분할이 없다. 우리가 아주 많은 호감을 느

---

7 도스토옙스키가 1866년에 발표한 소설 《도박사》에 나오는 가공의 도시.

끼는 사람들이 가장 커다란 범죄를 저지른 사람인 경우도 적지 않으며, 가장 야비한 죄인들이 우리를 감동시켜 가장 강력한 찬사와 애정을 느끼게 하기도 한다.

　파도는 물마루까지 치솟았다가 바닥에 깔려 있는 돌에 부딪쳐 찢기도 해야 하므로 영국인 독자가 편안한 느낌을 갖기란 어렵다. 그가 영문학과 익숙해지는 방식은 정반대이다. 만약 어느 장성의 정사에 대한 이야기를 하고자 한다면(그리고 처음부터 장성에 대해 웃음을 터뜨리지 않기란 대단히 어렵다는 사실을 안다면), 우리는 그의 집에서부터 시작하여 그의 주위 환경을 살펴보아야 한다. 모든 준비가 갖추어졌을 때만 그 장성 자신을 다루어야 할 것이다. 게다가 영국에서 지배적인 것은 사모바르[8]가 아니라 찻주전자이다. 시간은 한정되어 있다. 공간에도 많은 사람이 들어차 있다. 다른 관점, 다른 책, 심지어 다른 시대의 영향력까지도 느껴진다. 사회는 하류·중류·상류 계급으로 나누어지며, 각각 그 자체의 전통, 그 자체의 태도, 그리고 어느 정도 그 자체의 언어까지 지니고 있다. 영국의 소설가에게는 그가 원하든 원하지 않든 이들 장애를 인정해야 한다는 부단한 압박감이 가해지며, 그 결과 그에게 어떤 질서와 형식이 부여된다. 그리고 그는 연민보다 풍자에, 개인들의 이해보다 사회의 관찰에 기울어진다.

　도스토옙스키에게는 그 같은 제한이 가해지지 않았다. 그에게는

---

8 러시아 가정에서 물을 끓이는 데 사용하는 주전자.

우리가 고결하건 소박하건, 떠돌이건 훌륭한 숙녀건 똑같다. 우리는 누구라도 이 당황스러운 액체, 구름 같고 효모 같으며 값진 것— 즉 영혼의 용기이다. 그 영혼은 장애물의 제한을 받지 않는다. 그것은 흘러넘치고 홍수를 이루며 다른 사람들의 영혼과 뒤섞인다. 포도주 한 병 값을 치를 수 없었던 은행 출납원의 단순한 이야기는, 무슨 일이 일어나고 있는지 알기도 전에 그의 장인과 그의 장인이 가증스럽게 다루었던 다섯 명 애인의 삶으로, 우편집배원과 날품팔이 여자, 같은 아파트에 입주해 있는 왕녀들의 삶으로 퍼져 나간다. 왜냐하면 도스토옙스키의 영역 밖에 있는 것은 아무것도 없기 때문이다. 그리고 그는 지칠 때 지치더라도 멈추지 않고 계속한다. 자신을 억제할 수 없다. 인간의 영혼은 뜨겁고 펄펄 끓어오르며 뒤섞이고 놀라움을 자아내며 끔찍하고 억압적인 모습으로 우리에게 달려든다.

모든 소설가 가운데 가장 위대한 인물이 남아 있다.《전쟁과 평화》의 작가를 달리 어떻게 부를 수 있겠는가? 톨스토이도 이질적이며 이해하기 어려운 외국인으로 생각하는가? 우리가 그의 제자가 되어 우리의 생각을 잃어버리기 전까지 우리를 의심과 당황 가운데 머뭇거리게 하는 어떤 엉뚱한 면이 그에게 있는가? 그의 첫마디에서 한 가지는 확신할 수 있다. 바로 그는 우리가 보는 것을 보고, 우리가 익숙해져 있는 것처럼 그 역시 안에서 밖으로 나가지 않고 밖에서 안으로 들어가는 사람이라는 점이다. 이제 여기에는 8시에 우편집배원의 노크 소리가 들리고 10시와 11시 사이에 잠자리에 드는 사람들의 세계가 있다. 그리고 야만인도 아니고 자연의 자식도 아닌 사람이 있다. 그는 교육 받은 사람이며 모든 종류의 경험을 쌓았다. 그리고 귀족으로 태어나 그 특권을 최대한 향유했고 교외가 아니라 도시에 산다. 그의 감각이나 지성은 날카롭고 강력하며 훌륭하게 배양되어 있다. 그 같은 몸과 마음이 인생을 공격할 때에는 뭔가 자랑스럽고 뛰어난 것이 있다. 무엇도 그에게서 벗어나지 못하는 것 같다. 무엇도 기록되지 않은 채 그를 스쳐 지나가지 않는다. 따라서 아무도 스포츠의 흥분, 말의 아름다움, 튼튼한 젊은이의 감각에 욕망을 불러일으킬 수 있는 세상을 그처럼 전달할 수 없다. 모든 잔가지와 모든 깃털이 그의 자석에 달라붙는다. 그는 어린이 옷의 푸른색 또는 붉은색, 말이 꼬리를 흔드는 방법, 기침소리, 기워져 버린 호주머니에 손을 넣으려 애쓰는 남자의 행동을 주목한다. 그리고 그의 틀림없는 눈이 기침이나 손의 움직임에 대해 살펴본 것을 그의 틀림없는 뇌가 그 인물 속에 감추어져 있는 무엇인가에 관련시킴으로써, 우리는 그의 등장 인물들이 사랑하는 방법과 그들의 정치적 견해와 영혼의 불멸성은 물론 그들이 재채기를 하고 질식하는 방법으로도 그들을 알게 된다. 심지어 번역을 통해서도 우리가 산꼭대기에 있거나 두 손에 망원경을 쥐고 있었다고 느낀다. 모든 것이 놀라울 정도로 깨끗하고 완벽할 정도로 선명하다. 그러다가 갑자기 바로 우리가 심호흡을 하면서 준비가 갖추어지고 동시에 순화된 기분을 느끼면서 기뻐하는 동안, 그 광경으로부터 어떤 세부적인 것이 어쩌면 사람의 머리가 마치 거리낀 삶에서 밀려나기라도 한 것처럼 우리 앞에 불쑥 나타나 깜짝 놀라게 한다. "갑자기 내게 이상한 일이 일어났다. 나는 주위에 있는 것을 보지 못하게 되었고, 이어 그의 얼굴이 사라지고 눈만 남아 내 눈을 향해 반짝거리는 것 같았다. 다음에는 그 눈이 내 머리에 있는 것 같다가 이윽고 모든 것이 뒤죽박죽되었다. 나는 아무것도 볼 수 없었고, 그의 응시가 내게 불러일으키는 즐거움과 두려움에서 벗어나기 위해서는 눈을 감아야 했다. (……)" 거듭 우리는 《가정의 행복》[9]에서 마샤Masha가 느끼는 감정을 공유한다. 즐거움과 두려움의 느낌에서 벗어나기 위해 눈을 감는 것이다. 때로 가장 중요한 것은 즐거움이다. 바로 이 이야기에는 두 가지 묘사가 있다. 하나는 밤에 연인과 함께 정원을 거니는 소녀, 다른 하나는 거실을 뛰어다니는 신혼부부로 어찌나 격렬한 행복감이 전해지는지 그것을 더욱 느끼기 위해서는 책을 닫아야 할 정도이다. 하지만 마샤와 마찬가지로 우리에게도 톨스토이의 응시에서 벗어나고 싶게 만드는 두려움의 요소가 항상 있다. 그것은 실생활에서 우리를 괴롭힐지도 모르는, 그가 묘사하는 행복이란 너무 격렬하여 지속될 수 없으며 우리가 곧 재앙을 맞이하게 될지도 모른다는 감각일까? 또는 격렬한 즐거움이 의문스러워 《크로이체르 소나타Kreutzer Sonata》[10]의 포즈드니셰프 Pozdnyshev처럼 "하지만 왜 살지?" 하고 물을 수밖에 없는 것은 아닐까? 영혼이 도스토옙스키를 사로잡는 것처럼 인생이 톨스토이를 사로잡는다. 온갖 화려하고 찬란한 꽃잎의 한가운데에는 항상 "왜 살지?"라고 묻는 전

---

9 1859년에 발표된 톨스토이의 짧은 장편소설.
10 1890년에 발표된 톨스토이의 소설.

갈 한 마리가 있다. 책의 중심에는 항상 모든 경험을 쌓고 자신의 손 가락 사이로 세상을 돌아가게 하면서, 심지어 그것을 즐기는 동안에 도 의미가 무엇이며 우리의 목표는 무엇인지 끊임없이 의문하는 올 레닌Olenin, 피에르Pierre, 레빈Levin 같은 인물이 있다. 우리의 욕망을 아 주 효과적으로 산산조각 내는 사람은 성직자가 아니다. 그것은 그들 욕망을 잘 알고 있고 그 자신이 그것을 사랑했던 사람이다. 그가 그 들 욕망을 비웃을 때 세상은 재로 바뀌어 우리 발밑에 흩어져 날린 다. 따라서 두려움이 우리의 즐거움과 섞여 있으며 러시아의 위대한 세 작가 가운데 우리의 마음을 가장 사로잡고 또 가장 불쾌하게 만드 는 것이 톨스토이이다.

그러나 마음은 그 출생지로부터 선입견을 갖게 된다. 그러므로 그 것이 러시아 문학과 같은 이질적인 문학에 작용할 때 진실로부터 어 긋날 것임은 의심의 여지가 없다.

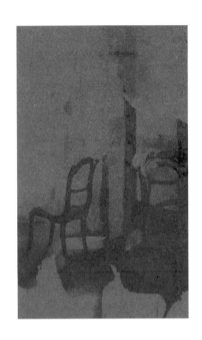

현대 소설
The Modern Fiction

The Modern Fiction

소설의 기법이 살아 있는 여성으로서 우리 앞에 모습을 나타낸다고 상상할 수 있다면, 그녀는 우리에게 자기를 존중하고 사랑해 줄 뿐만 아니라 파괴하고 괴롭혀 달라고도 요구할 것이 틀림없다. 왜냐하면 그럼으로써 그녀가 새로 젊어져 자기의 지배력을 더욱 공고히 할 수 있기 때문이다.

현대 소설의 경우, 아주 자유롭고 아주 느슨하게 살펴보더라도 그 기법이 과거의 기법을 개선한 것임은 당연하다. 그들의 소박한 도구와 원시적인 소재로 필딩은 훌륭한 성과를 거두었고 제인 오스틴은 그보다 더 훌륭했지만, 그들의 기회와 우리의 기회를 비교해 보라! 그들의 걸작은 분명히 이상하리만큼 단순한 느낌을 자아낸다. 하지만 우리는 문학과 자동차 제작 과정을 비교하는 것이 옳지 않음을 한눈에 알 수 있다. 여러 세기를 거치면서 기계를 제작하는 데는 많은 것을 습득했을지 몰라도 문학을 만들어 내는 데 있어서는 과연 뭔가를 배웠는지 의심스럽다. 우리는 더욱 훌륭하게 글을 쓸 수 있게 된 것이 아니다. 우리가 하는 것이라고는 이번에는 이쪽으로 조금, 이번에는 저쪽으로 조금 계속해서 움직이는 것뿐이지만, 순환적인 경향을 감안하면 모든 과정은 아주 높은 곳에서 내려다보아야 한다. 하지만 우리는 그처럼 전망이 좋은 곳에 있다고 할 수 없다. 우리는 평지의 군중들 사이에서 먼지 때문에 반쯤 장님이 된 채 그 싸움에서 승리한 우리보다 훨씬 행복한 전사들을 선망의 눈길로 되돌아본다. 그리고 그들의 성과가 매우 평온하게 얻어진 것처럼 느껴져 그들의 싸움은 우리의 싸움만큼 격렬한 것이 아니었다고 소곤거리지 않을 수 없을 지경이다. 하지만 우리가 지금 위대한 산문 소설의 태동기에 있는지 그 말기에 있는지, 아니면 그 한가운데에 있는지 판단하고 말해 주는 것은 문학 사가들의 일이다. 아래쪽의 평지에서는 눈에 보이는 것이 거의 없기 때문이다. 우리는 다만 어떤 고마움과 적개심이 우리에게 영감을 준다는 것, 어떤 길은 비옥한 땅으로, 어떤 길은 먼지투성이와 사막으로 이끈다는 것, 그리고 어쩌면 이것에 대해 다루어 보는 시도가 가치 있는 일인지도 모른다는 것 등을 알고 있을 뿐이다.

그렇다면 우리는 고전들에 대해 논쟁하고 있는 것이 아니다. 그리고 우리가 웰스Herbert George Wells[1] 씨, 베닛Arnold Bennett[2] 씨, 골즈워디 씨와의 논쟁에 대해 이야기한다면, 그것은 그들이 실존하고 있으므로 그들의 작품에는 살아 숨 쉬는 일상적인 불완전성이 있으며, 우리는 그것을 통해 선택의 자유를 향유한다고 할 수 있다. 하지만 그들이 우리에게 준 많은 선물에 대해 고마움을 느끼면서, 하디 씨에게, 콘

---

1 1866~1946, 영국의 소설가.
2 1867~1931, 영국의 소설가.

래드 씨에게, 그리고 그들보다 훨씬 정도가 덜하지만 《자줏빛 대지The Purple Land》, 《녹색의 장원Green Mansions》, 《머나먼 나라 아득한 옛날Far Away and Long Ago》을 쓴 허드슨William Henry Hudson[3] 씨에게도 무조건적인 감사를 간직하고 있음도 사실이다. 웰스 씨, 베닛 씨, 골즈워디 씨는 아주 많은 희망을 불러일으켰지만 지속적으로 그들을 무산시켰으므로 우리의 고마움은 그들이 할 수 있었을지도 모르지만 하지 않았던 것, 우리가 분명히 할 수 없었지만 또한 분명히 하고 싶지 않은 것을 우리에게 제시해 준 데 대한 고마움이다. 경탄하거나 그 반대거나 그처럼 많은 특징을 구현하는 그 엄청난 양의 작품들에 대해 우리가 가지고 있는 주장이나 불만을 한마디로 요약하기란 어렵다. 만약 우리의 뜻을 한마디로 요약한다면, 이들 세 작가를 유물론자라고 해야 할 것이다. 왜냐하면 그들이 우리를 실망시키고 영국의 소설이 가급적 빨리 정중하게 등을 돌리고 비록 사막을 향하는 것이라도 나아가면 갈수록 그 영혼에게는 더 좋으리라는 느낌이 드는 것은 바로 그들이 정신이 아니라 육신에 주의를 기울이기 때문이다. 당연한 일이지만 말 한 마디로 세 가지 별개의 목표물 중심에 이를 수는 없다. 웰스 씨의 경우 그 말은 목표물 부근으로 상당히 널리 퍼질 것이다. 하지만 웰스 씨의 그 말은 그의 천재성을 침해하는 불순물, 그의 영감이 간직하는 순수성과 혼합된 커다란 흙덩이를 우리에게 상기시킨다. 그러나 베닛 씨가 이제까지 세 사람 가운데 가장 훌륭한 일꾼인 만큼

---

3 1841~1922, 영국의 소설가이자 박물학자.

아마 가장 나쁜 범인일 것이다. 그는 아주 훌륭한 구성으로 정교하게 짜여진 책을 만들 수 있으므로, 아주 예리한 비평가들도 그 사이에서 어떤 틈이 생길지 찾아내기 어렵다. 창틀의 틈새나 마분지의 찢어진 자국 같은 것이 거의 없다. 하지만 생명이 그곳에 살려고 하지 않으면 어쩔 것인가? 그것은 바로 《노처 이야기The Old Wives' Tale》[4], 조지 캐넌George Cannon[5]과 에드윈 클레이행거Edwin Clayhanger[6] 등 여러 인물의 창조자가 이미 극복했노라고 주장할지도 모르는 위험이다. 그가 만들어낸 인물들은 심지어 상상하지 못할 정도로 풍족하게 살고 있지만, 그들이 무엇을 위해 어떻게 살아가고 있는지에 대한 의문은 남아 있다. 우리에게는 그들이 점점 더 파이브타운스Five Towns[7]의 훌륭한 저택을 내버려 두고 일등 열차의 객실에서 시간을 보내면서 수많은 벨이나 버튼을 누르고 있는 것처럼 보이며, 호화스럽게 여행하게 되는 운명 때문에 브라이턴의 최상급 호텔에서 영원히 희열을 느끼게 되리라는 점은 의문의 여지가 없다. 웰스 씨가 작품의 견고한 구조에서 지나치게 많은 기쁨을 얻는다고 해서 그를 유물론자라 할 수는 없는 노릇이다. 그의 마음이 너무 관대하기 때문에 그는 많은 시간을 바쳐 만사를 꼼꼼하게 물질적으로 처리한다. 그는 순전히 따뜻한 마음씨에서 우러나는 유물론자이며, 정부 관리들에 의해 처리되어야 할 일

---

4 1908년에 발표된 베닛의 소설.
5 1911년에 발표된 베닛의 소설 《힐다 레스웨이스Hilda Lessways》의 등장인물.
6 1910년에 발표된 베닛의 소설 《클레이행거Clayhanger》의 등장인물.
7 영국 잉글랜드 중서부의 도시 스토크온트렌트Stoke-on-Trent를 가리키는 작품 속의 별명.

을 어깨에 짊어지는가 하면, 생각이나 일이 너무 많기 때문에 그가 만든 인물들이 거칠고 조악함을 깨달을 여유가 없거나 또는 중요시해야 한다는 점을 잊어버린다. 하지만 그가 만든 지상과 천국이, 바로 그가 만든 조앤과 피터가 현세와 내세에 살아야 할 곳이라는 비평보다 더 해로운 것이 있을까? 그들의 성격이 지니는 열악함은 관대한 그들의 창조주가 그들에게 마련해 주는 제도나 이상을 무엇이든 망쳐 놓지 않을까? 그리고 아무리 골즈워디 씨의 성실성과 인간성에 대해 깊은 존경을 품고 있더라도, 우리는 그의 책에서 우리가 찾는 것을 발견하지 못할 것이다.

그렇다면 우리가 이들 모든 책에 유물론자라는 말이 찍혀 있는 라벨을 붙인다면, 우리는 그것으로 그들이 중요하지 않은 것에 대해 글을 쓰며, 그들이 엄청난 재능과 노력을 통해 사소하고 덧없는 것이 참되고 지속적인 것처럼 보이도록 한다는 사실을 의미하는 셈이다.

우리는 강요하고 있으며, 나아가 우리가 강요하는 것이 무엇인지 설명하는 것을 통해 우리의 불만을 정당화하기 어렵다는 점도 잘 알고 있음을 인정해야 한다. 우리는 때에 따라 다른 방식으로 질문을 제기한다. 하지만 우리가 한숨을 쉬면서 완성된 소설을 내려놓을 때 그 질문은 매우 지속적이다. 이것이 가치 있는 것일까? 이 모든 것의 요점은 무엇인가? 인간 정신에서 가끔 일어나는 것 같은 그 자그마한 탈선 하나 때문에, 베닛 씨가 인생을 포착하기 위해 만든 그 멋진 장치를 가지고 단지 1, 2인치 궤도를 벗어난 것일까? 인생은 탈출해 버린다. 그리고 어쩌면 인생이 없다면 다른 어떤 것도 가치가 없을 것이다. 우리가 이런 식으로 말하는 것은 애매모호한 것에 대한 고백이지만, 그렇다고 해서 비평가들이 흔히 그러듯 사실성을 이야기한다고 문제가 개선되지 않는다. 소설에 대한 모든 비평에 물들어 있는 그 애매모호함을 인정하면서도 바로 이 순간의 우리가 볼 때 가장 유행하는 소설의 형식은 우리가 추구하는 것을 확보하기보다 놓치는 경우가 더 많다는 의견을 감히 말해 보자. 우리가 그것을 생명 또는 정령이라고 하든, 진실 또는 사실성이라고 하든, 이 본질적인 것은 끊임없이 움직이면서 우리가 제대로 만들지 못한 옷을 더 이상 입으려고 하지 않는다. 하지만 우리는 끈기 있게 진지한 자세로, 점점 더 우리의 마음이 내다보는 것과 비슷해지지 않는 계획에 따라 서른두 장의 구성을 계속해 나간다. 이야기의 견고함, 그것이 인생과 비슷함을 입증하려는 엄청난 노력의 상당 부분은 헛될 뿐 아니라 그 개념의 빛을 애매모호하게 흐려 놓을 만큼 잘못된 것이기도 하다. 작가는 자신의 자유 의지에 의해서가 아니라 그를 속박해 놓은 어떤 강력하고 부도덕한 폭군에 의해 구성을 짜고, 희극이나 비극, 사랑 이야기, 그리고 그 인물들에게 생명을 불어넣을 경우 그들의 코트 마지막 단추에 이르기까지 깔끔하게 최신 유행으로 차려입고 나타날 정도로 흠잡을 데 없는 개연성의 분위기를 만들도록 강요되는 것 같다. 그 폭군이 순응하면 소설이 방향을 바꾸기도 한다. 하지만 때때로, 시간이 흐를수록 점점 자주 페이지가 습관적으로 채워지는 것을 보면서, 우리에게는 순간적인 의심, 반항심이 생긴다. 인생이 이와 같을까? 소설들이 이렇게 되어야 할까?

내부를 들여다보면 인생은 전혀 그렇지 않은 것 같다. 일상적인 하루의 일상적인 마음에 대해 잠시 살펴보라. 마음은 사소하거나 환상적이거나 희미하거나 강철처럼 예리한 온갖 인상을 받아들인다. 그들은 헤아릴 수 없는 원자들이 끊임없이 쏟아지는 소나기처럼 모든 방면에서 쏟아지는 가운데, 월요일 또는 화요일의 인생으로 서서히 형성되면서 이전과 다른 악센트로 떨어진다. 중요한 순간은 이곳이 아니라 그곳에 왔다. 그러므로 만약 작가가 노예가 아니라 자유인이었다면, 강요받은 것이 아니라 자신이 선택한 것을 쓸 수 있었다면, 인습이 아니라 자신의 감정을 기반으로 작품을 쓸 수 있었다면, 구성도 없고 희극이나 비극이나 사랑 이야기나 수용된 스타일의 파국, 어쩌면 본드 가Bond Street[8]의 재단사들이 하는 식으로 기워지는 단추도 하나 없었을 것이다. 인생은 대칭적으로 배열되는 일련의 등불이 아니라 빛이 발산되는 하나의 후광, 의식이 생기기 시작해서부터 사라질 때까지 우리를 감싸는 반투명의 봉투이다. 이처럼 다양하고 이처럼 경계가 정해지지 않은 미지의 정신을 — 가능하면 이질적이거나 외부적인 것을 줄인 채 — 전달하는 것이(비록 탈선하거나 복잡성을 드러내더라도) 바로 소설가의 임무가 아닐까? 우리는 단지 용기와 성실성만을 호소하고 있지 않다. 올바른 소설이란 우리가 관습에 따라 믿어 온 것과 조금 다르다는 이야기를 하고 있는 것이다.

어하튼 바로 이런 측면에서 우리는 몇몇 젊은 작가들 — 그 가운데

---

[8] 과거에 양복점이 즐비했던 런던의 거리 이름.

제임스 조이스 씨가 가장 주목된다—의 작품이 이전 작가들의 작품과 구분되는 특징에 대해 살펴보고자 한다. 그들은 인생에 더욱 가까이 다가가려고 하며, 그들의 관심을 끌고 그들을 감동시키는 것을 더욱 성실하고 정확하게 유지시키려고 한다. 그렇게 하기 위해서는 소설가가 흔히 지켜 온 관습의 대부분을 버려야 할 경우도 있다. 우리의 마음 위로 원자들이 떨어질 때 차례대로 그들을 기록하고, 겉으로 볼 때 전혀 무관하고 일관성 없는 것처럼 보일지라도 그 패턴(원자들의 모습이나 그것이 나타날 때 의식에 생겨난 것)을 추적해 보자. 그리고 흔히 작다고 생각되는 것보다 크다고 생각되는 것에 인생이 더욱 충만하게 존재하리라고 당연시하지 말자. 《젊은 예술가의 초상The Portrait of the Artist as a Young Man》 또는 그보다 훨씬 흥미로울 것이라 여겨지는, 지금 〈리틀 리뷰Little Review〉에 게재되고 있는 〈율리시스〉를 읽은 사람이라면 이런 식의 이론이 조이스 씨의 의도라고 말할 것이다. 그 같은 단편적인 작품을 앞에 놓은 우리 입장에서 그것은 확증적인 언급이라기보다는 과감한 발언처럼 여겨진다. 하지만 전체적인 의도가 무엇이든 그것이 궁극적인 성실에 관한 것이며, 비록 우리가 판단하기 어렵고 불쾌한 것일지 모르지만 그 결과가 중요하다는 데는 의심의 여지가 없다. 앞서 우리가 유물론자라고 불렀던 사람들과 대조적으로 조이스 씨는 정신적이다. 그는 뇌를 통해 섬광으로 메시지를 전하기 위해 깜박거리는 우리 몸 가장 안쪽의 불꽃을 드러내려고 총력을 기울이며, 그것을 유지하기 위해 대단한 용기를 가지고 우발적으로 보이는 것은 무엇이나—그것이 개연성이든 일관성이든 또는 여러 세대에 걸쳐 독자에게 만지거나 볼 수 없는 것을 상상하라는 요구가 제기될 때 그의 상상력을 지원하는 데 기여해 온 이들 푯말 가운데 다른 것이든 — 무시한다. 예컨대 묘지 장면은 그 광채, 그 더러움, 그 모순, 갑자기 번개처럼 번뜩이는 그 중요성 등으로 인해 여하튼 그것을 처음 읽을 때부터 걸작이라고 말하지 않을 수 없다. 우리가 인생 그 자체를 원한다면 여기서 분명히 그것을 얻게 된다. 만약 다른 것, 그리고 무슨 이유로 그런 독창성을 지닌 작품이 아직까지 — 높은 수준의 본보기를 들자면 — 《젊음》[9]이나 《캐스터브리지의 시장 The Mayor of Casterbridge》[10] 같은 작품과 나란히 비교될 수 없는지를 말하려고 한다면 정말이지 다소 거북하게 더듬거릴 것이다. 비교되지 못한 까닭은 작가 정신의 빈곤 때문이라고 간단히 말하면서 그 문제를 마무리할 수 있을지도 모른다. 하지만 그 문제를 좀 더 파고들면서, 밝지만 좁은 방 안 — 확대되고 자유로운 것이 아니라 갇히고 폐쇄된 — 에 놓인 우리의 존재감을 정신에 의해서뿐 아니라 방법에 의해서 가해지는 어떤 한계의 탓으로 돌리는 것은 아닌지 궁금하게 여길 수도 있다. 그것이 바로 창조력을 억제하는 방법일까? 우리가 즐겁거나 관대하다고 느끼지 못하고, 대단한 민감성을 지니고 있음에도 불구하고 창조력 자체의 외부에 있는 것을 포용하거나 창조해 내지 못하는 자아 중심적 인간이라고 느끼는 것도 바로 그 때문일까? 외

---

9 1902년에 간행된 조지프 콘래드의 단편 소설집.
10 1886년에 발표된 토머스 하디의 소설.

설에 대해 교훈적으로 강조하는 것이 모나고 소외되는 결과를 자아
내는 것일까? 아니면 단지 그 같은 독창성을 추구하는 노력 가운데
특히 현대인들이 독창성이 자아내는 것에 이름을 붙이기보다 그것이
결여하고 있는 것을 감지하기가 훨씬 쉬운 것뿐일까? 여하튼 '방법
들'을 검토하는 것의 바깥쪽에 서 있는 것은 실수이다. 우리가 작가
라면 표현하고자 하는 것을 표현하는 방법, 그리고 우리가 독자라면
우리를 소설가의 의도에 더욱 다가가게 해 주는 방법은 그 어떤 것이
라도 모두 옳다. 이 방법은 우리가 인생 그 자체라고 말할 준비가 되
어 있었던 것 쪽으로 우리를 다가가게 해 주는 장점을 지니고 있다.
《율리시스》를 읽는 것이 인생 가운데 얼마나 많은 부분이 제외되고
무시되는 것인지를 말해주는 것도 아니었으며, 《트리스트럼 샌디
Tristram Shandy》[11]나 심지어 《펜더니스Pendennis》[12]를 펴서 그들에 의해 인
생의 다른 측면들뿐 아니라 더 중요한 측면들까지 있다고 확신하는
충격도 뒤따르지 않았다.

　이것과는 상관없이 현재의 소설가 앞에 놓인 문제는 과거의 문제
와 견주어 볼 때 그가 고른 것을 자유롭게 내려놓을 수 있는 수단을
찾아내는 것이다. 그는 자신에게 흥미로운 것이 더 이상 '이것'이 아
니라 '저것'이라고 말하는 용기를 지녀야 한다. 그리고 '저것'으로부
터 그의 작품을 만들지 않으면 안 된다. 현대인들에게 관심을 끄는

---

11 영국의 소설가 로렌스 스턴Laurence Sterne(1713~1768)의 소설.
12 영국의 소설가 윌리엄 새커리의 소설.

'저것'은 심리학의 어두운 장소에 자리 잡고 있을 가능성이 아주 많다. 따라서 악센트는 약간 달리 놓인다. 지금까지 무시되었던 것이 강조된다. 일단 다른 형태의 윤곽이 필요해진다. 우리가 파악하기 어렵고 우리 이전의 사람들에게 이해되지 못했던 것이다. 현대인이 아니고는 어느 누구도, 어쩌면 러시아 인이 아니고는 어느 누구도 상황의 흥미로운 점을 느끼지 못했을 것이다. 체호프는 그것을 단편소설로 구성하고 그 제목을 《구세프^{GUSEV}》라고 지었다. 몇몇 러시아 병사들이 그들을 조국으로 데리고 가는 배에 타고 있다가 병에 걸려 눕는다. 우리는 그들이 주고받는 이야기와 그들의 생각을 듣는다. 그러자한 병사가 죽어 실려 나간다. 한동안 나머지 사람들 사이에서 대화는 계속되며, 이윽고 구세프 자신이 죽어 다른 사람들에게 '당근이나 무처럼' 보이면서 갑판에서 내던져진다. 강조되는 것은 그 같은 예기치 않은 장소이며, 처음에는 전혀 강조되는 것이 없어 보이지만, 이윽고 희미한 빛에 눈이 익숙해지고 방 안에 있는 사물의 형태들이 인식되면서 우리는 그 이야기가 얼마나 완전하며 얼마나 심오한지, 그리고 체호프가 이것, 저것, 그리고 다른 것을 골라 함께 새로운 것을 만들기 위해 자신의 비전에 얼마나 충실하게 순종하였는지를 깨닫게 된다. 하지만 '이것은 희극'이라느니 '저것은 비극'이라는 말은 할 수 없으며, 단편소설은 짧고 결론이 내려져야 한다고 배웠으므로 애매모호하고 결론이 내려지지 않은 이 이야기를 과연 단편소설이라 할수 있을지도 확실하지 않다.

현대 잉국 소설에 대한 가장 기본적인 언급을 하려면 러시아의 영향에 대한 언급을 피할 수 없으며, 만약 러시아 인이 언급되면 우리는 그들의 소설이 있는데도 소설을 쓰는 것이 시간 낭비라는 느낌이 드는 위험을 감수해야 한다. 우리가 영혼과 마음을 이해하고자 한다면 달리 어디에서 그들에 견줄 만한 심오한 내용을 찾겠는가? 만약 우리 자신의 유물론에 싫증을 느낀다면, 러시아의 소설가들에 대해 가장 생각하기 어려운 것이 천성적으로 인간 정신에 대한 자연스러운 존경을 간직하리라는 점이다. "다른 사람들과 닮는 법을 배워라. (……) 하지만 이 동정심이 머리에서 나오지 않도록 해라. 머리로 동정하기란 쉽기 때문이다. 동정이란 가슴으로, 그들에 대한 사랑으로 해야 한다." 만약 다른 사람들의 고통에 대한 동정, 그들에 대한 사랑, 정신의 가장 강력한 요구라고 할 만한 목표에 이르기 위한 노력이 성자다움을 구성한다면, 위대한 러시아의 작가들은 모두 성자의 특징을 지니고 있는 것처럼 보인다. 우리 자신을 신앙심 없이 하찮은 것에 관심을 기울이는 사람으로 느끼게 해 당황케 하고, 우리의 유명한 소설들 다수를 허식과 속임수로 바꾸어 버리는 것은 바로 그들 속에 있는 성자다움이다. 이해심 있고 연민 어린 러시아 인들의 정신에서 나오는 결론은, 어쩌면 불가피한 것인지도 모르지만 극도의 슬픔이다. 조금 더 정확하게 말하자면, 우리는 러시아 인의 정신에 결론이 제대로 없는 것을 이야기하고 있는지도 모른다. 그것은 바로 아무 답이 없다는 느낌, 솔직하게 살펴보면 인생이란 이야기가 끝난 뒤에도 우리를 깊은—마지막에 가서는 반감이 섞이게 되는—절망에 잠기게 할 헛된 질문을 계속하도록 하는 의문투성이라는 느낌이다. 아마 그들이 옳을 것이다. 그들이 우리보다 더 멀리 보고, 우리의 총체적인 시각 장애가 그들에게 없는 것은 의문의 여지가 없기 때문이다. 하지만 어쩌면 우리가 그들의 눈에 보이지 않는 것을 볼지도 모른다. 그렇지 않다면 왜 이에 대한 반대의 목소리가 우리의 우울한 기분과 뒤섞여 있겠는가? 그 반대의 목소리는 우리에게 괴로움을 느끼고 이해하기보다 즐기고 싸우는 본능을 길러 준 것 같은, 다른 고대 문명의 목소리이다. 스턴에서 메러디스에 이르기까지 영국 소설은 유머와 희극, 대지의 아름다움, 지식인의 활동, 신체의 광채에 대한 우리의 천성적인 기쁨을 증언한다. 하지만 측정할 수 없을 정도로 거리가 먼 두 소설의 비교를 통해 우리가 끌어내는 추론은, 정말이지 우리에게 소설의 무한한 가능성을 이야기해 주고, 지평선에 이르기까지 전혀 제한이 없으며, 심지어 아무리 극단적일지라도 어떤 '방법'이나 어떤 실험 등 아무것도 금지되지 않고 단지 오류와 위선만 금지될 뿐임을 상기시켜 주는 것 외에는 쓸모없는 것이다. '소설의 적절한 소재'는 존재하지 않는다. 온갖 느낌이나 온갖 생각 등 모든 것이 소설의 적절한 소재이다. 소설에서는 두뇌와 정신이 지니고 있는 모든 성질이 다루어지며 어떤 인식이라도 가능하다. 그리고 만약 소설의 기법이 살아 있는 여성으로서 우리 앞에 모습을 나타낸다고 상상할 수 있다면, 그녀는 우리에게 자기를 존중하고 사랑해 줄 뿐만 아니라 파괴하고 괴롭혀 달라고도 요구할 것이 틀림없다. 왜냐하면 그럼으로써 그녀가 새로 젊어져 자기의 지배력을 더욱 공고히 할 수 있기 때문이다.

현대 수필
The Modern Essay

The Modern Essay [1]

작가는 맥주를 마시면서 대화하기에는 좋은 상대이다. 하지만 문학은 엄격하다. 아무리 매력적이거나 후덕하거나 심지어 학식이 많거나 총명하다고 해도, 글을 쓰는 방법을 알아야 한다는 문학의 첫째 조건을 충족시키지 못한다면 아무 쓸모가 없다고 문학은 말하는 것 같다.

리스Ernest Percival Rhys [2] 씨가 말하다시피, 수필이 소크라테스 또는 페르시아인 시란네이Siranney [3] 로부터 유래한다는 등 그 역사나 기원을 심오하게 탐구하는 것은 불필요하다. 살아 있는 모든 것과 마찬가지로 그것의 과거보다 현재가 훨씬 중요하기 때문이다. 게다가 그 가게는 널리 퍼져 있으며, 그 대표들 가운데 몇몇은 세상에서 높은 명성을 쌓으면서 최고라는 평가를 받는 반면에, 플리트 가Fleet Street [3] 근처의 빈민가에서 불확실한 삶을 살아가기도 한다. 그 형태도 다양하다. 길거

나 짧을 수도 있고, 진지하거나 사소할 수도 있으며, 하느님이나 스피노자[Baruch de Spinoza][4]에 관한 것, 또는 거북이나 치프사이드에 관한 것일 수도 있다. 하지만 우리가 1870년부터 1920년 사이에 쓰여진 수필들이 수록된 이들 5권의 작은 책들의 페이지를 넘기는 가운데 어떤 원칙이 나타나 혼란을 통제하는 것처럼 여겨지며, 짧은 검토 과정 동안 역사의 진보 같은 것을 보게 된다.

수필은 모든 문학 가운데 긴 단어의 사용을 거의 요구하지 않는 형식이다. 수필을 지배하는 원칙은 간단히 말해 즐거움을 주어야 한다는 것이다. 우리가 서가에서 그것을 집어들 때 우리의 욕망은 간단히 말해 즐거움을 얻으려는 것이다. 수필에 들어 있는 모든 것은 그 목적에 부합되어야 한다. 수필은 첫 단어로 우리에게 주문을 걸어야 하며, 마지막 단어에 이르러 비로소 우리가 주문에서 깨어날 때 상쾌한 느낌을 갖도록 해야 한다. 그 사이에 우리는 재미, 놀람, 흥미, 분개 등 매우 다양한 경험을 하게 될 것이다. 램의 글을 읽으면서 커다란 환상을 즐기는가 하면, 베이컨[Francis Bacon][5]의 글을 읽으면서 깊은 지혜를 얻기도 하지만, 그러나 결코 흥분해서는 안 된다. 수필은 우리를 감싸 주고, 세상을 가로질러 그 장막을 쳐야 한다.

그처럼 커다란 성과가 이루어지는 경우는 드물다. 그 잘못은 필자에게는 물론 독자에게도 있다. 습관과 무기력이 그의 기호를 둔하게

---

4 1632~1677, 네덜란드의 철학자.
5 1561~1626, 영국의 철학자.

만든다. 소설에는 이야기가 있고 시에는 운이 있다. 그렇다면 수필가는 우리에게 독침을 가해 정신을 번쩍 들게 하고, 수면이 아닌 삶을 강화하는 것이라 할 가수면 상태― 모든 기능이 긴장되어 있는 가운데 즐기는 쾌락의 일광욕―에 빠뜨리기 위해 이 짧은 길이의 산문 속에서 과연 어떤 기법을 사용할 수 있을까? 그는 ― 이것이 첫째 요소이다 ― 쓰는 방법을 알지 않으면 안 된다. 그의 학식은 마크 패티슨Mark Pattison[6]만큼 심오하지만, 수필 속에서는 글의 마법에 의해 융화됨으로써 사실도 튀어나오지 않고 독단적인 생각도 글의 표면을 찢어 버려서는 안 된다. 한편으로는 매콜리가, 다른 한편으로는 프루드가 이렇게 하는 데 거듭 성공했다. 그들은 100권의 교과서에 실린 것보다 더 많은 지식을 수필 한 편을 통해 우리에게 불어넣어 주었다. 하지만 마크 패티슨이 35쪽에 걸친 작은 지면에서 몽테뉴에 대해 이야기할 때 우리는 그가 그륀Alphonse Grün[7] 씨의 책을 제대로 이해하지 못했다고 느끼게 된다. 그륀 씨는 한때 나쁜 책을 쓴 신사였다. 그륀 씨와 그의 책은 우리의 지속적인 기쁨을 위해 보존되어 있어야 할 것이다. 하지만 그 과정이 피곤하다. 그렇게 하기 위해서는 패티슨이 동원한 것보다 더 많은 시간과 어쩌면 더 많은 인내심이 필요하다. 그는 그륀 씨의 글을 날것 그대로 내놓았으며, 그래서 육류 요리 사이에 놓인 조잡한 잠과 신세에 머물러 있고, 우리는 그것을 먹기 위

6 1813-1884. 영국의 성직자이자 교육자.
7 《미셸 몽테뉴의 공직 생활La Vie publique de Michel Montaigne》(1855)을 쓴 프랑스의 작가.

해 언제까지나 이를 갈아야 한다. 그 비슷한 것이 매슈 아널드^{Mathew} Arnold[8]와 스피노자의 어느 번역자 사이에도 적용된다. 범죄자를 위해 그와 함께 진실을 말하고 잘못을 찾는 것은 수필에서는 어울리지 않는다. 수필에서는 모든 것이 우리를 위한 것이어야 하며, 〈포트나이틀리 리뷰^{Fortnightly Review}〉[9]의 3월호 동안만이 아니라 영원한 것이어야 하기 때문이다. 그러나 만약 잔소리꾼의 목소리가 이 좁은 공간에서는 들리지 않아야 한다면, 메뚜기 떼의 대량 발생과 같은 다른 목소리—산만한 어휘들을 가지고 더듬거리며 모호한 생각들을 아무 목적 없이 움켜잡고 있는 사람의 목소리, 예컨대 다음 글에서 허턴 Richard Holt Hutton [10] 씨의 목소리가 있다.

　여기에다 그의 결혼 생활이 불과 7년 반 만에 갑자기 끝날 정도로 짧았다는 것, 그리고 아내의 기억력과 천재성에 대한 그의 열렬한 존경—그 자신의 말에 의하면 '종교의 경지'—은 그의 판단력이 완벽했을 터이므로 인류의 나머지 사람들에게 환각까지는 아니더라도 지나칠 정도로 보이지 않게 했으리라는 것, 하지만 '편견 없는 견해'의 대가로 명성을 얻은 사람을 찾아내는 일이 아주 애처롭다는 그 모든 부드러우면서 열광적인 과장 가운데서도 그것을 구현하고자 하는 억제할 수 없는 갈망에 사로잡

---

8 1822~188, 영국의 시인이자 비평가 및 교육자.
9 19세기 영국에서 간행된 가장 영향력 있던 잡지의 하나.
10 1826~1897, 영국의 작가이자 신학자.

혔다는 것 등을 덧붙여 보라. 그러면 밀^{John Stuart Mill[11]} 씨의 경력에서 인간
적인 사건들이 매우 슬프다는 사실을 느끼지 못하기란 불가능하다.

책이라면 그 같은 타격을 받아들일 수 있지만, 그것은 수필의 효과
를 가라앉힌다. 두 권 속에 수록된 전기 한 편은 정말로 적절한 글이
다. 왜냐하면 면허의 범위가 아주 넓고 외부의 일들에 대한 암시와
엿봄이 연회의 일부가 되는 그곳(우리는 구식 빅토리아 시대의 책을 말
하고 있다)에서는 이들 하품이나 기지개는 거의 문제가 되지 않으며,
그 나름대로 어떤 긍정적인 가치를 지니기도 한다. 하지만 가능한 대
로 모든 자원을 책 속에 넣고자 하는 욕구에서 어쩌면 불법적으로 독
자에 의해 부여되는 그 가치는 여기서 배제되지 않으면 안 된다.

수필에는 문학의 불순한 것들이 들어갈 공간이 없다. 노력의 힘이
나 자연의 은혜, 또는 두 가지가 결합되든 어떻게 해서든 수필은 물
이나 포도주처럼 순수할 뿐 아니라 따분함, 죽음, 무관한 문제가 축
적되는 것 등으로부터도 순수해야 한다. 제1권의 모든 필자들 가운
데 월터 페이터^{Walter Pater[12]}가 이 힘든 임무를 가장 훌륭하게 달성한다.
왜냐하면 그는 자신의 수필인 '레오나르도 다 빈치에 관한 주석^{Notes on Leonardo da Vinci}'을 쓰기 전에 자신의 소재를 융합시키려고 했기 때문
이다. 그는 학식이 많은 사람이지만, 우리에게 남아 있는 것은 레오

11 1806—1873, 영국의 철학자이자 경제학자.
12 1839—1894, 영국의 비평가.

나르도의 지식이 아니라 미래에 대한 전망이다. 그것은 모든 것이 작가의 생각 전부를 우리 앞에 제시하는 데 기여하는 훌륭한 소설을 읽는 것과 같다. 단지 구속이 아주 엄격하고 사실들이 알몸 상태로 사용되어야 하는 수필의 한계를 월터 페이터 같은 참된 필자는 최대한 활용한다. 진실은 그것에 권위를 부여할 것이다. 그는 그것의 좁은 한계로부터 형태와 강도를 얻을 것이다. 그러면 거기에는 이전의 필자들이 좋아했던 장식— 우리는 장식이라 부르면서 아마 경멸할지도 모르는 것— 을 맞추어 넣을 장소가 더 이상 없다.

오늘날에는 한때 레오나르도의 귀부인에 대한 유명했던 묘사를 다룰 용기가 있는 사람이 아무도 없을 것이다. 그 귀부인은,

> 그 무덤의 비밀들을 알고 있었으며, 깊은 바닷물 속에 들어가는 사람이었고, 그들이 쓰러진 날을 잊지 않으며, 동양의 상인들과 낯선 옷감을 거래했는가 하면, 레다Leda와 마찬가지로 트로이의 헬렌의 어머니였고, 성 안나Saint Anne와 마찬가지로 마리아의 어머니였다. (……)

그 구절은 엄지손가락 자국이 너무 많이 묻어 있기 때문에 결코 문맥 속에 자연스럽게 녹아들지 않는다. 하지만 예기치 않게 '여인들의 미소와 커다란 물의 움직임'이나 '슬픔을 자아내는 흙색의 옷차림에 엷은 색깔의 돌에 감싸인 세련된 죽은 사람들로 가득 차 있다'는 표현과 마주치면, 갑자기 우리는 우리에게 귀와 눈이 있고, 영어가 무수한 단어— 그들 다수가 한 음절 이상—로 가득 차 있다는 사실을

기억한다. 살아 있는 영국인 가운데 이들을 들여다보는 유일한 사람은 물론 폴란드 인으로 태어났던 신사[13]이다. 그러나 의심의 여지없이 우리의 기권 덕분에 많은 과장된 표현, 많은 수식어, 많은 우쭐거림과 뜬구름 잡는 짓을 피할 수 있으며, 진지함이나 완고함을 위해 토머스 브라운 경의 화려함이나 스위프트의 활기를 기꺼이 바꾸려고 할 것이다.

하지만 수필이 갑작스러운 과감한 표현이나 비유가 있는 전기나 소설보다 훨씬 적절하게 장식을 인정하고 그 표면의 모든 원자가 빛날 때까지 광택을 낼 수 있다고 하더라도 위험은 있다. 우리에게는 곧 장식이 눈에 띈다. 문학의 생명선인 흐름이 곧 느려지며, 단어들은 반짝거리거나 섬광을 발하거나 훨씬 깊이 있는 흥분을 간직한 더 조용한 충동에 따라 움직이는 대신 얼어붙은 물보라 속에 서로 응고해 버림으로써 마치 크리스마스트리에 매달린 포도와 같아진다. 하룻밤 동안 반짝이지만 다음 날이 되면 먼지가 쌓이는 것이다. 장식의 유혹은 주제가 미약한 부분일수록 커진다. 누군가 도보 여행을 즐겼다거나 치프사이드를 거닐면서 스위팅 씨Mr Sweeting 상점의 창가에서 거북을 보고 즐거웠다는 사실에 다른 사람의 흥미를 끌 만한 것이 무엇이 있을까? 스티븐슨Robert Louis Stevenson[14]과 새뮤얼 버틀러는 이들 사적인 주제에 우리의 관심을 불러일으키는 서로 다른 방법을 선택했다.

13 조지프 콘래드를 가리킨다.
14 1850~1894, 영국의 소설가이자 시인.

스티븐슨은 간결하게 만들고 광택을 냈으며, 그의 소재를 전통적인 18세기 형식에 맞추었다. 아주 경탄할 만한 방법이지만, 우리는 수필이 진행하는 동안 소재가 장인의 손가락을 통해 빚어져 나오지 않을까 초조함을 느끼지 않을 수 없다. 알맹이는 아주 작은데 조작은 끊임없이 이어진다. 그리고 어쩌면 그것은 그 결론 ─

잠자코 앉아 생각에 잠기는 것─욕망 없이 여인들의 얼굴을 기억하는 것, 선망 없이 사내들의 훌륭한 업적에 기쁨을 느끼는 것, 공감을 통해 모든 것이 되고 모든 곳에 존재하면서도 지금 있는 곳과 지금 하고 있는 것에 만족을 느끼는 것─

바로 그것이 끝부분에 이를 즈음 그가 작업을 할 수 있는 견고한 것은 전혀 남아 있지 않았음을 암시하는 일종의 비실재성을 간직하는 이유일지도 모른다.

버틀러는 정반대의 방법을 채용했다. 그는 스스로 생각을 하고 그들을 최대한 간결하게 이야기하라고 말하는 것 같다. 등딱지에서 머리와 다리를 내밀어 몸을 내미는 것처럼 보이는, 상점의 창가에 있는 이들 거북은 고정된 생각에 대한 치명적 믿음을 암시한다. 그래서 우리는 하나의 생각에서 다른 생각으로 아무 걱정 없이 큰 걸음으로 나아가면서 죽 뻗은 대지를 가로지르고, 그 변호사의 상처가 매우 심각하다는 것, 스코틀랜드 여왕 메리Mary Queen of Scots[15]가 교정용 신발을 신고 토트넘 코트 도로Tottenham Court Road에 있는 호스 슈Horse Shoe[16]가까운 곳에서 다리를 교정한다는 것을 살펴보며, 아무도 아이스킬로스에 대해 정말로 관심을 기울이지 않는다는 사실을 당연하게 생각하고, 이윽고 그는 〈유니버설 리뷰Universal Review〉[17]의 12쪽을 채울 수 있는 것보다 더 많은 것을 치프사이드에서 보지 말라는 말을 들었으므로 중단하는 것이 좋겠다는 결론에 이른다. 그렇지만 버틀러는 적어도 스티븐슨 정도로는 우리의 즐거움에 대해 주의를 기울이는 것이 분명하다. 그리고 그 자신처럼 글을 쓰면서 그것은 제대로 쓰는 것이 아니라고 하는 것은, 애디슨처럼 글을 쓰면서 그것은 잘 쓰는 것이라 하는 것보다 문체상으로 훨씬 힘든 훈련이다.

그러나 아무리 개인적으로 많은 차이가 있다고 하더라도 빅토리아 시대의 수필가들에게는 뭔가 공통점이 있었다. 그들은 통상적인 것보다 훨씬 길게 썼으며, 자리에 앉아 진지하게 잡지를 읽을 시간이 있을 뿐만 아니라 그것을 판단할 수 있는 빅토리아 시대 특유의 높은 문화 수준까지 지닌 대중을 위해 썼다. 수필 속에서 진지한 문제를 다루는 것이 가치 있는 일이었고, 잡지를 통해 수필을 읽었던 바로 그 대중이 한두 달 뒤 책으로 그것을 다시 한번 꼼꼼이 읽던 때였으므로 쓸 수만 있다면 글을 쓰는 일에 불합리한 점이라고는 전혀 없었다. 하지만 몇몇 교양인들부터 그다지 교양을 갖추지 못한 대다수의

---

15 1542~1587, 잉글랜드로 망명했다가 오랜 수감 생활 끝에 처형됨.
16 이전에 있었던 앙조 장의 이름.
17 버틀러의 수필이 처음 발표될 당시 런던에서 간행된 잡지.

사람들까지 어떤 변화가 일어났다. 그 변화가 전적으로 더 나빠진 것은 아니었다. 제3권에서 우리는 비럴Augustine Birrell[18] 씨와 비어봄 씨를 발견한다. 심지어 고전적인 형태로의 회귀가 있었으며, 그 크기와 그 반향이라 할 만한 것을 상실함으로써 수필은 애디슨과 램의 수필에 더욱 가까이 갔다고까지 말할 수 있다. 여하튼 칼라일Thomas Carlyle[19]에 관한 비럴 씨의 견해와 비럴 씨에 관해 칼라일이 썼으리라고 가정하는 수필 사이에는 커다란 격차가 있다. 맥스 비어봄이 쓴 '원피스의 구름A Cloud of Pinafores'과 레슬리 스티븐Leslie Stephen[20]이 쓴 '냉소적인 사람의 사과문A Cynic's Apology' 사이에는 비슷한 점이 거의 없다. 하지만 수필은 살아 있다. 절망할 이유가 전혀 없다. 조건이 변화하면서 여론에 가장 민감한 식물인 수필가는 그것에 적응하며, 그가 잘할 경우 변화를 최대한 활용하고 못할 경우에는 변화를 악화시킨다. 물론 비럴 씨는 훌륭하므로, 우리는 비록 그가 상당히 몸무게를 줄였더라도 그의 공격이 훨씬 더 직접적이고 그의 움직임이 더욱 유연함을 발견한다. 하지만 비어봄 씨는 수필에 무엇을 주었으며 그것에서 무엇을 얻었는가? 그것은 훨씬 복잡한 문제이다. 왜냐하면 지금 우리에게는 수필에 노력을 기울여 왔고 의문의 여지없이 수필의 왕좌를 차지하고 있는 수필가가 있기 때문이다.

---

18 1850~1933, 영국의 정치가이며 변호사 및 학자.

19 1795~1881, 영국의 비평가이자 역사가.

20 1832~1904, 영국의 문학자이자 철학자. 버지니아 울프의 아버지이다.

비어봄 씨가 주었던 것은 물론 그 자신이었다. 몽테뉴의 시대로부터 발작적으로 수필을 사로잡아 왔던 이 존재는 찰스 램의 죽음 이후 추방되어 있었다. 매슈 아널드는 그의 독자들에게 맷[Matt]이 아니었으며, 월터 페이터도 천 가구에 이르는 가정에서 윗[Wat]이라는 애칭으로 불리지 않았다. 그들은 우리에게 많은 것을 주었지만, 그들이 준 것은 아니었다. 따라서 1890년대의 어느 시기에 접어들면서 간곡한 권고, 정보, 비난 등에 익숙했던 독자들은 그들보다 더 크지 않은 듯한 사람의 목소리가 그들에게 친근하게 이야기를 거는 모습에 깜짝 놀랐을 것이다. 그는 사적인 기쁨과 슬픔에 영향을 받았으며, 독자들에게 설교를 늘어놓을 복음이나 전해 줄 지식은 전혀 없었다. 그는 간단히 그리고 직접적으로 그 자신이었고, 그 자신에 머물러 있었다. 우리에게는 다시 한번 수필가의 가장 적절하지만 가장 위험하고 미묘한 도구를 활용할 수 있는 수필가가 생긴 것이다. 그는 무의식적으로나 불순하게가 아니라 아주 의식적으로 순수하게 문학에 개성을 가미시켰으므로 우리는 수필가 맥스와 인간 비어봄 사이에 어떤 관계가 있는지 알지 못한다. 단지 개성의 혼이 그가 쓰는 모든 단어에 스며든다는 사실을 알 따름이다. 승리는 문체의 승리이다. 왜냐하면 문학에서 자아를 활용하는 것은 오로지 글을 쓰는 방법을 아는 것에 의해 가능하기 때문이다. 그 자아는 문학에 불가결한 한편 또한 가장 위험한 적수이기도 하다. 결코 여러분 자신이 되지 않아야 하지만 항상 그렇다는 것─그것이 문제이다. 솔직히 말해 리스 씨의 선집에 수록된 수필가들 가운데 몇 사람은 그 문제를 해결하는 데 전혀 성공하지 못하고 있다. 우리는 영원한 활자 속에서 분해되는 사소한 개성들의 모습에 혐오감을 느낀다. 그것은 이야기로서는 매력적이었음에 의심의 여지가 없다. 그리고 작가는 맥주를 마시면서 대화하기에 좋은 상대이다. 하지만 문학은 엄격하다. 아무리 매력적이거나 후덕하거나 심지어 학식이 많거나 총명하다고 해도, 글을 쓰는 방법을 알아야 한다는 문학의 첫째 조건을 충족시키지 못한다면 아무 쓸모가 없다고 문학은 말하는 것 같다.

비어봄 씨는 이 기법을 완벽할 정도로 갖추고 있다. 그러나 그는 사전에서 다음 절 어휘를 찾지 않았다. 확고한 미사여구를 만들어 내지도 않았고, 미묘한 리듬이나 낯선 멜로디를 가지고 우리의 귀를 잡아끌지도 않았다. 때로 이러한 기법은 헨리William Ernest Henley[21]나 스티븐슨 같은 몇몇 그의 동료들에게서 더욱 인상적이기도 하다. 그러나 '원피스의 구름' 안에는 인생이 들어 있고, 그 속에는 묘사가 불가능한 불평등, 동요, 최종적인 표현성 등이 있다. 서로 헤어질 때가 되었기 때문에 우정이 끝나는 것이 아닌 것처럼 그것을 읽었다고 해서 인생이 끝나지 않는다. 인생은 솟아올랐다가 바뀌고 덧붙여진다. 심지어 책장 속에 들어 있는 것들조차 만약 살아 있다면 변화한다. 우리는 그것들과 다시 만나고 싶어질 것이며, 변한 모습의 그들을 발견한다. 그러므로 우리는 9월이 오거나 5월이 되면 그들과 나란히 앉아 대화를 나누리라는 것을 알고, 비어봄 씨가 쓴 수필을 하나씩 되돌아

---

21 1849~1903. 영국의 시인이자 비평가.

본다. 하지만 수필가가 모든 작가들 가운데 가장 여론에 민감한 것은 사실이다. 오늘날 많은 독서가 이루어지고, 비어봄 씨의 수필들이 그 지위가 요구하는 모든 것을 향유하면서 탁자 위에 자리 잡는 곳은 가정의 거실이다. 주위에는 술도 없고, 독한 담배도, 말장난도, 술주정이나 미친 짓도 없다. 신사숙녀들은 서로 대화를 나눈다. 그리고 물론 이야기되지 않는 것도 몇 가지 있다.

그러나 만약 비어봄 씨를 방에 가두려는 시도가 어리석은 일이라면, 예술가이자 우리에게 자신이 지닌 최상의 것만 제공하는 그 사람을 우리 시대의 대표로 만드는 것은 안타깝게도 그보다 더욱 어리석은 일이다. 현재의 선집 가운데 제4권과 제5권에는 비어봄 씨가 쓴 수필이 들어 있지 않다. 그의 시대가 약간 멀어진 것처럼 보이며, 거실의 탁자는 조금 뒤로 물러나면서 오히려 한때 사람들이 공물 — 자신의 과수원에서 딴 과일이나 자신의 손으로 조각한 선물 등 — 을 바쳤던 제단처럼 보이기 시작한다. 이제 다시 한번 조건들이 바뀌었다. 대중들은 과거만큼, 어쩌면 그 어느 때보다 더 수필을 필요로 한다. 1500단어, 또는 특별한 경우에는 1700단어에서 5000단어를 넘지 않는 경량급 수필에 대한 수요는 공급을 훨씬 초과한다. 램 같으면 한 편의 수필, 어쩌면 맥스는 두 편을 썼을 만한 길이가 벨록[22] 씨에게서는 대략 계산하더라도 365편이 나온다. 그 길이가 아주 짧은 것은 사실이다. 하지만 그 능숙한 수필가는 과연 어떤 솜씨로 자

---

[22] 1870~1953. 영국의 시인이자 역사가.

신의 공간을 활용할 것인가! 그는 가능한 대로 지면의 꼭대기 가까이에서 시작하여 정확하게 얼마만큼 멀리 갈 것이며 어디에서 방향을 바꿀 것인지, 머리카락 폭만큼도 지면을 희생시키지 않고 편집자가 허용하는 곳에서 정확하게 어떻게 멈출 것인지 판단한다. 그것은 교묘한 기법으로 주목할 만한 가치가 있다. 하지만 비어봄 씨와 마찬가지로 벨록 씨가 의존하는 개성이 그 과정에서 희생된다. 그것은 말하는 목소리의 자연스러운 풍요로움으로 우리에게 전해지는 것이 아니라, 바람 많은 날 군중을 향해 확성기를 통해 소리를 지르는 사람의 목소리처럼 부자연스럽고 힘이 없으며 매너리즘과 허식으로 가득 차 있다. "내 글을 읽는 어린 친구들이여" 하고 그는 '알려지지 않는 시골An Unknown Country' 이라는 수필에서 말한 뒤 다음과 같이 계속한다.

며칠 전 핀던Findon[23]에 선 시장에는 동쪽의 루이스Lewes에서 양을 몰고 온 양치기가 한 명 있었다. 그의 두 눈에는 양치기나 등산가의 눈을 다른 사람들의 눈과 다르게 만드는 지평선에 대한 기억이 간직되어 있었다. (……) 나는 그가 하는 말을 듣기 위해 그와 어울렸다. 양치기들은 다른 사람들과 전혀 다르게 이야기하기 때문이다.

다행히 이 양치기는 그런 자리에 빠질 수 없는 맥주잔을 앞에 놓고도 그 알려지지 않은 시골에 대해 할 이야기가 거의 없었다. 왜냐하

---

[23] 영국 잉글랜드 남해안 중동부의 항구 도시.

면 그의 유일한 언급은 그가 양을 치기에는 적합하지 않은 미미한 시인이거나 아니면 만년필로 가면을 쓴 벨록 씨 자신임을 입증하기 때문이다. 그것은 습관적으로 글을 쓰는 수필가로서는 이제 대면할 준비가 되어 있어야 할 벌칙이다. 그는 가면을 써야 한다. 그에게는 자신이 되거나 다른 사람이 될 시간이 없다. 그는 생각의 표면을 스쳐지나가면서 개성의 힘을 희석시키지 않으면 안 된다. 우리에게 1년에 한 번 1파운드 금화를 주는 대신 매주 낡은 반 페니 동전을 주어야 한다.

하지만 이런 지배적인 조건들에서 괴로움을 겪는 것은 벨록 씨뿐만이 아니다. 1920년에 선집으로 묶여진 수필들이 각 필자들의 최고작은 아닐지 모르지만 우연히 수필을 쓰게 되었던 콘래드 씨나 허드슨 씨 같은 작가를 제외하고 습관적으로 수필을 쓰는 사람들에게 집중한다면, 우리는 그들이 그들에게 벌어지는 상황 변화에 엄청난 영향을 받음을 발견하게 될 것이다. 매주 글을 쓰는 것, 날마다 글을 쓰는 것, 짧게 쓰는 것, 아침에 열차를 타는 바쁜 사람들이나 저녁에 귀가하는 피곤한 사람들을 위해 글을 쓰는 것 등은 좋은 글쓰기와 나쁜 글쓰기를 구별하는 사람들에게는 가슴 아픈 임무이다. 그들은 그 임무를 처리하지만 대중과의 접촉에 의해 손상될지도 모르는 값진 것이나 대중의 피부를 자극할 우려가 있는 날카로운 것을 본능적으로 안전한 곳에 대피시킨다. 그래서 루커스Edward Verrall Luca[24] 씨, 린드Robert

Wilson Lynd[25] 씨, 또는 스콰이어 Sir John Collings Squire[26] 씨의 글을 읽으면 공통적으로 어두운 느낌이 모든 것을 감싸고 있음을 알 수 있다. 그들의 글은 레슬리 스티븐의 지나친 정직함과도 거리가 멀고, 월터 페이터의 화려한 아름다움과도 거리가 멀다. 아름다움과 용기는 같은 글 속에 집어넣기는 위험한 정신이며, 생각에는 조끼 주머니 속에 들어 있는 갈색 종이의 꾸러미처럼 글의 균형을 망칠 방법이 있다. 그들이 글을 쓰는 것은 지쳐 있는 냉담한 세상을 위한 친절이며, 놀라운 것은 그들은 적어도 글을 잘 쓰기 위한 시도를 결코 중단하지 않는다는 점이다.

그러나 수필가의 조건들에서 일어나는 이 변화 때문에 클러턴브록 Arthur Clutton-Brock[27] 씨를 동정할 필요는 없다. 그는 분명히 자신의 상황을 유리하게 활용해 왔을 뿐 결코 최악으로 만들지 않았기 때문이다. 심지어 그가 그 문제에 대해 의식적인 노력을 기울여야 했으므로 당연히 개인적인 수필가에서 대중적인 수필가로, 거실에서 앨버트 홀 Albert Hall[28]로 바뀌는 변화를 이루어냈다고 말하기조차 망설이는 사람도 있다. 아주 역설적이지만 크기의 수축에 따라 그에 대응하여 개성이 확장되었다. 우리에게는 더 이상 맥스와 램의 '나'가 없고, 대중적인 몸과 다른 근사한 인격을 지니는 '우리'가 있다. 〈마술 피리Magic

---

25 1879~1949, 영국의 언론인이자 수필가.
26 1884~1958, 영국의 시인이자 작가 겸 역사가.
27 1868~1924, 영국의 수필가이자 비평가 겸 언론인.
28 런던의 켄징턴 구역에 있는 연주회장.

Flute)[29]를 들으러 가는 것은 '우리'이며, 그것으로부터 이익을 얻어야 하는 것도 '우리'이고, 어떤 수수께끼 같은 방법으로 기업에서 하듯 과거의 어느 때 실제로 그것을 썼던 것도 '우리'이다. 왜냐하면 음악과 문학과 미술이 동일한 종합화에 복종하지 않으면 앨버트 홀의 가장 멀리 떨어진 객석까지 전해지지 않을 것이기 때문이다. 아주 진지하고 냉담한 클러턴브록 씨의 목소리가 대중의 허약성이나 그것의 정열에 영합하지 않은 채 그처럼 멀리까지 전해지고 아주 많은 사람에게 이르는 것은 우리 모두에게 만족스러운 일임에 틀림없다. 하지만 '우리'는 만족하는 반면에 인간의 공동 노력에서 다루기 힘든 동반자인 '나'는 절망에 빠져 버린다. '나'는 항상 스스로 만사를 생각하고 스스로 만사를 느껴야 한다. 좋은 교육을 받은 선의의 남녀들 대다수와 만사를 희석된 형태로 공유하는 것이 그에게는 고통이 아닐 수 없다. 그리고 남은 우리들이 모두 골똘히 귀를 기울이고 의미 깊게 이득을 얻는 동안, '나'는 슬며시 숲과 들로 빠져나가 풀잎 하나, 감자 하나를 들고 기뻐한다.

현대 수필이 수록된 제5권에서 우리는 즐거움과 글쓰기의 기법으로부터 무엇인가를 얻은 것처럼 보인다. 하지만 1920년대의 수필가들에게 공정하기 위해 우리는 그들이 이미 찬사를 받았기 때문에 유명한 사람들에 대해 찬탄하거나, 피카딜리Piccadilly [30]에서 각반을 차고

---

29) 모차르트가 작곡한 오페라.
30) 영국 런던의 거리.

있는 그들과 만나지 않을 것이기 때문에 죽은 사람들에 대해 찬탄하고 있는 것이 아님을 분명히 해 두어야 한다. 그리고 그들이 글을 쓸 줄 알고 우리에게 기쁨을 줄 수 있다고 말할 때 그 말이 무슨 뜻인지를 알아야 한다. 그들을 비교해야 하며, 그 특징을 추출해 내야 한다. 이것을 지적하고, 그리고 그것이 정확하고 신뢰할 만하며 상상력이 있기 때문에 훌륭하다고 말해야 한다.

아니다, 사람들은 은퇴하고자 할 때도 그럴 수 없으며, 그것이 도리일 때도 그러지 않을 것이다. 하지만 그들은 심지어 그림자 같은 존재가 필요한, 나이가 들거나 병에 걸렸을 때도 사람의 눈에 띄지 않는 것을 견디지 못한다. 비록 나이가 든 것을 경멸의 대상으로 만들지라도, 길가로 난 문간에 가만히 앉아 있을 도회지의 노인들과 마찬가지이다.

그리고 이것에 대해 그것이 느슨하고 그럴듯하며 진부하기 때문에 나쁘다고 말해야 한다.

입가에 예의 바르고 명확한 냉소적인 태도를 머금은 채 그는 생각하기를, 정적에 감싸인 규방, 달빛 아래 노래하는 물결, 깊은 밤인데도 불구하고 정결한 음악이 흐느끼고 있는 테라스, 보호하려는 팔과 잠들지 않고 지키는 눈길을 지닌 순결한 모정의 애인들, 햇빛 속에 잠들어 있는 들판, 포근하고 흔들리는 하늘 아래에서 가만히 출렁거리는 대양, 화려하고 향기로운 포도주. (……)

그것은 계속되지만, 우리는 이미 소리에 멍해져 있어 느끼지도 듣지도 못한다. 그 비교로 인해 우리는 글 쓰는 기법에는 하나의 관념에 대한 어떤 강력한 애착이 중추가 되어 있지 않을까 의심하게 된다. 램과 베이컨, 비어봄 씨와 허드슨, 버넌 리Vernon Lee[31]와 콘래드 씨, 레슬리 스티븐과 버틀러와 월터 페이터 등을 포함하는 다양한 사람들이 더욱 먼 연안에 도달하는 것은 하나의 관념—확신을 갖고 믿거나 정밀하게 바라봄으로써 어휘들을 형성시킬 수 있는 그 어떤 것—의 배후에 있다. 매우 다양한 재능들이 그 관념이 어휘들 속에 들어가는 것을 돕거나 방해해 왔다. 온갖 고통 끝에 간신히 그렇게 하는 것이 있는가 하면, 순풍을 타고 날아가는 것도 있다. 하지만 벨록 씨와 루커스 씨와 스콰이어 씨는 어느 것 자체에 강력한 애착을 느끼지 않는다. 그들은 현대의 딜레마—누군가의 언어가 지니는 희미한 영역을 통해 찰나적인 소리들을 영속적인 결혼, 영속적인 결합이 있는 땅으로 비상시키는 바로 그 집요한 확신의 결여—를 공유한다. 비록 개념의 정의가 모두 모호하기는 하지만, 훌륭한 수필은 그 영속적인 성질을 간직하지 않으면 안 된다. 그리고 우리 주위에 장막을 쳐야 하지만, 그 장막은 우리를 배제하는 것이 아니라 우리를 포함시키는 것이어야 한다.

---

31 1856—1935. 영 국의 작가 바이올릿 패짓Violet Paget의 필명.

후원자와 사프란
The Patron and the Crocus

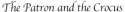

The Patron and the Crocus

처음에 이야기했다시피 후원자의 선택이 가장 중요하다는 점을 입증한다. 하지만 어떻게 해야 올바른 선택이 될 것인가? 제대로 쓰려면 어떻게 해야 하는가? 그것이 문제이다.

글을 쓰기 시작하는 젊은 남녀는 일반적으로 가능한 짧게, 가능한 명확하게, 그리고 마음속에 있는 것을 정확하게 말하는 것 이외에는 다른 생각을 하지 말고 쓸 것을 쓰라는, 그럴듯하지만 전혀 실제적이지 못한 충고를 듣는다. "그리고 현명하게 후원자를 골랐는지 확인해야 한다"는 것이 바로 모든 문제의 요체인데도 불구하고, 이런 경우에 꼭 필요한 그 말을 어느 누구도 덧붙이지 않는다. 왜냐하면 책이란 항상 누군가 읽도록 쓰여지는 것이며, 후원자란 단지 돈을 지불하는 사람일 뿐 아니라 아주 민감하고 교활한 방식으로 쓰는 것을 충동시키거나 영감을 주는 사람이기도 하므로 그가 바람직한 사람이어야 한다는 점이 매우 중요해지기 때문이다.

하지만 그럼 누가 작가의 두뇌에서 최상의 것을 짜내고 작가가 할

수 있는 가장 다양하고 가장 활력 있는 결과를 만들어 낼 후원자로서
바람직한 사람일까? 그 대답은 시대에 따라 달라진다. 대략 엘리자
베스 시대 사람들은 귀족들을 위해 글을 쓰려고 했고 극장을 일반 대
중에게 개방했다. 18세기의 후원자는 커피하우스의 재주꾼과 그러브
가Grub Street [1]의 서점 주인이 결합된 형태였다. 19세기에 접어들어 위
대한 작가들은 반 크라운짜리 잡지와 유한계급을 위해 글을 썼다. 그
리고 이들 서로 다른 동맹들의 멋진 결과에 박수를 치면서 되돌아보
면 우리 자신의 곤경과 비교할 때 그 모두는 부러울 정도로 소박하며
아주 명백한 것처럼 보인다. 우리는 과연 누구를 위해 글을 써야 할
까? 왜냐하면 오늘날의 후원자는 전례가 없고 당황스러울 정도로 다
양하기 때문이다. 일간지, 주간지, 월간지에다 영국의 대중과 미국의
대중, 베스트셀러를 찾는 대중과 워스트셀러를 찾는 대중, 지식인 대
중과 혈기 왕성한 대중 등이 있으며, 모두가 자신들의 다양한 대변자
들을 통해 자신들의 필요성을 알릴 수 있고, 자신들의 동의나 불쾌감
을 느끼게 할 수 있는 자의식적인 독립체를 이루고 있다. 따라서 켄
징턴 가든스Kensington Gardens [2]에서 처음 자라난 사프란을 보고 감동을
느낀 작가는 펜을 들고 종이에 적기 전에 먼저 자신에게 가장 적합한
특정 후원자를 경쟁자들의 무리 가운데서 골라야 한다. "그들을 모두
무시하고 네가 느낀 사프란 생각만 하라"고 말하는 것은 헛된 노릇이

다. 왜냐하면 글을 쓴다는 것은 소통의 방법이며, 사프란은 서로 공유되기 전까지는 불완전한 사프란이기 때문이다. 맨 처음 사람이나 맨 마지막 사람은 그 자신만을 위해 글을 쓸지 모르지만 그는 예외이며, 그런 점에서 부러워할 수 없는 사람이다. 그리고 갈매기들도 그의 작품을 읽을 수 있다면 얼마든지 환영이다.

그럼 모든 작가들이 글을 쓴 뒤 이런 저런 대중을 갖게 된다고 하더라도, 고매한 사람들은 그 대중이란 작가가 주고 싶어 하는 것을 무엇이든 받아들이는 순종적인 대중이라 말할 것이다. 그 이론은 그 럴듯하지만 거기에는 커다란 위험이 동반된다. 왜냐하면 그 경우 작가는 그의 대중을 의식하는 상태에 머무르면서도 대중보다 우위에 있기 때문이며, 그것은 새뮤얼 버틀러, 조지 메러디스, 헨리 제임스 등의 작품들이 입증할지도 모르지만 거북하고 불행한 결합이다. 그 들은 각자 대중을 얕보았고, 각자의 대중을 바랐으며, 각자의 대중에 게 이르는 데 실패했고, 각자 번번이 ― 만약 후원자가 그와 동등하거 나 친구인 작가라면 전혀 필요없을 ― 모난 성미, 애매한 표현, 가식 적인 태도의 강도를 점점 더 높이면서 자신의 실패를 대중 탓으로 돌 렸다. 그 결과 그들의 사프란은 아름답고 화려하지만 주위로 목이 구 부러지고 기형에다 한쪽에 주름이 졌으며 반대쪽에 너무 많이 핀, 심 한 고통을 겪은 식물이다. 햇빛이 조금이라도 비치면 그들은 나아질 것이다. 그럼 우리는 정반대편으로 달려가, 〈타임스〉와 〈데일리 뉴스〉 의 편집자들이 우리에게 내놓으리라 생각되는 아침 식인 제안 ― "내 일 아침 9시 이전에 존오그로츠John o' Groats 에서부터 랜즈엔드Land's

End[4]에 이르기까지 모든 아침 식탁에서 피어나야 하며 정확하게 1500 단어 이내로 작성된 작가의 이름이 적힌 당신의 사프란에 20파운드 지불"—을 (오직 환상 속에서만이라도) 받아들여야 할 것인가?

그러나 한 송이의 사프란으로 충분할까? 그리고 그처럼 멀리까지 반짝거려야 하며 그처럼 많은 비용을 들이고 작가의 이름까지 병기 되는만큼 그 사프란은 아주 밝은 노란색이 되지 않을까? 언론이 사 프란을 크게 증식시키는 존재라는 점에는 의문의 여지가 없다. 하지 만 우리가 이들 식물 가운데 일부를 바라본다면, 그들이 해마다 3월 초에 켄징턴 가든스의 풀밭에서 돋아나는 원래의 작은 노란색 또는 자주색 꽃과는 아주 조금밖에 관계가 없음을 발견할 것이다. 신문의 사프란은 놀라움을 자아내지만 그래도 아주 다른 사프란이다. 그것 은 정해져 있는 지면을 정확하게 가득 채운다. 그리고 황금빛으로 빛난다. 그것은 온화하고 붙임성 있으며 다정하다. 그것은 또 아름 답게 마무리되기도 한다. 왜냐하면 〈타임스〉의 '우리 연극 비평가'나 〈데일리 뉴스〉의 린드 씨의 기법이 어느 누구에게도 쉬운 것으로 생 각되지 않도록 하기 때문이다. 아침 9시에 100만 명의 두뇌를 움직이 게 하고, 200만 개의 눈이 쳐다볼 만큼 화려하고 활기차며 즐거운 것 을 제공한다는 것은 결코 무시할 수 없는 솜씨이다. 하지만 밤이 오 면 이들 꽃은 사라진다. 유리 조각들도 바다 속에서 끄집어내면 광택

---

3 영국의 스코틀랜드 북부 지방.
4 영국 잉글랜드 남서부 콘월 반도의 끝에 있는 곳.

을 잃고, 위대한 프리마돈나도 공중전화 부스에 가두어 놓으면 하이에나와 같은 괴성을 지르며, 가장 찬란한 물품도 그 요소에서 멀어지면 먼지와 모래, 밀짚껍질일 뿐이다. 그리고 신문 기사를 책 속에 집어넣으면 읽을 수 없다.

우리가 원하는 후원자는 우리의 꽃이 썩지 않도록 도와줄 사람이다. 하지만 그의 성질이 시대에 따라 바뀌므로, 요구에 당황하지 않고 경쟁적인 군중의 설득에 속지 않기 위해서는 상당한 성실성과 확신이 필요하므로, 후원자를 찾는 일은 책을 쓰려는 사람에게 하나의 시험이자 시련이다. 누구를 위해 글을 쓰느냐를 아는 것은 어떻게 쓸 것인지를 아는 것이다. 하지만 현대의 후원자들이 지니고 있는 몇 가지 성질은 아주 명백하다. 지금 이 순간 연극을 구경하는 습관보다 독서하는 습관을 지닌 후원자를 작가가 원하리라는 것은 분명한 일이다. 오늘날에도 그는 다른 시대와 민족의 문학에서 가르침을 받아야 한다. 하지만 우리의 특별한 약점이나 경향이 그에게 요구하는 다른 성질들도 있다. 예컨대 엘리자베스 시대 사람들에게 그랬던 것보다 훨씬 더 많이 우리를 괴롭히고 당혹스럽게 만드는 외설의 문제가 있다. 20세기의 후원자는 충격에 대한 면역이 되어 있지 않으면 안 된다. 그는 사프란에 붙어 있는 꼭 필요한 자그마한 거름덩어리와 허세를 위해 붙어 있는 것을 절대적으로 확실하게 구별해야 한다. 그는 또 현대 문학에서 매우 커다란 역할을 맡는 것이 불가피한 사회적 영향력의 심판자가 되어야 하며, 어느 것을 성숙시키고 북돋울 것인지, 어느 것을 금하고 단죄시킬 것인지를 말할 수 있어야 한다. 나아가 그가 표명해야 할 감정이 있다. 그리고 한편으로는 감상적이라는 점에서, 다른 한편으로는 자신의 감정을 표현하는 두려움에서 작가를 떠받쳐 준다는 점에서 그보다 더 유용한 일을 할 수 있는 분야는 없다. 그는 너무 많이 느끼는 것보다 느낌을 두려워하는 것이 더 나쁘고 어쩌면 더 진부할지 모른다고 말할 것이다. 그리고 어쩌면 언어에 대해서도 무엇인가를 덧붙이고, 셰익스피어가 얼마나 많은 단어를 사용했으며, 셰익스피어가 얼마나 많은 문법을 위반했는지를 지적할 것이다. 한편 우리는 손가락으로 태연하게 피아노의 검은색 키를 누르고 있기는 하지만, 〈안토니우스와 클레오파트라Antony and Cleopatra〉[5]를 감지할 수 있을 만큼 고쳐 놓지 못한 상태이다. 그리고 여러분이 만약 자신의 성별을 잊어버릴 수 있다면 훨씬 더 좋다. 작가에게는 성별이 없다고도 말할 것이다. 하지만 이것은 모두 초보적이며 논란의 여지가 있다. 후원자의 주된 성질은 그와 다르며, 어쩌면 아주 많은 것을 은폐하는 그 편리한 단어―분위기라는 것을 사용함으로써만 표현되는 것인지도 모른다. 후원자는 사프란이 가장 큰 중요성을 지니는 식물처럼 보이게 하는 환경에서 그 사프란을 내놓거나 그것을 감쌀 필요가 있으며, 따라서 그것을 제대로 표현하지 못하면 무덤의 이쪽에서는 결코 용서되지 않는 분노를 일으킨다. 후원자는 사프란이 참된 것이기만 하다면 한 송이면 충분하고, 강연을 듣거나 고양되거나 지시를 받거나 개선되는 것을 원하지 않으며, 칼라일에게 강

---

5 셰익스피어가 17세기 초에 쓴 것으로 알려진 희곡.

압적으로 큰소리를 지르게 하고, 테니슨을 전원적인 것에 밀어 넣고 러스킨John Ruskin[6]을 미치게 만든 일이 유감이고, 이제 그의 작가들이 요구하는 대로 눈에 띄지 않게 행동하거나 자신을 내세울 준비가 되어 있으며, 작가들과 모자관계 이상으로 얽매여 있고, 작가와 그의 관계는 하나가 죽으면 따라 죽고 하나가 번창하면 따라 번창하는 쌍둥이이며, 문학의 운명이 그들의 행복한 동맹에 달려 있다는 사실 등을 느끼게 하지 않으면 안 된다. 이들 모두는 처음에 이야기했다시피 후원자의 선택이 가장 중요하다는 사실을 입증한다. 하지만 어떻게 해야 올바른 선택이 될 것인가? 제대로 쓰려면 어떻게 해야 하는가? 그것이 문제이다.

6 1819—1900, 영국의 비평가이자 사회사상가.

현대인에게 어떤 반응을 일으킬까

How It Strikes a Contemporary

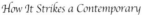 *How It Strikes a Contemporary*

만약 우리가 1세기를 시험 기간으로 삼고 오늘날 영
국에서 발표되는 작품 가운데 얼마나 많은 것이 그때
까지 존재할지 질문한다면, 우리는 단지 똑같은 책에
대해서도 의견 일치를 보지 못할 뿐 아니라 그런 책이
있는지조차 의심할 지경이라는 대답까지 하지 않으
면 안 된다. (……) 그때의 독자들에게 우리의 문학 작
품을 모두 펼쳐 놓고 그 엄청난 쓰레기더미로부터 자
그마한 진주를 가려내라는 요구를 할 수 있을까? 그런
질문이야말로 비평가들이 식탁에 합석한 동료─소설
가들과 시인들에게 제기할 만한 것이다.

우선 현대인은 동시에 같은 자리에 앉아 똑같은 책에 대해 완전히 다
른 의견을 내놓는 두 비평가를 만날 가능성이 크다. 오른쪽에서는 영
국 산문의 걸작이라고 선언하지만 동시에 왼쪽에서는 단지─그래도
불이 꺼지지 않고 살아있다면─불꽃 속에 집어던져야 하는 휴지더
미에 지나지 않는다고 평가한다. 하지만 두 비평가는 밀턴이나 키츠
John Keats[1]에 대해서는 의견이 일치된다. 그들은 뛰어난 감수성을 과시
하며, 의심의 여지없이 진정한 열의를 지니고 있다. 그들이 어쩔 수
없이 다투게 되는 것은 오로지 현대 작가들의 작품을 논의할 때뿐이
다. 문제의 책은 영국 문학에 꾸준히 기여할 작품이자 동시에 허세를

---

1 1795─1821, 영국의 시인. 대표작으로 〈나이팅게일에 바치는 송가〉 등이 있다.

부리는 졸작의 잡동사니에 불과한 것으로, 약 2개월 전에 출간되었
다. 그것은 설명이기도 하고, 그들의 의견이 갈라지는 이유이기도
하다.

그 설명은 이상하다. 그것은 혼란한 현대 문학 가운데서 자신의 태
도를 취하려는 독자에게는 물론, 끝없는 고통과 완벽한 암흑 속에서
만들어진 자신의 작품이 영문학에서 확고한 위치를 차지한 작품들
사이에서 영원히 빛날 것인지 아니면 그 불을 꺼 버릴 것인지 알고
싶은 자연스러운 욕구를 지닌 작가에게도 똑같이 당황스럽다. 하지
만 만약 우리 자신을 독자와 동일시하면서 그의 딜레마를 먼저 탐구
한다면 우리의 당혹감은 곧 사라진다. 똑같은 일이 이전에도 종종 일
어났다. 우리는 로버트 엘스미어Robert Elsmere[2]— 또는 스티븐 필립스
Stephen Phillips[3]였던가 — 가 나타나고 사람들 사이에서도 이들 책에 대
한 똑같은 이견이 생긴 이래, 전문가들이 평균적으로 1년에 두 번, 봄
과 가을에 새로운 것에 대해 동의하지 않고 옛것에 대해 동의한다는
이야기를 듣고 있다. 만약 두 신사가 놀랍게도 의견 일치를 보여 아
무개 씨의 책이 의심의 여지없는 걸작이라면서 우리가 그들의 판단
을 지지하는지 아닌지 16펜스의 범위에서 결정할 필요가 있다고 했
다면 훨씬 더 경탄할 만하며, 정말이지 훨씬 더 당황스러웠을 것이

---

2 영국의 여류 소설가인 험프리 워드 부인Mrs. Humphrey Ward(1851~1920)이 1888년에 발표한 동
   명 소설의 주인공.
3 1864~1915, 영국의 시인이자 극작가.

다. 두 사람은 명성을 지닌 비평가이다. 여기서 그처럼 자연스럽게 튀어나온 견해들은 영국과 미국 문학계의 존엄성을 지켜 줄 근실한 산문의 칼럼이 되어 위엄을 갖출 것이다.

그렇다면 만약 두 사람이 동의할 경우 ― 그런 조짐은 결코 보이지 않는다 ― 현대의 열광을 위해 낭비하기에는 반 기니가 너무 큰 금액이며, 그 문제가 도서관 출입증으로 아주 적절하게 대체되리라는 점은 어떤 타고난 냉소주의, 현대의 천재에 대한 어떤 옹졸한 불신이 틀림없다. 바로 그것이 이야기가 계속되는 동안 자동적으로 우리의 의견을 결정짓는다. 하지만 그 문제는 남아 있으므로 우리는 그것을 비평가들에게 과감하게 제기하자. 오늘날 죽은 사람들에 대한 존경심은 전혀 표하지 않지만, 죽은 사람들에 대한 존경심이 살아 있는 사람들에 대한 이해와 중요한 관련이 있으리라는 의심으로 괴로워하는 독자에게 길잡이가 될 만한 사람은 전혀 없는가? 두 평론가는 재빨리 검토한 뒤, 불행한 일이지만 그 같은 사람이 없다는 데 의견을 같이한다. 새로운 책에 관한 그들의 판단은 얼마만한 가치를 지닐까? 16펜스는 아닌 것이 분명하다. 그리고 그들은 자신의 경험에서 과거의 커다란 실수에 대한 참혹한 사례를 끄집어낸다. 바로 죽은 사람들에 대해 반대할 뿐 살아 있는 사람에게 반대하지 않겠노라고 다짐했다면, 그들의 일자리를 빼앗고 그들의 명성을 위태롭게 했을 비평의 범죄이다. 그들이 내놓을 수 있는 유일한 충고는 각자의 본능을 존중하여 두려움 없이 따르고, 생존해 있는 비평가나 평론가의 통제에 종속시키기보다 과거의 걸작들을 거듭 읽으면서 자신의 비평을 점검하라는 것이다.

그들에게 고마움을 느끼면서도 우리는 항상 그런 것만은 아니었다고 생각한다. 옛날에는 지금은 알려져 있지 않은 방법으로 많은 독자들을 통제했던 규칙이랄까 규율이라는 것이 있었다고 우리는 믿어야 한다. 그렇다고 해서 위대한 비평가 ― 드라이든, 존슨, 콜리지, 아널드 등 ― 들이 동시대 작품에 대한 나무랄 데 없는 심판자였으며, 그의 판단이 책에 지워지지 않는 낙인을 찍으면서 독자에게는 스스로 그 가치를 평가해야 하는 어려움을 덜어 주었다는 얘기는 아니다. 동시대인에 대한 이 위인들의 실수는 너무 악명이 높아 기록할 가치가 없을 정도이다. 하지만 그들은 단지 그 존재만으로도 중요한 영향을 미쳤다. 그것만 하더라도 디너테이블에서의 의견 불일치를 조정하고, 새로 나온 어떤 책에 대한 산발적인 잡담에 지금 추구되는 어떤 권위를 부여했으리라고 생각해 보는 것도 전혀 환상적인 일은 아니다. 여느 때와 마찬가지로 다양한 유파들이 뜨거운 논쟁을 벌였겠지만, 모든 독자의 마음속에는 문학의 주된 원리들을 가까이에서 주시하는 사람이 적어도 한 명은 있다는 의식이 있었을 것이다. 만약 여러분이 순간의 특별한 성격을 그에게 가져가면 그는 그것을 지속성과 접촉하게 하고 그 자신의 권위로 찬사나 비난을 받도록 했을 사람이다.[4] 하지만 비평가를 만들어 내는 문제에 이르면, 자연은 관대하고 사회는 무르익어야 한다. 현대 세계에 분산되어 있는 디너테이블, 우리 시대의 사회를 이루는 다양한 물결의 소용돌이는 오로지 믿어지지 않는 차원의 거인에 의해서만 지배될 수 있었다. 그리고 우리가 기대할 수 있는 매우 키가 큰 그 사람은 어디에 있는가? 우리에게는 평론가들이 있을 뿐 비평가는 없다. 백만에 이르는 유능하고 청렴한 경찰관은 있지만 판사가 없다. 취향과 학식과 능력을 가진 사람들은 언제나 젊은이들을 가르치고 죽은 사람들을 기념하고 있다. 하지만 그들의 유능하고 근면한 펜에 의해 너무 자주 벌어지는 결과는 문학의 살아 있는 섬유를 건조시켜 작은 뼈로 만들어 버린다. 그래서 우리는 드라이든의 노골적인 활기나 키츠의 섬세하고 자연스러운 태도, 그의 심오한 성찰과 온전한 정신, 또는 플로베르와 그의 광적인 믿음이 지니는 엄청난 힘, 또는 무엇보다 머릿속에서 모든 시를 숙성시키고 이따금 심오한 총체적인 언명―조금만 읽더라도 마치 그 책 자체의 영혼인 것처럼 마음에 뜨겁게 포착되는 것―을 하나씩 내놓는 콜리지 등을 어디에서도 발견하지 못한다.

그리고 이 모든 것은 비평가들도 관대하게 동의한다. 그들은 위대한 비평가란 매우 드문 존재라고 말한다. 하지만 그가 기적적으로 나타난다면 우리가 그를 어떻게 후원할 것이며, 무엇을 부양할 것인

◆ 이들이 얼마나 격렬한지는 다음의 두 인용문이 보여 줄 것이다. "로즈 매콜리Rose Macaulay의 소설 《백치 이야기Told by an Idiot》는 셰익스피어의 희곡 〈폭풍Tempest〉을 읽는 것처럼, 그리고 《걸리버 여행기》를 읽는 것처럼 읽어야 한다. 왜냐하면 미스 매콜리의 시적 재능이 〈폭풍〉의 작가보다 탁월하지 않고, 그녀의 반어법이 《걸리버 여행기》의 작가보다 대단하지 못하더라도, 그녀의 타당성과 지혜는 그들 두 작가들보다 고려하지 못한 것은 아니기 때문이다."(《데일리 뉴스》) / 그 다음 날 우리는 다음과 같은 글을 읽었다. "나머지에 대해서는 만약 엘리엇 씨가 기꺼이 일상적인 영어로 썼더라면 《황무지The Waste Land》는 인류학자들이나 지식 계급을 제외한 모든 사람들에게 그런 것처럼 휴지 조각이 되지 않았을 것이라고밖에 말할 수 없다.(《맨체스터 가디언The Manchester Guardian》)―원주

가? 위대한 비평가가 위대한 시인은 아니지만 그들도 시대의 풍요로
움으로부터 배양된다. 정당성이 입증되어야 할 어떤 위인, 설립되거
나 파괴되어야 할 어떤 학교가 있다. 그러나 우리 시대는 궁핍에 이
를 정도로 빈약하다. 나머지를 지배하는 것에 대해서는 아무 이름도
없다. 젊은이들이 자랑스럽게 제자가 되어 수련을 쌓아야 할 작업장
에는 거장이 없다. 하디 씨는 오래전에 활동 무대에서 떠났으며, 콘
래드 씨의 천재성에는 뭔가 이국적인 것이 있어서 존중되고 찬양 받
는 우상과 같은 영향력이 미미할 뿐 아니라 거리감과 소외감이 느껴
진다. 나머지 사람들의 경우 숫자도 많고 활기가 있으며 창조적 활동
도 왕성하지만, 그 영향력이 동시대인들에게 미칠 수 있거나 우리 시
대를 넘어 그다지 멀지 않은 미래에까지 관통할 수 있는 ─ 우리가 불
멸이라 부르는 것을 지닌 ─ 사람은 전혀 없다. 만약 우리가 1세기를
시험 기간으로 삼고 오늘날 영국에서 발표되는 작품 가운데 얼마나
많은 것이 그때까지 존재할지 질문한다면, 우리는 단지 똑같은 책에
대해서도 의견 일치를 보지 못할 뿐 아니라 그런 책이 있는지조차 의
심할 지경이라는 대답까지 하지 않으면 안 된다. 지금은 단편들의 시
대이다. 몇 개의 스탠자, 몇몇 페이지, 여기저기서 골라내는 한 장,
이 소설의 시작 부분, 저 소설의 끝부분 등이 어느 시대나 어느 작가
의 최고작과 동등하다. 하지만 몇 페이지를 느슨하게 묶은 다발을 후
대에 넘기거나, (……)그때의 독자들에게 우리의 문학 작품을 모두
펼쳐 놓고 그 엄청난 쓰레기더미로부터 자그마한 진주를 가려내라는
요구를 할 수 있을까? 그런 질문이야말로 비평가들이 식탁에 합석한

동료— 소설가들과 시인들에게 제기할 만한 것이다.

처음에는 비관론의 무게가 모든 반대를 내리누르기에 충분한 것처럼 보인다. 그렇다, 우리 시대는 그 빈곤을 정당화시켜 주는 것이 많은 빈곤한 시대라고 우리는 반복해 말한다. 하지만 솔직히 말해 1세기씩 서로 맞붙일 때 그 비교는 압도적으로 우리에게 불리하다. 《웨이벌리Waverley》[5], 《소요The Excursion》[6], 《쿠빌라이 칸Kubla Kahn》[7], 《돈 후안Don Juan》[8], 해즐릿William Hazlitt[9]의 수필, 《오만과 편견》, 《히페리온Hyperion》[10], 《사슬에서 풀린 프로메테우스Prometheus Unbound》[11] 등은 모두 1800년과 1821년 사이에 출판되었다. 우리의 세기도 근면성은 결여하고 있지 않지만, 그러나 걸작을 요구한다면 비관론자들이 옳다. 천재의 시대 뒤에는 노력의 시대가 이어져야 하고, 야단법석과 사치 뒤에는 청결과 고된 노동이 이어져야 하는 것처럼 보인다. 모든 명예는 물론 집을 정돈하기 위해 그들의 불멸성을 희생시킨 자들에게 돌아간다. 하지만 걸작을 요구한다면 어디를 처다보아야 할까? 약간의 시—예이츠William Butler Yeats[12] 씨, 데이비스William Henry Davies[13] 씨, 데라

---

5 1814년에 발표된 월터 스콧의 역사 소설.
6 1814년에 발표된 윌리엄 워즈워스의 장편시.
7 1816년에 발표된 새뮤얼 테일러 콜리지의 시집.
8 1819년~1824년에 발표된 바이런의 서사시.
9 1778~1830, 영국의 비평가이자 수필가.
10 1820년에 발표된 존 키츠의 서사시.
11 1820년에 발표된 퍼시 비시 셸리의 시극.
12 1865~1939, 아일랜드의 시인이자 극작가.
13 1871~1940, 영국의 시인이자 작가.

메어^{Walter John de la Mare}¹⁴ 씨…… 이들의 시 몇 편은 살아남을 것이라는 확실한 느낌이 들지도 모른다. 물론 로런스^{David Herbert Lawrence}¹⁵ 씨에게도 위대성이 엿보이는 순간들이 있지만 매우 다른 성격의 것이다. 비어봄 씨도 나름대로 완벽하지만 거창하지 않다.《머나먼 나라 아득한 옛날^{Far Away and Long Ago}》¹⁶의 구절들도 의심의 여지없이 후대까지 전해질 것이다.《율리시스》역시 기억할 만한 파국이었다 ― 과감성은 컸고 재앙은 참담했다. 그래서 우리는 여기저기서 한 번은 이것을 골랐다가 다음에는 저것을 골랐다가 하면서 들어 올려 그것을 보여 준 뒤 그것에 대해 옹호하거나 비웃는 소리를 듣는 가운데, 심지어 우리들조차 우리 시대는 한결같은 노력이 불가능하며 단편들로 가득 차 있고 앞선 시대와 진지하게 비교할 수 없는 시대라는 비평가들의 의견과 같아질 수밖에 없는 상황에 봉착해 버린다.

그러나 때때로 우리가 하는 말을 한 마디도 믿지 않음을 아주 예민하게 의식하게 되는 것은 바로 의견들이 널리 팽배해 있고 우리는 그들의 권위에 입에 발린 말만 덧붙일 때이다. 우리는 우리 시대가 황폐해지고 지친 시대라고 거듭 반복한다. 그래서 과거를 돌아보면서 부러움을 느끼지 않을 수 없다. 한편 우리 시대는 최초의 화창한 봄날 가운데 하나이기도 하다. 인생은 완전히 빛깔을 잃지 않았다. 아

---

14 1873~1956, 영국의 시인이자 소설가.
15 1885~1930, 영국의 소설가.
16 윌리엄 헨리 허드슨의 자서전.

주 심각한 대화를 중단시키고 아주 중요한 관찰을 방해하는 전화만 하더라도 그 자체의 낭만을 간직하고 있다. 그리고 불멸성을 얻을 기회가 전혀 없기 때문에 자신의 뜻을 마음대로 밝힐 수 있는 사람들이 아무렇게나 하는 대화에도 가끔 빛, 거리, 주택, 아름답거나 추한 인간 등의 배경이 있으며, 그것도 그 순간을 영원히 포착한다. 하지만 이것은 인생이며, 그 대화는 문학에 관한 것이다. 우리는 그 둘을 풀어헤쳐 놓고, 훨씬 그럴듯한 비관론과 그것의 더욱 섬세한 구분에 반대하여 낙관론으로 성급하게 반발하는 것을 정당화하지 않으면 안 된다.

그렇다면 우리의 낙관론은 다분히 본능적이다. 그것은 화창한 날, 포도주, 대화 등에서 솟아나며, 인생이 날마다 그런 보물을 내놓을 때 날마다 가장 입심이 좋은 사람들이 표현할 수 있는 것보다 더 많은 것을 암시하고, 비록 우리가 죽은 사람들을 매우 존경하더라도 현재 그대로의 인생을 더 좋아한다는 사실로부터 솟아난다. 비록 과거의 모든 시대 가운데 자신이 살고 싶은 시대를 고를 수 있다고 하더라도 현재에는 우리가 뭔가 바꾸지 않으려는 것이 있다. 그리고 현대문학은 온갖 불완전성에도 불구하고 여전히 우리를 사로잡는가 하면 열광시키기도 한다. 그것은 우리가 날마다 무시하고 타박하기는 해도 없으면 살아가는 것이 불가능한 관계와 같다. 아무리 존귀할지언정 우리에게 이질적이며 바깥에서 들여다보는 그런 것이 아니라 바로 우리다운 것, 우리가 만든 것, 우리가 살아가고 있는 곳으로서의 매력을 갖는다. 우리 세대는 어느 세대보다 더 동시대인을 소중히 여길 필요가 있다. 우리는 이전의 세대와 크게 단절되어 있다. 규모상의 변화—연령대별로 자리 잡은 집단들이 갑자기 빠져나가는 것—가 그 구조를 통째로 뒤흔들어 놓은 바람에 우리는 과거로부터 소외되었으며 어쩌면 그래서 너무 생생하게 현재를 의식하는지도 모른다. 우리는 우리 아버지들에게는 불가능했던 것을 날마다 행동하거나 말하거나 생각하고 있는 우리 자신을 발견한다. 그리고 매우 완벽하게 표현되어 왔던 유사점들보다 훨씬 더 날카롭게 주목되지 못했던 차이점들을 느낀다. 새로운 책들은 부분적으로 이런 우리 태도의 재정비—이들 장면, 생각, 그리고 그처럼 날카로운 신기한 감각으로 우리에게 작용하는 부조리한 것들의 명백히 우연한 분류—를 반영하며, 문학이 그렇게 하는 것처럼 우리가 이를 전부 제대로 파악하고 보존해서 돌려주리라는 희망을 품으며 그들을 읽게 유인한다. 정말이지 바로 여기에 낙관론의 모든 이유가 있다. 그들과 과거를 나누는 차이점은 표현하되 그들과 과거를 연결시키는 유사점은 표현하지 않기로 결심하는 작가들로 말하자면, 어느 시대도 우리 시대만큼 더 풍족할 수 없었다. 이름을 언급하는 것은 기분 나쁜 일이겠지만, 시나 소설, 전기 등을 읽는 아주 무심한 독자라도 그 용기나 성실성, 한 마디로 말해 우리 시대의 광범위한 독창성에 깊은 인상을 받지 않을 수 없다. 그러나 이상하게도 우리의 흥분은 축소된다. 책마다 우리에게 이루어지지 않은 약속, 지적 빈곤, 인생에서 증발되었지만 문학으로 바뀌어지지 않은 광채 등의 똑같은 감각을 남긴다. 현대의 작품 가운데 최상으로 꼽히는 대부분은 압박을 받는 가운데 삭막한 속기술—

그것은 스크린을 가로지르는 사람들의 움식임와 표정을 늘라운 솜씨로 보존한다 ─ 로 기록된 듯한 겉모습을 지닌다. 하지만 섬광은 곧 끝나며, 우리에게는 깊은 불만이 남는다. 즐거움이 격렬한 만큼 짜증스러움도 날카롭다.

그러니까 결국 우리는 극에서 극으로 동요하면서 한 순간에는 열광했다가 그다음에는 비관적이 되는가 하면 우리 동시대인에 대해 어떤 결론에도 이르지 못한 채 처음으로 되돌아온다. 우리는 비평가들에게 도와 달라고 요청해 왔지만, 그들은 그 임무에서 벗어나려고 애썼다. 그러자 이제는 그들의 조건을 받아들이고 과거의 걸작들을 검토하면서 이들 극한적인 것을 바로잡을 시점이다. 우리는 평온한 판단에 의해서가 아니라 그들의 안전한 상태에 우리의 불안을 붙들어 매야 할 어떤 절박한 필요에 의해 정말 그들에게 밀려가는 것처럼 느낀다. 하지만 솔직히 말해 과거와 현재를 비교할 때의 충격이 처음에는 당황스럽다. 훌륭한 책들이 따분한 것은 의심의 여지가 없다. 위즈위스, 스콧, 미스 오스틴의 책들에는 페이지마다 졸음을 자아내는, 뻔뻔스러울 정도의 평온이 있다. 그들은 기회가 생겨도 그것을 내버려 둔다. 색조나 미묘한 구분이 축적되더라도 무시한다. 그들은 현대인들에 의해 매우 활발하게 자극되는 그들 감각을 의도적으로 만족시키려하지 않는 것처럼 보인다. 간단히 말해 시각, 청각, 촉각 ─ 무엇보다도 인간의 감각, 그의 깊이, 다양한 그의 인식, 그의 복잡성, 그의 혼란, 그의 자아이다. 위즈위스, 스콧, 제인 오스틴의 작품들에는 이 모든 것이 거의 없다. 그렇다면 점차적으로 기쁘게 그리

고 완전하게 우리를 압도하는 그 안전한 감각은 어디에서 생기는 것
일까? 우리에게 찾아오는 것은 바로 그들의 믿음—그들의 신념이
지니는 힘이다. 철학적 시인 워즈워스의 경우 이것은 아주 분명하다.
하지만 아침 식사를 하기 전 성을 쌓기 위해 대작들을 갈겨썼던 부주
의한 스콧이나, 단지 즐거움을 주기 위해 몰래 조용히 글을 썼던 정
숙한 처녀도 똑같다. 두 사람의 경우 인생이 어떤 성질을 지닌다는
똑같은 신념이 있다. 그들은 행동에 대한 판단력을 지니고 있다. 그
리고 인간끼리의 관계나 우주에 대한 인간의 관계들도 알고 있다. 그
들 가운데 누구도 아마 그 문제에 대해 직접적으로는 한 마디도 하지
않겠지만, 모든 것이 그것에 달려 있다. 오로지 믿기만 하라. 그러면
나머지 모든 것이 저절로 나타날 것이라고 우리도 말할 것이다. 최근
에 발행된《왓슨 일가》를 예로 들면, 훌륭한 소녀는 댄스파티에서 무
시당한 어느 소년을 위로하기 위해 본능적으로 노력하리라는 것을
오로지 믿기만 하라. 그리고 만약 맹목적으로 그리고 주저하지 않고
믿는다면, 100년 뒤에도 사람들에게 똑같은 것을 믿게 할 뿐 아니라
그들에게 그것을 문학으로까지 느끼게 할 것이다. 왜냐하면 그런 종
류의 확실성이 바로 글을 쓸 수 있게 만드는 조건이기 때문이다. 여
러분의 인상이 다른 사람에게도 효력이 있으리라 믿는 것은 인격의
구속과 제한으로부터 해방되는 것이다. 그리고 아직까지도 우리를
모험과 낭만의 세계로 끌어들이는 활기를 가지고 자유롭게 탐구한
스콧처럼 자유로워지는 것이다. 그것은 또 제인 오스틴이 아주 정통
했던 그 신비스러운 과정의 첫걸음이기도 하다. 일단 선택되고 믿어

신 나음 그녀의 밖으로 나간 그 약산의 경험은 정확하게 제자리에 놓일 수 있었으며, 그녀는 분석가에게 결코 그 비밀을 드러내지 않고 그것을 자유롭게 그 완전한 언명— 바로 문학이다— 으로 바꾸어 놓았다.

그렇다면 우리 동시대인들은 더 이상 믿지 않기 때문에 우리를 괴롭힌다고 할 수 있다. 그들 가운데 가장 성실한 사람들은 자신에게 일어난 일이 무엇인지를 우리에게 말하는 것이 고작이다. 그들은 다른 인간들로부터 자유롭지 못하기 때문에 세상을 만들지 못한다. 그들이 이야기를 할 수 없는 것도 그 이야기를 믿지 못하기 때문이다. 그들은 일반화시킬 수 없다. 그들은 누구의 말이 모호한지를 판단하는 데 그들의 지성에 의존하는 것이 아니라 누구의 증언이 신뢰할 만한지 그들의 감각과 감정에 의존한다. 그리고 스스로 그들의 작업에 사용하는 무기 가운데 가장 강력한 것 일부와 가장 탁월한 것 일부의 사용을 부인하지 않으면 안 된다. 그들의 등 뒤에 영어의 모든 부를 지니고 있으면서도 손에서 손으로, 책에서 책으로 변변치 못한 동전만 전할 뿐이다. 영원이 내다보이는 새로운 각도로 자리 잡고 있더라도 그들은 공책을 불쑥 11집어내고는 희미하게 비치는 빛— 무엇 위에 어떤 빛? 과 어쩌면 전혀 아무것도 구성하지 않을지 모르는 과도기적인 광채만 고통스럽게 기록할 수 있을 뿐이다. 하지만 여기서 비평가들이 약간의 공정성을 내비치며 간섭한다.

이 묘사가 효력이 있다면, 그리고 전적으로 우리가 식탁에 앉아 있는 위치와 기사 단지나 꽃병에 대한 순전히 개인적인 어떤 관계에 의

존하지 않는다면(그럴지도 모른다), 그럼 현대 작품들을 판단하는 것의 위험은 그 어느 때보다 크다. 그들이 정확하지 못하더라도 그들을 위한 변명이 있다. 그리고 매슈 아널드가 말했다시피 현재의 불타는 땅에서 과거의 안전한 평온으로 도주하는 것이 훨씬 나으리라는 점에는 의심의 여지가 없다. "우리에게 가까운 시대의 시, 바이런, 셸리, 워즈워스 등의 시에 다가갈 경우—그들에 대한 평가는 개인적일 뿐 아니라 열정적인 경우가 적지 않다—우리는 불타고 있는 땅으로 들어선다"고 매슈 아널드는 적었다. 그리고 이 글은 1880년에 쓴 것이라 한다. 길이가 몇 마일에 달하는 리본 끈 1인치를 현미경 밑에 넣지 않도록 주의하라고 사람들은 말한다. 사물은 기다리기만 하면 저절로 정리되는 법이다. 절제와 고전 연구는 권장되어야 한다. 게다가 인생은 짧다. 바이런의 탄생 100주년이 다가오고 있으며, 현재 뜨거운 관심사는 그가 누이동생과 결혼했느냐 하지 않았느냐는 것이다. 그럼 요약하자면— 모두 한꺼번에 말하고 있으며 떠나야 할 때가 되었을 때는 정말이지 어떤 결론이든 가능하다고 한다면— 현재의 작가는 걸작을 만들 수 있다는 희망은 포기하는 것이 현명해 보인다. 그들의 시, 희곡, 전기, 소설은 책이 아니라 공책이며, 시간은 훌륭한 교장 선생처럼 그것을 집어 들고는 얼룩, 낙서, 삭제된 부분 등을 지적하면서 찢어 버리겠지만, 그러나 쓰레기통에 집어던지지는 않을 것이다. 그가 그것을 버리지 않는 까닭은 다른 학생들이 그것을 매우 쓸모 있게 활용할 것이기 때문이다. 미래의 걸작이 만들어지는 것은 현재의 공책으로부터이다. 비평가들이 지금 말하고 있다시피, 문학은 오랫동안 지속되어 왔으며 많은 변화를 거듭했다. 비록 지금 낭장은 돌풍이 작은 배를 뒤흔들어 바다에 내동댕이치고 있을지라도 돌풍의 중요성을 과장하는 것은 근시안적인 시각과 편협한 마음뿐이다. 폭풍우와 몸이 흠뻑 젖는 것은 표면적이다. 지속성과 평온은 깊은 곳에 있다.

현재의 책들에 대해 판단하는 것을 임무로 하고 그 작업이 ― 우리도 인정하다시피― 힘들고 위험하며 때로는 혐오스러운 경우도 적지 않은 비평가에 대해 우리는 관대한 격려를 당부하지만, 비뚤어지기 쉬운 머리 장식이나 시들기 쉬운 화환을 주는 것은 6개월이 지난 뒤 그것을 쓴 사람을 약간 우스꽝스럽게 보이게 만들 것이다. 그들에게 현대 문학에 대한 더욱 폭넓은, 덜 개인적인 견해를 갖도록 하며, 정말이지 사람들의 공동 노력에 의해 지어지며 각 인부의 존재는 익명으로 남아 있는 어떤 거대한 건축물을 위해 일하고 있는 것처럼 작가들을 간주하도록 하자. 그들에게 설탕이 싸고 버터가 풍부한 편안한 회사의 문을 쾅 닫으며, 적어도 일시적으로나마 바이런이 그의 누이동생과 결혼했느냐는 그 열띤 화제를 제쳐두고, 우리가 함께 담소를 나누는 식탁에서 조금 물러나 문학 그 자체에 관한 어떤 흥미로운 것을 이야기하게 하자. 그들이 떠나려 하면 붙들고, 그들의 기억 속에 구세주가 나타날 때를 대비해 마구간에 우윳빛이 도는 백마를 준비해 두고 그가 다가오는 조짐을 찾아 초조하게 그러나 확신을 갖고 언제까지나 산꼭대기를 살피느라고 수척해진 귀족 레이디 헤스터 스탠호프Lady Hester Stanhope[17]를 그들의 기억 속에 상기시키면서, 그들이 그

녀를 본받아 지평선을 살피고 미래와 과거의 관계를 파악하여 걸작
을 만들 수 있도록 준비하게 하자.

---

17 1776~1839. 제3대 스탠호프 백작 찰스 스탠호프Charles Standhope(1753~1816)의 딸로 중동 지
방에서 오래 거주하다 그곳에서 세상을 떠남.